全國高等院校古籍整理研究工作委員會資助項目
上海大學211工程第三期項目『轉型期中國的民間文化生態』資助項目

乾嘉詩文名家叢刊

張寅彭●主編

郭麐詩集（上）

姚蓉　鹿苗苗　孫欣婷　點校

人民文學出版社

圖書在版編目（CIP）數據

郭麐詩集：全3册/（清）郭麐著；姚蓉，鹿苗苗，孫欣婷點校. —北京：人民文學出版社，2016
（乾嘉詩文名家叢刊）
ISBN 978-7-02-011664-5

Ⅰ. ①郭… Ⅱ. ①郭…②姚…③鹿…④孫… Ⅲ. ①古典詩歌—詩集—中國—清代 Ⅳ. ①I222.749

中國版本圖書館CIP數據核字(2016)第113006號

責任編輯　徐文凱
裝幀設計　柳　泉
責任印製　王景林

出版發行　人民文學出版社
社　　址　北京市朝内大街166號
郵政編碼　100705
網　　址　http://www.rw-cn.com

印　　刷　三河市鑫金馬印裝有限公司
經　　銷　全國新華書店等

字　　數　1230千字
開　　本　880毫米×1230毫米　1/32
印　　張　53.375　插頁6
印　　數　1—3000
版　　次　2016年9月北京第1版
印　　次　2016年9月第1次印刷

書　　號　978-7-02-011664-5
定　　價　208.00圓(全三册)

如有印裝質量問題,請與本社圖書銷售中心調换。電話:010-65233595

乾嘉詩文名家叢刊總序

張寅彭

歷史概而言之，就是由時間貫穿起來的人和事件。文學則是用凝聚和刻畫的特有方式來呈現歷史的一種形式。而對於歷史也好文學也好，感受和認識反過來又需要時間。例如唐代文學的價值，就是在當代人和宋明以後人持續的感受中被認識的；宋代文學的特徵，也是在當代人及明清以後人的贊成與反對中逐漸被廓清的。明清文學的被認知歷程自然應該也是如此。惟距今時間尚不遠（尤其是清代文學），故對其面貌和性質的認識，目前仍還處在探究的過程之中，尚未達成如同唐宋文學那樣的共識程度。當然，如從根本上來說，對於文學和歷史的體認，又總是不可能窮盡的，永無停止的那一刻。

此次編纂『乾嘉詩文名家叢刊』，就是嘗試認識清代文學特徵的一次新的努力。清代文學由於距今較近，較多地受到諸如晚清以來所謂『新學』的影響〔一〕，以及西式生活方式流行等現實因素的干擾，一直並非正常地處於主流研究及普偏閱讀的邊緣。在諸種體例中，小說、戲曲等或以俗文學之故，尚能稍受優待，詩、文等正統樣式則最為新派人士所排擊，如『桐城派』、『同光體』

〔一〕民國以來學者多視清代學術為高峰，文學為小丘。其論最典型和影響最大者，莫如梁啟超《清代學術概論》，其有云：『清代學術在中國學術史上價值極大，清代文藝美術在中國文藝史美術史上價值極微，此吾所敢昌言也。』

等文、詩派別，多被置於負面的地位，誤會至今未能盡去。直至近三十年，對於清代詩文的正面研究，方才漸次開展。

如再就詩、文之體進一步細究之，則清初和晚清兩個時期之作，以能反映家國變故、社會動盪的緣故，其遇又稍優；惟中葉乾隆、嘉慶兩朝，或又以『國家幸』之故，作為文學時期反而最受漠視，詩、文作家能被新派文學觀詮釋的，可謂寥若晨星。故今欲研究有清一代之詩文，宜其從世人相對較為陌生的乾嘉時期入手乎？

乾隆朝歷六十年，嘉慶朝歷二十五年，前後凡八十五年，約占全部清代歷史的三分之一。這是中國傳統社會的最後一個盛世。此後歐西文明長驅直入，中華文明遂不復純粹矣〔二〕。作為文學創作的外在生成環境，這一『傳統盛世殿軍』的特殊性質，使得乾嘉時期文學最後一次從內容趣味到技法形式仍然整體地保持着傳統樣色，其內在所有的發展變化，都仍屬固有範疇內部之事。而在這一點上，詩、文以其正統性，較之其他體例顯示得尤為典型。這個最大的時代社會性質最終投射予文學的影響，不論是積極的還是消極的，無疑都是最值得關注的。它使乾嘉詩文而不是此後的道咸同光文學，平添上文學史最近一塊『化石』的意義。

另一個方面，與此義形同悖論的是：事實上國家的幸與不幸，對文學的好壞又並不具有決定的意義。文學寫作是個人之事，文學作品的價值最終取決於作者個人。詩人的至情至性，無論『幸』與

〔二〕此用余英時之說。見其《試論中國文化的重建問題》等文。

『不幸』，才更關乎作品的成敗。而國家的盛衰與否，反而是退居其次的因素。在現實層面上，國家幸，詩人也可以不幸；而詩人又可能將現實的『不幸』，轉換超越為文學的『幸』，這才是永恆的。這也才可以解釋堪稱中國文學最上品之一的《紅樓夢》何以產生於此一盛世時期的事實。本時期袁枚、汪中、黄景仁等詩家文家的現象，莫不如是。縱覽全清一代詩史，前期的錢謙益、吴偉業、王士禛，以及後期的龔自珍、鄭珍、陳三立，也莫不如是〔一〕。

這一個末期盛世的詩、文作品數量和作者數量，如以迄今容量仍為最大且最具一代整體之觀的詩文總集《晚晴簃詩匯》和《清文匯》為據，作者即已達一千七百餘家之多，詩七千六百餘首，文近二千篇〔二〕，比例占到四分之一以上。而實際的總數目，按照柯愈春《清人詩文集總目提要》的著録，乾隆朝詩文家達四千二百餘人，詩文集近五千種；嘉慶朝詩文家一千三百八十餘人，詩文集近一千五百種。這是目前最為確切的統計了〔三〕。這個龐大的數量表明其時詩文寫作風氣

〔一〕蔣寅曾提出一個清代最傑出詩人的十人名單：錢謙益、吴偉業、施閏章、屈大均、王士禛、袁枚、趙翼、黄景仁、黎簡、龔自珍（見其《清代文學的特徵、分期及歷史地位》一文，載其《清代文學論稿》）。余則稍有不同：前期牧齋、梅村、漁洋，中期隨園、籜石齋、兩當軒，晚期定庵、巢經巢、末期散原、海藏，亦為十人。説詳另文。

〔二〕徐世昌輯《晚晴簃詩匯》約從卷七十至卷一一二為乾隆時期，録詩人一千二百餘家，卷一一三至卷一二九為嘉慶時期，録詩人五百五十餘家。此據正文統計，原目人數標示有誤。又沈粹芬等輯《清文匯》，乙集七十卷録乾嘉兩朝作者四百八十餘家，文一千九百六十餘篇，今以作者詩、文往往兼善，故不重複統計。

〔三〕參見柯愈春《清人詩文集總目提要》（二〇〇一年北京古籍出版社）。

的普及，應該是不在話下的〔一〕。

普及之餘方有精彩多樣可期。此時論詩有『格調』、『性靈』、『肌理』諸説並起，論文有桐城派創為『義理、考據、辭章』之説，駢文亦重起文、筆之爭，一時蔚為大觀。更有一奇文《乾嘉詩壇點將録》，將並世近一百五十位詩人月旦論次，分别短長重輕，結為一體，雖語似遊戲，然差可抵作一部當代詩的史綱。此文今署舒位作，實乃其與陳文述等多人討論之作也〔二〕。凡此皆屬未及染上道光以後新習之見識，宜成為現代閱讀及研究的基礎。

本叢書第一輯所選各家，驗之《點將録》，如畢沅為『玉麒麟盧俊義』，錢載為『智多星吳用』，王昶為『入雲龍公孫勝』，法式善為『神機軍師朱武』，彭兆蓀為『金槍手徐寧』，楊芳燦為『撲天雕李應』，孫原湘為『病尉遲孫立』，王曇為『黑旋風李逵』，郭麐為『浪子燕青』，王文治為『病關索楊雄』，皆為天罡或地煞首座；惟王又曾未入榜，則又可見此文或亦不無疏失矣。

上述十餘位，加上此前已為今人整理者如袁枚（及時雨宋江）、蔣士銓（大刀手關勝）、趙翼（霹靂火秦明）等所謂『三大家』，以及黃景仁（行者武松）、洪亮吉（花和尚魯智深）、舒位（沒羽箭張清）、張問陶（青面獸楊志）等人，庶幾形成一規模，可為今日閱讀研究乾嘉詩文者提供一批基本的文獻。而為避免重複出版，袁枚等遂不再闌入，非未之及也。

〔一〕袁枚《隨園詩話》十六卷，録詩人近二千家，對當年作詩普及的現象，更有直接的記載。

〔二〕詳見拙文《汪辟疆〈光宣詩壇點將録〉與晚清民國舊體詩壇》。

整理標準則以點校為主。底本擇善而從，如彭兆蓀《小謨觴館集》取有注本等。無善本者則重編之，如畢沅有詩集無文集，其文則須重輯之；王文治亦無文集，今取其《快雨堂題跋》代之；王曇集別本甚夥，此次不僅諸本互勘，且考訂編年，斟酌補入，彙為一本；諸如此類。同一家之詩、文集，視其篇幅，或合刊，或分刊。各家並附以年譜、評論等資料，用便研讀者參看。其他校勘細則，依各集情形而定，分別弁於各集卷首。

乾嘉時期，詩文名家衆多，至於第二輯的繼續整理出版，則請俟來日。

作於上海大學清民詩文研究中心

前言

三百多年前的乾嘉時期，舒位仿《水滸傳》及《東林點將錄》著《乾嘉詩壇點將錄》一書，爲當時詩壇衆人排坐次，給吳江詩人郭麐以『浪子』綽號，並下讚語曰：『東京燕，東林錢，合傳之體司馬遷。』大約在舒位及時人眼中，郭麐如水滸浪子燕青一樣出身低微，如東林浪子錢謙益一樣性格狂簡，且與這兩位浪子一樣多才多藝吧。如今，細繹郭麐之生平，細讀郭麐之詩作，覺舒位讚語雖精到而猶有未盡，特細述之。

一

郭麐（一七六七—一八三一），字祥伯，號頻伽、舟疊、蘧庵、復庵，因生而右眉全白，人多呼爲『郭白眉』。先世浙江秀水人，明中葉移家江蘇吳江之蘆墟村。家世業農，祖父郭鍔以纖嗇筋力治家不得，卒事於學，並教子以學業成敗爲責。父郭元灝（一七三四—一七八六），字清源，自號海粟居士。幼聰穎，好讀書，不問生產，師事吳江名賢陸燿。年二十二補博士子弟員，後屢試不售，遂絶意進取，爲詩古文以自娱，里居授徒以終。陸燿嘗謂人曰：『郭君交與行俱爭第一流，惜其不見知於世也。』（郭麐《先君子行略》）姚鼐《郭君墓誌銘》亦謂其『篤爲學，文可稱，守有介，行中繩，進而與之君子朋』。嫡母迮氏，吴江迮雲龍之女，出自文學世家。生母翁氏，秀水寒門之女，婉約有德孝。乾隆三十二年丁亥（一七六七）正月二十日，郭麐降生到這個正在努力轉换門庭的家庭，並給郭家由農家向書香門第邁進帶來新的希望。與唐代大詩人白居易同日出生，似乎已經預示了郭麐將有不俗的文學才能。而郭麐自小就比弟弟郭鳳更爲聰穎，父親郭元灝見狀，任郭鳳與村童爲伍，專心培養長子郭麐。郭麐在《授經圖詩序》一文中回憶道：『余幼從先君子受讀。七歲學爲詩。九歲學爲文。十二而就試。時人頗以神童見譽。顧先君教督綦嚴，不少假以顔色。』父親的心血没有白費，郭麐十六歲即補諸生，意氣風發地邁上科舉這條『光榮的荊棘路』。可惜的是，此後郭麐幾次參加鄉試皆不售，始終未能在科舉中再進一步。

成爲秀才，郭麐不僅有了科舉入仕的可能，也有了坐館授徒的資本。乾隆四十八年（一七八三），十七歲的郭麐找到了平生第一份工作——與好友徐濤同館於胥塘倪筠家，教授倪家子弟。也是在這一年，十七歲的郭麐首次參加鄉試，試卷得到同考官廬州府舒城縣令金黻的賞識和推薦，郭麐下第歸，金黻還千里寄書相慰。此後數年，郭麐的生活重心一如十七歲時那樣，一邊坐館以糊口，一邊讀書以應舉。只是在乾隆五十一年（一七八六）郭麐二十歲時，因爲父親去世，養家糊口的重擔驀然壓到了郭麐肩上，且『值歲饑，米一石直錢五千，母及弟妹日或一食』，郭麐只能『衰絰出外』，教授於泰興延令書院，『得束修以養母』（郭麐《族祖父漢沖公權厝志銘》）。童年幸福、少年順暢的郭麐在成年伊始，就不得不直面生活的艱難，内心的苦楚可想而知。接下來的日子，郭麐輾轉於徐州、淮安、鎮江、揚州、南京、蘇州、杭州、紹興等地，旅食謀生，備嘗生活的酸辛。同時，郭麐在科舉中也屢受打擊。乾隆五十三年（一七八八）秋，郭麐與友袁棠、袁鴻兄弟赴金陵，似乎是爲鄉試而去，然其《樗園消夏録》卷上談到此段經歷只説『袁鴻以疾歸里』，袁棠『入闈試』，大約他本人尚在服喪期間，並未與試。但乾隆六十年（一七九五）郭麐入京應試，卻是抱著極大的決心和希望去的。出發前，郭麐在淮陰坐館時的東家、南河同知嚴守田，專門致書刑部員外郎金光悌，爲郭麐假館。到京城後，郭麐就住在金家，與法式善、吴錫麒、張問陶、李如筠等著名文士交遊，爲諸公所重，名噪京師。然而秋榜公佈，郭麐又一次名落孫山。所謂希望越大，失望也越大，更何況郭麐在京城這半年一直被讚譽所包圍，正處於對自己的才華極其自信的時期，所以落榜帶給他的心理衝擊也來得格外猛烈，以致『自傷上負先人屬望之深，下慚師友期望之厚』，『悲憂摧沮，遂無意於進取』（郭麐《山礬書屋詩初集序》）。郭麐在離開京師南還途中寫的詩句『心怯三千里路遠，自知二十九年非』（《渡江舟中先寄故鄉諸子用東坡常潤道中韻》），可謂是當時心境的真實寫照。此次科場失利，雖然已使郭麐心灰意懶，甚至否定了自己二十九年來的人生追求，但『平生齟齬百不悔，尚望科名爲親在』（郭麐《將之武林遲蘭村竹士不至獨遊欲歸作詩示之醉後走筆不知道何語也》）。既然是他前半生的執念，要絕意進仕又談何容易。故而在嘉慶五年（一八〇〇），三十四歲的郭麐重出江湖，再赴金陵應試。此時他已無應京兆試時的志在必得，只有『席帽麻衣，復尋舊跡。輕煙澹粉，重入歡場。竿木偶然，毷氉久矣』（郭麐《白下集》小序）的逢場作戲之感，無非是去碰碰運氣而已。當然，他的運氣仍然不佳，結果也仍然是鎩羽而歸。至此，郭麐對進仕徹底絕望，以『年年下第歸，歲歲飲墨汁。麻衣非無淚，淚盡不知濕』（《九月望日重集東莊用東坡岐亭韻三首同丹叔獨遊作》）的詩句總結了自己慘澹的應舉經歷，從此遠離了科場。

此次金陵科考的失利，固然與郭麐厭倦科舉的思想態度有關，更是他自京兆試至金陵鄉試之間家多變故，累於生計所致。繼二十歲喪父之後，嘉慶元年（一七九六）郭麐三十歲時，又逢生母翁夫人之喪。弟弟郭鳳的年方兩歲的孿生子，郭麐親爲命名的姪子郭梓、郭漆，也先後夭折。嘉慶二年（一七九七），妹婿鄭籛亡，時與其妹成婚尚未及一年。此年十一月，郭麐葬祖、父於嘉善澄湖港，在《先君子卜葬於澄湖港詩以述哀三首》其三小註中還提到『時有家釁』，只是語焉不詳，無從確知是何糾紛。喪親之痛與家庭變故連番襲來，令郭麐心力交瘁，又使得他原本不佳的經濟狀況雪上加霜。無奈之下，郭麐將『我生之老屋，逼迫償鄰逋』（《甘亭見贈五言詩五章感離念舊悲往傷來友朋之重情見乎詞累歎不足輒走筆如數答之其卒章兼題余靈芬館圖故僕亦有結鄰之約並示蓮裳芙初手山陸祁生繼輅》其四），於嘉慶四年（一七九九）二月，從江蘇吳江蘆墟移居至浙江嘉善魏塘，先是借居於友人黃凱均的馴鹿莊，後來賃屋而住。蘆墟與魏塘，雖然僅有汾湖一水之隔，但故土難離，郭麐又是爲生活所迫而遷居，心中總有『情不能忘，事非得已』（《移家集》小序）的不甘，以致發出『難忘東西屋兩頭，卜居賦就足離憂。勞生絕似搬薑鼠，拙計真成避雨鳩』（《移居四首》其二）的慨嘆。直到嘉慶九年（一八〇四）十二月，郭麐又從魏塘賣魚橋移居至魏塘東門江家橋北，『蓋來魏塘六年，至是始買宅定居焉』（《後移家集》小序），郭麐才對魏塘有了真正的歸屬感。

絕了科舉之念，郭麐的生活似乎更加單純，大多數時候是春節後出門謀食，或坐館，或入幕，辛苦掙錢，歲暮時歸家休養，或吟詩作對，或探親訪友，逍遙度日。但坐館與入幕的職業並不穩定，郭麐感慨著『虛名不救身饑劬』，奔走於『北燕南越東西吳』（《題丹叔閉門御埽圖》），大致行蹤如下：十七歲在胥塘倪筠家坐館； 十八歲被吴江縣令龍鐸招入縣署； 十九、二十歲在泰興延令書院坐館； 二十一歲至徐州； 二十三至二十五歲師從姚鼐，讀書於金陵鍾山書院； 二十六至二十八歲在淮安，入南河同知嚴守田幕； 二十九歲入京應試； 自嘉慶元年（一七九六）三十歲起接下來的十餘年，主要活動在浙江杭州、紹興、諸暨、餘姚等地，曾入杭州阮元幕，曾主講於毓秀書院、蕺山書院等處； 嘉慶十二年（一八〇七）四十一歲應金光悌之邀至江西南昌，次年復至江西； 四十三、四十四歲遊食杭州、蘇州、真州、揚州等地，四十五歲至溧陽入陳鴻壽幕； 四十六歲以後多在淮安坐館，年復一年往返於魏塘與袁浦之間； 道光十年（一八三〇）六十四歲時應嚴烺之招至濟寧； 道光十一年（一八三一）去世前幾個月，還應潘恭辰之邀至杭州。 可見，郭麐就像如今的『勞務候鳥』，一生中大部分時間過著『家如傳舍難常住，身似奔輪愛小停（《重五日退庵見招不赴次來韻柬之》）的飄泊生活。

長年胥疏江湖，雖是迫於生活的無奈，但郭麐同時也得到了遊歷四方、交結友朋的機會。郭麐這一生，交遊極廣，上至達官貴人，下至三教九流，可謂無所不包，概言之約可分爲五類： 一爲官場大吏，如有『清朝包青天』之稱的刑部尚書金光悌，官至體仁閣大學士的阮元，主持風雅於揚州的兩淮鹽運使曾燠，曾官河東、江南河道總督的嚴烺，『大度領江淮』的兩江總督陶澍，曾虎門銷煙的兩廣總督林則徐等人； 一爲文壇名流，如『乾隆三大家』之一袁枚，桐城派主將姚鼐，秀水詩派代表錢載，『吴中七子』之一王昶，無書不讀的汪中，得乾隆帝賜名的法式善，以『陳楊』並稱於詩壇的陳文述、楊芳燦，及張問陶、吴錫麒、王芑孫、彭兆蓀、孫原湘、查揆、屠倬、倪稻孫、宋大樽、姚椿、王嘉祿等一批著名文士； 一爲藝壇名家，如創造『改派』畫風的松江改琦，以精於篆刻並稱爲『西泠八家』的蔣仁、黃易、奚岡、陳豫鐘、陳鴻壽，工詩畫、尤工刻印的揚州張鏐，善畫花卉的杭州曹瀾，擅畫山水的杭州錢杜，善畫花鳥、山水的休寧汪鴻等人；一爲里中知交，如吳江摯友徐濤、朱春生、袁棠、顧虬、吳鷗、潘眉等人，嘉善摯友沈大成、黄凱鈞、黄若濟、黄安濤、錢清履等人；一爲方外及閨閣之人，如釋本白、釋與宏、釋寄虚、釋竺書，及顧麟徵妻王姮、陳基妻金逸、徐達源妻吳仙瓊等。以上所舉，還只是郭麐友朋名錄中的一小部分，郭麐詩文中提到的與之唱和贈答的文人就有二百六十餘人之多。

馮登府《頻伽郭君墓誌銘》説郭麐『性通爽豪雋，好食酒，詼嬉譏駡，時露兀傲不平之氣，不折身以市於貴勢，每鉏牙不合而去』，光緒《吳江縣續志》卷二十二郭麐小傳亦云：『麐才氣高岸，目懾儕輩。』可見，郭麐性格確有狂簡、張揚的特徵。袁枚《隨園詩話補遺》卷七記載了這樣一則軼事：

郭頻伽秀才寄小照求詩，憐余衰老，代作二首來，教余書之。余欣然從命，並札謝云：『使老人握管，必不能如此之佳。』渠又以此例求姚姬傳先生。姚怒其無禮，擲還其圖，移書嗔責。余道：此事與岳武穆破楊幺歸，送禮與韓、張二王，一喜一嗔。人心不同，亦正相似。劉霞裳曰：『二先生皆是也：無姚公，人不知前輩之尊；無隨園，人不知前輩之大。』

此故事明面上讚揚了姚鼐的剛直守禮，袁枚的隨和寬容，實則暗諷郭麐狂不知禮，倒正合了郭鳳爲郭麐三十七歲小像所題像讚：『其目無人，其心無我。與世周旋，謂狂也可。』因爲才高之人常有的這幾分狂氣、傲氣，郭麐爲許多權貴所不喜，無法長期共事，以致頻繁流轉各地，不斷變換效勞對象。即便如此，郭麐仍宣稱自己『漂泊年多未悔狂』（《京口舟次先寄丹叔並示素君》），難怪馮登府《頻伽郭君墓誌銘》稱讚他『其狂可殺志不折』。

不過，狂只是郭麐性格的一個側面，不能就此認爲郭麐是不知天高地厚、看誰都不順眼的『刺球兒』。事實上，郭麐和他的一些幕主或東家關係良好，甚至建立了深厚的交誼。他與金光悌一家的交往就是如此。金光悌（一七四七—一八一二），字汝恭，號蘭畦，安徽英山人。乾隆四十五年（一七八〇）進士，由宗人府主事累官至刑部尚書。在部二十多年，執法甚嚴，不循私情，更因主審和珅貪污大案而名揚天下。乾隆六十年（一七九五）郭麐入都應京兆試時，就館於金光悌家，除得到金光悌的青眼外，還跟金的長子金宗邵、次子金嘉、三子金勇都建立了深厚的友誼。十二年之後，金光悌在江西巡撫任上，邀請郭麐入其幕中。郭麐在江西，與金氏兄弟相得甚歡。次年夏，金宗邵還到魏塘拜訪已回鄉的郭麐。後金嘉、金勇兄弟侍母入都，道出吳門，郭麐特偕弟郭鳳爲他們送行。嘉慶十五年（一八一〇）金嘉卒，嘉慶十七年（一八一二）金宗邵、金光悌先後卒，金勇從京師千里寄書，請託郭麐爲父兄三人寫作墓誌銘，足見金氏父子對郭麐的倚重。在杭州謀食時，郭麐也很得幕主阮元的賞識。阮元（一七六四—一八四九），字伯元，號芸臺，江蘇儀征人。乾隆五十四年（一七八九）進士，授編修，歷任山東、浙江學政，浙江、湖南、江西巡撫，湖廣、兩廣、雲貴總督，兵部、禮部、戶部、工部侍郎，體仁閣大學士等職，致仕時加太傅銜，卒諡『文達』。阮元既是乾嘉道三朝名臣，又是一代文宗，精通文學、經史、數學、天算、輿地、校勘，兼工書，尤精篆隸，生平著述甚富。阮元於乾隆六十年（一七九五）八月至嘉慶三年（一七九八）九月任浙江學政，嘉慶五年（一八〇〇）至嘉慶十年（一八〇五）閏六月、嘉慶十三年（一八〇八）三月至嘉慶十四年（一八〇九）九月兩任浙江巡撫，其間郭麐數至杭州依阮元，對其執弟子禮，爲其校理《兩浙輶軒錄》等書，助其設立靈隱寺書藏並作後記。而阮元至浙後不久，就親至蘆墟探望郭麐，後爲郭麐《靈芬館詩二集》作序，並在其《靈芬館第三圖》上題『人間亭館知多少，可有浮眉一卷詩』之句，盛讚郭麐之詩。二人的交遊，足稱文壇佳話。郭麐與曾燠的交誼，亦是歷久彌堅，一直持續到兩人去世之時。曾燠（一七五九—一八三一），字庶蕃，一字賓穀，晚號西溪漁隱，江西南城人。乾隆四十六年（一七八一）進士。曾官兩淮鹽運使，主持風雅於揚州，辟『題襟館』召納文士。曾燠本人能詩擅畫，駢文與洪亮吉、孫星衍、袁枚、吳錫麒等人並列爲清代八大家之一。嘉慶九年（一八〇四）二月，三十八歲的郭麐在揚州參加了曾燠主持的虹橋雅集，與會者共有二十四人，皆一時名士，主客皆極得文酒之歡、賓朋之樂。郭麐謂『羈旅得此有不能已於言者』，寫作多詩奉呈主人曾燠。十年（一八〇五）冬及十一年（一八〇六）六月，郭麐又到揚州，與曾燠及張鏐、樂均、劉嗣綰、彭兆蓀、金學蓮、江藩等『題襟館』文士交遊，冬作銷寒六會，夏作《樗園銷夏錄》。此後兩人一别十餘年，直到嘉慶二十四年（一八一九）秋天，五十三歲的郭麐才與六十歲的曾燠再次聚首，他們之間深厚的友誼並沒有被時間沖淡，郭麐寫下『十載纔通一紙書，須眉喜見笑譚餘』（《喜晤賓穀中丞即用前歲見寄韻奉呈》）的詩句，喜悦之情見於言表，曾燠在和詩中則慨嘆『白頭相見尚傭書，落落知交涕淚餘』，充滿餘生再見知交的慶幸之感。兩人雖然是一個喜笑一個落淚，卻都是真情流露，令人感動。此後幾年，兩人時有會面。道光四年（一八二四），五十八歲的郭麐應曾燠之邀游鎮江焦山、蒜山，一起唱和賦詩。這年的中秋節，郭麐也是在揚州和曾燠一起度過。九月，郭麐離開揚州時，還主動向曾燠索酒帶到船上喝，很不講客氣，而曾燠不僅滿足了他的要求，還贈以松菌油、蘿蔔鮝、木瓜等侑酒之物，由此也可看出郭麐與曾燠是交情極深、彼此無需客套的好朋友。道光十一年（一八三一）春，七十二歲的曾燠卒於都中，郭麐作詩二首，深情挽之。幾個月後，郭麐亦病逝，無乃追隨曾燠『泉路續題襟』（《挽賓谷先生》其二）乎？郭麐一生，在淮安謀食的時間最長。清代江南河道總督署設在淮安清江浦，郭麐早年入南河同知嚴守田幕，甚得其激賞，與河道衙門的同知沈植蕃、徐寶善等人亦頗有交情。四十六歲時郭麐再至清江，則是受淮安府外河北岸通判嚴烺的邀請。嚴烺與郭麐相識於伯父嚴守田的待菘軒中，兩人交遊『垂四十年』（嚴烺《靈芬館詩續集序》）。縱然嚴烺累官至江南、河東河道總督，也沒有因富貴而忘舊交，與郭麐的關係更加親密。就在郭麐去世前一年，嚴烺山東濟寧任上思念知交，以書相招，郭麐亦不辭年老，千里相從。兩人『同至蘭陽行館，翫竹色於庭中，聽河聲於枕上，酒邊話舊，意興猶昔』（嚴烺《靈芬館詩續集序》），如此良辰美景，有如此良朋與共，不亦人生樂事？在清江，郭麐除與河道官員們往來，與當地士紳也建立了良好的關繫，如與汪慎、汪敬叔侄的交誼，就十分深厚。汪慎在爲郭麐《踰淮集》所作的序言說嘉慶二十年（一八一五）郭麐『以司馬沈公之聘復來浦，以廨宇湫隘，塵雜不耐，遂主於予家』，此後郭麐幾乎年年至淮，基本上都是館於汪家。好幾次郭麐在淮安過年，也是與汪氏叔侄一起守歲。綜觀上述郭麐與幕主或東家的交遊情況，便可知他並不總是端著狂傲的架勢，見到『貴勢』便『鉏牙不合』的，故而張維屏在《國朝詩人徵略二編》卷五十六中謂『頻伽雖狂，然極近情，極服善』，或更接近郭麐性格的情實。

因爲『近情』，因爲『服善』，所以郭麐結交的朋友，更多的是那些沒有高高的地位，沒有顯赫的名聲，但和他有著共同的心聲、共同的文學愛好的下層士人。郭麐在《鐵簫庵詩鈔序》一文中說：『生平文章性命之友凡三人，曰：袁棠湘湄、朱春生鐵門、彭兆蓀甘亭。』袁棠（一七六〇—一八一〇），字甘林，一字無咎，號湘湄，吳江人。監生，嘉慶元年丙辰制科孝廉方正。少習詩文，工五律，亦填詞，有《秋水池堂集》。朱春生（一七六〇—一八二四），字韶伯，一字鐵門，吳江人，諸生。工詩與古文，有《鐵簫庵詩文集》。郭麐曾在詩中說『兩君總角交，長我皆七歲』（《因鐵門之亡追悼湘湄舟中獨飲忽忽不樂作此寄丹叔》），從小結下了深厚的友情。他們三人志趣相投，一起流連在同里竹溪堂，帶著一群士子共結竹溪詩社，一起到金陵謁見文壇前輩袁枚。彭兆蓀則是郭麐三十一歲時在淮陰認識的知己。彭兆蓀（一七六九—一八二一），字湘涵，號甘亭，江蘇鎮洋人。諸生，道光元年舉孝廉方正，未赴而卒。工詩詞，有《小謨觴館集》。郭麐與彭兆蓀一見如故，滿懷激情寫下長詩《兩生相逢行贈彭甘亭兆蓀》，以志訂交之喜，彭兆蓀亦有《相逢行》長詩答之。在相交的日子裏，郭麐與他們在生活上互相扶持，如自己在淮陰得到嚴守田賞識，便推薦袁棠到嚴家坐館，自己在清江汪慎家謀食，也提攜朱春生館於汪家，郭麐入揚州曾燠幕府時，彭兆蓀也同在其中。在文學事業上，他們更是互相激賞、互相幫助，相聚時一起飲酒酬唱、賦詩聯句，離別中以詩詞傳遞思念，關注彼此的文學成果，爲彼此的詩文集作序，更感人的是嘉慶七年（一八〇二），袁棠、朱春生、彭兆蓀皆住到郭麐家，助其成《金石例補》一書。袁棠、朱春生、彭兆蓀三人去世後，郭麐更是以搜羅編訂他們的遺文爲己任，爲袁棠《洮瓊館詞》、彭兆蓀《懺摩錄》及朱春生的文集作序。『人生見交情，豈復論生死』（《昔渡江之金陵與湘湄鐵門偕行湘湄爲作便面事隔廿年矣湘湄已歸道山鐵門近客淮浦死生契闊盡然於心再用前韻》），正是郭麐與這三位友人交誼的最佳寫照。郭麐與吳鷗的交遊，也堪稱貧賤之交的典範。吳鷗，字獨遊，蘆墟人。故農家子，少業縫工以事母，中年『爲博徒、爲逋客、爲傭保』，『生平蹤跡爲里人所賤辱』（郭麐《天寥遺稿序》）。然吳鷗誠心向學，見郭麐兄弟談詩，常找機會竊聽之，並以自己的習作就正，郭麐讀其詩，不覺歡喜讚歎，以爲古未嘗有也，故不嫌其出身低微，傾心以交。郭麐遷居魏塘以前，吴鷗是其親密的追隨者。郭麐對吴鷗也是著意培養，教他詩法，任他借讀架上詩書，當吴鷗吟出『有性情語』，郭麐更是予以肯定和鼓勵。郭麐遷居魏塘以後，吴鷗也時相過從。兩人相交的三十餘年中，一起在汾湖周邊探親訪友、尋梅賞景、流連詩酒，兩人都留下了許多互酬唱和之作。五十歲那年，吴鷗爲了生活依胥塘雁塔寺廣信爲僧，法號天寥，郭麐同郭鳳、黄凱鈞等人鄭重相送，並分韻賦詩以紀之。兩年後，吴鷗卒，郭麐爲其遺稿作序，謂吴鷗學作詩之時，里中人『莫不目笑之』，然『里中被儒衣冠學爲科舉享田廬妻子之奉者何限，一旦溘然，欲求一字之留於後不可得』，而吴鷗有二百餘首詩歌流傳後世，『亦可無恨焉爾矣』（《天寥遺稿序》）。從此序可見，郭麐對自學成才的吴鷗是很讚賞和維護的，這也正體現了他『極近情，極服善』的性格吧。

除『生平樂友朋』（郭麐《寄鐵門湘湄用東坡岐亭韻》）之外，郭麐的另一大樂事就是與弟弟郭鳳晨夕與共、白首唱和。郭鳳（一七七二—一八四一），字丹叔，成童受經，未畢，家貧服賈，後復爲學。晚年爲童子師，藉以自給。著有《山礬書屋詩》初、二集行世。比郭麐小五歲的郭鳳，曾因家貧和天資不如哥哥而被父親放棄，中途輟學，年紀輕輕就跟著岳父學做生意。一次在外行商時，昏夜墮水，幾乎喪命。母親心疼兒子，不再讓郭鳳學商。於是，郭麐鄭重其事地將十八歲的弟弟託付給吴江名師顧汝敬。顧汝敬『有人師經師之目』，亦是郭麐好友袁棠、朱春生的老師。郭鳳在顧先生的培養下，成爲『竹溪七子』之一。郭鳳『好爲詩，時有性靈語』，似乎人生最大的樂趣就是與哥哥郭麐一起討論詩歌、彼此唱和：

花晨雪夕，賓侶不至，或命酒相對，此倡彼和，輒至夜分，忻然不知明日之無炊也。（《（光緒）重修嘉善縣誌》卷二十五）

晨夕相對的日子，兩兄弟一起賞花賞雪、訪山水訪友朋，其樂融融；分別兩地的時候，兩兄弟彼此記掛思念、寄家書寄詩篇，情意切切。對郭麐、郭鳳來說，家境或困窘或小康，居處或蘆墟或魏塘，人生或順暢或挫傷，都不曾影響他們之間這種基於血緣、成於志趣、深於歲月的兄弟之情。郭麐晚年寫給郭鳳的詩句『殘年斗粟惟君共，試作新詞招我魂』（《疊前韻寄丹叔》），酸楚中流露出慶幸，對此生有這樣一個相依相伴的弟弟的深深慶幸。

窮也好，達也好，狂傲也好，任情也好，交滿天下也好，顧影自憐也好，郭麐只是一個落魄但不潦倒的『小人物』而已。道光十一年辛卯（一八三一）七月初六，郭麐因病卒於家，年六十五。妻某，妾名素君。生一女，名茶，適山西浮山知縣夏寶晉。無子，以弟郭鳳子郭桐爲子。

二

乾嘉詩壇，影響最大的應屬袁枚的『性靈說』和翁方綱的『肌理說』。郭麐與翁氏並無交往，但他的老師、桐城詩派創立者姚鼐是翁方綱的好友，兩人曾經深入討論文法和詩法。翁氏論詩講究『義理』，強調『學問』，姚鼐持論亦與之相近，他說『夫道有是非，而技有美惡。詩文皆技也，技之精者必近善，故詩文美者，命意必善』（《答翁學士書》），亦認爲詩文以義理爲重，他還說『近日爲詩當先學七子，得其典雅嚴重，但勿沿習皮毛，使人生厭。復參以宋人坡、谷諸家，學問宏大，自能別開生面』（郭麐《樗園銷夏録》卷下），亦是主張以學問爲詩。郭麐二十三歲時拜姚鼐爲師，從學於金陵鍾山書院近三年，其間生活困窘，『典衣寄銀』以養母，姚鼐『時以束修益之』（《樗園銷夏録》卷下）。因爲這層關係，郭麐常被視爲桐城詩派陣營中人。但郭麐的詩學觀念，與姚鼐頗有不同之處。郭麐嘗説『余最厭宋人妄議昔賢優劣』（《靈芬館詩話》卷八），其《靈芬館詩話》、《靈芬館詩話續》、《樗園銷夏録》、《爨餘叢話》諸書於乾嘉詩人行實及作品記録雖多，但從不妄加貶抑。故郭麐論詩，亦無門戶之見：

詩之風格，隨時而遷。始必有一人倡之，已而衆人和之。久之厭生，又必有一人變之，而衆人又從而和之。當其倡也，足以一新學者之耳目。沿襲既久，流弊滋多，於是起而矯之，矯之或過，而流弊又從之而生。自余有識以來，所見文字之場、翰墨之林，爭雄競長，已屢變不一。變苟非卓然自立而以古爲程者，鮮不從風而靡然。而山林伏處之士，不涉事故，不爭時名，托物適興，嘐嘐自鳴，漻然淡然，以吟詠其所欲言，雖聲華不著，而性情獨存。（《聽香館吟稿序》）

一代有一代之作者，一人有一人之獨至。氣盛則沛，詞達則偉。簡而不枯，腴而不華，無背於六經之旨，如是而已。（《與汪楯庵論文書》）

夫人心不同，所遭亦異，托物造端，惟其所適。但論真贗，不問畛畦。（《江聽香詩引》）

郭麐認爲詩風變遷，是文學求新求變的必然結果，但對只顧追隨文學潮流、不能卓然自立的文人卻頗爲不屑。他主張詩人的創作要有『獨至』之處，要『氣盛』『詞達』，最重要的是，要『性情獨存』，能抒發真情實感。以此，對於老師姚鼐注重擬古、風格雅正的詩歌，郭麐不客氣地指出：『《惜抱軒詩》如彝器法物，古色斑爛，未敢褻觀，恨少適用。』（《爨餘叢話》卷三）在郭麐看來，詩歌是用來抒寫『性情』的，如囿於詩法，只重形式之典重、文字之出處，便爲『彝器法物』，令人敬而遠之了。

郭麐重『性情』的詩學觀念，其實更接近袁枚的『性靈説』。郭麐認識袁枚猶在師從姚鼐之前，乾隆五十三年（一七八八）二十二歲的郭麐在吴江拜見了當時已名滿天下的袁枚，激動地寫下『生尚識公休恨晚，天留此老亦情多』（《呈隨園先生袁枚》）的詩句，爲自己能與之相識而萬分慶幸。此後在金陵，郭麐也是隨園的常客，對袁枚亦執弟子禮。袁枚以標舉『性靈』聲聞天下，其『性靈説』的核心即是主性情，如《隨園詩話》卷七言『詩難其真也，有性情而後真』，便是認爲有真情然後有真詩。再看上文郭麐論詩所説『但論真贗，不問畛畦』、『性情獨存』等語，不難看出他對『性靈説』的接受與認同。另外，袁枚論詩雖尚才情，但也不廢學力，認爲二者不可偏廢，如其《隨園詩話》卷二云：『後之人未有不學古人而能爲詩者也，然而善學者得魚忘筌，不善學者刻舟求劍。』在這一點上，郭麐的觀點也跟袁枚一致，他在《南雷〈明文案序〉書後》一文中説：

文之無情者，固不足以傳。有其情而才與學不足以達之，則情雖至而文不至，鄙陋闒茸，豈足行遠？譬如詩言格律，固不足以盡之，然廢是則無以爲詩。

袁枚提倡要善於學習古人，郭麐則進一步指出學習前人的『詩言格律』是作詩的基本功。並且，郭麐在《靈芬館詩話》卷八中還專門替袁枚辯護：

隨園出而獨標性靈，天下靡然從之，然未嘗教人不讀書也。余見其插架之書，無不丹黄一過。

袁枚重性靈抑格調的詩學觀，容易給人造成他不重學力的印象。郭麐爲免天下人誤解而特别指明袁枚『未嘗教人不讀書』，亦是對袁枚『性靈説』的進一步闡發。

在詩歌觀念上，郭麐認同袁枚的『性靈説』更甚於姚鼐的『桐城詩法』，在詩歌創作上，郭麐也是一任性情，惟心所適。郭麐流傳下來的詩歌有四千多首，實際創作的數量還遠不止此，他刊刻《靈芬館詩初集》時，將十餘年的作品『凡十一卷，二千餘首，刪爲四卷，僅五百首，猶以爲不足存』（孫均《靈芬館詩初集序》），由此既可見郭麐作詩之勤，也可見他對自己作品要求之苛。縱然流傳下來的作品只是他全部詩作的一小部分，但内容已極爲豐富，可以説是完整地記録了他一生的軌跡：《靈芬館詩初集》四卷，收録了郭麐從乾隆四十八年（一七八三）十七歲到乾隆六十年（一七九五）二十九歲間的作品；《靈芬館詩二集》共十卷，卷一《近遊集》收録嘉慶元年（一七九六）正月至次年四月的作品，卷二《近遊後集》收録嘉慶二年（一七九七）四月至年底的作品，卷三《探梅集》收録嘉慶三年（一七九八）正月至三月的作品，《會吟集》則録此年四月以後的作品，卷四《移家集》收録嘉慶四年（一七九九）三十三歲時的作品，卷五《山陰歸櫂集》收録嘉慶五年（一八〇〇）正月至六月的作品，卷六《白下集》則録此年七月以後的作品，卷七、卷八《櫧概集》收録嘉慶六年（一八〇一）、七年（一八〇二）的作品，卷九、卷十《竿木庵集》收嘉慶八年（一八〇三）正月至九年（一八〇四）十月的作品；《靈芬館詩三集》共四卷，卷一《後移家集》收録嘉慶九年（一八〇四）十一月至十年（一八〇五）五月的作品，《得閒集》收十年六月至十月的作品，卷二《邗上雲萍集》録十年十一月至年底的作品，卷三《雲萍續集》收録嘉慶十一年（一八〇六）四十歲時的作品，卷四《剛卯集》收録嘉慶十二年（一八〇七）的作品；《靈芬館詩四集》共十二卷，卷一、卷二《旅逸集》收録嘉慶十三年（一八〇八）至嘉慶十五年（一八一〇）九月的作品，卷三《江行倡和集》録十五年十月起盡一年的作品，卷四、卷五《皋廡集》收録嘉慶十六年（一八一一）正月至十七年（一八一二）八月的作品，卷六《踰淮集》收録十七年十月至嘉慶十八年年底（一八一三）的作品，卷七、卷八《五嶽待游集》收録嘉慶十九年（一八一四）、二十年（一八一五）的作品，卷九至卷十二《蘧庵集》收録嘉慶二十一年（一八一六）五十歲至嘉慶二十四年（一八一九）五十三歲間的作品；道光二年（一八二二）十二月廿二日，郭麐在清江所住汪氏依光樓失火，郭麐『僅跳而免，所著皆燼』，五十四、五十五、五十六歲所寫的詩作還不及刊刻，全部爲大火所吞噬，『友朋掇拾，間以抄寄，不復次第，得即存之』（《爨餘集》小序），將此三年殘存作品編爲《爨餘集》；《靈芬館詩續集》共九卷，卷一《解祟集》收録道光三年（一八二三）五十七歲時的作品，卷二《解祟集》收録道光四年（一八二四）的作品，卷三《迴向集》收録道光五年（一八二五）的作品，卷四至卷九《老復丁庵集》收録道光六年（一八二六）六十歲直至道光十一年（一八三一）去世時的作品。如此體例，真好像是郭麐有意以詩爲載體，在爲自己的人生堅持不懈地寫『日記』。

在内容上，郭麐的詩歌亦如日記一樣，事無巨細，無所不言：有國家時事，如爲道光八年（一八二八）二月新疆叛亂之首領張格爾被擒而寫的《次韻和芥航河帥喜聞張格爾就禽四首》和《口號八首》等詩；有民生疾苦，如反映天旱民勞的《水車謡》、反映杭州火災的長詩《哀孽火》等；有江山勝景，如《望金山作》、《莫釐峰望太湖作》、《七月十三日西湖夜泛作》、《從靈隱入韜光寺》、《小秦淮泛舟至平山堂》等大量遊覽各地景物的詩歌；有自然風雨，如《欲雪》、《新凉》、《秋雨》、《陰寒二首》、《五月十日大風雨作》等反映氣候變更的詩歌；有草木榮枯，如《白桃花》《秋晚牽牛花將退房矣以詩餞之》、

《紅梅水仙盛開戲作》、《白胡蜨花二首》等感慨花開花落的詩歌； 有節日風俗，如記錄民間祭祀祠山王生日的《二月八日戲作》、關於六月六日貓犬生日的《浴貓犬詞並序》、描寫農曆十二月二十四日民間祭灶神習俗的《醉司命詞》，及大量的花朝、端午、中秋、重陽、除夕等節日詩； 有宴遊集會，如《同人招飲城西道院水軒記事》、《頻伽齋夜集分韻得最字》、《除夕同竹士丹叔過飲友漁齋分韻得阿字》等及與諸友在揚州作銷寒六會、在淮安作銷寒九集、在家作銷夏七會時所作詩歌； 有贈答酬和，如《次韻答聽香見慰之作》、《子履以歲晏避債四十韻見示次韻答之》、《揚州小泊歷亭丈見和吳門唱酬之作賦答二首仍用前韻》、《次韻丹叔梅雨即事》等與親友往來唱和的詩歌； 有題圖題像，如《題蕭梅生光裕寄廬鐙影圖》、《題隨園先生八十遺照》、《陳迦陵放鶴圖照夢琴屬題》、《題改七薌琦爲余畫鍾馗弔屈幛子》、《題桑連理館圖二首》等一大批題畫之作； 有旖旎情緣，如《檇李雜詩》中那若有若無的情事，《章江柳枝詞》中與江西女子謝湘霞未能踐行的情約，《上元後七日自山陰放舟還魏塘舟中示素君》、《素君水閣塗妝小影二首》、《寄素君》等詩中與妾素君的纏綿情意等； 有親愛家人，如《阿茶》、《午日示丹叔及桐兒栮姪二首》、《語兒道中》等與家人和樂相處的詩歌； 有羈旅征途，如《上饒道中》、《京口阻風》、《弋陽道中曉發》等及《旅逸集》、《江行倡和集》中大量記錄人在旅途的詩歌； 有送別懷人，如《送笠帆廉使之黔中方伯任》、《揚州送鐵珊入都三首》、《送雲巢都轉移任天津》、《送子卿歸于湖》等贈別友人之作及《寓樓寄懷湘湄鐵門竹士諸君》、《病起懷人詩三十首並序》、《續懷人詩十二首》、《寄霽青都門三首》、《中秋懷友各寄一詩》等思念友人之作； 有悼亡傷逝，如哀悼妻子的《至揚州得内人凶問》詩及《夜雪悼江庵二首》、《挽賓谷先生》、《金蘭畦尚書挽詩四首》、《芝亭挽詩四十韻》、《因鐵門之亡追悼湘湄舟中獨飲忽忽不樂作此寄丹叔》等悼念友人之作；有孝義節烈，如《詹烈婦詩》、《臧孝子詩》、《黄孝子聖猷詩》等歌頌孝子烈女的詩歌；有遊仙參禪，如《小遊仙詩》、《逃禪詩三十二首並序》、《寫首楞嚴經畢漫題二絶》等尋找心靈寄託的詩歌；有飲食起居，如《夜半飲酒丹叔已堅卧不起以詩嘲之》、《食菊葉餅和丹叔韻》、《京口食鰣魚》、《食蟹有感再用前韻》、《余日食不及一合諸人少之作此爲解用吴子野絶粒不睡韻》、《新造一廊形若磬折遂以名焉甚苦勞費喜於垂成作此柬退庵芝生》、《齒痛戲成》等關涉日常生活方方面面的詩歌。以上所舉，還遠不是郭麐詩歌的全部内容。郭麐的詩歌，正如他自己所宣稱的『托物造端，惟其所適。但論真贋，不問畛畦』，突出體現了『真』的特色，抒寫的都是自己的真實人生和自己的真性情。

後人論郭麐之詩，多讚其『善言情』：

國朝詩人善言情者不少，以黄仲則、樂蓮裳、郭頻伽三家爲最。頻伽含情若抑，吹氣如蘭，於憔悴婉篤之中，有悱惻芬芳之致。（張維屏《聽松廬詩話》）

吴江郭頻伽明經麐，少有神童之目。一眉白於雪。屢試不售，橐筆江湖，詩名噪一時。所著《靈芬館集》，氣骨清雋，洗淨俗塵。余最愛其言情之句。（陸以湉《冷廬雜識》卷一）

詩人善於言情的先決條件是内心擁有豐沛的情感，郭麐正是這樣一個『情多每恨兒女態，遇窮或出危苦詞』（《贈楊雲珊元錫即題其覽輝閣詩集》）的多情善感的才子。隨著人生際遇的變化，郭麐詩歌言情的重心也有所改變。早年，郭麐以天縱之資，『輕視世路無崎嶇』（《題丹叔閉門卻埽圖》），意氣飛揚，但閱歷有限，詩筆所及，多山川風物、友朋往來，更多有少年情懷、男女情事。郭麐自己也說：『香奩一體，余少時酷好爲之。』（《靈芬館詩話》卷二）《靈芬館詩初集》中此類詩歌比比皆是，如《延令竹枝詞》、《分湖欸乃歌》、《東湖曲》、《紅橋曲》等。郭麐的香奩體詩，雖然不乏綺詞麗句，脂粉之氣，但因情真意長，而少空泛之病。何曰愈《退庵詩話》卷二十論郭麐此類詩歌云：

余生平不喜豔體詩，以蘊藉者少，而猥褻者多也。若郭頻伽之『詩思逢秋容易瘦，美人如月本來孤』、『遠道人來煙雨外，傷心事在別離前』、『明知相見難爲別，便恐重來不是春』、『容易相逢如夢寐，不多時節又黄昏』、『粉黛獨饒名士氣，畫圖原是女兒身』，則香沁心脾，感均頑豔矣。

以上所舉郭麐詩句，或詠閨閣美人，或詠私情密約，或詠相思離别，雖題材香豔，但其中繚繞著一股淡淡的惆悵和憂傷，别有一番動人情致。隨著歲月的遷移，郭麐嘗盡功名的失意、生活的困頓、羈旅的苦辛、親朋的零落，詩歌抒情的重心，不再是男女情事，抒發的情感，也不再是淡淡輕愁。郭麐的詩中，更多的是『天以功名磨士氣，人將骨相與秋爭』（《歸自白門邀同獨遊至舍並柬壽生》）的失意與無奈，『夢中仍作無家别，身上依然遊子衣』（《舟過黎里同鐵門訪山民於新詠樓留詩爲别山民時以趙秋穀詩幅見遺即用秋穀韻》）的飄泊與孤獨，『狂因醉後輕言事，窮爲愁多廢著書』（《寄壽生獨遊》）的佯狂與愁苦，『憂果能埋何必地，人猶難問況於天』（《夢中得埋憂二語爲足成之》）的沉重與滄桑……人生百味，在郭麐詩中匯成一部厚重濃郁、真切動人的交響曲。

郭麐詩歌的感人之處，不僅在於其真實深厚的情感，還在於其頗具靈氣的詩風。阮元曾讚郭麐道：『其爲詩也，自抒其情與事，而靈氣入骨，奇香悦魂，不屑屑求肖於流派。』（《靈芬館詩二集序》）張維屏亦曰：『頻伽以靈芬名集，其心靈，其筆靈，真得乾坤清氣者。』（《聽松廬詩話》）一個『靈』字，可謂極爲中肯地概括了郭麐詩歌的風格。如：『二月落花如夢短，一湖春水比愁多』（《西湖春感四首》之二），將短夢輕愁融入落花春水，意境靈動，摇曳生姿；『滿眼青山秋士老，打頭黄葉酒人來』（《歷亭丈招同奚鐵生岡鐵門同集待菘軒次歷亭丈韻》），以青山黄葉襯托秋士情懷，清氣靈長，自然灑脱；『定爲情死爲愁死，是不能尋不忍尋』（《曠野》之一），把生死情愁化作艱難一問，迷中見智，幽深靈慧；『身能自主除非夢，事本難言賴有詩』（《檇李雜詩》之八），任身世沉浮寫入一首小詩，深深歎息，靈韻悠悠……難怪阮元謂郭麐《靈芬館詩》有『吸露餐霞，不食人間煙火者』（《定香亭筆談》卷一）。在考據學問之風盛行的乾嘉文壇，郭麐的詩歌能不爲格律所縛、不爲學問所拘，獨樹一格，與他在創作中轉益多師的作法很有關係。王昶説郭麐詩『初效李長吉、沈下賢，稍變而入於蘇、黄』（《湖海詩傳·蒲褐山房詩話》），沈其光説『頻伽詩不拘流派，蓋鎔冶唐宋香山、誠齋諸家詩而自成一體』（《瓶粟齋詩話》三編卷三），或許都有一定道理。嚴迪昌先生《清詩史》更認爲郭麐是清代第一個成功學習楊萬里詩風的詩人，並對此有詳細論證，兹不贅述。總之，郭麐的詩歌成就與他不拘流派但偏於性靈的詩學觀念、不拘師承但偏於誠齋的詩歌取法、不拘題材體裁但寫真性情的創作實踐是密不可分的。

郭麐只有四百多首詞作，就數量而言，遠不能與其詩歌相比，但是郭麐在乾嘉詞壇的地位卻並不低，他是浙西詞派後期的骨幹作家，在理論和創作上爲變革浙派後期日漸靡弱的詞風做出了重要貢獻。浙西詞派是清代詞壇歷時最久的一個詞派，由朱彝尊創始於康熙前期，經厲鶚光大於雍乾時期，至嘉道時流風猶在。浙派標舉南宋後期姜夔、張炎等人的詞，爲清代詞壇確立了『清空』、『醇雅』的新宗尚。然一味求『清』求『雅』，使得浙派後期逐漸失去鮮活的生命力，陷於『浮膩』、『薄弱』之弊而受人指斥。郭麐是後期浙派的健將，在詞學上對朱彝尊推崇備至，認爲『本朝詞人，以竹垞爲至』（《靈芬館詞話》卷一），也服膺朱彝尊『詞實至南宋而始極其能』（《靈芬館詞話》卷一）的觀點。但郭麐對後期浙派的流弊也看得很清楚：

倚聲家以姜、張爲宗，是矣。然必得其胸中所欲言之意，與其不能盡言之意，而後纏綿委折，如往而復，皆有一唱三歎之致。近人莫不宗法雅詞，厭棄浮豔，然多爲可解不可解之語，借面裝頭，口吟舌言，令人求其意恉而不得。此何爲者耶。昔人以鼠空鳥即爲詩妖，若此者，亦詞妖也。（《靈芬館詞話》卷二）

對於浙派末流堆砌詞藻、故作高深、無真情實感的創作，郭麐直接斥爲『詞妖』。而針對這一弊端，郭麐援引他的性靈詩學觀來說詞，主張『寫其心之所欲出，而取其性之所近』（《無聲詩館詞序》），並在《靈芬館詞話》卷一中把詞分爲四派，又作《詞品》將四派擴展爲十二品，皆是對浙派詞學觀的重要變革，只求放寬視野，多方取法，跳出浙派專宗南宋的樊籬，以補浙派詞虛浮不實之弊。

在創作上，郭麐也是遵循浙派軌轍，詞作風格以『清』爲主。如其《疏簾澹月·寒月》一詞：

澄澄寒水，漸浸入玉階，冷清清地。一個愁人獨自，披衣夜起。小窗瘦影初斜矣，怕難禁、清寒如此。梅花閣下，蘆花簾外，那人睡未？　此際遣懷無計。況殘砧鄰笛，一時俱至。獨立閒庭惹起，幾番心事。孤鴻吊影霜天裏，驀回頭、月明千里。今宵酒醒，一聲霜角，清愁而已。

詞中所用『寒水』、『瘦影』、『孤鴻』、『霜角』等意象，空靈雅潔，所敘『披衣夜起』、『獨立閒庭』、『今宵酒醒』等舉止，清愁縈繞。全詞以清冷幽靜的氛圍襯托清寒愁悶的心境，滿是『清幽』之氣，正符合浙派詞的審美情趣。但相對於浙派末流言之無物、故作清空的詞作，郭麐詞因與其詩一樣注重抒寫真性情，故而能『清』而不『空』，另有一種感人的情致。如以下兩詞：

深院斷無人，拆徧秋千紅索。一桁畫簾開處，在曉涼池閣。　潛行行過曲闌干，往事正思著。猶認墮釵聲響，卻梧桐葉落。（《好事近》）

秋水淡盈盈，秋雨初晴。月華洗出太分明。照見舊時人立處，曲曲圍屏。　風露浩無聲，衣薄涼生，與誰人說此時情？簾幙幾重窗幾扇，說也零星。（《賣花聲》）

這兩首詞意境清靈，情深脈脈，於含蓄蘊藉中見相思懷人之旨，堪稱佳作。吳衡照《蓮子居詞話》卷三誇『頻伽詞專摹小長蘆，清折靈轉，幾於具體而又過之。所錄名篇雋句，生香活色，絕少俗韻』，可謂言之有據。

總的來說，以『性靈』入詩詞是郭麐作品的最大特色，其佳處在此，短處亦在此。能抒性情，故其詩詞真實動人，可見赤子之心；然以性靈爲先，難免疏於格律、學問、典雅，也常給郭麐詩詞帶來『薄』、『滑』、『俗』的譏評。譚獻在《復堂詞話》中説他自己『初事倚聲，頗以頻伽名雋，樂於風詠。繼而微窺柔厚之旨，乃覺頻伽之薄。又以詞尚深澀，而頻伽滑矣，後來辨之』，即是一例。

三

郭麐頗有藝術長才，『詩、書、畫、金石』俱精。李濬之輯《清畫家詩史》己下中言其『工詞章，善篆刻，間畫竹石，別有天趣，書法山谷』。盛叔清輯《清代畫史增編》卷三十五亦云其『工詩文，能篆刻，行楷書宗山谷，筆力峭勁，風骨嶄然。偶畫竹石，別有天趣。』郭麐之詩文著述更是數量驚人，據《清史列傳》卷七十三記載，有『《金石例補》二卷』、『《靈芬館詩》初集四卷、二集十卷、三集四卷、四集十二卷、續集八卷（筆者按：實爲九卷）、《雜著》二卷、《雜著續編》四卷、《江行日記》一卷、《樗園銷夏錄》三卷、《靈芬館詩話》十二卷、《續詩話》六卷、《蘅夢詞》、《浮眉樓詞》、《懺餘綺語》各二卷』，還有《清史列傳》未提及之《雜著三編》八卷、《爨餘集》一卷、《國志蒙拾》二卷、《爨餘叢話》六卷，陸續刊刻於嘉慶至道光年間（一七九六—一八五〇），彙集成《靈芬館全集》。

郭麐《靈芬館全集》中的詩作，最早刊刻的是《靈芬館詩二集》，刻於嘉慶八年（一八〇三）至九年（一八〇四），之後郭麐又將三十歲之前的作品輯爲《靈芬館詩初集》，刊刻於嘉慶十二年（一八〇七），《靈芬館詩三集》刻於嘉慶十三年（一八〇八），《靈芬館詩四集》刻於道光三年（一八二三），《靈芬館詩續集》是在道光十二年（一八三二），也就是郭麐去世後一年，由友人嚴烺出資付梓。至於郭麐詞集，《蘅夢詞》二卷錄三十歲以前作品，《浮眉樓詞》二卷錄三十歲至三十七歲作品，此四卷詞與《靈芬館詩二集》同時刻於嘉慶八年至九年。《懺餘綺語》二卷錄三十七歲以後至四十一歲時的詞作，與《靈芬館詩初集》同刻於嘉慶十二年（一八〇七）。《爨餘集》刊刻於道光九年（一八二九），錄身遭火災後殘存之五十四、五十五、五十六歲所寫詩作，及四十一歲之後至《爨餘集》刊刻時所存詞作。

光緒五年（一八七九），經許增校訂後補刻之《娛園重訂靈芬館全集》，乃郭麐作品最精善之版本。

許增（一八二四—一九〇三），字益齋，一字邁孫，浙江仁和（今杭州）人，是著名的學者、藏書家。在杭州建『娱園』（又名『榆園』）以奉母，居於其間勘訂書籍，所校刻《唐文粹》精核無比。許增喜作詞，對郭麐十分欽服，嘗自署『靈芬私淑弟子』，因此耗時耗力重訂郭麐《靈芬館全集》。此外，許增於同治十一年（一八七二）至光緒十五年（一八八九）之間輯《榆園叢刻》時，又再次校訂郭麐《靈芬館詞》，並請張預、沈景修等人作重刊序言，收入《叢刻》中。其中《蘅夢詞》、《浮眉樓詞》、《懺餘綺語》三種刻於光緒五年（一八七九），《爨餘詞》一卷刻於光緒六年（一八八〇）。郭麐之《爨餘集》原是詩詞合集，許增重訂《靈芬館全集》時將詩詞分爲二種，詩作仍名《爨餘集》，詞作改稱《爨餘詞》。

除《靈芬館全集》所録詩詞外，尚有二種輯佚之集。一是上海圖書館藏郭麐友人朱春生手録之《靈芬館集外詩》一卷，所收乃郭麐乾隆五十一年（一七八六）二十歲至乾隆五十五年（一七九〇）二十四歲五年間的作品，皆爲全集未收之作，十分難得。二是北京大學圖書館藏《郭頻伽先生手書詩稿》上下兩冊，乃郭麐乾隆五十六年（一七九一）二十五歲至乾隆五十八年（一七九三）二十七歲間的作品，大部分詩詞爲全集所未有，一部分詩作可見於《靈芬館詩初集》卷二、卷三，少數詞作可見於《蘅夢詞》，然多數字句有異。此乃郭麐手稿，本已彌足珍貴。更何況，對照此稿本與刻本，可以推知郭麐早年作詩、改詩、删詩的情況，頗具參考價值。

本書在校點過程中，曾得北京大學圖書館沈乃文先生、上海圖書館梁穎先生、北京大學中文系吴國武学兄的熱情協助，在此致以真誠的謝意。本書之校點，先由研究生鹿苗苗、孫欣婷二君將六十多萬字的書稿打字录入電腦，再與底本及各種校本對校，在她們校過兩遍的基礎上，筆者又逐字逐句對校全書，整個過程耗時近三年。此外，附於集後之《郭麐年譜簡編》，由鹿苗苗初撰，筆者逐條訂正編成；《傳記》、《評論》由鹿苗苗、孫欣婷、許昱君三君搜羅核對而成。因筆者才學疏淺，古籍整理又亟需功力，故校勘再三，仍難免有疏誤之處。祈海内外方家學者有以教之。

姚蓉

辛卯年四月十八日於韓國外國語大學新安寓所

凡例

一、《郭麐詩集》正文部分共收録郭麐《靈芬館詩》之初集四卷、二集十卷、三集四卷、四集十二卷、續集九卷，《爨餘集》一卷，及《蘅夢詞》二卷、《浮眉樓詞》二卷、《懺餘綺語》二卷、《爨餘詞》一卷。

一、《郭麐詩集》之詩作部分，以上海圖書館藏清嘉慶、道光年間刊刻之三十六册《靈芬館集》爲底本，校以上海圖書館藏光緒五年許增補刻《娱園重訂靈芬館全集》（簡稱許增本），參校以上海圖書館藏民國二年掃葉山房石印本《靈芬館詩》（簡稱民國本，僅收初集四卷、二集十卷、三集四卷，未收四集與續集）及北京大學圖書館藏《郭頻伽先生手書詩稿》（簡稱手稿本）。

一、《郭麐詩集》之詞作部分，以上海圖書館藏清嘉慶、道光年間刊刻之三十六册《靈芬館集》爲底本，校以上海圖書館藏光緒五年許增補刻《娱園重訂靈芬館全集》（簡稱許增本）及許增輯《榆園叢刻》時重刊之《靈芬館詞》（上海圖書館藏《娱園重訂靈芬館全集》收入，簡稱許增重刊本），參校以民國間上海中華書局出版《四部備要》所收鉛印暨影印本《靈芬館詞》四種（簡稱四部備要本）。

一、《爨餘集》一卷，底本爲詩詞合集，許增本析爲詩一卷，仍名《爨餘集》，詞一卷，名《爨餘詞》。本書亦從許增本將詩詞分列。

一、書末附録輯佚之集二種。一爲上海圖書館藏朱春生手録之《靈芬館集外詩》一卷，皆爲全集未收之作。一爲北京大學圖書館藏《郭頻伽先生手書詩稿》上下兩册，雖部分詩詞見收於《靈芬館詩初集》及《蘅夢詞》，然字句多有差異。現將全集未收之詩作列於附錄，互見之詩在校勘記指明。

一、集末附錄《郭麐年譜簡編》、《郭麐傳記資料簡編》、《郭麐評論資料簡編》，以供讀者參考。《郭麐傳記資料簡編》於每篇傳記之末注明出處。《郭麐評論資料簡編》所搜資料，主要來源於錢仲聯先生主編《清詩紀事》、唐圭璋先生主編《詞話叢編》、張寅彭先生主編《民國詩話叢編》，特此説明，不再一一注明。

一、文中古今字、異體字、俗體字等，凡無歧義者，皆改爲通行繁體字，以方便閱讀。凡明顯避諱之處，皆徑改本字。

一、文中原有缺字，或因印刷及蟲蛀而間有奪字者，均以「□」代替。

目錄

前言……一

凡例……一

靈芬館詩集序……屠倬 一

靈芬館詩初集序……孫均 三

靈芬館詩二集序

一……吳錫麒 四

二……查初揆 五

三……阮元 六

靈芬館詩三集序

後移家集序……楊芳燦 七

邗上雲萍集序……彭兆蓀 八

剛卯集序……朱文翰 九

雲萍續集序……樂鈞 一〇

靈芬館詩四集序……馬洵 一一

江行倡和集序……彭兆蓀 一一

踰淮集序……汪愼 一二

五嶽待游集序……夏寶晉 一三

靈芬館詩續集序……嚴烺 一五

蘅夢詞浮眉詞序……陳鴻壽 一七

自序……郭麐 一七

懺餘綺語序……郭麐 一九

重刻靈芬館詞序……張預 二〇

重刻爨餘詞序……沈景修 二一

靈芬館詩初集

卷一

欲訴癸卯……三

寒食甲辰……四

水仙謠……四
題徐江庵濤畫……四
水閣和江庵韻……五
贈汪竹香元諒……五
寄袁實堂先生穀芳二首乙巳……五
記夢……六
延令竹枝詞……六
樓外……七
曉發……七
聞蛩……八
淩晨……八
慶雲寺……八
哭倪裴君筠三首……九
重陰一首……九
鷄鳴……一〇
早春即事丙午……一〇
出關……一〇
寄懷朱鐵門春生袁湘湄棠……一一
延令雜詩……一一
記夢詩并序……一二
題王進士洪序五峰草堂圖……一三
燕巢……一三
酬沈瘦客大成一首……一四
王山長洪序索題延令書院效江西體君江西人，僑居金陵……一四
被酒後作……一五
檢舊所作詞有感寄湘湄……一五
題馬蕉庵元勛蕉雨軒圖……一六
答瘦客……一六
寄鐵門湘湄用東坡岐亭韻……一六
霜林……一七
送王延庚蘇北上仍用岐亭韻二首……一七
寄江庵……一八
寒夜書事……一八

寄舍弟鳳……一九
哭朱存原并序……一九
晚步……二〇
分湖欸乃歌……二〇
彭城旅館對月丁未……二一
彭城中元……二二
九月八日舟次袁浦寄彭城友人用東坡九日黄樓詩韻……二二
九日仍用前韻……二三
望金山作……二三
舟行即事……二三
新葺所居三楹遲鐵門諸君不至示江庵一首戊申……二四
寒食夜作……二四
贈袁箋生鴻即次其韻……二五
寄瘦客……二五
繡毬花……二六
移竹寄弟……二六
雪夜舟中懷舍弟……二六
呈隨園先生袁枚……二七
元日和江庵韻己酉……二七
花朝坐蘅夢樓得詩二首……二七
春波橋……二八
雨中過桐鄉……二八
弄珠樓……二八
東湖曲……二九
頻夢見……二九
隨園先生招同姚惜抱夫子小飲花下賦呈……二九
古詩三首呈惜抱夫子……三〇
芍葯同秦楞香大光作……三〇
即事……三一
題陳止君夫人合箭樓詩集應令子胡鎬屬……三一
贈楞香……三二
送鮑覺生桂星……三二

登金山塔頂同鐵門賦 …… 三二
爲湘湄題畫五首 …… 三三
逼除獻歲百端茫茫愁憂無方率成四律 …… 三三
呈顧蔚雲先生汝敬二首 …… 三四
商山子像蔣氏老僕能詩，曾識詞科前輩 …… 三四
以湘湄所臨李伯時天閑五駿圖遺龍劒庵光斗滕之以詩 …… 三五
紅橋曲 …… 三五
醉司命後一日過集竹溪堂四首 …… 三七
探梅絕句庚戌 …… 三八
由馬家山至鄧尉小憩還元閣登絕頂望太湖中諸山三首 …… 三八
循元墓麓取道至石樓題壁 …… 三九
得覺生書 …… 三九
題金陵酒肆 …… 四〇
奉和姚惜抱夫子送行之作 …… 四〇
食梅醬戲作 …… 四一
送龍雨樵先生鐸謫戍塞外四首 …… 四二
檇李雜詩 …… 四二
江庵病少間矣而余將有遠行賦此志別 …… 四三
懷惜抱夫子 …… 四四
哭江庵六首 …… 四四
江庵淺厝泗洲寺側同其弟過而哭之 …… 四五
夜雪悼江庵二首 …… 四五
越三日復雪閉門弔影追悼江庵不已仍作三首其卒章乃以自遣也 …… 四六

卷二

絕句辛亥 …… 四七
遲惜抱夫子不至仍用見送韻奉寄 …… 四七
隨園先生生挽詩 …… 四七
次韻姚根重持衡見贈二首 …… 四八
疊韻一首寄根重 …… 四九
蔡芷衫元春招飲秦淮酒樓醉後走筆寄之 …… 四九

苦雨……五〇
六月二十四日高公子世煥盧公子謨過集鍾山書院招同根重李夢滄蘊分韻得乘字……五〇
送根重歸桐城……五一
爲夢滄寄題其尊甫石友先生品畫樓……五二
沈璟湖田課農圖……五二
松江夜泊……五三
曉發訪顧竺生國政……五三
舟中雜詩……五三
青溪壬子……五四
顧麟徵風木圖二首……五四
喜家書至……五五
同人招飲城西道院水軒記事……五五
無花可供折垂柳一枝於研頭缾戲作……五六
贈李曉江湟五十初度即送其歸里爲粵東之遊……五六
即事……五六
攝山道中……五七
綠陰……五七
苦雨……五七
六月十三日夜泛舟荻莊作……五八
夢江庵……五八
題歷亭司馬丈秋皐試馬圖……五九
鐙下鈔存江庵遺詩因題其後……五九
夜坐雜成并示舍弟丹叔及朱袁諸子……五九
寄漱冰上人本白……六一
欲雪……六一
渡江同孫十五宬褒……六一
今年……六二
正月三日訪黃退庵愷鈞於友漁齋記同江庵過此已三年矣感念存沒不能去心需醉失聲輒題其壁癸丑……六二
曹氏溪莊探梅同退庵瘦客漱冰……六二

六扇……六三
上元後將啟行矣風雨連朝雜然有作……六三
阿茶……六四
舟行見柳色新黄可念……六四
舟行雜記……六四
小秦淮泛舟至平山堂……六五
春分後一日復雨……六五
花朝祭花歌揚州九峰園作……六五
揚州感舊二首……六七
揚州訪劍庵不值所親出示雨樵先生塞
外書感賦……六七
留别九峰園二絶……六七
淮陰晤蔣伯生因培遂訂交焉臨别賦贈
三首……六八
即日……六九
到家二首……六九
題女郎扇頭山水……六九
題女士金纖纖逸詩卷……七〇
陳竹士基见過出示纖纖女士病中答詩
及見題近集二首同韻奉酬……七〇
顧虹橋麟徵以閨人王月函姮畫扇索詩
爲題二絶……七一
春柳……七一
夜泛……七二
題錢清豫浮槎圖……七二
新凉……七三
寄家書後作……七三
寄蔣處士仁……七三
即事……七四
買得宋人詩鈔後半頗爲蠹損沈生志香
爲余補綴完好書此謝之……七四
寄伯生山東……七五
美人捧劍圖……七五
鍾山三友詩有序……七六

秋雨……七八
長歌酬孫十八寧衷……七八
小童爲插鞠於缾朝起對之斐然有作……七九
徐稼庭賓田招看鞠花張鐙置酒留連信宿輒作絶句留題所居凡得六首……七九
寄懷隨園先生……八〇
黄小松司馬易遠自山東寄聲道意作此奉寄……八〇
次韻酬月函女士并柬虹橋……八一
初見紅葉……八一
夢亡友江庵……八二
書復鐵甫書後……八二
哭宋龍溪太守覲光……八三
題湘湄爲鐵門所作金山圖便面……八三
雲樵鄭兄與余相識舊矣以未得一言爲恨四十之年因湘湄道意感贈二章并示鐵門湘湄……八四
夜過平望驛……八五

卷三

十一月十二日假館葛林園由西湖放舟至茅家步登飛來峰回飯僧廚乘月上孤山謁林處士墓夜宿湖樓得詩四首
示周上舍慶承孫孝廉琪兼寄粱太史同書……八六
飛來峰題壁……八七
冷泉亭小憩……八八
西湖即事并序……八八
游龍井……八九
過谿亭……九〇
登吳山望江二首……九一
十七日同周小塍慶承游雷峯塔淨慈寺登南屏觀溫公摩厓家人卦及海嶽琴臺二字……九一

題顧恂堂兆曾畫冊二首……九二
葉丈振統輓詩……九三
初寒……九四
頻伽齋夜集分韻得最字……九四
歲暮雜詩戲作俳體十九首……九五
立春日雪甲寅……九九
人日諸君子過訪頻伽齋即事有作……九九
守風書悶……一〇〇
寄雨樵先生塞外……一〇〇
睡起偶成……一〇二
寒食出游……一〇二
清明後一日……一〇二
丁香花落有感……一〇三
夜遊荻莊見海棠已落……一〇三
薄遊……一〇三
柳絮……一〇四
同韻酬壽生見寄一首……一〇四
新田十憶圖詩爲吳蘭雪嵩梁作……一〇四
書廣陵集後……一〇六
題瘦客退庵詩稿……一〇七
雨後……一〇七
疏雨……一〇八
喜湘湄至淮陰……一〇八
袁浦飲稼庭宅有感舊遊……一〇八
舟發淮陰夜中風雨大至寄湘湄……一〇九
明日仍大風雨幾不得泊作此志險……一〇九
寶應道中……一〇九
書所見……一一〇
晚酌志適……一一〇
甓社湖記湘湄語作……一一〇
高郵夜泛……一一一
舟發邗江道中口號二首……一一一
雨後過楊子橋……一一二
真州道中絕句……一一二

西日照眼輿丁以織幛之戲作自嘲……一一三
沈生志香以病告歸留詩爲別次韻
送之……一一四
書寄湘湄金陵札後……一一四
秋夜有懷……一一五
寄蘭雪……一一五
一雨……一一五
篴生風雨憶兄圖……一一六
荻莊秋社詩有序……一一六
又絕句四首……一一七
題湘湄畫……一一七

卷四

小遊仙詩……一一八
古詩……一一九
自題水村第四圖……一一九
入夢二首……一二〇
寄湘湄淮陰……一二〇
即事……一二一
竹士屬題纖纖女士所藏文俶畫卷……一二二
鹿城感舊……一二二
詹氏雙節詩并序……一二二
舟中即事……一二三
訪蔣山堂仁於東皋別去奉寄……一二四
從靈隱入韜光寺……一二四
爲弱士題畫……一二四
焦山渡江……一二四
夜坐風雪大作申旦不寐得詩二首……一二五
曉臥即事……一二五
逼除……一二五
人日後五日程藹人孝廉元吉招同尤
二娛維熊集春草軒賦贈三首乙卯……一二六
檢閱數年來元夕諸作感而賦此……一二六
睡起……一二七

花朝飲荻莊……一二七
九瓣蘭花詩二娛屬賦……一二七
舟發淮陰……一二七
吳門夜泊……一二八
曠野……一二八
閏二月十日……一二八
題陳秋史燮亭角尋詩圖……一二九
寒食雜題……一二九
舟中即事……一三〇
竹士偕篴生見過出示見懷之作依韻酬之……一三〇
入都錄別……一三〇
得伯生書卻寄即爲其太夫人六十之壽……一三一
竺生見過話別三首……一三一
三月九日夜作……一三二
出關小泊……一三二
留別嚴歷亭丈守田……一三二
汶上作……一三三
茌平道中作……一三三
德州道中寄舍弟……一三三
過德州……一三四
良鄉題壁……一三四
次韻酬鐵甫……一三四
題余秋室中允集美人春睡扇頭……一三五
呈法時帆先生式善……一三五
金載園劭招同伯生小飲陶然亭用壁間時帆先生韻四首……一三六
王葑亭給諫友亮吳穀人編修錫麒招集有正味齋……一三六
奉酬時帆先生見贈之作次韻二首……一三七
題惕甫小像……一三七
伯生屬題胥江倡和圖……一三八
時帆先生詩龕圖三首……一三八

題李介夫編修如筠蛾術齋集……一三九
題時帆先生積水潭燕遊圖……一四〇
次韻留别延庚編修……一四〇
酬介夫編修送行之作次韻二首……一四一
汶上道中卻寄載園兼呈蘭畦丈光悌
四首……一四一
宿伯生蘿莊……一四二
富莊驛……一四二
别伯生後宿南沙河題壁……一四二
示歌者……一四三
十月二十日夜宿還旅舍聞鬼車作……一四三
渡江舟中先寄故鄉諸子用東坡常潤
道中韻……一四四
竹士見過……一四四
贈竹士……一四五
遲鐵門次丹叔韻……一四五

靈芬館詩二集

卷一

近游集

退庵父子偕瘦客漱冰過訪草堂即席
二首……一四九
上元後六日村人放鐙同舍弟往觀……一五〇
中和節泛舟西湖次歷亭司馬丈韻……一五〇
花朝約遊西湖不果……一五〇
包家山雨中看桃花即送湘湄……一五一
雨……一五一
積雨六首……一五一
上巳出遊……一五二
紫雲洞……一五二
金果洞……一五三

蝙蝠洞…………一五三
絶句…………一五四
謁于忠肅墓用壁間朱石君中丞韻…………一五四
虎跑泉用東坡韻…………一五四
意行南山口號…………一五五
穀雨前一日湖上作用東坡煙江疊嶂
圖韻…………一五六
張氏湖樓作…………一五六
蔣山堂仁輓詩…………一五七
無寐…………一五八
臨平…………一五八
過獨遊村居即用其韻二首…………一五八
寄竺生用其去春留贈詩韻…………一五九
靈芬館即事…………一五九
書寄舍弟書後…………一六〇
仙林寺即事第三首用轆轤體…………一六一
寄丹叔…………一六一
哀孽火…………一六二
醉司命前二日伯生見訪草堂即用其
東阿道中韻送之虞山時伯生方謀
窀穸故末章及之…………一六三
舟過黎里同鐵門訪山民於新詠樓留
詩爲别山民時以趙秋谷詩幅見遺
即用秋谷韻…………一六三
書心經後…………一六四
京口訪駱佩香綺蘭不值…………一六四
月夜游荻莊有作寄譪人二首…………一六四
兩生相逢行贈彭甘亭兆蓀…………一六五
寄蘊山方伯五首…………一六六
相逢…………一六七
題邊頤公畫雁冊子…………一六七
題沈曙堂司馬畫蟹爲蔗畦植蕃作…………一六七
雨中偕丹叔獨遊過飲壽生西墩酒舍
越日三子斐然有作持以見詑如數
和之…………一六八

卷二

近遊後集

詠史四首……一六九
曉江養疴虎丘仰蘇樓同湘湄訊之夜
　宿樓中示湘湄……一七〇
仰蘇樓即事和湘湄……一七〇
小吳軒晚眺……一七〇
山樓雜詩……一七一
雨過……一七一
哭曉江丈……一七一
曉江沒後七日同人爲設八關齋於僧
　寮作此奠之……一七二
風雨漫山欲歸不得悲來傷往情見乎詞……一七二
靈芬館聽雨分韻同丹叔獨遊……一七二
齋中盆荷俱落惟一枝未放積雨乍收
曉露如洗丹叔呼起看之得二絶句……一七三
丹叔手鈔誠齋詩集竟校讎一過輒書
　其後即用誠齋體……一七三
宿靈鷲山家……一七三
永福寺看芙蓉……一七四
重遊韶光寺……一七四
山行次韻二首……一七四
歷亭丈招同奚鐵生岡鐵門同集待崧
　軒次歷亭丈韻……一七五
用前韻贈鐵生……一七五
寄丹叔二首……一七五
九日同鐵門鳳凰山登高作……一七六
九月十四日同鐵門由六和塔放舟至
　梵村遊雲栖寺留宿僧樓遲明下山
　循九溪十八澗至南山尋水樂石屋
　諸洞喚渡西湖以歸得詩五首……一七六
夜宿雲棲以黃昏到寺蝙蝠飛分韻得
　昏字……一七八

題藴山方伯詠史詩後……………………一七八
題壽生西墩酒舍……………………一七九
柬壽生……………………一七九
寄懷退庵瘦客并示漱冰……………………一七九
丹叔之田家未歸醉後有作并示吳季
子鷗潘無害眉二首……………………一八〇
雜詩……………………一八〇
吳珊珊夫人瓊仙見和題贈之作自愧
前詩率爾輒别作二首奉答并呈山民 ……一八一
先君子卜葬於澄湖港詩以述哀三首……………一八二
小病初起即事……………………一八三
雨樵先生入塞過吳中余不及一見聞
其又爲粤中之遊卻寄一首……………………一八三
遲獨遊不至調之……………………一八三
有許餉梅花水仙者遲之以詩……………………一八四
壽生以竺生湘湄倡和之作見示遥同
其韻……………………一八四
酒坐約壽生獨遊爲鄧尉之遊仍用前韻 ……一八四
丹叔連日有詩未成朝起雪作書此督
和用東坡病中大雪用號令韻……………………一八五
丹叔别作二詩辭意清絶復疊前韻一首 ……一八五
次日丹叔見和前韻壽生亦繼作二首
意將壓晉軍而陳也是夕風雪復作
霑醉氣豪再疊前韻答之……………………一八六
約壽生爲守歲之集以詩代柬……………………一八六
靈芬館守歲分韻得三肴……………………一八七

卷三

探梅集

新正三日新晴試筆……………………一八八
竺生過訪遲明放舟風雪大作即用其
去歲見懷韻寄之……………………一八八
莫釐峰望太湖作……………………一八九
乘小舟至湖岸沿洄半夜始達舟次戲

占示丹叔獨遊時有鄧尉之行……一八九
靈巖山館有感秋帆先生之亡作此題壁……一八九
又題石壁二首……一九〇
虎山橋夜步同獨遊丹叔作……一九〇
元墓追悼江庵……一九〇
探梅口號……一九一
奉酬謝方伯見題近遊集之作次韻四首……一九二
題胡雒君虔環山小隱圖……一九二
不出……一九三
雨坐有懷……一九三
雨中放舟不及登山而歸三首……一九三
蘭雪自邗江來杭出近作相示即書其端送歸西江……一九四
湖舫即事……一九四
湖上莫歸作短歌……一九四
西湖春感四首……一九五
送陳曼生鴻壽入都三首……一九六
餞春日蘭雪曼生何夢華元錫同集西泠舟中遇雨留宿葛林園得詩二首……一九六
題夢華葛林園吟社圖并寄小松……一九七
爲曼生題奚九畫竹……一九八

會吟集

怪游臺……一九八
南鎮……一九八
題嚴四香冠秋林覓句圖……一九九
無寐……一九九
題朱鼎爵花窗讀史圖……二〇〇
驟雨……二〇〇
感舊用商寶意太史韻……二〇〇
題畫蛺蝶……二〇一
聞笛追悼曉江有向子期之感矣……二〇一
苦熱二首……二〇一
雨過……二〇二
八尺……二〇二

偶成……二〇三
謁大禹陵二十二韻……二〇三
寄鐵門武林……二〇四
以越州近狀書寄舍弟并示壽生四首……二〇四
前詩意有未盡再書四十字……二〇五
即事……二〇五
夜發山陰……二〇五
西湖遇雨……二〇六
題阮閣學芸臺先生西湖泛月圖……二〇六
七月望日芸臺先生招同華秋槎瑞潢
何夢華張勿詡詡臧在東鏞堂夜集
湖心亭疊前韻……二〇七
題鷲峰銷夏圖後……二〇八
夢華狂疾忽作詩以發之……二〇八
定香亭用山谷盧泉水韻三首呈芸臺
少宗伯……二〇九
朝涼思飲戲呈宗伯四疊前韻……二一〇
飛瓊詞四首……二一〇
答孫子瀟原湘見寄次韻五首……二一〇
答丹叔三首……二一一
觀潮作……二一二
歸後夜聞潮聲甚怒……二一三
送芸臺少宗伯入都……二一三
六和塔候潮……二一四
曹雪博秉鈞以馬券帖拓本見餉作此
奉謝……二一四
題曹種梅學博品研圖……二一五
得湘湄武林書卻寄……二一五
幽尋……二一六
夜坐有懷……二一六
喜晤惜抱夫子於武林同遊龍井南屏
諸山別去作此奉寄……二一六
除夕至魏塘退庵招飲馴鹿莊時將卜
居此間……二一七

退庵許以馴鹿莊見借暫止眷屬作此
奉謝……………………二一七

卷四

移家集

移居四首……………………二一八
退庵招同壽生獨遊丹叔小飲馴鹿莊
梅花下二首……………………二一九
壽生獨遊留數日而歸詩以送之……………………二一九
移家魏塘旋復赴越書寄鐵門湘湄……………………二二〇
大墻上蒿行……………………二二〇
上巳偕同人游蘭亭遇雨不至泊舟蘭
渚橋修禊而歸得詩二首……………………二二一
即事……………………二二一
送汀漚侍史歸閩……………………二二二
和種梅送春詩兼寄蘭雪夢華曼生諸君……………………二二三
題商寶意太史自懺諸詩後……………………二二三
種梅丈招同鄔伯宋學郊訪青藤書屋
酒間作歌留贈主人陳鴻逵……………………二二三
和丹叔見寄十首……………………二二四
吼山訪石簣書屋……………………二二六
嚴歷亭丈挽詩……………………二二六
種梅藏錢犨石先生井田研上有一牛
製極精好犨石自銘其背曰牛兮飲
我墨池幽折枝寫生亦有秋余見而
愛之種梅舉以見贈作詩爲謝……………………二二七
題華秋槎北山旅舍圖……………………二二七
華秋槎石門觀瀑圖……………………二二八
後觀瀑圖……………………二二八
可莊雜詩……………………二二八
七月十三日西湖夜泛作……………………二二九
中元旅舍追感歷亭丈有作……………………二二九
喜壽生獨遊見過……………………二三〇
病中退庵以素食見餉走筆爲謝……………………二三〇

送篋生入都……二三一
壽朱可石元秀六十……二三一
二竹軒禮潄冰上人影堂……二三二
仲梅司訓手録諸宮贊錦錢侍郎載及京師諸公芍藥繡毬倡和之作都爲一冊侍郎仍圖二花于幀首出以見示輒次韻題其上……二三二
題撵石老人竹……二三三
錢武肅王小像前有開寶二年四月初七日追封制書後有岳忠武紹興八年讚……二三三
寄題稻香樓……二三四
述昏四首……二三四
即事……二三五
題路梅峰明府錞小照……二三五
送鐵舟上人還吳門……二三六
和丹叔見寄元韻……二三六
除夕即事……二三六

卷五

山陰歸櫂集

上元雜詩……二三七
夢華滁碑圖……二三八
和西湖寓樓韻……二三八
元夕後雪……二三九
越日雪復大作獨坐有懷……二三九
上元後七日自山陰放舟還魏塘舟中示素君……二三九
正月廿八日退庵招集馴鹿莊分韻得多字……二四〇
瘦客和馴鹿莊詩有小松栽過三年後略有濤聲到枕來之句風景依然伊人長往不勝向秀之感爲賦一章兼呈退庵諸君……二四〇

雨中同金瀑山獨遊丹叔過楊家灣……二四〇
曉江舊有移家洞庭之意約鄙人相就
酒半述及悽然于懷賦示瀑山……二四一
將遊林屋石公阻風不果……二四一
舟中望太湖諸山有作……二四一
二月七日太湖舟中寄素君……二四二
過蘆墟村示里中所知……二四二
小病……二四三
花朝集友漁齋二首……二四三
春雨和丹叔……二四四
花朝後十日繫舟將發燈下有作仍用
前韻寄丹叔吳江……二四四
村店……二四四
舟次却寄……二四五
種梅索和鍾駕鰲嘗新茶詩次韻爲寄……二四五
酒後試茶疊前韻……二四五
淥卿得漢印兩面其文一曰莊生之印
一曰臣光定爲子陵之物乞詩紀之……二四六
二研窩詩爲鄭書常勳作……二四六
題孫淵如觀察星衍禮堂寫經圖……二四七
鸜鵒研失於越州故人嚴四香贖以見
歸爲作還研圖并系以詩……二四八
壽生見過酒間追述舊遊有作……二四八
送尤二娱維熊出宰滇南……二四九
題汪紫珊世泰碧梧山館圖……二四九
五月廿八日重送二娱作歌并示鐵門
湘湄……二五〇
題陳雲伯文杰憶花圖……二五〇
卷六
白下集
中元夜水閣即事示鐵門竹士……二五一
弔秋農於金陵爲詩哭之……二五一
夢回……二五二
七月廿八日留宿隨園中夜被酒雜然

有感遂書連日以來酣嬉情事及懷人
憶遠之作得十二首……二五二
題伯淵觀察五松園圖……二五三
莫愁湖雅集詩……二五四
詠莫愁湖秋荷……二五四
贈楊雲珊元錫即題其覽輝閣詩集……二五四
和竹士瓦梁道中作……二五五
竹士以寄内詩見示醉中和韻……二五六
醉裏……二五六
集璃琉世界即事次竹士韻……二五六
錢叔美榆爲余作魏塘移家圖自題二
絶句……二五七
雙湖聽雨圖爲袁蘭村通作……二五七
京口舟次先寄丹叔并示素君……二五七
歸自白門邀同獨遊至舍並柬壽生……二五八
次韻獨遊過蘆墟村舊宅見懷之作……二五八
詩僧寄虚去年自黄梅過訪不值留詩而
去今秋偕其侶竺書同至魏塘相見於
退庵齋中即用其東莊詩韻贈之……二五八
退庵招同獨遊丹叔東莊看菊二首……二五九
重陽約獨遊丹叔同游缾山不果得重字……二五九
越日退庵霽青各有看菊詩見示感慨之
餘率和其韻……二六〇
將之武林遲蘭村竹士不至獨遊欲歸作
詩示之醉後走筆不知道何語也……二六〇
九月望日重集東莊用東坡歧亭韻三首
同丹叔獨遊作……二六一
詠落葉送獨遊還水村……二六二
送三妹歸銅里……二六二
梅花庵訪吳仲圭墓……二六三
再留獨遊……二六三
霽青見過留宿靈芬館復用前韻各得二
首時被放之後雜語近事故言不詮次……二六三
溪行……二六四

臨平即事……二六四
寄素君……二六五
聞蘭村將至武林喜作……二六五
同倪米樓稻孫鐵門遊靈隱至白衲庵
口占四絶句……二六五
天平攬勝圖爲珊珊夫人題……二六六
次韻答宋茗香大樽……二六六
秋柳用漁洋韻同陳桂堂太守延慶作……二六六
題陶季壽章潙詩……二六七
季壽乘月見過出示舟中詩遂同其韻……二六七
題珊珊鶯湖載月圖……二六八
病起招退庵用丹叔和東坡餉字韻……二六八
夜聞丹叔誦詩用前韻……二六八
遲退庵不至仍用前韻……二六九
和丹叔病起……二六九
十一月廿六日夜偷兒入室攫所藏私
印二十九方而去戲作自嘲……二六九
偕丹叔遊徐氏廢園作寄退庵……二七〇
醉司命詞……二七〇
退庵以米酒茶炭及水仙花見餉報之
以詩……二七一
朝暮行贈錢鋒……二七一

卷七

檇概集

新正三日同丹叔醉後留宿友漁齋退
庵有詩同和其韻……二七三
四日偕同人遊城中諸廟市尋餅山道
士許湘不值二首……二七四
可石退庵若濟許湘同集靈芬館用丹
叔韻……二七四
人日東莊探梅九言一首……二七四
谿莊探梅用鐵厓體作七絶句……二七五
十三日退庵重招同人飲梅花下盡醉

極歡泛月而歸再作二詩奉謝兼寄
獨遊壽生鐵門……二七六
喜雨……二七六
和丹叔同伯子退庵元夕至鉼山聽道士
許瀟客湘吹笛用退庵月下看梅韻……二七六
和丹叔十九日大雪呈伯子韻……二七七
二十日生朝自述……二七八
二月十四日渡錢塘江……二七九
坐江山船至諸暨途中雜成八首……二七九
毓秀書院即事并示諸生四首……二八〇
清明遊苧蘿酒後有作……二八〇
浣江寄懷八首……二八一
將歸里門諸生見和前詩斐然成帙臨
行援筆以答拳拳之意竊比古人贈
處之義凡得六首……二八二
王柱公佩蘭以竹齋集新刻見貽并見
和即事四詩作此奉題即用集中漫
興韻《竹齋集》，王冕元章著，柱公其後也。……二八四
鉼山看牡丹次瀟客韻……二八四
喜獨遊至兼寄壽生……二八五
即事同丹叔獨遊作……二八五
戲廣楊孟載體八首……二八六
月影用雨粟樓詩韻……二八七
己分……二八七
次丹叔韻……二八七
題湘湄松風仙館圖湘湄本姓陶……二八八
詠采桑女……二八八
賦得洛陽女兒對門居……二八九
小雨……二八九
阿桐生日……二八九
竹栢樓詩爲袁壽階延禱作……二九〇
即事寄錢同人倜陶鳧鄉梁二首……二九〇
題乘槎圖爲孫雩泉曾美作并序……二九一
西湖柳枝詞……二九一

題陳曼生水西感舊圖……二九二
馬湘蘭畫蘭上有自書王百谷舊作秋
史屬題戲成二絕……二九二
題蔣村圖……二九二
唐陶山明府仲冕修六如居士祠墓訖
工徵詩爲賦六首……二九三
送蔣賓嵎寅之官楚中……二九四
爲竹士題花月冊子……二九四
奉謝張明府雲藻青選見過并訊吳兼
山尚錦二首……二九五
讀佛道藏作……二九五
次韻兼山病中見示……二九六
九秋詩并序……二九六
示汀漚……二九九
送獨遊……二九九
重赴句無渡江用前韻……二九九
即日……三〇〇
久不得載園書雲藻來浙具道問訊之
意作此寄之并示雲藻……三〇〇
題張墨池如芝畫嶺南花果四首……三〇一
過溪亭……三〇二
龍泓澗……三〇二
一片雲……三〇二
風篁嶺……三〇二
鉢池庵……三〇三
翁家山……三〇三
晚發當湖記與江庵同來此已十餘年矣……三〇三
當湖道中……三〇三
和丹叔逼除即事……三〇四
寄壽生獨遊……三〇四
時帆先生寄山民詩兼以見寄索和有思
及舊事最觸余懷之語次韻奉答……三〇四
除夕前一日偕壽生丹叔分韻得飛字……三〇五
除夕分詠吾鄉故事得狀元籌……三〇五

卷八

檇概集

正月三日同集友漁齋聯句……三〇七
馴鹿莊同退庵壽生丹叔作……三〇七
雨中偕壽生丹叔退庵父子放舟至馴鹿莊遂留信宿得詩四首……三〇八
穀日坐雨……三〇九
十日退庵可石留飲去後同丹叔復飲水閣作此示之……三〇九
次韻馮玉如珍見懷之作即題其近稿……三〇九
詠水仙花遲獨遊……三一〇
留鬚……三一〇
二十日靈芬館聯句……三一〇
是夜夜半雪作同用東坡清虛堂韻……三一一
越日雪復作至午消盡戲復成此邀獨遊丹叔同作……三一一
童佛庵偕諸同人以厲樊榭徵君及其姬人月上木主祔黃文節公祠設祭焉同人有詩亦得三絶句……三一二
雨中即事偕丹叔作……三一二
寒食夜作……三一三
清明日追悼曉江以詩遙奠……三一三
題陳公子墫詩卷……三一三
晚發錢江……三一四
檇概道中題孫蓮水韶春雨樓詩集……三一四
寓酈氏園……三一四
黃明府敬修招飲二首……三一五
旅次雜詩……三一五
題鄭丈東里小照……三一六
初夏齋居雜詩八首……三一六
風雨……三一八
四月廿八日訪湘湄于同里偕鐵門留宿齋中越日別去作此以紀并示仲容……三一八

湘湄座間喜晤青庵別已六年矣……三一九
水閣聯句……三一九
即事……三二〇
長春道院納涼同丹叔瀟客作……三二〇
食菊葉餅和丹叔韻……三二〇
得獨遊書云以足疾閉門頃復見過并
出近詩喜作一首……三二一
題查丙塘奕照東望圖……三二二
六月廿八日同退庵獨遊霽青思耒丹
叔遯溪觀荷二首……三二二
納涼聯句……三二三
立秋……三二三
觀釣魚戲作……三二三
露坐……三二四
喜雨用劍南韻……三二四
雨後極涼喜而有作……三二四
贈王明府奭武……三二五
次丹叔送之武林韻……三二五
湖樓對雨……三二五
同友人遊南山……三二六
雨後獨酌用前韻……三二六
期程沅薌晉不至仍用前韻……三二六
寓樓寄懷湘湄鐵門竹士諸君……三二七
偶題……三二七
夜遊北山紀所見……三二七
有獲白鷺者見而哀之……三二八
中秋四首……三二八
題陳樹齋軍門大用聽雨圖……三二九
題閨秀談韻蓮韻梅聯吟圖……三三〇
題王柱公采菊圖……三三〇
題李易安荼蘼春去圖……三三〇
題嵇天眉文煒素春山館圖……三三一
約退庵於十月十日過飲菊花下……三三一
十月十日東莊看菊分韻得菊字……三三一

退庵馴鹿莊圖……三三二
卻寄汪小海淮二首……三三二
題陳默齋騎尉廣寧白雲圖……三三三
壽雪山房圖爲默齋題……三三三
客中飲酒和張船山太史同穀人祭酒
飲酒詩元韻四首……三三三
後飲酒詩仍用前韻……三三四
喜丹叔至武林……三三五
題扁舟黃葉圖……三三五
夜坐寄素君……三三五
銷寒雜詩和馮玉如韻……三三六
除夕聯句……三三六

卷九

竿木庵集

癸亥元日……三三八
寄壽生獨遊……三三九
新正無事日事酣適醉中輒成數句醒
而足之六首……三三九
立春日同壽生丹叔分韻得於字……三四〇
題汪芝亭繼熊西湖秋泛圖……三四一
元夕集靈芬館分詠室中所藏得凝馨
閣鏡架……三四一
鳥有先春而鳴者聲似百舌魏塘人呼
爲春鳥同丹叔賦之……三四二
早春坐雨同丹叔作……三四二
丹叔見和前詩復作二首如數答之……三四二
以坐雨詩索退庵和并系長句……三四三
廿九日雪中集友漁齋以晴雪滿竹隔
谿漁舟分韻得滿字……三四三
二月一日復雪次退庵韻……三四三
有塗抹竹垞集者戲書其後……三四四
閏花朝同人集第一樓分韻得壺字……三四四
是日歸自湖上酒醒有作……三四四

薛可庵烱蓮影圖……三四五
東查梅史初揆於拂塵庵并示居琴塢倬
范小湖崇階殳積堂三慶……三四五
呈梁山舟侍講同書二首……三四五
畫舫齋詩爲朱閑泉壬作兼呈青湖丈彭
三首……三四六
題默齋參戎宛委攤書圖即送之閩中……三四七
金文沙女史淑以輶軒錄中選其詩作二
章見示中有未亡人得從寬例文選臺
應被誤傳之句以錄中皆采已故之作
也感歎不足輒以奉寄兼乞妙繪……三四七
水閣送春詩并序……三四七
老蓮醉書唐詩卷子蔣芝生敬爲摹其像
于前因題二絕句……三四八
芝生賣畫買山圖……三四八
題雜畫五首……三四九
鍾馗省妹圖……三四九
題丹叔閉門卻埽圖……三五〇
呈穀人先生并謝見序拙集二首……三五〇
送默齋赴閩即次留別韻四首……三五一
送龔素山凝祚……三五一
素君二十生辰寄詩爲壽得二十韻……三五二
素君水閣塗妝小影二首……三五三
默齋將行出丙舍圖屬爲詩以志其先人
死事之節爲作一章且重有所勗也……三五三
馮春江潮宦于東與伯生淥卿相識以詩
見投次韻酬之……三五四
又和一首……三五四
睡起一首用前韻……三五四
題褚河南隨清娛墓志……三五五
東坡雲藍索句圖像二首……三五五
送芸臺中丞入覲二首……三五五
雨過……三五六
書魯公乞米帖後……三五六

語兒道中……三五七
退庵招同鐵門獨遊丹叔集長春道院分
韻得花字……三五七
過芝亭聽香館題贈……三五七
芝亭秋林覓句小影……三五八
曼生屬題三家畫卷各得一首……三五八
曼生種榆仙館圖……三六〇
次韻船山太史四十初度……三六〇
浮香樓圖詩爲高惺泉作……三六〇
文沙女史以天風蘿屋寒之句作畫見貽
詩以奉酬……三六一
十一月十四日同潘紅茶恭辰許青士乃
濟兼山琴塢游靈隱弢光四首……三六一
被酒有作留别杭州諸故人……三六二
題雲藻明府秋館聽潮圖……三六三
十九日同人集琴塢舊廬送行作此留别……三六三

卷十

竿木庵集

百蟲一首示兼山……三六五
題陳仲恬鴻豫手綫縫衣圖……三六五
梅史客于琴塢所余數往省之琴塢圖三
人者名曰説詩之圖説固不必皆詩也
恐世人不知仍爲詩以聲之……三六六
古詩二首贈芝亭即題其聽香館詩集……三六七
袁雪持表弟青見過……三六八
檢湘湄積年所貽書尺付裝并題其舊稿
却寄二首兼呈鐵門……三六八
得延庚侍御書期余入都作詩謝之……三六八
夜坐有懷……三六九
自題靈芬館圖二首……三六九
立春前一夕作二首……三七〇
同丹叔出郊探梅……三七〇

姊夫見過……三七〇
退庵東莊載鞠圖……三七一
和丹叔人日遲故園諸子……三七一
穀日即事……三七一
夢中得埋憂二語爲足成之……三七二
盆池疊石頗有奇致種水仙蘭花其傍
戲作長句……三七二
暮歸即事……三七三
嘲婦……三七三
詠史三首……三七三
夜泊冬瓜堰去魏塘不一舍也……三七四
石門道中……三七四
遲梅史不至……三七五
廿日生朝可庵置酒爲壽詩以志感……三七五
食糟筍……三七五
梅史琴塢秋白小湖積堂先後讀書于
清平山之拂塵庵秋白屬鐵生作小
檀欒室讀書圖梅史作序而屬余題
詩其上小檀欒室者諸子所居之室
名也……三七六
屠丈邦瑞昔游圖……三七六
廿三日同梅史紅茶小湖琴塢泛舟湖
上分韻得絲字……三七七
題陳子玉峙詩卷……三七八
湘湄秋史壽生丹叔送余之邗上留山
塘十日竹士亦來會此鄭重言離雜
然有作……三七八
夜飲示諸君……三七八
重題山塘感舊圖……三七九
京口寄青士……三七九
嵇曼叔丈取太白五岳尋仙不辭遠一
生愛入名山遊之句作圖屬爲長句
即用太白詩韻……三七九
呈曾賓谷都轉燠二首……三八〇

雨中雜感四首……三八〇
寄萬廉山明府承紀……三八一
題樂蓮裳孝廉鈞青芝山館詩集……三八二
醉後放言四首末章兼示惕甫……三八二
題汪飲泉潮生昉谿圖谿以任昉遊此得名……三八三
贈方子雲正澍四首……三八四
贈張自貞鏐……三八四
虹橋雅集分得五排二十四韻……三八五
留康山幾二旬文酒之歡賓朋之樂皆近所未有羈旅得此有不能已于言者醉後走筆得五律八首奉呈主人兼別諸子云爾……三八六
康山聽鶯曲……三八七
同天眉游惠泉口占二首……三八七
積雨書悶……三八八
梅雨聯句偶檢吳會英才集即用楊西禾倫孫淵如倡和韻……三八八
五月廿三日壽生過集靈芬館聯句仍用前韻柬退庵……三八九
銷夏三會詩……三八九
哭青庵二首……三九二
題畫二首……三九二
重九日曼生招集吳山道院……三九二
送陳白雲進士斌謁選入都二首……三九三
題子瀟雙紅豆圖……三九三
題吳應奎讀書樓集……三九四
雪持表弟至杭得家中書賦贈……三九四
積堂將有所適索詩爲別未有以應也夜酌見月浩然成歌……三九四
琴塢舊廬畫壁歌爲屠孝廉作即訂來魏塘之約……三九五

靈芬館詩三集

卷一

後移家集

天長寺坐雨同霽靑作……三九九
題趙雩門蟬蛻庵……三九九
題玉環出浴圖……四〇〇
陳秋堂豫鍾屬題其祖半村先生臨蘭亭縮本一首……四〇一
送朱椒堂孝廉爲弼入都……四〇一
贈靑士即送其計偕北上……四〇二
後移居詩四首……四〇二
病中聞梅花開七分矣……四〇四
贈壽生即用其題丹叔村夫子圖韻……四〇四
正月廿日同退庵父子壽生丹叔飲芝亭墨檀欒室踰月壽生有詩相寄諸君皆和之芝亭持以見示亦同其韻……四〇五
疊前韻寄壽生……四〇六
雲藻明府索和詠物四律……四〇六
送春詞四首和蘭泉先生……四〇七

得閒集

和退庵見示韻……四〇八
病起懷人詩三十首并序……四〇九
續懷人詩十二首……四一一
閏六月初四五六日大風雨不止……四一三
次韻退庵過靈芬館之作……四一三
將之西湖先寄諸故人用前韻……四一四
約過友漁齋仍用來韻奉柬……四一四
十二日風雨復作書以遣悶再用前韻……四一五
退庵以詩來堅新秋過訪之約再疊前韻答之二首……四一五
久熱得雨志喜同壽生作二首……四一五

送朱荔生文琥謁選入都……四一六
偕鐵門壽生納涼紫雲洞題壁……四一六
裘椒雪春湛訪山行腳圖……四一七
柬周松泉士乾索畫病起懷人第二圖……四一七
智果寺尋明女郎楊雲友墓不得……四一七
七月十三日夜月色朗然同鐵門壽生
放船由斷橋出外湖入西泠沿孤山
以歸五首……四一八
訪蔣村玉蓮庵歸路乘月至斷橋小憩
而返同壽生作……四一八
十七日夜大雨和壽生……四一九
追和姚別峰士陞西泠感舊元韻……四一九
同韻奉答琴塢柬同鐵門壽生之作兼
寄丹叔……四二〇
題畫扇有寄……四二〇
自題病榻勘書圖……四二一
題秦敦夫編修恩復梵寄小像……四二一
和丹叔見寄六首同壽生作……四二一
同吳思亭修壽生游金鼓洞……四二二
爲思亭題紅板橋圖圖爲樊榭堇浦諸前
輩讌集題詩而作輒作二絕附其後……四二二
倚醉送爽泉入都……四二三
桂樹復花旋雨詩以歎之……四二三
思亭以所藏薘石翁蘭竹索題上有竹
汀先生題字引東坡題文與可詩爲
言感歎不足即用蘇韻一首……四二三
西湖買月歌爲思亭作……四二四
過訪朱梓廬丈休度墻下小軒出仙家
詩意圖屬題圖以乩仙詩命意詩曰
茆茨零亂兩三家挑菜歸來日已斜
洗腳湖頭春水活鬢邊脫下碧桃花
因和其韻四首……四二四
題陳古華先生廷慶五十學書圖……四二五
卍香上人憇寂圖……四二五

雨中自越州歸投宿琴塢舊廬琴塢適補竹於庭乞爲長句……四二六
琴塢僕鄒坤援梅史白雲兩君之例乞詩二年未之應也近復堅請爲作一首並呈琴塢……四二六
即事……四二七

卷二

邗上雲萍集

新豐舟阻乘獨輪車至京口作此自嘲……四二八
宿陳小筠參戎京口官舍時小筠以官事赴新豐留此爲別……四二八
夜坐書懷呈穀人先生二首……四二九
穀人先生出示六十自述詩感舊陳情敬呈一首……四二九
和韻答子貞……四三〇
與劉芙初孝廉嗣綰別四年矣頃間相見出前歲挹青樓見訪不值之作兼辱贈題靈芬館詩奉酬一律即用見訪元韻……四三〇
蓮裳愛吾吳青芝山之勝與賓谷都轉廉山大令有卜居之約船山侍御爲作青芝山館圖以寄意蓮裳自題五詩其上爲次其韻……四三一
寒雁篇同穀人先生蓮裳芙初甘亭金手山學蓮顧芝山麟瑞江鄭堂藩蔣秋竹知節儲玉琴潤書作銷寒第一集……四三二
甘亭見贈五言詩五章感離念舊悲往傷來友朋之重情見乎詞累歎不足輒走筆如數答之其卒章兼題余靈芬館圖故僕亦有結鄰之約並示蓮裳芙初手山陸祁生繼輅……四三三
題甘亭題襟館記後……四三四
癈畦……四三四
斷橋……四三五

寒燭同芙初作……四三五
十一月二十四日銷寒第二集分詠題襟館所藏畫卷得冷謙細柳營圖款書『龍陽子爲三丰遯老作』，後有三丰跋云：『冷謙自號也。』……四三五
題李賓日寅熙秋門草堂詩鈔……四三六
以石刻梅花道人墨竹奉贈賓谷都轉並示題襟館諸君……四三六
快雪忽晴有作……四三七
銷寒第三集分賦淮海神弦曲五首……四三七
銷寒第四集伊墨卿太守秉綬招飲六一堂賦贈……四三九
題墨卿太守所藏邢太僕手札後……四三九
寒宵四詠……四四〇
銷寒第五集秋竹寓齋分得凍豆腐用樊榭山房菽乳倡和韻……四四一
連夕奇寒穀人先生出佳釀醉我疊前韻爲謝……四四一
寄素君越州再疊前韻……四四二
夢回……四四二
銷寒第六集飲鄭堂齋中即題壁間金粟道人像……四四二
和忠雅堂集中消寒雜詠十三首……四四三
贈黃寧廬別駕祖香……四四六
六製詩儗沈休文作……四四七
四索詩廣休文作……四四八
六憶詩補休文作……四四九
咏芸香……四五〇
縴版……四五〇
櫓竅……四五〇
篷腳……四五一
柁牙……四五一
張鑪……四五一
龔壺……四五二
雞缸……四五二

雁鐙……四五二
山塘雨中……四五三
胥江夜泊……四五三
水仙聯句……四五三
小除夕竹士過余度歲風寒氣嚴雪意欲成與竹士家弟同賦靈芬館催雪詩倒用東坡聚星堂韻二首……四五四
文君當壚圖……四五五
除夕同竹士丹叔過飲友漁齋分韻得阿字……四五五

卷三

雲蘋續集

元日偕竹士丹叔探梅至長生庵設伊蒲之饌留贈庵主……四五六
楊陸譚詩圖爲退庵題……四五六
題金韻山銓荻廬問字圖……四五七
朱夫人澄聽秋圖……四五七
曉起見雪示竹士丹叔……四五八
六日集墨檀欒室分得寄字七言……四五八
上元……四五八
渡江約同人設祀徐文長于青藤書屋時陳十峰在吳門其昆季辭焉作此柬諸君以博一笑……四五九
雜成四章……四五九
與夏十四晴壑清和別七年重逢話舊都兼爲六十之壽四首……四六〇
皋亭道中見桃花落盡……四六〇
訪古華太守于蕺山書院出近作見示次韻二首……四六一
次韻答晴壑喜之姚江之作……四六一
旅舍早起聞隔墻書聲用東坡聞鄰舍兒誦書韻……四六二

渡曹娥江寄青士琴塢用六日墨檀欒室韻……四六二
再用前韻寄丹叔獨遊……四六二
端居悶極三用前韻自嘲……四六三
續游仙詩十七首并序……四六三
謁王文成祠……四六五
登龍泉山……四六五
立夏日集蕺山講舍聯句……四六五
題孫閑卿女士雲鵬木芙蓉……四六六
濯足榑桑圖爲陳寶摩學博石麟題……四六六
項孔彰畫酒甕中桃柳爲思亭題即次其韻……四六七
鵲尾五月一日……四六七
思亭以奚鐵生畫卷見贈題句其上……四六七
同韻答退庵二首……四六八
重五日退庵見招不赴次來韻柬之……四六九
端五日分題靈芬館中是日所懸畫幅得鍾馗晏客圖同獨遊丹叔作……四六九
即事聯句仍用前韻並柬退庵父子……四七〇
五月十日出關……四七一
去年……四七一
舟中讀黎簡民簡五百四峰堂詩竟用其讀黄仲則集韻題之……四七一
雨行常潤道中……四七二
雨中見新荷……四七二
道上新冢纍然默念此中何人……四七二
次韻雲臺先生珠湖草堂圖……四七三
寇白門小像……四七三
題羅介人允紹畫梅二首……四七三
臧孝子詩……四七四
旅中雜感……四七四
題汪容甫中雜文……四七五
寄覺生視學河南……四七五
寄王儕嶠蘇太守……四七六

題程孟陽山水扇面酬思亭……四七六
題張老薑鏐印譜……四七六
用后山集中招黃魏二生韻題陳月墀
增閉門索句圖……四七七
兩峰山人羅聘鬼趣圖并序……四七七
黃孝子聖猷詩……四七九
子貞山居賣篆圖……四七九
樗園雜詩……四八〇
題賓谷都轉賞雨茆屋卷即用卷中自
題韻……四八三
晚棋圖爲墨卿太守題……四八三
夜起來……四八三
旅食十首……四八四
寄家人……四八六
費盡……四八六
再題黎簡民集……四八六
欲築一小閣名曰蒴淞乞墨卿太守八
分書牓而貲固未具也以詩紀之……四八七
早寒憶敝居門前木芙蓉作花矣……四八七
題子屏書窠圖……四八七
十月十六日同琴塢集友漁齋飲罷放
舟偕霽青過宿靈芬館即事同作……四八八
題墨卿太守重書朝雲墓銘用東坡原
韻二首……四八八
題胡飛濤畫鷺絲冊子爲胡瘦山金題……四八九
弄珠樓即事……四八九
舟中獨酌卻寄霽青芝亭……四八九
石門道中寄訊丹叔……四九〇
十一月十日同霽青芝亭瘦山屈弢園爲
章蔣秋舫澐泛舟東湖登弄珠樓遊棲
心寺小飲十杉亭別去作四律卻寄……四九〇
靈芬館銷寒第一集詠暖盌得湯字二
十韻……四九一
丹叔病起至靈芬館有詩見呈喜而和之……四九一

小除日爲退庵題茅屋擁鑪卷二首……四九二
十二月二十八日作……四九二
除夕聯句……四九二

卷四

剛卯集

元日即事示獨遊二首……四九三
人日坐雨得坐字……四九四
二十日夜被酒有作……四九四
秀州舟次錢恬齋太史昌齡見過兼懷子修……四九五
舟過石門灣放鐙正盛登岸尋遊歸後有作……四九五
題孫古雲均上冢圖四首……四九五
香鑪峰……四九六
七佛洞……四九六
青林精舍……四九七
靈雲樓雅集圖三首……四九七
二月廿三日同琴塢訪秋白小湖于繭橋冒雨放舟至桃花港歸宿別墅琴塢作圖余爲長句以紀……四九八
秀州道中……四九八
別古雲後卻寄……四九九
上巳曉起……四九九
題張芑堂燕昌石鼓亭……四九九
牡丹正開適止酒自嘲……五〇〇
入瀧……五〇〇
過釣臺……五〇〇
瀧中歌……五〇一
七里瀧口號……五〇一
贈沅薌明府……五〇二
七月十九日徐斗垣明府午招飲寓齋即題其臨江閣用原韻四首……五〇二
螺墩即事……五〇三

遲仲蓮舍人不至呈中丞丈一首……五〇三
聞絡緯有感……五〇四
鐘聲……五〇四
嘆鶴……五〇四
感鶯……五〇五
久不得家訊獨酌有懷……五〇五
七月廿九日連得家中先後兩書用前韻……五〇五
寄王儕嶠衛輝……五〇六
題元人臨韓幹十四馬用東坡韻……五〇六
寄丹叔用蘇集初秋寄子由韻……五〇七
謝程西泉廷泰餉酒用蘇集蜜酒歌韻……五〇七
寄霽青省試用蘇集催試官考校韻……五〇七
麪茶用蘇集豆粥韻……五〇八
逢朱荔生培元用蘇集逢三同舍劉莘老
　韻取末二語意以諷其歸也……五〇八
寄徐石谿明府麗生索茶用蘇集謝山谷
　雙井茶韻……五〇九
寄懷故鄉一二故人用蘇集秋懷二首韻……五〇九
秋意欲深歸思浩然用蘇集和穆父新
　涼韻……五一〇
作家書未寄夜中風雨淒然不能成寐因
念子由彭城二絶坡和詩而不和其韻
蓋感餘于言不成聲之義也輒和子由
　韻二首寄丹叔……五一〇
八月十二日夜小病獨酌招同署姜劉朱
　三君同蘇集獨酌試藥玉船韻……五一〇
酒惡致困少睡更酌戲用大醉臥寶覺禪
　榻韻……五一一
觀宋徽宗畫鷹用牛戩鴛鴦竹石圖韻……五一一
采庭中石榴佐酒用食荔支韻……五一二
以當歸龍眼浸酒用桂酒韻……五一二
余日食不及一合諸人少之作此爲解用
　吳子野絶粒不睡韻……五一二
屢過西泉寓齋見其以東坡聊欲跏趺看

此心句爲額用原韻奉題一首……五一三
和東坡謫居三適詩……五一三
家中桂樹有十姊妹巢其上别來桂當著
花巢定無恙作詩寄丹叔用五色雀韻 …五一四
中秋寄丹叔用中秋見月和子由韻並示
霽青……五一四
甘亭赴金陵試雲藻分校浙闈有懷其人
兼感夙昔用呈試官韻作此兩寄亦灼
艾分痛之意也……五一五
再用前韻……五一六
陳笠帆廉使預以其先公塞垣詩見示用
蘇集次韻張安道讀杜詩韻一首奉呈 …五一六
江西道中屢見水碓欲作詩未果頃讀東
坡博羅香積寺詩序有可築碓磨之語
用其韻補作二首……五一七
寄小姪概用東坡虎兒韻……五一八
旅中無書廉訪陳公以新刻東坡集見借
輒和其韻得三十首自約更不復和作
此書後并寄丹叔……五一八
觀蘇集注中引老學庵筆記李定母事
戲作……五一八
再寄丹叔……五一九
秋感二首……五一九
同金希安話及伯生淥卿有感卻寄二首 …五二〇
閱查注蘇詩北渚群鷺一條偶作……五二〇
夜半起坐有作……五二一
重九不出……五二一
次韻酬舒白香夢蘭……五二二
得仲蓮道中書……五二二
墨卿太守以新得甘泉山石刻見示阮中
丞翁學士定爲西漢廣陵王殿石率題
二首即送還閩中……五二三
仲蓮第二子昭元十齡生日作此贈之……五二三

西江留别詩……五二四
有贈二首……五二六
舟中同竹士聯句……五二六
弋陽道中曉發……五二六
至日鉛山道中……五二七
坐江山船入三衢舟中閲白香龔漚舸弑歸舟雜詠盡食頃和畢二十首即書寄西江故人十二月一日也……五二七
三衢阻灘……五二九
紀遇四首……五二九
潮落效義山體……五三〇
蘭谿……五三〇
桐子灘……五三一
曉起戲作……五三一
釣臺夜泊……五三一
桐廬道中……五三二

靈芬館詩四集

卷一

旅逸集

花朝前二日雪中小集惺泉有詩次韻酬之……五三五
花朝同人集碧城仙館分韻得暗字……五三六
雲伯以前年唐栖道中題靈芬館集詩見示依韻奉答一首……五三六
山塘紀事四首……五三七
春陰效玉谿生體……五三八
蘆墟舟中和丹叔韻……五三八
白桃花……五三八
清明後六日同獨遊丹叔郊外步屧即目成詠得絶句六首……五三九

木芍藥始花風雨橫甚感物悼懷遂有此作……五三九
大風與芝亭兩舟並帆……五四〇
初十日自碧浪湖放舟遊道場山三首……五四〇
峴山窪尊亭……五四一
月夜上佚老堂故趾弔孫太初……五四一
立夏日遊白雀寺用東坡與胡祠部遊法華山韻……五四一
法華山望湖亭同汪吳二子作……五四二
儗前谿曲……五四二
答楊澥薌夔生見贈詩回用前韻并呈尊甫蓉裳先生丈兼寄竹士雲伯……五四三
秋白餉鰣魚春茶以詩報謝……五四三
五月一日月璘葬畢弔之以詩……五四四
南湖有感……五四四
重五日靈芬館分賦得五毒符……五四四
妙香室即事……五四五
題芝生畫……五四五
題水仙竹石用山谷韻……五四五
題獨遊分湖茆屋卷子以四字爲韻……五四六
和芝亭詠端午節物四首……五四七
新造一廊形若磬折遂以名焉甚苦勞費喜于垂成作此柬退庵芝生……五四八
磬折廊落成邀諸君和……五四八
曲廊新成好雨時至夜飲酣適紀之以詩……五四八
留獨遊用昌黎贈張十八韻……五四九
小暑即事……五四九
仲蓮偕朱野雲鶴年過訪魏塘留二日時泊舟城南有女郎素雲將往西湖邀同尊俎野雲畫即景於扇頭爲題六絕句其上……五五〇
擬李商隱燕臺夏曲銷夏第一集……五五〇
合醬三十韻銷夏第二集……五五一
招涼曲銷夏第三集……五五二

新秋即事銷夏第四集……五五二
荷花生日詞銷夏第五集……五五三
靈塔庵小集即席同賦五律二首銷夏第六集……五五三
分詠七夕故事得柳州乞巧銷夏第七集……五五四
爲琴塢題小檀欒室讀書第二圖并寄梅史……五五五
趙倢伃玉印歌爲文後山鼎作印方一寸，鳩紐。文曰『婕伃妾趙』。……五五五
秋葵……五五六
同丹叔夜坐聯句……五五六
題汪丈小照……五五六
六和塔曉發同壽生韻……五五七
富陽道中……五五七
曉過桐廬……五五七
蘭谿……五五八
灘行聯句……五五八
三衢夜泊……五五九
衢州橘枝詞……五五九
常山道中……五六〇
又口占二絶……五六〇
玉山旅次同壽生作……五六〇
上三板船口號……五六一
上饒道中……五六一
上饒至鉛山即目有作……五六一
弋陽……五六二
貴谿……五六二
風雨夜泊用韓孟同宿聯句韻……五六二
龍津驛……五六三
瑞洪晚泊……五六三
渡鄱陽湖示壽生三首……五六三
題西河竹垞兩先生合像……五六四
靈芬館圖酒杯歌并序……五六四
送笠帆廉使之黔中方伯任……五六五

挂帆有日忽風雪交作流連諸故人酒坐口占留別仲蓮宜園近園三昆仲……五六六
青山觀打魚歌……五六六
章江柳枝曲并序……五六七

卷二

旅逸集

入新正匝月矣未從事筆研意境可想勉成二律索丹叔和之……五六八
寒食集青琅玕館分韻得有字即題小檀欒室讀書弟二圖……五六九
和桂堂先生寒食雜感四首……五六九
清明後四日招小湖閑泉李白樓方湛蘇公祠看牡丹并上月璘之冢歸飲湖舫即事有作呈秋槎丈……五七〇
送近園隨侍入都即題清玉山堂看子……五七一
題鐵樹山房圖……五七一
新晴餘姚官舍作……五七一
題四香詩詞近稾……五七一
立秋日集長春道院以槿榮芳園蟬嘯珍木分韻得榮字延秋第一集……五七二
集妙香室分詠得茗花延秋第二集……五七二
輞師榭分詠諸家所藏物得明武宗豹房銅牌延秋第三集……五七三
來雨齋分詠得蚱蜢延秋第四集……五七三
馴鹿莊分詠得布機延秋第五集……五七四
華潭精舍分詠魏塘古蹟得丹丘延秋第六集……五七四
月玲瓏軒分詠閨秀畫卷得顧橫波畫小青像延秋第七集……五七五
七月卅日夜俗例點地藏鐙以紙鋌納寺庫爲他生資愚妄可笑酒後戲作一首……五七五
題秋史寒碧軒圖……五七六
秋葵將花余又他出不能無詩……五七六

秋陰一首……五七六
二娱之亡爲文以祭未往奠也八月九日舟泊西湖中夜入夢歡如平生且言爲小寒山之行夢中似識其地者覺後悲不自勝作二詩以紀當焚以告之……五七七
意有未盡復作一首……五七七
呈康茂園師二首即題其紀夢詩卷……五七七
十一月廿六日招同人作銷寒之會分韻得四字……五七八
芝亭餉臘酒以東坡餉字韻詩索和同韻酬之……五七九
芝亭詩來酒未至早起雪作戲用前韻奉柬……五七九
以水仙花虞山酒送芝亭仍用前韻……五八〇
以芝亭所餽臘酒瀟客所送橘分遺退庵四疊前韻……五八〇
元日立春……五八一
友漁齋夜集同詠積雪分韻得表字……五八一
河東君畫月堤煙柳爲紅豆山莊八景之一前有蒙叟一律黄皆令山水乃爲河東作者後有蒙叟書所作贈序合裝一卷古雲出以屬題即用蒙叟韻二首……五八二
即事……五八二
南澗草堂圖方鐵珊亡友楊春自畫，鐵珊屬題……五八二
和退庵小山園落成之作……五八三
題張淥卿詡潭西捉醉圖并寄伯生……五八三
雲伯訪得河東君墓脩葺立石焉作圖以紀爲題三絶句……五八三
蘭雪以憂歸里相見吳門奉贈二首……五八四
秋涼憶館中秋葵海棠玉簪木芙蓉皆將花矣各寄一詩……五八四
張琳峰琪仿古作錫茶盉製極佳作此爲銘……五八五
過德生庵追感秋槎先生二首……五八五

水涸不得過西泠橋……五八五
十月十二日退庵招集小山園看菊即事……五八六

卷三

江行倡和集

丹陽舟次同梅史韻……五八七
江行即事用前韻寄琴塢……五八七
行抵鑾江再疊前韻示琴塢二首……五八八
湘靈峰用東坡雪浪石韻并敘……五八八
琴塢新葺縣齋將移此石于中顏曰湘靈館疊前韻以落之同梅史作……五八九
琴塢觴同人於湘靈館醉後作歌三疊前韻……五八九
綯雲石圖爲伯葵題四疊前韻并敘……五九〇
題琴塢雙藤老屋圖……五九〇
琴塢招同人遊北山寺用壁間王逢原韻二首……五九一
黃海樵孫燦招飲復用前韻……五九一
夜過半矣復與梅史海樵沈小宛欽韓重酌四疊前韻……五九一
酒間送小宛入都仍用前韻……五九二
題子貞後塢村居圖……五九二
邗江行館次伯葵韻二首……五九二
將返吳門示伯葵……五九三
聽香同行曼生亦約繼至再用前韻……五九三
讀梅史和作有感三用前韻……五九三
舟中望金山用東坡妙高臺韻……五九四
昔渡江之金陵與湘湄鐵門偕行湘湄爲作便面事隔廿年矣湘湄已歸道山鐵門近客淮浦死生契闊盡然於心再用前韻……五九四
真州訪柳屯田墓不得舟中感歎及之梅史有作再同前韻……五九五

海昌詩人鍾半人大源貧病且老梅史作詩丐同人爲助次韻……五九五
揚州送鐵珊入都三首……五九五
呂城歸舟示梅史……五九六
梅史有卜鄰魏塘之約詩以堅之……五九六
不寐同梅史韻寄丹叔……五九七
閒愁疊前韻……五九七
次韻梅史訂明春見訪之作……五九七
十一月廿有三日會飲百一山房走筆呈古雲梅史爽泉……五九八
題秋白移居圖次小湖韻五首即送其計偕入都……五九八
送梅史積堂還里兼呈古雲次梅史韻……五九九
夜半飲酒丹叔已堅臥不起以詩嘲之……五九九
示丹叔用前韻……六〇〇
岳氏銅爵搨本……六〇〇

卷四

皋廡集

風雪懷人各賦一律皆窮交也……六〇一
和丹叔元日小病之作……六〇二
穀日即事寄梅史……六〇三
探中秋詩并序 補舊作……六〇三
壽生卜居魏塘輞埭丹叔有詩同韻二首……六〇四
曼生令嗣呂卿寶善新婚索詩爲贈……六〇四
春陰和芝亭韻……六〇五
春盡日作……六〇五
曉夢……六〇五
春莫雜感四首……六〇六
和芝亭網埭看藤花留飲壽生齋頭之作……六〇六
木香……六〇七
陰寒二首……六〇七
網戶……六〇八

長夏愛樹齋即事用吾鄉陳狷亭黄門
山静似太古日長如小年韻十首……六〇八
再用前韻十首……六〇九
水車詞并序……六一一
偶感……六一一
偶感三首……六一二
連理桑歌爲曼生作……六一三
題聽香所藏方蘭坻丈山水……六一三
題邁庵爲犀泉所作江南煙雨卷子……六一四
題傅青主遺墨……六一四
醉後爲汪小迂鴻畫石次日題之……六一四
龍池……六一五
朝泊祝陵……六一五
自祝陵至善卷洞徧探水旱三洞回寺
小憩得詩四首……六一五
碧鮮庵是祝英臺讀書處……六一六
國山碑……六一七
題松泉長江無盡圖……六一七
貞義女祠……六一七
瀨陽多奇石皆花石綱故物也曼生屬
松泉圖其九戲題一首……六一八
同聽香小迂松泉晴厓犀泉午莊遊芟
山一名巧石濱……六一八
孟東野射鴨堂……六一八
酬史恒齋炳見贈原韻……六一九
中溪阻風寄瀨水諸相知……六一九
古雲以苦瓜和尚畫冊屬題本有題句
其上意有所感各書四十字……六一九
重題劉哲文濬寓槎圖即送歸海昌……六二一
題汪心農穀守梅山館圖……六二一
心農試研齋圖……六二二
當酒……六二二
得甘亭訊奉寄并呈雲伯古雲……六二二
寄曼生溧陽兼柬一二相知……六二三

卷五

皋廡集

十月中寓愛樹齋酒半無聊與梅史共和陶公飲酒詩余得八首梅史得七首後各罷去歸自溧陽端居丈室風雪蕭然時一命酌因續前稿成之所謂辭無詮次者已……六二四

反止酒詩用陶韻……六二七

和陶擬古九首……六二七

抵家後雨雪彌日故交不相往來用陶歲暮和張常侍韻寄退庵壽生芝亭……六二九

和陶連雨人絶獨飲……六二九

計容齋舉子用責子韻……六二九

風雪初晴開卷命酒意欣然樂之而索逋者如雲而起家人復以米盡見告用陶貧士詩韻以自廣……六三〇

人日招退庵壽生子未過飲用退庵元日韻……六三一

新莽契刀錢笵歌爲古雲作……六三一

臨安府行用銅牌古雲屬賦……六三一

清明日山塘即事……六三二

穀石齋分詠古錢得招納信寶……六三二

將之瀨上留別諸同人并送古雲入都寄都中舊知一首……六三三

舟過望亭……六三三

連雨苦寒今日始晴暖有春意泊舟書所見……六三三

夜泊中谿不寐……六三四

義興道中二首……六三四

嘲舟師……六三五

三月十五夜太白樓望月……六三五

楊白華……六三五

題種榆仙館第二圖聯句……六三六

同人東郊看花八首……………………六三六
小迂種蕙草數盎約同人詠之用禁體……六三七
題山堂石墨冊并序……………………六三八
題新羅山人書畫冊二首………………六三九
恒齊以野茶見餉用東坡和錢安道惠
建茶韻以謝之……………………六三九
同人集桑連理館試陽羨茶疊前韻……六四〇
約同人游善權張公諸巖洞用東坡
青牛嶺韻……………………………六四〇
余不到西湖兩年矣春物向暮眷然有
懷時坐中諸君有乍別者有曾到者
物色相召咸在目中同用東坡懷西
湖寄晁美叔同年韻兼示武林故人……六四一
贈爲沙壺者楊彭年……………………六四一
送春二首同子貞聽香小迂作…………六四一
題小迂畫櫻桃春筍蠶豆便面…………六四二
無題效玉谿生四首……………………六四二
爲曼生題黄小松墨竹…………………六四三
西氿道中………………………………六四三
十二日雨中自中溪放舟越日至錫山
雜成數首……………………………六四三
聞梅史至吳門…………………………六四四
爲思亭題越州石氏真草陰符經拓本……六四四
阻風鮮谿不寐…………………………六四五
再題小迂畫扇…………………………六四五
歸家即事………………………………六四五
得霽青編修所寄游仙詩知其意有所
託戲和其韻…………………………六四六
梅雨書悶………………………………六四六
喜芝舟至………………………………六四七
題芝生畫蝶……………………………六四七
丹叔屬芝生作韓康賣藥圖戲書其上……六四八
七月廿七日大雨待丹叔未歸作…………六四八
題思亭謫仙樓詩石刻後………………六四九

卷六

踰淮集

京口阻風……六五〇
界首驛……六五一
淮北道中……六五一
舟中僅攜唐文粹一冊酒間讀之雜然有作……六五一
題汪已山敬龍池紀遊圖……六五二
臘八粥限點韻銷寒第一集……六五三
冬閨詞八首銷寒第二集……六五三
娑羅樹碑銷寒第三集分詠淮上古蹟……六五四
儗范石湖村田樂府分得冬舂行銷寒第四集……六五四
題仇實父臨趙伯駒光武渡河圖銷寒第五集……六五五
憶故園梅花……六五五
除夕志感一首……六五五
元日雪霽……六五六
三日小農司馬招集富春山館觀雪中舞鶴分韻得回字……六五七
何處逢春好用長慶體銷寒第六集……六五七
春星銷寒第七集……六五八
春泥……六五九
春冰……六五九
春波……六五九
倚春圖……六六〇
書武清事……六六〇
金蘭畦尚書挽詩四首……六六一
上元樂府分得崑崙關銷寒第八集……六六一
正月二十日同人集竿木庵祀白太傅以春風小榼三升酒分韻得榼字銷寒第九集……六六二
賤辰適同再賦一律……六六二

齒痛三首……六六三
詠苔二十韻……六六四
花朝有寄……六六四
寄懷小迂仲恬……六六五
真州官廨十二詠爲琴塢作……六六五
贈夏慈仲寶晉……六六七
上巳真州道中寄琴塢吳門并呈穀人
先生蓮裳甘亭芙初諸君二首……六六八
三月四日子貞招同汪玉屏坤江素山
詡游湖上同用昌黎寒食出游韻……六六八
梅花嶺……六六九
桃花庵……六六九
清明日蓮裳招飲寓館……六六九
哭金仲蓮五十一韻……六七〇
琴塢重脩明靖南侯黄得功墓立碑屬
書其陰……六七一
題老薑畫冊十二首……六七一
淮壖即事四首……六七二
題惲仲叔南田父子展祝月隱處士墓
詩卷……六七二
買舟將歸楯庵已山苦留衾日感其悃
款笑此滯淫被酒縱筆得六言四首
題歐齋壁……六七三
五月十三日晚過邵伯堰……六七三
夜登舟背望甓社湖……六七三
和韻答積堂……六七四
月夜金壇道中……六七四
題朱理堂爲燮洮湖看月圖并寄椒堂
京師……六七五
芝亭挽詩四十韻……六七五
坐起……六七六
病起至靈芬館……六七六
吳雲璈鳴鈞分湖秋泛看子三首……六七六
謝龔五蔭軒餉餅……六七七

題許玉年乃穀爲楯庵畫石……六七七
開鑪日同集歐齋以石湖開鑪修故事
聽雨說新寒分韻得寒字……六七八
寒色……六七八
寒意……六七八
大雪後二日小雨薄暄似有雪意用東
坡祈雪霧猪泉韻……六七九
楯庵以小病不出疊前韻見示同人既
聯句答之次日復有詩再用前韻……六七九
楯庵以詠薑并示老薑詩屬和用前韻……六七九
寒江獨釣圖……六八〇
客裹……六八〇
囊於淮陰程抒懷憬齋頭見一研而愛
之別去後抒懷介已山以研見惠作
詩奉謝……六八〇
題荷花仕女……六八一
琵琶樓即席有贈……六八一
手鑪……六八一
門簾……六八二
暖硯……六八二
短檠……六八二
明許光祚蘭亭碎金石刻今歸已山以
拓本屬題爲作二絕……六八三
紀事四首……六八三

卷七

五嶽待游集

洗兵馬……六八四
送慈仲赴春官試……六八五
贈別汪丈審庵……六八五
春雪……六八五
題屠子垣湘青山歸趣圖……六八六
送青士滇生入都兼寄吾亭紅茶霽青
諸君……六八六

題管煒集爲萬杏村鏞作……六八六
次韻答已山留別之作……六八七
題西湖三舟圖并序……六八七
淮壖席上再別已山一首……六八七
茱萸灣是去年清明前五日與審庵聽香別處……六八八
途次無酒以詩乞諸轂人先生一首……六八八
轂翁餉酒來書有不免爲醯之謔而酒特佳用韻再呈……六八八
京口見杏花……六八九
道中聞蛙……六八九
閏花朝阻風金壇先寄曼生用昌黎寒一笑……六八九
題殀厓槎谿老屋圖用可閑老人舊食出遊韻……六九〇
趙北嵐明府曾重修國山碑亭繪東吳片石卷索題三首……六九〇
題鈕叟樹玉非石圖……六九一
歸家即事……六九一
歸後見庭前梅子如豆杏將嫁矣……六九一
方蘭翁所畫南湖修褉圖今藏文後山家上巳過後山齋頭出觀爲題二首……六九二
種水同話于後山齋中臨別以詩卷屬定舟次率成二詩即題卷尾……六九二
神機銃匙歌右款『咸亨元年朔方兵仗局造』，左款『神機銃匙一萬二千六十二號』，柄款『重二兩五錢』。今藏文後山鼎家。……六九三
餞春日風雨雜作不能無詩……六九三
齋居無事簡閱故舊書尺見韜園已巳六月八日同人夜集靈芬館小疾不飲賦呈之詩蓋五年矣嘅然有感補和一首寄韜園并瘦山……六九四
雨中偕退庵子未瀟客丹叔訪北山草堂遺趾觀舞㠓峰……六九四

吳門寓齋雜感……六九五
題子瀟太史隱湖偕隱圖……六九五
題曼生爲趙北嵐畫善權洞扇子……六九六
題改七薌琦爲余畫鍾馗弔屈幛子……六九六
題桑連理館圖二首……六九六
題琴塢就竹亭圖即效其體……六九七
小青小影……六九七
唐子畏牡丹仕女……六九八
曉起至東城觀荷花分韻得送字……六九八
水車謠……六九八
十五日偕非石理堂午莊子若小曼訪
家鏡我僧懶堂于東寺留題一首……六九九
洮湖櫂歌十二首……六九九
曼生學書圖……七〇〇
自題月上傳經圖……七〇一
零陵寺唐井歌……七〇一
迎秋詞……七〇二
題浦情田騎尉承恩詩卷……七〇二
次韻聽香七夕詞……七〇二
明蘇州太守況公遺像……七〇三
小迂畫列子御風像戲題一首……七〇三
湘雲曲……七〇三
題小迂白下對牀圖……七〇四
常潤道中書所見……七〇四
戲題羅半臂……七〇五
題樊補之鍾岳虹橋雁水圖……七〇五
題樊信舟鍾海南游鼓柁圖……七〇五
周實夫鳴鑾采藥小照……七〇六
補之出示張篁村宗蒼畫卷爲書二絕……七〇六
放言六首……七〇六
贈孫古杉貫中二首……七〇八
和退庵積雪不消園居遺懷之作……七〇八

卷八

五嶽待游集

退庵招集東莊次慈仲韻……七〇九
留别瀨上諸故人……七〇九
題宋于庭翔鳳燕臺别意圖次原韻……七一〇
題廉山明府畫冊十六幅付其令嗣者……七一〇
又十六幅付其女公子者索題二絶……七一一
四月六日巳山招同聽香章亦江敦程
秋巖世桂蘭如得馨柳衣園看芍藥
二首……七一一
和鐵門送歌郎香卿回吳門……七一一
寓樓前棗花二株爲賦一律……七一二
五月十六日即席送聽香之瀨水……七一二
霞滿詞贈板師王叟……七一三
迎秋詞同審庵巳山作……七一三
歸舟儗訪藹人子貞芙初三君以事不
果歸後各寄一詩……七一四
寄霽青都門三首……七一四
查查浦先生行看子爲丙唐題……七一五
題慈仲竹巷舊居圖……七一六
明按察司僉事金公應奎以忤分宜杖
太監馮保家奴兩事再去官墓在西
湖其族孫舍人應麟重爲封樹來徵詩……七一六
題錢梅谿護碑圖錢文穆王墓碑……七一七
黄葉得聲字……七一七
冬日田園雜興四首……七一七
十月十二日同遊善權歸舟聯句寄陳
春浦經四十韻……七一八
題高午莊日東鶴湖歸櫂圖同用山薑
移居韻……七一九
題春浦碧雲山房詩……七一九
曼生夢飼千八百鶴草堂圖……七二〇
金壇道中和老薑韻……七二〇

丹徒野泊用前韻……七二〇
偶閲鈍吟集有學唐人雜詞四首意有所觸戲和其韻……七二一
十二月十八十九日秋巖司馬書槐茂才先後招集荻莊用前甲寅詩韻絶句四首奉呈主人并柬藹人……七二一
次日一庵太守昌寧馥庵司馬得馨招飲柳衣園復用今年看芍藥詩韻爲謝二首……七二三
淮陰歲除八詠并序……七二三
卷九
蘧庵集
人日寄故園梅花以薛道衡入春纔七日句爲韻五首……七二五
穀日立春柬琴塢……七二六
書橋公碑後……七二六
即事效種水體……七二六
上元同已山作……七二七
和琴塢病樹詩……七二七
和已山小坐見遲原韻……七二八
寒食偕稼庭司馬曉發袁浦之海上道中有作用東坡黃州韻二首……七二八
清明安東道中示稼庭……七二九
題畫仕女四首……七二九
爲稼庭題文五峰萬林吐玉圖……七二九
題洞庭山人秋夜讀書圖……七三〇
平橋阻風寄已山越州……七三〇
中夜不寐有作……七三一
朝至界首……七三一
破曉渡江即事……七三一
題馬璘梅花上有楊姝子詩……七三二
題畢焦麓涵山水卷子……七三二
自瀨上至荆谿……七三三

新晴即事……七三三
獨遊別幾十年矣過訪有作嘅然奉答
不自知其言之悲也……七三四
獨遊見和前作堅出世之志退盦子未
丹叔皆有和詩再用前韻二首……七三四
退庵以詩爲壽次韻奉酬二首……七三五
次韻子未二首……七三五
次韻退庵天中即事之作……七三六
再用前韻示獨遊……七三六
五月一日……七三七
端五即事索退庵子未丹叔和……七三七
五月十三日偕退庵送獨遊出家雁塔
寺以我作佛事淵乎妙哉空山無人
水流花開分韻作詩得妙字乎字……七三八
題鍾葵彈琴圖……七三八
查梅史母夫人七十壽詩……七三九
午發瀨上極熱途中遇大風小泊……七三九
曉行即事……七四〇
道中雜詠……七四〇
題虎丘倉頡祠圖……七四一
蘧庵詩……七四一
牽牛花……七四二
七月十四夜對月作……七四二
中秋飲罷……七四三
題袁桐村讀書秋樹根圖……七四三
慈仲薇蘇別院圖冊……七四三
題趙北嵐明府遺像……七四四
爲點山題西厓少宰手書詩冊……七四四
黄浦守風……七四五
逃禪詩三十二首并序……七四五
破帆俳體……七四七
題李筍香筠嘉春渚曉吟圖……七四八
蘿屋莫寒圖……七四八
玉華女士畫竹二首……七四八

題倪高士山水卷即用其自題韻……七四八
小除夕點閱首楞嚴竟紀之以詩……七四九

卷十
蘧庵集
正月二十日西湖謁白太傅祠……七五〇
歸自吳門十八日風雨仍作不能上墳
用昌黎寒食出遊韻……七五〇
子未百藥山房圖……七五一
題晴厓桑連理館錄別圖……七五一
張夢晉倦繡圖……七五二
題李氏三忠傳……七五二
題筠厓臥看秋山看子……七五三
小樓獨酌用遺山與張杜飲酒韻示聽
香晴厓小迂要同作……七五三
答晴厓見調之作疊苪韻……七五三
桐綿詞銷夏第一集……七五四
五月十日大風雨作……七五四
偶倡桐綿詞諸君屬和多至四十餘首
標新領異幾無可下筆矣因綴輯內
典中語更作八首聊資多聞未闢口業……七五五
新蟬銷夏第二集……七五五
浴猫犬詞并序 銷夏第三集……七五六
題王子卿太守澤花下懷人圖用原韻……七五七
題改七薌畫仕女……七五七
萬十二承紫所藏趙子固水仙畫卷即
用原韻……七五七
舟中欲寄金五近園并示筤伯牧坪……七五八
題小懃集……七五八
和慈仲道中見懷韻……七五八
和慈仲懷靈芬山館韻……七五九
壽曼生五十三首……七五九
洗足頌并序……七六〇
和晴厓韻……七六一

中秋懷友各寄一詩……七六一
寄題小農觀察新修放鶴亭……七六三
食饊子用樓攻愧陳表道惠米纜韻……七六三
秋晚牽牛花將退房矣以詩餞之……七六四
八月廿八日喜桐兒至浦書呈同人……七六四
挽李鹿秄慶來……七六五
即事……七六五
九月四日作……七六五
聞雁二首……七六六
題滑蓬村轇指畫……七六六
題陸筱飲解元飛畫冊用自題原韻……七六七
偶閱宋詩紀事云李易安晚節不終流落江湖間以雲麓漫鈔所載上綦崇禮啓爲證而雅雨堂金石錄序極辨其誣援據甚精余以爲皆不然也即此啓足以雪易安矣因爲一詩……七六八
獨酌有作……七六九
雨……七六九
枕上偶成……七七〇
題汪月樵之選夢萬松堂看月圖……七七〇
藹臣春暉書屋種竹圖……七七一

卷十一

蘧庵集

正月十三日得秋白小湖積堂書喜而有作二首……七七二
感贈四首……七七二
古詩二首哭王惕甫……七七三
紀夢……七七四
藹人太史見過話舊有作四首……七七四
題曼生畫牡丹窠石……七七五
題改七薌琦臨趙松雪泉明采鞠圖爲錢叔美杜作……七七五
邗上即事……七七五

京口食鯗魚……………………七七六
艤舟亭……………………七七六
天寥見過并寄北萊上人……………………七七七
詠瓶中垂絲海棠白桃花……………………七七七
穀雨後二日風雨仍作新移紫牡丹將
花矣詩以慰之……………………七七七
點勘元人詩竟戲效其體四首……………………七七八
書悶……………………七七八
題陳康叔志寧三影卷子……………………七七九
即席送種水還禾中……………………七七九
題魏少野東齋集……………………七八〇
次韻酬馬小眉洵見寄……………………七八〇
次韻答殷耐甫壿見贈長句……………………七八〇
答耐甫留别次韻二首……………………七八一
同甘亭百一山房夜話作……………………七八一
甘亭誦元遺山詩醉後有感輒用其韻
分示同人六首……………………七八二
大風渡江……………………七八二
寄慈仲高郵……………………七八三
酒盌歌爲已山作……………………七八三
題高犀泉書牀圖……………………七八四
汪飲泉卜生圖……………………七八四
題陽關意外圖贈吳門沈生并序……………………七八四
題惜抱先生詩冊後二首……………………七八五
次韻慈仲……………………七八五
次韻竺生讀靈芬館集見懷之作……………………七八六
題滄浪亭圖……………………七八六
題朱道士嶽雲詩鈔……………………七八六
和韻答許月南桂林二首……………………七八七
贈鄒彦齋殿英……………………七八七
歲暮懷人詩……………………七八八
詹烈婦詩……………………七九二
題吳文徵東方三大圖泰山海及孔林也……………………七九三
題停琴仕女……………………七九三

旅館銷寒詩用東澗韻并序……七九三
題歲朝圖并序……七九九

卷十二

蘧庵集

元日……八〇〇
二日即事……八〇〇
喜稼庭自京師歸并寄蕅香夫人……八〇一
余僦築蒻淞閣至今未果近讀石湖集有云廛居久不見山或勸作小樓又力不能辦今年亦衰此興亦闌矣爲之憮然因次其韻……八〇一
立春日小病夜坐有作……八〇一
小病止酒用梅宛陵樊推官勸止酒韻二首……八〇二
次日飲酒不滿二十杯輒已醺然疊前韻二首……八〇二
十四夜即事……八〇三
答釋虛白……八〇三
謝懶堂上人爲刻玉印以碎火石刻之，見者不知爲玉章也。……八〇四
檢得穀人先生手書……八〇四
生朝雨中有感用東坡正月二十日三疊韻示曼生已山小迂……八〇五
雪後寒甚庭梅未花用放翁湖山尋梅韻二首……八〇五
次日寒更劇小飲作……八〇五
遲慈仲不至……八〇六
友人訝余白須漸多作此示之……八〇六
送慈仲……八〇六
上巳不出……八〇七
次韻答馮陸舟……八〇七
答張敬軒……八〇七
答馬小眉……八〇八

江鐵君沅僧裝小像……八〇八
贈小瓊三首……八〇八
程老……八〇九
廿五日曉起渡江……八〇九
端木子彝廣文國瑚出都訪余於浦上不值自云不見二十餘年矣悵惘而去作此卻寄……八一〇
次韻酬姚春木椿見贈并感姬傳先生……八一〇
子卿太守以黃樓祭兩蘇公詩索和爲作一首……八一〇
董小宛小像……八一一
稼庭以青田石見贈奉謝……八一一
題袁黛華青燕歸來軒詩稾……八一一
甘亭以寓館雜詩見示即用其見懷末章相期共蒲褐何物是榮名十字爲韻酬之……八一二
寄懷春木二首……八一三
新涼……八一四
七月晦夕風雨……八一四
喜晤賓谷中丞即用前歲見寄韻奉呈……八一四
再答中丞和詩二首……八一五
已山欲鈔輯鐵門詩文恐其深閉固距而不出也詩以達之二首……八一五
書事二首……八一六
貍奴仕女圖……八一六
紀夢……八一六
得春木書并寄示憫雨詩十章作此寄答……八一七
哭吳雲璈鳴鈞……八一八
金五仁甫勇爲序刻雜著續編用前柬鐵門韻二首……八一九
贈毛生甫嶽生即用其稾中置字韻……八一九
缸花一首用前韻……八二〇
寒宵四詠……八二〇

除夜作……八二二

靈芬館詩續集

卷一

解祟集

災後有紀四首……八二五
古文一冊中多銘志之文以審丈索觀
獲免于危志幸……八二六
次韻答聽香見慰之作……八二六
寄鮑覺生學士……八二七
二月八日寒甚戲作……八二七
題七薌籠鵝圖……八二七
得賓谷鹾使書感寄二首……八二八
讀弇洲四部正續稿書後二首……八二八
送馮柳東太史入都兼寄鮑覺生學士
許青士給諫……八二九
前得霽青丹叔所寄倡和各詩并乞和
作憂患之餘未能也邇日稍稍從事
筆研展閱來詠慨然興感爲和五首
寄答……八二九
題萬十二淵北承紫式好圖三首……八三一
已山治疾有效詩示同人爲和一首……八三一
遲鐵門未至……八三二
清明後二日坐雨……八三二
寄丹叔用前韻……八三二
贈盛子履學博大士……八三三
陸祁生學博繼輅別二十年頃於子履
所得其祟百藥齋詩文集感題一律
寄之……八三三
雲伯招飲江都官舍歸舟中作此爲別……八三三
有感……八三四
留百一山房兩日別去作此爲寄……八三四

寄梅史武林二首……八三四
坐雨遲爽泉不至……八三五
送霽青太守入都一首……八三五
次韻丹叔遲伯葵子高之作……八三五
哭仲恬三首……八三六
次韻丹叔梅雨即事……八三六
午日示丹叔及桐兒棏姪二首……八三七
過訪小眉於梅里同人集五千卷室以
良辰惟古歡分韻得惟字……八三七
題扇留別小眉……八三七
次韻子未梅雨書事四首……八三八
得鄭瘦山璜見慰詩和韻奉答……八三八
子履疊韻見答復此酬之……八三九
紀行一首……八三九
賓谷先生屬題廬山簡寂觀圖即用自
題韻一首……八四〇
賓谷先生春感詩末章見及感呈一首……八四〇
小穀歲暮感懷圖……八四一
王井叔嘉祿桐屋擁書圖……八四一
題滄溟酹月圖……八四一
起蛟歎……八四二
下河熟……八四二
堂中水……八四三
過秦郵有懷慈仲並寄霽青京師……八四三
即事疊前韻……八四三
寄雲巢都轉二首……八四四
蘿陰邀篴圖七香爲沈生作用已山韻……八四四
八月十二日已山招同人遊荻莊張鐙
置酒流連兩夕前遊諸君有作繪圖
以記余作此詩題其後……八四五
題羅飯牛牧畫二首……八四五
錢夢廬天樹以方蘭士畫見贈并系以
詩作此奉答……八四六
謝古雲餉碧蘿春用山谷以小團龍贈

晁無咎韻……八四六
請靈武受命頌……八四七
即事四首示廉山……八四七
訊岑招食蟹……八四八
次韻廉山見和即事之作……八四九
次韻王子若四首……八五〇
酒後有作示已山……八五〇
久不得家書用前韻寄丹叔……八五一
食蟹有感再用前韻……八五一
題焦山高士圖……八五二
題山谷詩後用竹石牧牛韻……八五二
霽青有高州之除作此寄之用坡谷邦
字倡和韻……八五二
寄慈仲用前韻……八五三
鐵門病間……八五三
次韻子履學博見寄……八五四
題盛小雲徵瑱病起詩意圖卷以落葉
半牀爲韻……八五五
南武奉祠圖爲李孝廉彥彬舍人彥章作……八五五
小曼自杭州迎仲恬靈柩是夜夢曼生
仲恬感而有作……八五六
至日喜雪……八五六
得桐兒書知女兒於廿八日移居用前韻……八五七
每夕小飲後輒不能成寐胸中拉雜因
讀東坡集次其和陶擬古九首凡三
夕而竟借澆塊壘云爾……八五七
雪後獨酌三首……八五九
題九九銷寒圖……八六〇
催梅……八六〇
已山招集觀復齋食臘八粥以伊蒲塞
桑門之饌分韻得蒲字……八六一
寒月……八六一
積雪……八六一
嚴霜……八六二

朝旭……八六二
近園餉梅村山水軸許以詩報久未有應頃來見督率成一首……八六二
題吳香輪女史畫蝭冊六首……八六三
除夕……八六三

卷二

解祟集

題王二波騎尉嘉福江樓燕別圖……八六四
山行畏風焦山借庵長老以風帽見餉以詩還之……八六四
賓谷鹺使招遊焦蒜兩山有人日登高之作次韻一首……八六五
得巳山書知鐵門病亟……八六五
鐵門以上元謝世是日余適大醉聞信之後作此志痛……八六六
次韻井叔夜宿淩江閣……八六六
次韻井叔贈借庵長老……八六六
次韻金手山襄席上之作……八六七
偶得對句索家蘭池錡爲書楹帖遂足成以寄……八六七
題倚雲亭填詞圖……八六七
偶聞人言率爾解嘲……八六八
舟過朱方記與鐵門湘湄同舟秋試賞其丹樓如霞題牓之工忽忽三十餘年矣湘湄久歸道山鐵門今又徂謝心傷往語腹痛成詩……八六八
鐵門詩文既爲手定舟中復爲芙初太史刪定其尚絅堂各稿用前韻一首……八六八
王椒畦太夫人九十壽詩……八六九
因鐵門之亡追悼湘湄舟中獨飲忽忽不樂作此寄丹叔……八六九
七薌畫仕女手撚雙頭茉莉以贈王溯川愛其嫻雅得古意命桐兒摹之題

一詩其上……八七〇
自題籃輿圖……八七〇
春分坐雨示丹叔慈仲……八七一
和丹叔宵霽之作……八七一
題修伯柧庵圖……八七一
次韻答沈雪樵……八七二
三月十七日喜晴……八七二
三月廿一日同人集小眉五千卷室遲
　榕園不至并寄梅史高陽……八七三
竹垞翁析田手蹟爲李金瀾遇孫題……八七三
題小眉所藏竹垞書羅浮胡蝶詩卷……八七三
五千卷室盆松歌用昌黎山石韻……八七四
奉寄林少穆廉使則徐即用其題慈仲
　集韻四首……八七四
題王月鉏祖梅浙西懷舊圖……八七五
題虢國夫人上馬圖……八七五
歡歡詩……八七六
留別古雲……八七六
訊岑自清江來有傳余凶問者又言審
　庵丈病甚至邗上知審庵已向愈而
　僕固無恙喜作一詩寄之……八七六
次韻春木見贈時奉母同居建木寶應
　學舍……八七七
題姜夢薌同養拙山房雅集圖……八七七
余得古鏡及馬腦筆洗作碧月明荷二
　詩壬午之災鏡燬而洗在他處獨存
　近雲伯以研山見餉洞穴玲瓏岩岫
　峭蒨上爲二峰名曰雙髻以配筆洗
　日夕對之欣然獨笑輒賦一詩……八七八
梁茝鄰觀察章鉅屬題林同人甘泉宮
　瓦拓本……八七八
題岳鄂王手簡今藏茝鄰觀察所……八七九
題周端孝先生血疏貼黃廉山所藏……八八〇
蒸鬱殊甚晚大雷雨……八八〇

題王竹嶼司馬鳳生江聲帆影閣圖……八八一
夕陽春影圖竹嶼爲亡姬寄意……八八一
得家中前月書并聞故鄉近事二首……八八一
題循陔圖……八八二
至揚州得内人凶問……八八二
次韻題虎洞頭陀圖……八八二
閏七月十九日同天眉理堂湖上看桂
花飲舟中有作……八八三
陳受笙均看山行腳圖……八八三
揚州新建贊化宫戲題一絶……八八三
題萬里浪游圖……八八四
中秋席散有作……八八四
不寐……八八四
題蕭梅生光裕寄廬鐙影圖……八八五
次韻賓谷鹺使見和中秋之作……八八五
送雲巢都轉移任天津……八八五
連得佳釀每夜與鄧溥泉立誠毛生甫
嶽生同酌生甫回吳溥泉歸家未來
用遺山太白獨酌圖韻……八八六
霜降前一夕作……八八六
水碧……八八六
敦甫太史以秋詞四首見視余久廢倚
聲以詩答之詞爲《秋蟲》、《秋葉》、《秋
磧》、《秋水》……八八七
偶作……八八七
九日出遊示受笙兼呈四并堂主人……八八八
舟中卻寄賓谷鹺使……八八八
瀨行乞酒於都轉蒙侑以松菌油蘿蔔
鯗木瓜舟中小酌寄詩爲謝……八八九
阻風高郵夜飲有示……八八九
高郵天王寺有吳道子觀音畫像風雨
不能登岸作禮……八八九
舟中讀惜抱軒集……八九〇
寄春木寶應……八九〇

哀王井叔嘉祿……八九〇
再送雲巢都轉并寄梅史大令……八九一
寄琴塢……八九二
題蜚卿女史所寄畫秋葵雁來紅……八九二
演劇始於元人而諸伶所供奉者名曰
老郎不詳其所緣起也已山家伶舊
奉其祀七薌爲圖神像余爲系一詩……八九二
寫楞嚴第三卷畢夜飲有作用惜抱軒
集中寫經韻……八九三
寓樓即事遲訊岑不至……八九三
次韻李桐村方煦見寄并柬蘭雪……八九三
寫經墨凍始用暖硯……八九四
家蘭池和余前韻見題靈芬館第七圖
次和報謝……八九四
長至前一夕用東坡冬至贈安節韻寄
桐兒下邳……八九五
得種水書用前韻寄之……八九五
題李海帆觀察宗傳海上鉤鰲圖……八九五
壽胡古香增七十……八九六
即事四首十一月十二日……八九七
醉中漫成……八九八
疊前韻一首……八九八
滄浪亭圖爲芷鄰觀察題……八九八
轉漕……八九九
月樵方伯書來見寄紙墨而物未至以
詩索之……八九九
立春日作……八九九
澤國……九〇〇
即事……九〇〇
説法……九〇〇

卷三

迴向集

和桐村老女歎并序……九〇一

得春水書卻寄……………………九〇二
寫首楞嚴經畢漫題二絶…………九〇二
檢去歲春分日詩有感客懷用韻一首……九〇三
水仙作花過春分矣對酒漫成……九〇三
鄭瘦山陳麋叔泉見過追悼鐵門有作
示兩君…………………………九〇三
即事三首………………………九〇四
題曼生畫鞠……………………九〇四
題蘭因集雲伯修西湖菊香、小青、雲友三女之
墓，立祠。諸人題詠之作…………九〇四
瘦山鱸鄉秋色圖三首…………九〇五
清明後十日大雪………………九〇五
曉起寫經………………………九〇五
上巳同人集觀復齋分韻得樹字……九〇六
得丹叔書………………………九〇六
十七日同人集歐齋送春以落花游絲
白日靜鳴鳩乳燕青春深分韻得鳴字 …九〇七
紫牡丹同和遺山韻三首………九〇七
小農河帥以綠牡丹見餉適將南歸詩
以留別…………………………九〇八
次韻酬瘦山見送………………九〇八
即事有感………………………九〇八
歸舟有作以元遺山詩明年吾六十家
事斷闗白爲韻示丹叔桐兒枏姪荼
女十首…………………………九〇九
得叔美書………………………九一一
脩伯以後山贈二蘇公韻作詩見寄深
愧其意次韻爲報并呈尊甫琴塢太守 …九一一
和丹叔韻寄小麋………………九一二
次韻錢竹西司馬清履見贈……九一二
柳東一勺園圖…………………九一二
曉起聞蟬………………………九一三
曉同家人泛舟至面城園觀荷同丹叔
作并柬竹西……………………九一三

次韻春木吳門見寄……九一三
立秋日竹西招集面城園同作……九一四
次韻賓華見寄……九一四
次韻酬古杉二首……九一五
小眉以銷夏倡和詩見寄依韻奉和八首……九一五
題許榕皋玉年風雨連牀圖……九一六
接桐村書時下世已三月矣感而悼之……九一七
贈孫子和義鈞……九一七
伯生五十小像……九一八
題伯生入關圖……九一八
題東山倡和圖……九一九
長至夜酌兼呈審庵丈二首……九一九
題王溯川文泳水雲色相卷子……九一九
往與鐵門湘湄定交余時多出遊感東坡岐亭詩人生幾兩屐莫厭頻來集之語歸里之日輒移書奉邀兩君必來每以此詩韻倡和今四十年矣因讀蘇詩及此漼然淚下復作一首既悲兩君亦以自廣……九二〇
十一月十六日招王子卿太守澤瘦山麋叔子通張子真子和聽香白亭七薌已山同集觀復齋爲消寒之會各賦曉寒詩以波箋二字爲韻祈雪詞不拘體曉寒詩二首……九二〇
祈雪詞四首……九二一
乞蠟梅於審庵得數枝爲供用陶詩歲莫和張常侍韻……九二一
題趙文度畫卷爲小迂作……九二一
題王子卿太守澤罷釣圖……九二三
子卿太守以觀齋集見示爲閱一過用集中弢光詩韻題之并索畫……九二三
送子卿歸于湖……九二三
自懺一首……九二四
題趙白亭振盈松下清齋圖……九二四

仇十州玉陽洞天圖卷爲已山員外題……九二五
醉司命日伯生招作銷寒會而未有詩作此戲柬索同人和……九二六
被酒不寐疊前韻……九二六
題梁吉甫孝廉逢辰拾瑤草圖即送北上……九二六
題莨林觀察小山叢桂圖……九二七
題嚴小穀壽西溪蘆隱圖……九二七

卷四

老復丁庵集

送莨林廉使赴山左用已山韻……九二八
爲伯生題金粟道人畫象即用其自題韻……九二八
伯生以王氏新家鏡爲壽作此謝之銘曰：『王氏昭竟四夷服，多賀新家人民息，官位尊顯天下復，風雨常節五穀孰，長保二親子孫力，傳告後世樂毋極。』并十二辰共五十四字。……九二九
水仙欲花暖後仍寒作詩慰之……九二九
上元即事……九三〇
題鄭少谷書……九三〇
次韻李少白續香見贈并呈子履學博……九三〇
慈仲新作有見及者各和一首……九三一
水僊花放酒後有作……九三二
寄丹叔……九三三
和丹叔見壽韻……九三三
題隨園先生八十遺照……九三四
爲陳麋叔題鐵生山水……九三四
琴塢以所畫無量壽佛見寄作詩爲謝……九三五
疾風……九三五
三月八日偕同人飲於浮淥酒店……九三五
紅旆……九三六
作盛小雲詩序竟復作一詩寄子履……九三六
折紅白桃花作供偶成二首……九三六
哭古雲……九三七
追憶……九三七

送小農河帥復任東河……九三七
立夏後四日作……九三八
賓谷先生見題老復丁庵圖次韻奉呈……九三八
賓翁約看芍藥雨不果舟中卻寄……九三九
渡江記所見……九三九
即事……九三九
題夢琴紅梨行藥看子……九四〇
陳迦陵放鶴圖照夢琴屬題……九四〇
題叔美秋聲館圖即用其韻……九四〇
春木寄書并詞借遺山樂府作此代答……九四一
題鄔瀹庵溱三分水二分竹一分屋圖……九四一
題錢星槎倦圃讀書圖……九四二
次韻丹叔中秋……九四二
鄔君以后山呈二蘇韻作詩見贈愧不
克承用蘇黄贈答二詩韻奉酬……九四二
奚鐵生雪泉卷……九四三
夢回有作……九四四
廉山司馬挽詩四首……九四四
種水以邗上倡和詩見示即用其自贈
韻卻寄……九四五
贈别根重一首……九四五
和張芥航河帥韻……九四五
嘲已山疥……九四六
連日痔患頗劇用前韻……九四六
雪後見木冰甚奇麗作二首乞同人和……九四七
詠古四首……九四七
陳麋叔屬椒畦作南鄰感舊圖爲鐵門
也寄書乞題……九四八

卷五

老復丁庵集

人日子履見過以思發在花前分韻得
在字……九四九
和子履韻即送還山陽……九四九

入夜獨酌寄子履……………………………………九五〇
陳石士用光學士寄詩乞題訪夢圖爲
　其姬人靜娟作也次韻三首……………………九五〇
題張芥航河帥井願遊圖…………………………九五一
次韻答續香即題其斂塵圖………………………九五二
子履見桐所作山水以詩美之次韻爲報…………九五三
正月二十日爲余生辰前此兩用東坡
　韻作詩今年六十有一矣再用前韻……………九五三
疊前韻寄丹叔……………………………………九五三
讀史………………………………………………九五四
次韻答葉漑翁樹枚見題老復丁庵之作…………九五四
淵古以古銅槃種水仙見餉作詩爲謝……………九五五
謝筱漣送折枝紅梅花……………………………九五五
二月一日曉起雪作………………………………九五六
梅花將開疊前韻…………………………………九五六
題于忠肅書天問冊………………………………九五六
思歸兼憶西湖用東坡和趙景貺懷吳
　越山水韻寄杭州故人…………………………九五七
花朝即事…………………………………………九五七
紅梅水仙盛開戲作………………………………九五七
得種水書欲來此疊前韻…………………………九五八
審庵以種水至邀子履同集以詩促之……………九五八
春社詞同種水子履審庵已山作…………………九五九
一春………………………………………………九五九
研山一爲三几以承各以形似名之仍
　系以詩…………………………………………九五九
霽青太守自潮州寄詩爲壽時君年亦
　五十矣作此奉答以欒只君子民之
　父母爲韻………………………………………九六〇
清明雨……………………………………………九六一
釃渠………………………………………………九六一
謝筱漣餉筍用山谷食筍韻………………………九六二
筍味已變再用韻…………………………………九六二

連日陰寒書悶二首……九六二
坐睡……九六三
雨歎……九六三
觀復齋前牡丹齊開有兩枝白者明秀
獨絶……九六三
題子履山水卷……九六四
白胡蜨花二首……九六四
題謝堃青山別墅圖……九六四
初食蠶豆……九六五
陳受笙屬題水西小隱圖四首……九六五
題樊信舟樂丘圖……九六六
次韻丹叔寄子未時從官潮州……九六六
次韻伯泉紀事四首小眉新改字……九六六
鄺湛若天風吹夜泉硯柳東所藏爲賦……九六七
銅鼓歌爲五千卷室主人馬伯泉作……九六八
重脩曝書亭柳東徵賦……九六八
題竹西照……九六九
喜聞回酋就獲……九六九
竹西用僕舊韻見題近稿再次奉答……九六九
張叔未廷濟餉檇李八顆索詩……九七〇
戲柬竹西……九七〇
伏日示家人……九七〇
寄竹西……九七一
莒鄰方伯以新得褚臨蘭亭紀事四首
見寄次韻奉酬……九七一
次韻琴塢袁江舟中見柬二首……九七二
百一山房感舊……九七二
重有歎……九七三
賓華還詩圖……九七三
題成邸爲劉文正作山水小幅……九七三
重脩滄浪亭落成爲莒鄰方伯題冊四首……九七四
九日舟中……九七四
趙子昂六馬爲雲巢鹺使題……九七五

杭人屬琴塢作之江返櫂圖爲雲巢開
府溯中之祝爲題一詩……九七五
題倪文正元璐山水……九七六
哭小湖三首……九七六
題鐵生黄梅花……九七七
過揚州董相祠戲作……九七七
假寐……九七七
瘦山以去冬被火四詩寄示奉答二首……九七七
次韻已山養痾即事……九七八
題子履横舍課經圖……九七八
寄懷子履即用其齋中遣懷四首韻……九七八
次韻酬子履雪夜見懷……九七九
寄賓谷先生都門……九八〇
子履以歲晏避債四十韻見示次韻答之……九八〇
今年四月中回家始知積逋甚多歲暮
不歸又得子履疊韻詩再和一首……九八一

卷六

老復丁庵集

短歌呈聽香審庵……九八三
人日寄子履兼懷種水……九八三
子履作續人日之會分詠庭前花木得
紫藤以涉七氣已弄分韻得弄字……九八四
有感……九八四
讀晉書樂府八首……九八四
子履見題老復丁庵集次韻奉酬一首……九八七
二月一日作……九八八
白羽……九八八
次韻和芥航河帥喜聞張格爾就禽
四首……九八八
口號八首……九八九
食西施乳……九九〇
缾中插海棠有感……九九〇

題周東村田家卷子……九九〇
和人莫愁湖感興……九九一
無錫道中……九九一
次韻竹西見簡二首……九九一
茝鄰方伯新建梁高士祠徵詩爲賦一首……九九二
周東村漂母圖……九九二
即感五月二日……九九三
苦雨二首……九九三
題張芑堂畫蘭……九九三
題程序伯庭鷺畫山樓圖即用見贈韻二首……九九四
鐙窗梧竹圖爲茝鄰方伯題并引……九九四
見月感逝四首……九九五
題陶雲汀中丞澍吳淞放水詩畫卷……九九六
奚囊拾句圖……九九六
題七薌畫冊十六首……九九七
題錢武肅王投龍簡拓本……九九八
七月一日作……九九九
答竹西見贈……九九九
芳谷招集定香水榭用前韻……九九九
連日秋暑酷烈再用前韻……一〇〇〇
寄竹西四首……一〇〇〇
即事……一〇〇一
次已山見懷韻……一〇〇一
次韻竹西見招小集……一〇〇一
蜓蚰即蝘蝓之轉音……一〇〇二
竹西疊前韻和答一首……一〇〇三
中秋雨後待月……一〇〇三
啗芋……一〇〇三
過姚建木楗回夜中風雨不寐有懷春木河北……一〇〇四
旅夜……一〇〇四
贈沈曉滄明府炳垣即題其鬋研齋詩……一〇〇四
酬朱蔗根甘澍見贈……一〇〇五

歲莫雜感……一〇〇五
臘月十九日竹西見過賦謝二首……一〇〇六

卷七

老復丁庵集

元日立春……一〇〇八
人日柬竹西……一〇〇八
次丹叔韻……一〇〇九
庭前梅花盛開三首……一〇〇九
題種水扇影詞三首……一〇〇九
二十日生朝竹西有肴蒸之饋越日和僕集中祀白太傅詩見投次韻爲謝……一〇一〇
二月八日戲作……一〇一〇
待牐……一〇一一
題王蓬心濯足圖圖爲萬梅皋先生作……一〇一一
贈別張淥卿……一〇一一
芥航河帥見餉越酒石刻奉謝二首……一〇一二
次韻子履春感四首……一〇一二
積堂見過送其入都四首……一〇一三
風雨憶秋圖……一〇一四
題鐵生秋林圖……一〇一四
次韻子履見寄……一〇一四
審庵有子冬官十二而夭作詩慰之仍用前韻……一〇一五
明宮人脂粉箱爲淵北賦……一〇一五
連得家信及友人書……一〇一六
得紫柏大師小印以寄竹庵上人……一〇一六
子履作衆山一覽圖見贈并系一首次韻答謝……一〇一六
新涼獨酌寄丹叔……一〇一七
即事……一〇一七
此耳久絕鼃聲戲作一絕……一〇一八
慈仲自晉陽寄書并二詩次韻答之……一〇一八

壽爽泉六十三首 …… 一〇一八
贈儀墨農 …… 一〇一九
秋感二首 …… 一〇二〇
題小農河帥南池雅集圖三首 …… 一〇二〇
秋社見燕 …… 一〇二一
哭鄭氏妹 …… 一〇二一
次茝鄰方伯題禹鴻臚卜居圖韻四首 …… 一〇二一
湘麋爲鐵門畫金山於扇面題詩其上且署云它日屬郭十三和之見之感歎不已次韻二首 …… 一〇二二
題虹亭太史與稼堂手札 …… 一〇二二
硤石鎮 …… 一〇二三
次梅史韻送子同之官江右 …… 一〇二三
春江滌硯圖爲星溪都督題 …… 一〇二四
至杭未至西湖詩以解謿 …… 一〇二四
七薌魚元機詩思圖 …… 一〇二五
題唐刺史盧元輔天竺磨厓倒用其韻 …… 一〇二五
金塗塔歌 …… 一〇二五
即事三首 …… 一〇二六
修伯有和余答鄔澹庵詩仍用韻示之 …… 一〇二七
長至書事 …… 一〇二七
和丹叔冬旱二首 …… 一〇二八
侵尋 …… 一〇二八
嘲貓 …… 一〇二九
欵器圖器爲宋宣仁后賜傅伯壽者，今惟見圖 …… 一〇二九
番泉拓本冊爲錢夢廬題 …… 一〇二九
簡竹西 …… 一〇三〇
讀宛陵集二首 …… 一〇三〇
喜種水見過 …… 一〇三〇
次韻竹西歲暮感懷四首 …… 一〇三一

卷八

老復丁庵集

丹叔有喜種水見過之作次 …… 一〇三二

竹西以肴酒爲生辰之餉留飲……一〇三二
石門雨中用元遺山山陽夜雨韻……一〇三三
題鐵生小景八幀……一〇三三
題紅茶方伯富良江使槎圖……一〇三四
題林秋孃詩冊吳中石氏侍兒北行題壁者……一〇三四
二月七日訊岑招集巢居閣感賦一首……一〇三五
下榻紅茶山房旬日矣主人喜已向
愈詩以發之……一〇三五
坐雨有感……一〇三六
題靜芳女史暝琴綠陰圖……一〇三六
題湯雨生都督貽汾琴隱圖三首……一〇三六
題徐問渠楙秋聲館圖館爲符幼魯故居……一〇三七
二月廿日偕李西齋堂游靈隱諸院
紀事三十五韻……一〇三七
題酒樓……一〇三八
松靄山房……一〇三八
次韻奉酬雨生都督扇頭見贈二首……一〇三八
來禽作花二首……一〇三九
舊藏黃鶴山樵松谿圖絶品也興到
斐然用鄧文原丁氏松澗圖韻題
其上……一〇三九
苦雨……一〇四〇
喜晴柬竹西……一〇四〇
河東君鏡拓本……一〇四〇
上冢即事……一〇四一
春鳥……一〇四一
春會……一〇四一
次韻柳古槎樹芳見寄……一〇四二
題雨生參戎秋江罷釣圖……一〇四二
瘦山贈詩且約南池之游次韻爲荅……一〇四二
廖裴舟雲槎菖湖草堂圖……一〇四三
瘦山市南老屋圖……一〇四三
六月十三日嚴公子子高遜招同瘦
山登太白樓小飲南池得詩三首……一〇四三

次韻許孟淵夫人珠四首……一〇四四
過曾子故里……一〇四五
獨山曉發……一〇四五
題叔美終葵畫扇……一〇四五
題小農河帥河上防秋圖四首……一〇四六
題方雲室勤讀書秋樹根圖……一〇四七
新涼即事示叔美小農……一〇四七
爲小農題山館新秋圖……一〇四七
對月七月十四夜……一〇四八
題楊蕊淵夫人詞集……一〇四八
芥航河帥以銅鼓送焦山作詩徵和
遥同一首……一〇四八
題紀夢圖……一〇四九
題春山訪友圖……一〇四九
如聞二首……一〇五〇
奉答朱椒堂京兆爲弼見懷即爲其
六十之壽……一〇五〇
牐上泊舟口占……一〇五一
夜過仲家淺……一〇五一
南陽待牐……一〇五一
曼生第三子寶恒以貽研圖乞題感
賦一首……一〇五二
題茝鄰方伯藤花吟館圖……一〇五二
題高飲江楨讀未完書齋圖……一〇五三
友魚齋席上詠小白龜龜長不滿二寸，色瑩如玉，肌肉亦白，不食不飲。……一〇五三
睡醒衣被泰溫而窗月皎然……一〇五四
戲題八仙圖……一〇五四
題何竹香明府士祁村居讀書圖用
梅麓韻……一〇五四
丁南羽十八羅漢卷爲蕭少府翻題……一〇五五
姚菽憨橋東老屋圖……一〇五五

卷九

老復丁庵集

元日和丹叔二首……一〇五六
竹西有肴酒之餽用靈芬館集中禪字韻作詩爲侑奉答二首……一〇五六
芳谷招同人集花光軒……一〇五七
春寒即事……一〇五七
鸞鶴如東坡紫姑神事……一〇五八
次韻竹西坐雨見寄二首……一〇五八
去冬歸葺樓下一小室爲臥起之所紀之以詩……一〇五九
接慈仲浮山所寄詩卻寄一首……一〇五九
花朝喜晴……一〇六〇
竹西見過後詩來次韻二首……一〇六〇
和竹西疊前韻……一〇六〇
得杭州故人書速爲西湖之遊疊韻二首……一〇六一
寒食日作……一〇六一
讀晉書……一〇六二
將往武林先簡諸相知……一〇六二
題沈東江謙手書詩卷用甘亭韻……一〇六三
次韻丹叔送之武林……一〇六三
頭核自嘲……一〇六三
挽賓谷先生……一〇六四
題皋亭一角樓圖……一〇六四
雨後偶成……一〇六五
題金芸舫倚松聽瀑圖……一〇六五
泛湖即事……一〇六五
孫閑卿女史停琴佇涼月圖……一〇六六
羅君以智以詩見投且乞題瓊臺夢月圖因過天台不得遊而作也題者皆倚聲余不作此十年矣乃次來韻二

首以爲琅玕之報廣雲海之思云爾 …… 一〇六六
題金意山先生飲香圖遺照先生名瓛，山陰藉，由進士出宰。乾隆癸卯鄉試，先生分房，某試卷首薦，下第後蒙千里以書相慰。今其從弟芸舫以圖來索題。 …… 一〇六七
題陳訒庵來泰山館吟秋圖 …… 一〇六七
病久厭苦書悶 …… 一〇六八
喜何韋人其偉見過用前韻 …… 一〇六八
頸核未消戲成俳體十二韻 …… 一〇六八
壽丹叔六十即用其自壽二首韻 …… 一〇六九
梔子 …… 一〇六九
枕上口占 …… 一〇七〇
謝古槎送人葠 …… 一〇七一
長晝病遣 …… 一〇七一
病中四適 …… 一〇七一
即事 …… 一〇七二

爨餘集

碧月謠得古鏡作 …… 一〇七五
明荷謠得馬腦筆洗作 …… 一〇七五
論書絶句十三首 …… 一〇七六
反儗古詩存五首 …… 一〇七七
喬侍讀一峰草堂看花詩冊爲吴子修題 …… 一〇七八
雲芝石爲廉山作 …… 一〇七八
得古雲病起見寄書奉答 …… 一〇七九
孫綺塘夢影圖 …… 一〇七九
和丹叔韻 …… 一〇七九
得甘亭見寄詩被酒後雜然有感同韻爲答二首 …… 一〇八〇
謝吴小穀清臯見贈王雅宜山人草書黄庭内景經 …… 一〇八〇

甘亭以答琴南詩見示次韻寄之……一〇八一
秋已盡矣始得鞠花爲供感而有作
并呈廉山已山末章兼示種水……一〇八一
疊韻答種水……一〇八二
諸君見和前作復用韻爲答……一〇八三
近園以楚游紀事詩見寄作此答之……一〇八三
秋日園居雜興……一〇八四
七月八日小穀招同人集紫藤花館
分韻得不字……一〇八五
素心蘭……一〇八五
次韻種水歲暮見寄……一〇八六
舊藏種梅所遺擭石侍郎井田研失
去後今爲雲巢郡伯兄所得喜紀
一詩……一〇八六
題奚九畫並送種水之楚江……一〇八七
枕上作……一〇八七
和種水簾前棗樹新熟邀賦……一〇八八
題種水讀水經注詩後即效其體……一〇八八
種水見示雲笈雜詠漫題三絶……一〇八八
次韻種水棗花館……一〇八九
立春日有感寄鐵門沸上用王荆公
寄逢原韻……一〇八九
廉山屬題吳季子劍……一〇九〇
慈仲以梅史贈詩録示用韻寄之……一〇九〇
用前韻寄答梅史……一〇九一
用韻贈顧澗蘋千里……一〇九一
萬梅臯先生歸帆圖爲淵北題……一〇九二
爲柳東題楳卿夫人遺影……一〇九二
哭甘亭四首……一〇九三
次韻寄懷潛園……一〇九四
奉和琴塢太守寄懷原韻……一〇九四
潛園有詩見寄魏塘次韻奉答……一〇九五
西湖小集潛園有詩次韻……一〇九五
寄潛園時慈仲亦在杭……一〇九五

題潛園吟社圖次自題韻四首……一〇九六
庚辰三月廿九日偕張雲巢太守蔣芝生同遊道場白雀寺回泛碧浪湖有詩以紀芝生爲雲巢作圖往時曾與獨遊芝亭遊此未有圖畫近芝生欲爲補圖亦未果忽得石田翁此卷若有神契遂書是詩於後時七月五日……一〇九七
種水小迂見和前詩仍用韻奉酬書於其後……一〇九七
再疊前韻答種水小迂……一〇九八
種水五疊前韻余亦四報之末章作於醉後爲行成之請遂并録卷後紀一時情事資後人譚笑云耳……一〇九九
祭紅瓶中有一月所謂窑變也已山得之爲作此詩索同人和……一一〇〇
人日前二日瘦山見過寓樓小飲酒酣感慨作此奉贈兼呈鐵門……一一〇〇
寓居臯園次韻瘦山見贈之作……一一〇一

蘅夢詞

卷一

風蝶令……一一〇五
一翦梅……一一〇五
菩薩蠻……一一〇五
又……一一〇六
賣花聲……一一〇六
天仙子……一一〇六
一痕沙……一一〇七
菩薩鬘　寒夜……一一〇七
如夢令……一一〇七
疏簾澹月　寒月……一一〇八
釵頭鳳　簷鐵……一一〇八

荷葉杯……一一〇八
好事近……一一〇九
天仙子……一一〇九
憶少年　寄徐江庵……一一〇九
一痕沙　夢……一一一〇
卜算子……一一一〇
鷓鴣天……一一一〇
洞仙歌　贈女冠四九……一一一一
南樓令　憶箭……一一一一
珍珠簾　憶竹簾……一一一一
鳳凰臺上憶吹簫……一一一二
醉太平……一一一二
清平樂……一一一二
醉太平……一一一三
一落索　荷葉……一一一三
無夢令……一一一三
清平樂……一一一四
好事近……一一一四
蝶戀花　垂絲海棠……一一一四
念奴嬌……一一一五
風蝶令……一一一五
浣溪沙……一一一五
點絳唇　用夢窗韻……一一一六
鳳凰臺上憶吹簫　題姚棲霞女史翦愁吟同朱鐵門作……一一一六
菩薩蠻　花朝飲袁湘湄秋水池堂……一一一六
惜分釵……一一一七
憶蘿月……一一一七
酷相思……一一一七
菩薩鬘　自題小影……一一一八
蜨戀花　花宫小院得斷綫於壁月鬟風鬟髣髴未損上書愛月夜眠遲某月日清環寫字跡妍媚可念爰作詞以紀之……一一一八
沁園春　唾……一一一八
金縷曲　鴛鴦湖秋感……一一一九

清平樂……………………………………一一一九
賣花聲……………………………………一一一九
壽樓春……………………………………一一二〇
高陽臺　過流虹橋感葉元禮事……………一一二〇
卜算子　題王朗亭半舫齋…………………一一二〇
柳梢青……………………………………一一二一
祝英臺近　和龍劍庵韻……………………一一二一
玉樓春……………………………………一一二一
金縷曲　題史赤霞翡翠巢詞即用集中論宋詞韻……………………………………一一二二
清平樂　秦淮感舊…………………………一一二二
如夢令……………………………………一一二二
蝶戀花　鹿城半璽園有女郎以簪畫壁作一絶云低月纖纖扶婢來梨花如雪點蒼苔紅蠶辛苦愁絲盡誰把同功璽壁開後書一毗字意欲題名而未及者作詞其後亦無使其無傳焉……………………………………一一二三
喝火令　題許校書清露瑤臺圖……………一一二三
鵲橋仙……………………………………一一二三
清平樂……………………………………一一二四
鎖窗寒　用片玉詞韻……………………一一二四
清平樂　秦淮後感舊……………………一一二四
夢芙蓉　題延嘯厓姬人小照………………一一二五
清平樂　紅袖添香夜讀書圖………………一一二五
暗香　水僊花……………………………一一二五

卷二

清平樂　題金陵女子柳花詞卷……………一一二六
浣溪沙　馬湘蘭蘭竹便面…………………一一二六
南樓令　盧竹圃小影……………………一一二六
蝶戀花　高竹筠小影……………………一一二七
菩薩蠻……………………………………一一二七
滿江紅　晚泊秦郵默禱露筋祠下倘乞順風當以平韻滿江紅爲壽如白石生故事遲明解纜旗脚已轉敬酬一闋……………一一二七
清平樂……………………………………一一二八

點絳唇　月函女史爲作草蟲扇頭……一一二八
滿江紅　呈座客用湘湄風雨對牀圖韻……一一二八
菩薩蠻……一一二九
邁陂塘　題黃小松秋影庵圖用江玉屏韻……一一二九
卜算子　寒食出遊……一一三〇
醜奴兒令……一一三〇
月華清　詠丁香花……一一三〇
行香子　薄遊袁江同人爲設伊蒲供於青龍庵庵主爲其女孫名霞者乞字於余呼令出見曇花一見妙香四聞迦陵其音舍利始弗未足方斯相好也爰舉明如爲贈并貽以詞……一一三一
菩薩鬘……一一三一
醉太平　惲月仙夫人桃花扇面……一一三一
十二時　湘湄爲周校書畫桐屋夜寒扇面同賦一詞……一一三二
又　同湘湄夜坐……一一三二
菩薩蠻　湘湄索詞繡帕爲賦……一一三二
水龍吟　詠霞用張蛻巖賦倩雲詞韻……一一三三
齊天樂　荻莊秋荷……一一三三
河傳……一一三三
南樓令　題春人綰髻圖……一一三四
菩薩蠻……一一三四
又……一一三四
惜分釵　有見……一一三五
菩薩鬘……一一三五
又……一一三五
又……一一三六
又……一一三六
又……一一三六
又……一一三七
又……一一三七
生查子……一一三七
南鄉子　折枝蕙草……一一三八
梅花引　虎山尋夢圖爲陳竹士作……一一三八

洞仙歌　有紀……一一三八
菩薩蠻……一一三九
又……一一三九
清平樂……一一三九
河傳……一一四〇
百字令……一一四〇
點絳脣……一一四〇
齊天樂　金銀花……一一四一
賣花聲　題畫扇……一一四一
乳燕飛　和湘湄作寄伯生……一一四一
洞仙歌　爲吴珊珊夫人題扇……一一四二
高陽臺……一一四二
賣花聲……一一四三
菩薩蠻　北固題壁……一一四三
唐多令　題畫仕女……一一四三
疏影　題素娟錄事畫扇……一一四四
漁父詞　有紀……一一四四
好事近　題何夢華西湖買春卷……一一四四
百字令　書戴竹友綠花詞後……一一四五
女冠子　贈雙脩庵女尼韻香一號清微……一一四五

浮眉樓詞

卷一

天香　花露……一一四九
齊天樂　塔鈴……一一五〇
摸魚兒　盪湖船……一一五〇
水龍吟　吴歌……一一五一
桂枝香　蕉扇……一一五二
臺城路　同嚴丈歷亭游舒氏園作……一一五三
翠樓吟　山行幽絶臨水數家門外木芙蓉正花爛漫無次殊愜幽情紀以此詞……一一五三
望湘人　用穀人先生韻……一一五三
柳色黃　西湖秋柳用穀人先生秋柳詞韻……一一五四

江城梅花引 …… 一一五四
滿庭芳 …… 一一五四
天香 粉 …… 一一五五
摸魚兒 茨菇 …… 一一五五
水龍吟 蘋花 …… 一一五六
齊天樂 果蠃 …… 一一五六
桂枝香 黃蜆 …… 一一五六
滿江紅 九日同鐵門登鳳凰山頂尋女教場望江用倦圃竹垞錢唐觀潮韻 …… 一一五七
邁陂塘 題胡維君廬山識面圖 …… 一一五七
金縷曲 閩僮黃姓汀產也湘湄名之曰汀鷗爰紀以詞 …… 一一五八
酷相思 苦雨 …… 一一五八
菩薩蠻 何夢華半塘春泛圖 …… 一一五八
太常引 夢華以葉小鸞疏香閣眉子研銘拓本見示屬爲賦之 …… 一一五九
臺城路 梅華帳額 …… 一一五九
疏影 花影吹笙圖 …… 一一五九
百字令 阮雲臺閣學重葺曝書亭命工摹竹垞圖自和竹垞元詞二闋余亦繼聲 …… 一一六〇
摸魚子 題李武曾徵君藝蘭圖用竹垞集中灌園圖韻 …… 一一六〇
國香慢 媚蘭小影爲夢華題 …… 一一六一
紅娘子 古祕戲錢 …… 一一六一
金縷曲 題雲臺閣學修書圖 …… 一一六一
清平樂 題張淥卿花陰填詞圖 …… 一一六二
洞仙歌 題蕊宮花史圖圖十有二人 …… 一一六二
摸魚兒 送淥卿入都 …… 一一六二
又 淥卿自都門歸復遊山左作此贈行并寄黃小松司馬陳曼生上舍 …… 一一六三
又 寄淥卿 …… 一一六三
水龍吟 湖心亭夜泛追憶舊游俯仰身世渺渺兮余懷也 …… 一一六四
又 人日寄故園諸子 …… 一一六四
齊天樂 童佛庵有素冊爲蠹魚所蝕其鑿空處皆肖蛺形殆天巧也詞以寫之 …… 一一六四

菩薩鬘……………………………………一一六五
又……………………………………一一六五
又……………………………………一一六五
又……………………………………一一六六
又……………………………………一一六六
邁陂塘　自題山陰歸櫂圖…………………一一六六
又　縠人先生題湅卿露華詞末有見及之語依韻奉酬并寄都下諸故人……………一一六七
河傳　題夢華絙雲圖………………………一一六七
探春慢　湅卿自山左來杭合并西湖未及十日即爲東阿之行酒邊索贈書以爲别………一一六八
洞仙歌　寄素君……………………………一一六八
又……………………………………一一六八
邁陂塘　蘭泉先生招集瑪瑙寺看牡丹分韻得更字述以此詞……………………一一六九
又　方臺山屬題冰壺夫人桃源春泛圖………一一六九
水龍吟　語兒道中萬緑如水澮日微陰時漏疏雨扁舟搖兀其間爲賦此調……………一一七〇
清平樂　春湖吟社扇面爲夢華作……………一一七〇
國香慢　袁壽階屬賦紅蕙……………………一一七〇

卷二

疏影　舒衫受落花圖…………………………一一七一
水龍吟　厭勝鏡徑二寸有奇背列祕戲者四女裝絶似武梁祠像六朝物也……………一一七一
紅情　題二娯鷗夢圓圖用玉田韻……………一一七二
沁園春　二娯爲余題螙蜨卷子比物象形裁雲縫月後有作者未能或之先矣酒酣以往逸氣坌涌閒爲變調以攄鬱塞之懷并示二娯……一一七二
齊天樂　北山旅館圖用縠人先生韻爲華秋槎司馬作……………………………一一七三
洞仙歌　書素琴校書扇……………………一一七三
又　題錢叔美爲疏香女子畫梅用袁蘭村韻……一一七三
風蜨令　秋影樓圖…………………………一一七四
百字令　題蘭村南園春夢圖…………………一一七四
喝火令　莫愁小像爲汪紫珊姬人綠玉作……一一七四

高陽臺　隨園席上贈别疏香……一一七五
買陂塘　信宿隨園頗極文燕之樂將歸之夕蘭村以秋夢樓圖索題黯然賦此……一一七五
祝英臺近　題梅卿女史倚竹圖……一一七五
柳梢青　贈琵琶伎……一一七六
長相思……一一七六
好事近　效朱希真體……一一七六
又　歸舟同竹士作……一一七七
闌干萬里心　自題浮眉樓圖……一一七七
高陽臺　錄别……一一七七
貂裘換酒　十月一日偕鐵門倪米樓同游冷泉亭至白衲庵下山經蕭九孃酒壚泥飲而歸屬湘湄作寒壚買醉卷子紀以此詞湘湄曾與余雪夜同宿酒樓持火入山題詩石壁上此圖亦不可無詞也……一一七八
疏影　帆影和米樓韻……一一七九
金縷曲　題米樓夢隱詞即用其集中紅豆詞韻……一一七九
又　題汪飲泉秋隱庵塡詞圖……一一八〇
賣花聲　姜怡亭葬女郎于西湖作瘞花圖乞題一詞……一一八〇
祝英臺近　怡亭秋晴訪碑圖……一一八〇
夢芙蓉　蘭村寓大佛寺僧樓同人畢集湘湄爲作湖上雲萍圖紀以此詞……一一八一
清平樂　徐山民吳姍姍夫婦柳陰雙槳合冊屬題……一一八一
醉太平　蘭村移居玉華樓……一一八一
暗香　宋西樵爲其妹作梅花于扇湘湄徵君屬賦之……一一八二
疏影　湘湄有所恨畫青梅子一枝以寄意霜辛露酸别有寄託非牧之詩意也以余有元白之好知拂面花故事屬倚聲以紀……一一八二
金縷曲　山民出示國初諸公寄吳漢槎塞外尺牘輒題其後……一一八二
生查子……一一八三
邁陂塘　二月十四日坐江山船行諸暨道中山水清妍雜花生樹傷春傷别情見乎詞……一一八三

金縷曲　得淥卿山左書并見懷之作走筆寄答……一一八四
沁園春　寄伯生……一一八四
百字令　春盡夜酒醒有作……一一八五
水龍吟　題陶堯鄉客舫填詞圖……一一八五
新雁過妝樓　漢宮雁足鐙……一一八六
月華清　蜀王衍停空鏡……一一八六
瑞鶴仙　白玉麻姑像……一一八六
水龍吟　蒼龍嘯月琴……一一八七
臺城路　題徐縵雲今宵酒醒圖……一一八七
高陽臺　重逢素琴校書……一一八七
憶舊遊　題彭甘亭淮陰鴻爪圖……一一八八
又　辛酉秋重過得月樓美人已遠流水無際即事悽眷殊不勝懷屬湘湄作山塘感舊圖因題此解……一一八八
清平樂　惜花仕女卷……一一八九
聲聲慢　西湖寒夜懷淥卿山左……一一八九
滿庭芳……一一八九
臺城路　索張墨池畫僧廬聽雨圖……一一九〇
又　題米樓高山流水圖……一一九〇
醉太平　蓮衣詞爲米樓作……一一九一
又　題黃退庵友漁齋圖……一一九一
又　馮玉如月夜聽簫圖……一一九一
壽樓春　夢華屬題壽華樓圖……一一九二
柳梢青……一一九二
買陂塘　題陳雪樵留春小舫圖……一一九二
洞仙歌　題張晴厓聽香圖……一一九三

懺餘綺語

卷一

月華清　古銅一器如環背隆然有夔文雲臺中丞證以漢書外戚傳班固何晏賦定爲金釭屬賦此……一一九七

疏影　黃葉村圖……一一九七
柳梢青　惜花圖爲默齋作……一一九八
一枝花　默齋將有閩海之行以丁巳歲方君蘭坻所作西湖餞別行看屬題歎逝傷離輒成此解……一一九八
柳色黃……一一九八
柳梢青　題斜倚熏籠坐到明仕女……一一九九
齊天樂　查梅史琴膢軒屬賦……一一九九
邁陂塘　查丙塘補屋圖……一一九九
南鄉子……一二〇〇
又……一二〇〇
點絳脣　詠小……一二〇一
鵲橋仙　詠五……一二〇一
南樓令……一二〇一
滿庭芳　題沈秋卿夢綠庵……一二〇二
綠意　嫏嬛仙館蕉花畫卷……一二〇二
采桑子……一二〇三
探春慢　陳子玉鄧尉尋春詩意……一二〇三
醉太平……一二〇三
賣花聲　飲泉自畫芳草以寄望廬之思爲賦此調……一二〇四
高陽臺　醉雲樓爲康山主人江文叔賦……一二〇四
菩薩蠻　紅橋晏集代錢錢作……一二〇四
釵頭鳳　鳳兒詞爲文叔作……一二〇五
一枝花　嚴九能姬人張秋月故外家青衣也字以香修爲繪秋江載月圖寄題其卷……一二〇五
鳳凰臺上憶吹簫　題九能畫扇齋秋怨詞用漱玉韻原詞重一休字今易之……一二〇六
疏影　上元夜退庵招飲梅花下越日壽生自分湖來復會于此用白石韻記之……一二〇六
探春慢　題汪芝亭桃花潭水圖……一二〇六
霓裳中序第一　陳秋堂蕉林學書卷題詞……一二〇七
雙雙燕　燕來筍　春晚客中憶故園風物得以下四闋……一二〇七
清波引　楊花銀魚……一二〇八

夏初臨　麥人吳鄉立夏以新麥微炙掌搓令熟謂之麥人以佐酒 …… 一二〇八
惜紅衣　紫荷花草 …… 一二一〇
雪獅兒　杭俗清明以粉餌作狗貯至立夏食之云可祛夏疫呼爲清明狗月璘屬余咏之 …… 一二一〇
揚州慢　寄康山諸友 …… 一二一〇
琵琶仙　寄懷文叔 …… 一二一一
柳梢青　河東君小像 …… 一二一一
摸魚子　汪蛟門先生少壯三好圖藏秦敦夫太史家太史屬題 …… 一二一一
西子妝　題壽生西湖訪秋詩冊 …… 一二一二
水調歌頭　望湖樓 …… 一二一二
清平樂 …… 一二一三
浪淘沙　西陵晚歸 …… 一二一三
國香慢　爲吳子修題顧橫波畫蘭扇面同壽生賦分眉生二字爲韻 …… 一二一三
賣花聲 …… 一二一四
續樂府補題五首 …… 一二一四
高陽臺　寒竹同陸祁生作 …… 一二一六
探春　次韻曹種水見贈即題其擬古諸集 …… 一二一六
清平樂　繡鳳仕女 …… 一二一七
洞仙歌　曹種水水南村舍圖 …… 一二一七
祝英臺近　題孫華海惜花春起早卷子 …… 一二一七
菩薩蠻　顧升山畫蔬果十五種 …… 一二一八
賣花聲　題思未酒醒聽詩小照 …… 一二二〇
又　題孫碧梧女士湘筠館樂府 …… 一二二〇
喝火令　許玉年有黃門之悼賦情悽戾自寫遺像屬題秀芬女士一詞最工輒同其調 …… 一二二〇

卷二

暗香　魂 …… 一二二一
疏影　夢 …… 一二二一
高陽臺　題樂元淑煙夢詞 …… 一二二二
又　丙寅七夕 …… 一二二二

卜算子……一二二二
臺城路 爲江子屏題蟬柳畫扇……一二二三
夜合花 見玉簪花有作……一二二三
摸魚子 樗園客感……一二二三
浪淘沙……一二二四
點絳脣……一二二四
高陽臺……一二二四
金縷曲 席上贈阿許……一二二五
祝英臺近……一二二五
又……一二二六
又……一二二六
又……一二二六
又……一二二七
又……一二二七
又……一二二七
又……一二二八
又……一二二八
又……一二二九
又……一二二九
又……一二二九
又……一二三〇
又……一二三〇
又……一二三〇
又……一二三一
又……一二三一
采桑子……一二三二
卜算子……一二三二
意難忘……一二三二
更漏子……一二三三
洞仙歌……一二三三
河傳……一二三三
沁園春……一二三四
行香子 子貞月夜登小香雪亭作畫屬賦……一二三四
霜天曉角 題吟香女子小影……一二三四

湘月 題子屏填詞圖……一二三五
桂枝香 中秋有感……一二三五
玲瓏四犯 玉年以元人雁宿蘆花鴉宿樹各分一半夕陽歸句爲圖極蕭寒清遠之致爲題此解……一二三五
綺羅香 姑嫂餅……一二三六
桂枝香 屠墳秋鳥……一二三六
雪獅兒 茗玉女士輯銜蟬錄隸事極博高邁庵爲作子母銜蟬圖索題此解……一二三六
長亭怨慢 瞿花農分司相見西湖出王蓬心太守漢臯贈別圖見示有二娛題詞輒依韻倚聲……一二三七
柳色黃 於越中買新鵝一雙戲爲詠之……一二三七
乳燕飛 送蔣淥初之臨川……一二三八
水龍吟 江右旅館喜雨……一二三八
浣溪紗 寄內……一二三九
疏影 燭淚……一二三九
憶舊遊 酒帘……一二三九
聲聲慢 闌干……一二四〇
如此江山 香篆……一二四〇
小樓連苑 簾波用蘭村韻……一二四〇
風蝭令 和湘霞韻三首……一二四一
買陂塘 十二月五日三衢道中……一二四一
夜合花 鐙花寄湘霞……一二四二
一枝春 王清閣女史畫簪花仕女用草窗韻……一二四二
醉太平 石敦夫曉風殘月行看子……一二四二
疏影 惺泉浮香樓圖余舊爲作序并詩今相見於吳門正當梅花時欲歸未得復爲倚聲作此不知有慨於中也……一二四三
邁陂塘 爲莊杕堂題其尊甫遺照同二娛調……一二四三
瑣窗 寓齋窗間見金絲花架一股知爲閨中物先是此間彩雲曾駐凝想芳澤雜以遐思邀楊浣薌同作……一二四四
唐多令 卷簾仕女……一二四四
憶舊遊 題瀞薌與鷗爲客圖用夢窗體……一二四五

高陽臺……一二四五
月華清　靈芬館前晚桂一株已粲未華夕
露晨飇傾佇良久念將遠遊恐不能待詞以
催之……一二四五
洞仙歌　題高穎樓孫秀芬額粉庵聯吟卷……一二四六
買陂塘　富陽道中見烏桕新霜青紅相間
山水暎發帆檣洄沿斷岸野屋皆入圖繪竟
日賞翫不足詞以寫之……一二四六
憶舊遊　嚴瀨道中偕壽生同坐船頭倚聲
歌此幾欲令四山皆響也……一二四七
菩薩蠻　鄰舟有見……一二四七
行香子　安仁道中……一二四七
洞仙歌　爲戕園題女郎三喜小影……一二四八
月華清　題蘭村倉山話月圖……一二四八
賣花聲　莫愁湖秋泛圖……一二四八
紅情　蘭雪蓮花博士圖爲淥春女史作……一二四九
重刻懺餘綺語跋……王詒壽　一二四九

爨餘詞

河傳　荼蘼　題碧梧女士畫扇六首……一二五三
清平樂　紫丁香……一二五三
南鄉子　茉莉……一二五四
憶秦娥　秋海棠……一二五四
洞仙歌　落梅……一二五四
浣溪沙　蘭花……一二五五
臺城路　和蔚堂題楊白花詩意卷子韻……一二五五
憶舊遊　滄嶼園故址……一二五五
行香子　題小迂畫扇送老董返揚州……一二五六
齊天樂　真州見杏花盛開……一二五六
柳梢青　子貞招遊湖上題酒家壁……一二五六
瑤華慢　小金山梅花欲殘香雪猶浮動山
水間……一二五七
憶舊遊　過揚州未得尋樗園悵然作此……一二五七
夢橫塘　糧艘浣衣女郎婉顇可念感而賦之……一二五八

一萼梅　贈荻君……一二五八
貂裘換酒　題小農停杯顧曲圖……一二五八
買陂塘　雲臺先生寓京邸時有小園太常寺仙蝶嘗一再見之花前舊藏董文敏詩箑有蝶夢之句因取以名園且繪爲圖而裝詩箑於前摹仙蝶於後屬賦此詞……一二五九
高陽臺　病酒……一二五九
鵲橋仙　留別荻君……一二六〇
水調歌頭　曼生屬題其太父魯齋先生釣菴圖……一二六〇
買陂塘　題種水圖用原韻……一二六一
風蝕令　題伯生香嬰室圖……一二六一
菩薩鬘　題雙紅豆圖……一二六二
邁陂塘　題改七香少年聽雨圖……一二六二
滿庭芳　題吕卿香蘅館圖……一二六三
水龍吟　題曼生石門聽瀑圖……一二六三
聲聲慢　和慈仲坐雨之作……一二六三
買陂塘　稼庭以滿香來歸繪圖紀事余題種滿成蓮四字於首頁并系以詞……一二六四
齊天樂　單薌臣司馬夢回圖用穀人祭酒韻……一二六四
買陂塘　題琴塢邪溪漁隱第二圖用飲泉韻……一二六五
賣花聲　題李子木煙泉蘿壁看子……一二六五
臺城路　宣窰蟋蟀盆……一二六五
綺羅香　同人集文藪山房酒間爲柳東題朱竹翁瑞蓮詞冊即用竹翁第一首韻……一二六六
如此江山　西齋七十二賢峰草堂圖用琴塢韻……一二六六
浪淘沙　己丑除夕閲種水削纓詞中有和周晉仙明日新年一闋輒和其韻未免見獵之喜也……一二六七

輯佚

靈芬館集外詩

留別徐江庵……一二七一
春望……一二七一

丹陽道中卻寄鐵門湘湄……一二七一
天涯……一二七二
行色……一二七二
作書……一二七二
寒宵憶遠……一二七三
花朝前三日偕鐵門椒圃蕉庵集湘湄□□□余及鐵門留數日歸後作詩並寄青庵……一二七四
庭前紫藤一本及花時矣含意未放江庵□□時小飲花下作此催之……一二七五
劍庵齋頭芍藥盛開約看賦此……一二七六
丈石山房即事……一二七六
四月四日同竹生過竹溪堂越宿復偕至吳江官舍中留數日而行作此送之……一二七六
送竺生至蘇州……一二七七
將之徐州留別袁秋草師並鐵門湘湄……一二七七
揚州……一二七八
紅橋寄釼庵……一二七八
初至彭城官舍望雲龍山作……一二七九
寄釼庵札後書此……一二七九
瑞木堂歌爲鐵門作……一二八〇
病中夢先君子述以寄弟……一二八一
彭城中秋雜憶……一二八二
彭城初發……一二八二
下邳懷古……一二八三
淮陰有感……一二八三
贈表弟袁雪持……一二八三
滄浪亭舟次喜晤竺生……一二八四
夜坐用海棠花硯齋聯句韻……一二八四
贈顧東岩先生……一二八五
爲盧竹淇明府題畫……一二八六
贈釼庵並示鐵門湘湄……一二八六
舟發吳門掛帆而風止丹叔曰此封

姨索句也盍許其以詩爲壽余笑
而應之風果大作遂作詩以記之……一二八七
夢……一二八八
納涼……一二八八
同青庵湘湄夜坐竹溪堂作……一二八八
題秋江返棹圖……一二八九
偶憶……一二八九
十二月廿二日歸自吳江至除夜檢
點七八日中所作未成者續成之
凡得六首……一二九〇
正月廿四日送丹叔之吳門余亦將
有金陵之行作詩録别用東坡别
子由韻……一二九一
同鄉竹枝詞……一二九一
懷湘湄……一二九一
見杏花……一二九二
寒食……一二九二
清明前三日訪張雪鴻先生不值越
數日書來云四月初將遊山左賦
贈二首即送其行……一二九二
贈秦二楞香……一二九三
延嘯厓秦淮竹枝詞題詞……一二九三
送康五虞搃之彭城……一二九三
題畫扇……一二九四
贈鮑覺生兼懷鐵門湘湄諸子……一二九四
七夕前二日和楞香……一二九五
板橋即事……一二九五
八月廿四日同鐵門登金山作……一二九五
屏居有感寄湘湄並呈鐵門……一二九六
夜泊青浦有懷……一二九七
歸帆……一二九七
上元……一二九七
十六日同江庵放舟爲探梅之行舟中
示江庵……一二九八

楓橋……一二九八
司徒廟晚泊……一二九八
司徒廟古柏……一二九九
夜聞鄰舟娶婦……一二九九
將之金陵途中雜感……一二九九
孤棹……一三〇〇
渡江……一三〇一
題湘湄所畫鐵門便面即用湘湄韻……一三〇一
送春……一三〇一
獨夜苦雨雜然有作……一三〇二
風雨重陽坐愁不出聞江庵病甚詩以訊之……一三〇二
酬錢清友見贈之作用原韻……一三〇三
偶題……一三〇三
湘江之行有日矣客有以秋柳索詩者爲賦四章分贈江庵鐵門湘湄瘦客各以其字爲韻懷人賦物棖觸無端比於笛中搖落意有所感不求工也瘦客明年仍客柳溪故韻以溪字云……一三〇三
與湘湄雲客別於開元寺前鐵門獨留詩呈三君並寄江庵二首……一三〇四
冬夜懷雨樵先生……一三〇四
曉色……一三〇五
靈芬館集外詩後跋……薛鳳昌……一三〇五

郭頻伽先生手書詩稿

淮陰晤蔣伯生因培遂訂交焉臨別賦贈五言三首……一三〇七
金縷曲 蔣伯生聽雨圖……一三〇七
代看花詞四首戲呈歷亭丈……一三〇八
歷亭丈以姬人上頭後三日置酒并令出拜重賦四首……一三〇八
得周小塍毘陵郤寄書賦此以答時伯

生赴白門晼香將歸臨平離索之感
情見乎詞……一三〇九
題謝觀察啓昆兩公子小照即用觀察
示子元韻……一三〇九
偕同人柳衣園看牡丹即事……一三一〇
寓揚州日假蕪城女史題句風漪閣近
聞有爲之辨證者因憶往歲同江庵
上真孃墓聯句亦託名謝氏女子越
一年有題其後者大加評泊與此相
類可笑也爲作絶句紀之并附録二
詩于後……一三一〇
風漪閣……一三一〇
真孃墓……一三一一
滿江紅 演雅四首……一三一一
清平樂……一三一二
百字令……一三一二
即目……一三一三
夜泊滸墅關聯句……一三一三
到家二首……一三一三
題女郎扇頭山水……一三一四
題金纖纖女史逸詩卷……一三一四
陳竹士見過出示纖纖女史病中答詩
及見題近作二首同韻奉酬……一三一四
虹橋以月函夫人畫扇索詩因題二絶……一三一五
月函王姮蟾影圖……一三一五
將發胥江竹士纖纖用前韻聯句送行
月夜挑燈感不成寐遂與伯生共成
二首以答末章兼訊纖纖之病……一三一六
纖纖有詩見答訊病之作書此以寄時
纖纖將就醫吴江因囑訪汪宜秋内
史玉軫……一三一六
再答纖纖來詩即以留别……一三一七
贈竹士基即以爲别……一三一八
春柳……一三一八

毘陵道中卻寄竹士……一三一九
渡江示伯生……一三一九
揚州小泊歷亭丈見和吳門唱酬之作
賦答二首仍用前韻……一三一九
柬王鐵夫芑孫并寄墨琴夫人貞秀……一三二〇
題畫扇以朱砂深汁雜成新竹……一三二〇
夜泛……一三二〇
贈錢筠溪并示張校書繡兒……一三二一
雨後有憶……一三二一
新涼……一三二一
慰歷亭丈悼亡即用揚州道中韻……一三二二
夜心不寐獨生月影中淒然有作寄竹
士纖纖夫婦……一三二二
吳上舍嵩梁拜梅圖……一三二三
齒痛戲成……一三二三
七月七日……一三二四
雨中過常州欲訪錢竹初明府不果作
此奉寄……一三三四
乞竹初明府作水村第四圖冊子……一三三四
點絳脣月函女史爲作草蟲扇頭……一三三五
寄家書後作……一三三五
平陵東……一三三五
寄蔣仁處士……一三三六
夜坐效左司體……一三三六
古意二首……一三三六
和謝觀察並頭蓮二首……一三三七
向曉……一三三七
即事……一三三七
買得宋人詩鈔後半頗爲蠹損沈生志
香爲余補綴完好書此謝之……一三三八
寄鐵門湘湄……一三三八
家書後寄舍弟鳳并示潘秀才眉……一三三八
寄伯生二首……一三三九
贈月函夫人并序……一三三九

酬竹士秋日寄懷之作用來韻……一三三〇
言愁一首用前韻……一三三〇
美人捧劍圖……一三三〇
桂樹下作……一三三一
鍾山三友詩并序……一三三一
秋雨……一三三一
寄湘湄二首……一三三二
長歌酬孫十八寧衷……一三三二
夜臥又遲書以自戒……一三三二
小童爲插鞠於缾朝起對之斐然有作……一三三三
晚泊袁浦先寄藴山觀察并問所苦……一三三三
徐稼庭招看鞠花張鐙置酒留連信宿輒作八絶句留題所居以紀一時之會……一三三三
寄懷隨園先生……一三三四
黄小松司馬易遠自山東寄聲道意作此奉寄……一三三四
酬月函夫人見和之作用前韻二首……一三三四
初見紅葉……一三三五
題吳穀人太史錫麒有正味齋集……一三三五
夢亡友江庵……一三三五
作復鐵夫書後奉寄二律……一三三六
哭宋龍溪太守覲光……一三三六
題湘湄爲鐵門所作金山圖便面三首……一三三六
雲樵鄭兄與予相識舊矣以未得一言爲恨四十之年湘湄爲寄聲道意感贈二章并呈湘湄鐵門……一三三七
夜過平望驛……一三三七
三塔灣……一三三七
長水至石門道中是己酉歲與江庵同舟就醫時所經也……一三三八
宿北新關作……一三三八
十一月十二日假館葛林園同周小塍慶承孫東美琪由西湖放舟至茅家

埠登飛來峰回飯僧廚乘月上孤山
謁林處士墓夜宿湖樓得詩四首兼
呈梁山舟先生同書……一三三八
飛來峰題壁……一三三九
冷泉亭小憩有懷東坡……一三三九
謁林和靖先生墓……一三三九
夜泛……一三四〇
葛林園夜坐呈東美小塍……一三四〇
西湖即事并序……一三四〇
游龍井……一三四一
過溪亭……一三四一
吳山……一三四一
登吳山望江二首……一三四二
十七日同小塍游雷峰塔歷淨慈寺登
南屏觀漚公摩厓家人卦及海嶽所
書琴臺二字……一三四二
由六橋沿堤而回訪水仙王廟不得……一三四二
訪湘湄鐵門于竹溪堂并招椒圃雲樵
及鄭氏諸郎同集席間口占四首……一三四三
鐵門有歎逝之作蓋爲恂堂荔堂兩君
余亦感念江庵一時棖撥依韻答之
渺渺兮余懷也……一三四三
題顧恂堂兆曾畫冊二首……一三四四
潘壽生眉借鈔余詩卷及見竹溪酬
倡之詩因有所作斐然之餘頓爾
至致用韻奉酬二首……一三四四
題壽生賞雨圖……一三四五
寄瘦客……一三四五
輓葉丈振統……一三四六
初寒……一三四六
銷寒八詠……一三四六
十二月十一日頻伽齋夜集分韻得
最字……一三四八
和韻酬竹香晨起留別頻伽齋主人

之作兼呈鐵門湘湄……………………一三四九
夜坐追感……………………………一三四九
酬纖纖寄作用元韻……………………一三四九
滿江紅　呈座上諸君用湘湄風雨對床圖韻……一三五〇
送客…………………………………一三五〇
題吳瓊仙女史詩用贈纖纖韻……………一三五〇
歲暮雜詩十九首………………………一三五一
頻伽齋守歲聯句三十韻…………………一三五一

附錄

附錄一：郭麐年譜簡編……………………一三五五
附錄二：傳記……………………………一五一五
附錄三：評論……………………………一五二二

靈芬館詩集序

倬初自以意爲五七字，其後則與二三友人共爲之。於己無所深得，而於人之工與否，則少少自謂能知之。其非心相知而得其所以爲人，雖知之猶勿能盡也。倬交郭子祥伯，既得其爲人，心相知亦莫若祥伯，故獨自謂能知祥伯之詩。雖然祥伯詩行海內，四方能文之士，交口稱之無少間，則又何有於倬之知之而言之耶？然而倬獨以此爲言者，竊自幸能知祥伯之詩，實有以自驗其詩之得失，而因祥伯之詩，以進求古作者之性情，於是一變其前所爲詩，又烏得不以能知其詩，竊竊然爲可幸也。倬嘗因海昌查子伯葵以交祥伯，伯葵論詩於儕輩中獨推祥伯，而祥伯之詩不盡與伯葵合。顧伯葵所以亟稱之者，正以其不盡與合也。倬詩遠不若二君，於二君又都不合，二君則又許其都不與合也。祥伯之言曰：『詩之風格不同，而詩人之性情，亦各因其所近。世之言詩者，執風格以求古人，惟恐一體之不肖，一字之不工。夫人心不同，如其面焉。服堯之服，非即堯也。繪孔之貌，非即孔也。即工且肖矣，而學唐者爲唐人之詩，學宋者爲宋人之詩，於吾之性情何與焉。』倬坐而聆其語，仰而觀其爲人，循環再三，諷詠其所作，然後恍然於漢魏六朝唐宋之詩，其傳者無不各具一性情，而其所以傳者，則皆同歸於風雅，是故歷千百之久，而如與之晤語，如聞其歌哭，悲愉哀樂之故，嘉美規頌諷刺之事，皆有以入人之心而無所於間，非偶然而已也。蓋其性情之所在，視時地爲變遷，不以今古爲升降；判心術爲邪正，不以字句爲工拙也。韓子曰：『惟古於辭必己出，降而不能乃剽賊。』夫辭猶必己出，而況性情乃可不自己出乎？詩視其人，人視其性情，性情不能無所偏，而惟不失於正者乃傳，無漢魏六朝唐宋一也。今祥伯爲人疏淡放曠，其志恢廓遠大，而不屑不潔，蓋狷而幾於狂者。宜其詩之稱心爲言，而無所不能，豈不以其性情獨絶常等故耶？不然，則亦學唐而似唐，學宋而似宋，無異琴瑟之專一，又何以能騰踔變化、甄綜古今，而獨成爲祥伯之詩哉？祥伯《靈芬館詩二集》先刻於嘉慶甲子，伯葵既爲之序。今孫君古雲又刻其《初集》、《三集》以行。會祥伯將遊豫章，過錢唐，屬爲一言。倬既不敢自謝不足知，而所以能知其詩之故，與知其詩而遂以知古作者之詩，勿敢忘也，爲序之如此。若其詩之所以工，則四方能文之士固已先倬知之也。嘉慶丁卯秋七月錢唐愚弟屠倬。

靈芬館詩初集序

乙丑之歲，查君伯葵入都，適館邸舍，以祥伯《靈芬館二集》詩見示，受而讀之，恍若接其人而與之話言，其性情意氣，無一不顯顯在目。伯葵又時時爲言其人與其性情意氣，無一不與余意中合者，恨未之見也。丙寅冬以病放廢，歸省先塋，與高君爽泉同出都門，爽泉亦時時言其爲人。一日，爽泉偕數客至西湖，祥伯與來，一揖之外，不暇他語。邀同舟，出斷橋，劇飲酒壚旁，酣嬉淋漓，極醉而罷，落落然莫能測之。今年同寓西湖之葛林園，共晨夕者累月。余既傾心納交，祥伯亦肯爲余盡。酒闌鐙灺，往往至五鼓不寐。于是乃始得祥伯之爲人，蓋深于性情，間發露于意氣，其中之所存者甚厚。其世之指目爲狂爲怪爲放誕不羈者，夫亦有不自得而託焉者也。祥伯既早以詩名聞于時，而其《二集》編自丙辰以後，索其前所著者，凡十一卷，二千餘首，删爲四卷，僅五百首，猶以爲不足存。余爲慫恿刻之，曰：『此十年以前之性情意氣，不可得而磨滅者。』余雖不知詩，而妄謂知祥伯之人，則妄謂足以知祥伯之詩。祥伯之詩，與其性情意氣俱來，雖自少至壯，其境屢遷，其體屢變，而其人之顯顯在目者猶是，古之作者亦如是已矣。惜乎伯葵在遠，不獲與論此也。爽泉甚韙斯言，乃書以引其端。《三集》亦已成三卷，遂并付梓人，俟知詩者更論次之。嘉慶丁卯二月十日古雲弟孫均序。

靈芬館詩二集序

一

往余涉淮，聞淮陰人多稱吳門郭白眉詩者，惜余未之見也。會嚴歷亭司馬招飲，晤諸席上，知君假館於是。瘦身玉立，而一眉瑩然，故人皆以『白眉』稱之，遂并其詩亦稱爲郭白眉詩云。當其時，余匆匆北行，杯酒促談，未盡款洽。然風雅之味，覺浸淫大宅間，別後每思其爲人。迨明年，君應京兆試入都，一時聲名噪甚。所交如法梧門、趙味辛、張船山，何硯農、蘭士昆季，皆余所與論詩者，而皆重君詩。吟讌一開，月斜不去，此唱彼和，互相嗟賞。咸謂以君之才，自當扛青雲而直上。乃一擊不中，垂翅而歸，歸而徒以詩鳴江湖間。帆檣往來，尋煙而語，其詩益工，而其遇亦可慨矣。夫功名得失之故，原非人得而主之，故士有橫翔捷出，動輒如意，而究其肥如瓠者，叩之榾然。乃或百賦千詩，填塞胸臆，牢愁偃蹇，獨位置於荒山窮谷之區，豈將老其材而後用耶？抑亦蒼蒼者之故，爲是顛倒耶？然而具是才者，斷不以無所伸其志，而遂自棄其才，必且益淬厲之，益磨礲之，而終使其才得以大顯於天下。余之不晤君者又有年矣。辛酉余乞養歸，又明年，始重遇於湖上，乃出《靈芬館詩集》屬序於余，因得盡讀所作。見其擺脫凡近，澡雪精神，大抵希軌於謫仙，而取雋於玉局。凡山川閱歷，風雨歗歌，又能以己之神明入乎其內，故麗而不縟，清而益深，其力可負風而飛，其氣纍纍乎如貫珠而不絕。吾因知君詩學之成，而遂信君名之且與俱成，轉歎不知君者之宜自憾，而不足爲君憾也。余還山以來，無田可種，仍乞食海濱以助菽水。筆墨荒廢，垂老悲來，回念長安諸故人，或出或處，酒場歡地，日就零落。而歷亭司馬息轍湖山，曾幾何時，墓有宿草。讀君集中哀輓之什，不禁愴然於寒月長淮依依送別時也。癸亥閏二月上浣錢唐吴錫麒。

二

士有種藝文囿，扶輪雅軌。嵁巖在望，豈一葉之能蔽；洪飇承流，非撮土之能障。故通塞者命，眇焉以中處；聞達者才，闇然而日章。苟能外形骸以燭微，均平陂以觀化，則氾乎洋洋，浩乎皜皜。文章之權，其源逮下。吴江郭君祥伯，與僕相見於錢唐，爲予論次其詩，而以所自爲詩丐序於予，踰年未有以應也。當風引扇，不增涼於猋輪；因螢爲囊，不助曜於月御。顧唯隴西少年，責言於杜牧；蘭陵夫子，著論于士和。以彼方軌前秀，要由騰譽時流。僕與祥伯河濟分流，陶匏異響。竊謂尊聞之殊，可免比附之習；芳臭之合，乃無差池之言。相者舉肥，夫豈通論？

國朝之詩，度越先代。秀水漉其芳腴，新城敷其麗藻。自餘作者，韶夏迭奏。正變不同，流别改詣。要未有不胚胎性和，茹含物始，汲新擢異，自名其家。苟背斯旨，無當述作。祥伯吐納百氏，驅役萬景，幽思入乎層淵，纖毫狀乎庶彙。其慮雋，其旨潔，其臭芳。朗乎若疏星之映絳河焉，窅乎若輕雪之戛寒松焉，淙乎疏絃之韻幽澗，翩乎駿驥之駐峻坂焉。僕不自揣，輒以沉冥之思、桀厲之氣，苟執敦槃，滕薛爭長。若夫馳情於悱惻，縈魂於靡曼，一唱三歎，如往而復，感物造端，吾無能名。夫元蟬飲露，輸其負聲之清；犧牛被繡，畏其主文之著。乃邃遠之詣，適以召窮；輪蹏之跡，惟以送老。亦獨何哉？抑又思之，充堂之香，零霰不能損；照乘之色，積晦不得韜。故貞元名士，終被尹樞之薦；正平淑質，乃爲孔融所知。祥伯亦珍此緡繩，副彼搜揚已矣。海昌查初揆。

三

靈均之騷，類情體物，無所不有。唐宋人詩各成流派，即以爲同出于騷，亦無不可。吾讀《靈芬館詩二集》，而益有悟于此。吴江郭君頻伽，臞而清，如鶴如玉，白一眉，與余相識于定香亭上。其爲詩也，自抒其情與事，而靈氣入骨，奇香悦魂，不屑屑求肖于流派，殆深於騷者乎。或惜其試久未第，惟以文得名，予曰：『不然。新舊《唐書》列傳夥矣，全唐人詩亦夥矣，予未見緐讀《唐書》之人，多于緐讀全唐人詩之人也。然則各蘄至于不朽滅而已矣，何惜焉？』郭君廣涉歷，喜交遊，山川芳草，所助者實多。所爲古文詞，雅潔奥麗，有古人法律。所填《蘅夢詞》、《浮眉樓詞》，清婉穎異，具宋人正音，卓然名家。久爲王蘭泉、吴穀人諸先生所推重，殆亦乞靈于騷而揚其清芬者與？嘉慶甲子，郭君將栞其二集于版，故序之。揚州阮元。

靈芬館詩三集序

後移家集序〔一〕

山紅碉碧，可致幽人；欒危桂粲，宜招隱士。耽泉石之素翫，極煙霞之麗矚。鑿岩架屋，依林結宇，將以抗希若士，睥睨仙夫。而徂年易流，山資未辦，望岫息心，弗可及已。至若疲精田舍，娱意聲色，庚辛之房，甲乙之室，銅沓金塗，綠墀青瑣，重樓跨雨，高閣連雲，匪我思存，亦君所諱。所望五畝之宅，半郊之居，桃李須陰，藜蒿不翦，闢鼪鼬之徑，學蜘蛛之隱，卷帙可娱，鎌採自給，放懷魚鳥，息影松阿。是區區者，猶不余畀。迺使風塵羈泊，江湖流浪，斂眉寄食，俛首求衣，居賓石之壁間，僦伯通之廡下。俯仰身世，能無慨然？郭子祥伯，族本松陵，住近楓渚，士鄉難托，經舍就荒，飄零琴書，提挈老幼，浮家武水，卜居魏唐。嘉賓助買山之資，季雅署賣宅之券。荒齋十笏，小園百弓，鑿壁而貯酒鎗，就石而支荈銚。畦韭乍翦，時來故人；林花初開，間招近局。略多白醉，偶爲玄言。賦劉杳之林庭，贊江淹之草樹。此《移家》一集所由作也。憶余少歲曾遊此邦，水土清佳，人風淳美。坐三經之席，招八能之儔。蘿牕棲煙，竹閣臨水。孤月白夜，惟聞櫓聲；微雲澹秋，獨與琴語。一彈指頃，三十餘年。前塵波馳，影事電謝，而蓬萍流轉，杞菊疏蕪。稅駕何鄉？卓錐無地。他日者成獨往之志，結自得之遊，當與祥伯連垝而居，薦瓠共酌。丹崖素瀨，賡蕭遠之《九吟》；蚪篆琅書，授敬游之《十賚》。息壤在彼，何日忘之。嘉慶戊辰，無錫楊芳燦序。

【校記】

〔一〕此題楊芳燦《芙蓉山館文鈔》卷五作《郭祥伯魏塘移家集序》。

邗上雲萍集序

夫跡之所寄而情寓焉，意之所感而辭發焉。淺夫蒙心，罔識羣怨，雖在羈屑，無可攄訏。其或擁傳壯遊，綰符經涉，即有興寄，奪於浮榮，性真不存，歗詠無當。是惟畸人騷士，藴魁磊之奇氣，負卓絶之瓌姿，孤雲一身，川路百織。其間都邑之騈坒，原澤之珍瑋，人事之離合，歲序之遷貿，悲愉萬端，俯仰均感。長圖大念，隱心而莫宣；春鳥秋蟲，含檗而自語。於是冷汰結質，鮮容煦華，鍐骨滌肌，冰瑩霞炫。遇之嗇，辭之豐，上有日星，下有風雅，此郭子祥伯《雲萍》一集所以洞鑒騷情，秀照江國者也。邗上地交川陸，古稱華州，漕渠崑岡之梔軸，冠帶衣履之昌丰，僑客遊民，聯肩疊踵。祥伯以無對之才，寄孤飄之跡，影溷乎凡瑣，志軋乎霄崢，資煙月之清真，抒襟靈之軫結，千歌百賦，久播域中，補綴沉吟，復成此段。以予比歲亦客茲邦，屬爲弁言，非同膚受。嗟乎！祥伯久遊益拙，廣交益孤，文彩益奇，遭遻益悴。後之流轉，未知何方。則此詩歌，又將遞續。豐茲嗇彼，豈真有主宰存耶〔一〕？援筆序之，曾欷絫歎而已。嘉慶戊辰春分後三日，鎮洋彭兆蓀序。

【校記】

〔一〕「耶」，許增本作「邪」。

剛卯集序

余年三十以來，始不避通人名士之姍笑，而鋭意學禪。學之稍久，時時得所謂小悟者。一夜獨坐於燈花爆地，忽悟得脱窠臼之旨，不禁爵躍。蓋一大事因緣，止于了生死。生死者，洪荒以來第一大窠臼也。我顧事事窠臼，則在在縶縛，豈惟生生死死？冥然長夜，便即學禪，亦成窠臼。彼拈花之迦葉，翻成窠臼鼻祖。下此一指一喝，永無是處矣。此余所悟也。余故學儒者，於是文章議論，及境地遭際，萬起萬滅。種種一切，多以此消息而會通之。今夫作詩叙詩，頭巾家大窠臼也。必漢必魏，必唐宋，必李杜，展卷皆是，葛藤可厭。然則今者合下又何以敘靈芬館詩？雖然，《剛卯集》詩則真好詩、好詩也。大氐二集以前，矜嚴意多，宕逸意少，恬適時多，幽愁時少。以前有溫李、有蘇黄、有學李學杜，此集則不必學杜而偪真杜矣，偶然和蘇而直竟蘇矣。烏虖！以彼婆娑衡宇，跌蕩江湖，良有至快心之境。則有時而蹙蹙靡騁，客抱匙歡，而此之頓挫抑揚，適以噴薄其神明，陶鎔其格調，故好至此也。

昔鍾嶸果于論斷古人，自以爲較爾可知不刊之作，乃《南史》疑其報憾于沈約。《蘭莊詩話》譏其置陶潛中品，轉不及王粲等十一人。王弇州謂邁、凱、昉、約濫居中品，魏文不居乎上，三公屈第乎下，尤爲不公。本朝王文簡則直云踳謬顛倒，淆譌乖反。然則余何人斯，敢于論詩，且于並世不可限量之人，而叙其詩之至佳者耶？雖然，世有可以作可以無作之詩，斯有可有可不必有之叙，今余叙此詩，自信決不落標榜諂諛窠臼，即借禪發端，亦與嚴滄浪大相逕庭。吾願世之讀此詩，因以讀吾叙者，大須拽轉鼻孔，切勿自坐窠臼中，而妄起疑情，作謗想，卻欲窠臼我也。余神交于頻伽將十年所，今乃邂逅于中丞金丈節署，得見其第二集，旋命余作《靈芬館第五圖記》。甫脱稿，又叙其第三集未刻之詩。香火情深，别離景遽，故于叙尾並誌一時蹤跡如右。惜乎此等窠臼，茫茫大千界中，亦罕有蹈之者。而余之叙頻伽之詩，亦幾乎眼中金屑矣。嘉慶丁卯十月晦，歙縣愚弟朱文翰拜書于西江谷鹿洲禪寮。

雲萍續集序

余識頻伽，始自邗上。於時嘯侶高齋，掎裳佳日，遇物賦韻，寫懷命篇。其後余暫南還，頻伽再至。酬唱課夏，羈旅感秋，驅墨襞牋，復成斯集，以示余曰：『前集甘亭序之矣。此以屬君。』宿諾彌黍，乃獲報命。頻伽之詩，靈攄怪發，骨壯氣雄，力徹寸豪，勁於築蹈，胸有羣籍，瀉若奔濤。牢籠品物，灌辟精利，綺靡波峭，亦邁時趨。自弱迄強，成囊累軸，栞行遠邇，推誦翕然。斯集之詣，有進無退，不復云也。顧其名集，乃取雲萍，且續名之，良足欷歎。夫雲出於山，虚而無泊；萍泛於水，渙而難聚。其或東隅西嶺，因風暫停；北渚南澗，隨波復斂，殆偶然矣。嗟乎！士貧而遊，朋遊而合，其爲緣數，寧異此乎？頻伽少歷江淮，繼遨京闕，疏狂自放，困抑弗懟。雖復搢紳接膝，名宿傾襟，而解衣懸冠，鮮逾寒暑。雲萍之似，豈惟邗上，以邗上例之耳。然而月觀風亭，雞臺螢苑，黔突者萬族，税車者千羣，熙熙攘攘，煙消塵寂。西路歌吹，留聲杜牧之辭；東府丹青，增色王褒之贊。足知文字之壽，雖暫而永；風雅之跡，愈遠不磨。已桃梗一情，蓼蟲共味，放言其指，竊比於蘭臭矣。臨川樂鈞序。

靈芬館詩四集序

頻伽先生以詩名海内三十餘年，其靈芬館初、二、三集之刻久矣，傳藝苑而走雞林矣。去年清江客舍不戒於火，近三年中之稿，俱爲六丁取去。幸而三年以前所刪定爲十二卷者，留在家中，得免於厄。今年夏五月，訪余於梅里，爲之且弔且賀。因從臾付梓，而余任其剞劂之費。先生曰：『子意良厚，某不敢辭，其以一言序之。』夫余何足以序靈芬之詩？然自與先生定交以來亦十年所，扁舟過從，從容譚藝，獲聞其緒論，而竊闚其用心。欿然若以往日之作爲不盡可傳，而有意乎湛深醇古之爲，蓋其年與境使然，而學識亦與之俱進。即其初、二、三集先後之詩，已月異歲不同，則此集之詩雖未盡見，吾知其造於湛深醇古之境，有可不疑者已。

國朝之詩，先生所最服膺者，惟吾鄉竹垞先生，謂其學愈老而愈深，詩文亦至老無積唐率易之作。先生年未六十，而未嘗一日廢書，及竹垞之年，當必更有進於此者，與之代興無難矣。爰書諸簡端，以諗海内論靈芬之詩者，非敢當元晏之託也。道光癸未六月小眉馬洵序。

江行倡和集序

嘉慶上章敦牂之歲，吴江郭君祥伯、海寧查君伯葵，訪其友儀真宰屠君琴塢於江北。川塗次韻得詩若干首，既彙編之，復繪《江行倡和圖》以記，而屬余爲序。千里命駕，蘭芷之誼敦；二人同心，賡酬之詞夥。當其荃橈啓夕，芰蓋當風，延緣聯葭，眄睇極浦，湍騰華而沸嶼，火照漁而溜舺。架渚潮清，沾篷露溽。水宿夢少，月昃而問更；星飯影連，霞赬而辨旦。徒旅奔峭，客懷淒戾，於是互跂北渚，並倚南津，寓物造懷，雜然有寫。異獨鶴之偏叫，類雙鶬之歗儔。有聲必同，無不善繼。膺泰合舸，人瞻若仙。牙期遞絃，繁手皆俗。激越絕調，文鰩聆而奮飛；掩抑雙情，潛蛟感而欲出。均敵競爽，並潰橫發。雖濤瀾之中，有金絲之韻焉。僕亦道長，無此勝緣，睠言斯段，旋復興喟：以彼奇姿瑋業，邈後陵前，慳樂丘園，疲精涉頓。夔拊龍應，既睽願乎矢歌；金銑玉徽，徒儷音於勞唱。于喁答響，良足欷已。波戀舊浦，雲思故山。望得棲翮鄉井，連牆野舍，負郭二頃，面流一廛，鳥赴簷上，花羅砌下，相與藝松竹，結保社，訪丹法，語玄書。津梁之感可無，蘆中之吟不作。時或褰裳度澗，日晩而即歸；布席映蘿，夜久而各醉。當是時也，樂可言哉？然後還念征蓬，迴眺波路，愉瘁判境，舒慘殊方，撫紙札於緘縢，慨辛劬于往軫。休文愍塗之賦，景真涉澤之篇，煙墨相鮮，緗素長在。向之旅緒，罔非譚資，因題卷端，即以爲祝也。時歲在重光協洽餘月，鎮洋彭兆蓀書。

踰淮集序〔一〕

吳江郭頻迦先生以詩名海内二十餘年。乾隆壬癸間，往來淮上者數載，余未得交接，後稍稍聞人道先生名，而素不相及，無由至前。及壬申歲，復遊于袁江，始因江君聽香得締交于先生。先生神情儁朗，玉山映人，持議和平，不爲嶄絕過高之論。間及詩古文辭，輒因人所能及者引而進之，相往復不倦，意懇懇如也。後以嫁女歸里。越一歲，以司馬沈公之聘復來浦，以解宇湫隘，廛雜不耐，遂主于予家。

杯酒殷勤，無間晨夕，定文論詩，義兼師友。予竊不意以垂暮之年、待盡之身，得見斯人，何其幸也。暇日先生出前歲所作詩名《踰淮集》者，命序于余。闚其命名之意，殆悼本志之變化，傷蹤跡之遷流，沉吟三復，有足悲者。余譾陋何足以知先生之詩，獨是以先生之才之識，不得有所見于世，而使其奔走就食，一飽無時，素所積蓄，化爲憤鬱無聊，而時寓于詠歌酣醉，託物造端，淋漓跌宕之餘，以視騷人蘭茅荃蕙之感，抑有甚焉。此先生之不幸，而余之所爲深悲者也。然使先生得時通顯，或田園粗足自給，必且閉門掃軌，覃思著書，必不遠涉江淮，栖栖旅次，雖有向風慕義，尋其聲光而不可得，而況跧伏家巷如予者乎。然則余以衰暮之年重挹勝流，二十載以前願望見而不能者，一旦接膝連牀，抵掌談笑，極命今古，揚搉風雅，是又余之深幸而不暇爲先生悲者矣。先生前時客淮之詩，列在初集。是編之作，意趣無乖，而風格益上。九變復貫，知言之選，其不爲蘭茅荃蕙也決也，海內工詩者當自知之。清河汪愼。

【校記】

〔一〕許增本此序置于《江行倡和集序》之前。

五嶽待游集序

夫曠達之旨，每鬱於羈屑；勞逸之趣，均切於身世。士有千古自信，名山尠傳。塵事急節，紊其神明，靈臺裴回，渺無可寄矣。若乃步兵善哭，易還日暮之車；南城乏嗣，遂隕登山之淚。古有達人，豈堪自遣？吾外舅頻伽先生以『五嶽待游』自署其集，其有感于斯乎？先生總持騷雅，翩邈風塵。謝彼浮雲，及兹晚節，居然南北東西之客，豈曰四十九年之非。方謂勞薪罷御，貽之罣蘇；狂藥不耽，啖以石肉。寸魚竿竹之地，鷺寒鷗白之天。庶幾彭澤息駕，聊致慕于農桑；中散倦游，且忘情于山澤。乃以命有客星，家無子舍，知己日少，傷心遂多。非無心于閉門，莫生光於入室。維詩與禮，趨庭孰聞？無苗不秀，草玄誰預？第念猶子授室，或復業於青箱；一女勝衣，冀傳經于紗幛。昏嫁既畢，春秋未艾，斯可置伯道而不論，舉向平以自慰者矣。寶晉昔方成童，輒慕清望，嗣以申姻，乃復師事。褒采及於孤露，綢繆過于骨肉。文字之契，古人愧焉。命序茲編，敢道其實。至於聲音之道，感靈而激神；變化之妙，由博以反約。海內推服，小子同之。清嘉慶二十年春正月上元日，秦郵甥夏寶晉謹譔。

靈芬館詩續集序

吴江有三詩人，曰袁湘湄、朱鐵門、郭頻伽。三人者，同以詩名一時，頻伽尤出兩人上，兩人亦交相推重之。頻伽少有神童之目，一眉瑩白如雪，舉止不凡，見者不問而知爲通人雅士。顧負其不羈之才，不可一世，人又多以爲狂。時先世父歷亭公守淮安，聞其名，招致幸舍，所以激賞之者無不至。其後湘湄、鐵門俱以頻伽之故，前後主世父所，余因得盡交之於待菘軒中。詩酒淋漓，湖山跌宕，至今思之，顯顯在目。待菘軒者，世父歸田后讀書之室也。嗣是頻伽學日富，名日起，所刻靈芬館詩、詞等集，爭先快覩，不脛而走海内。間嘗北游幽燕，南至豫章，獨於客袁江爲最久。適余服官河上，時一相見，或郵筒致書，外必附以詩。丙寅夏〔一〕，余在濟寧，念湘湄、鐵門皆先後化去，頻伽雖無恙，亦垂垂老矣，因以書招之。頻伽不遠千里，惠然肯來，遂同至蘭陽行館，翫竹色於庭中，聽河聲於枕上，酒邊話舊，意興猶昔，惟酒量略減耳。計余與頻伽交垂四十年，相聚之久，無逾於此者。臨别時爲余書長卷，有後日同遊西湖之約。豈知閲一歲余以病乞歸，頻伽已於是秋歸道山矣。猶記辛巳春，頻伽訪余於所居之皋園，愛其水竹之勝，流連賦詩。今循覽題壁，筆墨如新，而前塵影事，渺焉難追，又況當日待菘軒中之聲音笑貌哉。頻伽詩刻至四集，惟近年之作，尚未栞行，亟向其家索得之，爲序而付梓。余學植淺薄，何足以知頻伽之詩，且其詩之卓然可傳，前集序中已詳言之，又何俟余言，故第敘余兩人今昔出處聚散之由如此。是則余兩人之所知，又不在區區文字間矣。湘湄《秋水池堂集》、鐵門《鐵簫庵集》，俱有專刻行世，他時思并彙頻伽之詩爲吴江三詩人集，而余亦得挂名簡末，藉以不朽，豈非厚幸？惟念世父去世久，不見三人者之集之成，爲可恨也。道光十二年歲次壬辰十一月望日，仁和愚弟嚴烺拜序。

【校記】

〔一〕『丙寅』，許增本改爲『庚寅』。其校語云：『續集第八卷是庚寅年作，多與小麓河帥偈之作，先生歿於辛卯，與序中所述合，當是庚寅之誤。』

蘅夢詞浮眉詞序

昔楓江漁父爲《詞苑藂談》一書，余覽之而惑焉。夫流品別則文體衰，摘句圖而詩學蔽。《花庵》淫縟，爭價一字之奇；《草堂》噍殺，矜惜片言之巧。乖道繆典，鮮能通圓，是以耆卿騫翮于津門，邦彦厲響于照碧，詞至北宋而一變。石帚、玉田，理定而摛藻，梅谿、竹山，情密而引辭，詞至南宋而又一變。若夫吹律風騷，調鐘韶頀，寫纏緜于香草，寄哀豔于紅牙，則又遙原濬波，酌而不竭，斐斤般墨，高下在心。吾友郭子頻伽，少習倚聲，長嫺詩教，走馬磝碻塞上，沽酒烏丸城邊，回腸盪氣，摇曳情靈，既而端憂多暇，雜以變徵，蓋蓄隱而意愉，實懷愁而慕思也。頻伽本吴產，年來僑寓魏塘。魏塘爲昔賢歌觴之地，醋坊橋畔，腸斷東山，水磨頭前，情緣白石。近乃取所爲《蘅夢》、《浮眉》兩詞梨而行之。余讀之既，作而靳之曰：『東澤綺語，家世番陽。草窗笛譜，淵源歷下。鳩以翦而語慧，杏必嫁而實繁。豈薄虹亭而心折小長蘆釣师耶？』頻伽笑而不答，遂書之以弁其端。錢唐友弟陳鴻壽。

自　序

余少喜爲側豔之辭，以《花間》爲宗，然未暇工也。中年以往，憂患尠歡，則益討沿詞家之源流，藉以陶寫阨塞，寄託清微，遂有會于南宋諸家之旨。爲之稍多，其於此事，不可謂不涉其藩籬者已。春鳥之啾啁，秋蟲之流喝，自人世之觀，似無足以説耳目者。而蟲鳥之懷，亦自其胸臆間出，未易輕棄也。爰鈔丙辰以前爲《蘅夢詞》，丙辰迄今曰《浮眉樓詞》，各二卷，序而存之。自此以往，息心學道，以治幽憂之疾，其無作可也。嘉慶八年癸亥，頻伽居士郭麐敍。

懺餘綺語序

余自存《蘅夢》、《浮眉》二集，意不復更作。而數年以來，學道未深，幻情妄想，投閒紛然，加以友朋牽率，多體物補題之作，共得如干首，不忍棄去，過而存之。鐵秀之呵固所不免，休文之懺竊或庶幾，亦自恨結習之難除，悔過之不勇也。嘉慶丁卯長至日，鉛山舟中自敘。

重刻靈芬館詞序

國朝詞人，鱗萃羽接，近三百載，傳數十家。諸餘述造，亦云夥多。仁和許丈邁孫先生，少習倚聲，夙多藏本。寄驩騷雅，導原於黄華；謝濫激訐，選雋於白紵。付鈔荑手，蠶頭刻紙之書；點拍檀牙，鴨嘴吳船之曲。獨於頻伽詞三種，癖好之素，若有冥契焉。孫晟之師島佛，畫像壁間；羅威之嗜江東，借名集內。然而棗梨煨燼，劫灰且寒；縑帙畸零，名山無副。將使清平三調，遽絶龜年之傳；摩詰五言，僅有何戡之誦。茲可吁也，不其惜歟。先生驅螙留仙，握蛇詑瑤，獨繙緗襲，重付琬鐫。欲取汁一臠，而餉諸友朋；似散裘千狐，而被之來哲。諸家叢薈，頗遜於《花間》；萬口能歌，庶聞於井上。嗟乎！《論衡》入吳，中郎讀而始顯；《元經》在蜀，平子測其再興。傳書之難，自昔同慨。矧夫聲律小道，畸窮所爲；託跡既卑，知音益尟。先生斯舉，亦可謂因緣微尚，契會古歡，振靈響於既沉，噓潛燿於將滅矣。先生鄉者自署『靈芬私淑弟子』，其所爲《煮夢詞》，力排纖仄，獨造清微，靡不接軫芳塗，同源瑤峽。儻編合集，如交珊玉之柯；獨抱遺書，乃顯葫蘆之本。若夫昔之綴緝，非出一時，今之編排，仍依舊第。則蕢洲老去，既成《癸辛》之書；夢窗續編，始有《丙丁》之集。曼翁序述，未及其全爾。預幸睹成書，猥承授簡。號三中於子野，愧無得意之詞；散百影爲東坡，定有善歌之士。斯則元晏舊序，久論價於鴻都；丁廙小文，終負慚於鳧續者也。光緒己卯九月既望錢塘張預。

重刻夒餘詞序

邁孫重録《靈芬館詞》甫竟，高君襲甫出所藏《夒餘詞》一卷相示，蓋道光壬午冬，頻伽先生寓樓不戒於火，後從友好鈔集而成者。邁孫得之如獲拱寶，亟爲補琹，以成完璧。襲甫之有功於靈芬爲不淺也。古人遺文墜業，散佚不傳者，不知凡幾。世有如邁孫、襲甫其人也，爲之搜輯而存之，吾黨鑄金事之，尤願邁孫力充此意於無窮已也。庚辰二月秀水沈景修記。

靈芬館詩初集

卷一

欲訴癸卯

欲訴幽離不自由，東風如夢月如愁。桃花深處元名塢，燕子飛來尚有樓。半脫輕弨金約指，斜攏寶髻玉搔頭。西施只在東墻住，直得三年一笑留。

淺笑輕顰隔絳幮，幾重簾柙卷鰕須。南園春雨生紅豆，西曲秋孃號緑珠。笛裏新聲怨楊柳，夢中芳草識芝芙。仙山樓閣猶難畫，何况真靈位業圖？

小艇蜻蛉繫隔谿，鱗鱗春水拍長堤。不堪烏鵲橋邊別，又值杜鵑枝上啼。天外星光如替月，廊邊屧響未霑泥。何曾等得胡麻熟，纔說歸來路已迷。

不愁情少恨才多，短夢真成長恨歌。前夜月明今夜雨，南山有鳥北山羅。六萌車走如雷響，三里花深奈霧何？金帶玉鏤消息斷，還憑詞賦託微波。

寒食甲辰

永巷簫聲澀不妨，依然粥白與餳香。澹煙微雨春寒食，細柳啼鵶人斷腸。乞火忽驚鐙照影，卷簾猶記月如霜。分明是事難忘卻，一架秋千一丈薔。

水仙謠

江月娟娟墜秋水，美人如煙白雲裏。乘雲欲下弄江月，瘦蛟人立老漁起。魚鱗屋兮江之幽，蓀橑蘭壁紛相繚。波寒夜冷不成寐，芙蓉淚滴秋江愁。秋江清深木葉脫，美人不來見明月。

題徐江庵濤畫

春山含朝煙，澹澹如欲雨。溪水流縱横，涓涓遶春樹。吾欲入藤蘿，冥冥若無路。樹裏有人家，且過石橋去。

水閣和江庵韻

軒窗傍水開，乘興時一往。月寒波不起，跳魚上波響。

原作

虛閣下瞰水，閣底舟來往。柳深不見人，笭箵水面響。

贈汪竹香元諒

吾黨汪夫子，材難挽萬牛。無人問來世，此事必千秋。科斗拳身古，華嚴彈指浮。不須頻攬鏡，易白著書頭。

寄袁實堂先生穀芳二首乙巳

讀書不患少，患多作書簏。作文患不古，貌古患規逐。學必咀其英，論必攄所蓄。若河濟江淮，各各成一瀆。先生肆而醇，老筆破天梏。弩挽六石強，鼎扛百斛獨。庶幾摩天揚，一笑衆刻鵠。

腫背元非馬，獨角元非牛。山子一失足，轅駒爭昂頭。所以遭謗者，君子思所由。人情喜同己，見異如讎仇。大雅既不作，舉世隨沉浮。苟能少樹立，衆謗紛不休。吾黨二三子，志頗不悠悠。學海誠可希，斷港亦足憂。願終洪其源，淙淙俾東流。

記夢

靈香不散雲擘綿，鵲尾側度煙非煙。中有一人飄者仙，羅坐衆妙何其娟。輕容之衣曳地起，霞卷雲舒香不已。璚戶了鳥開不扃，松花亂落疏窗欞。十二絃横石几上，似琴不琴其約亮。側坐一姝彈鬐鬟，朗若秋水長眉彎。摻摻髣髴雙玉環，其聲非絃亦非指。銀漢墮地清如水，大鶩不動少鶩舞。幺鳳喁喁作私語，須臾一聲寂衆嘈。明月自明天自高，清音妙曲不可過。世間哀樂何其多，塵心未淨可奈何？

延令竹枝詞

三汊鎮上車斑斑，相見灣頭月彎彎。儂心不似三汊鎮，郎面難如相見灣。

霽月光風自往還，池邊筆架也孱顏。怪郎只愛儂眉樣，不要馬馱一朵山。霽月光風，亭名。孤山，在馬馱沙，舊隸泰興，今割入靖江。

東湖水接鵝湖流，鴨子春來亦可游。勸郎休到盧家蕩，多恐他家有莫愁。
笆籬六枳結來勻，岸口桃花已作春。一尺髻鬟親立地，不知可有乞漿人？
續命絲長繡綫紅，於菟小縛綴釵蟲。笑郎枉向孤山拜，伏虎禪師便是儂。伏虎祠在孤山。
來來去去瓜洲潮，去去來來江上橈。儂意最憐離別苦，分莊不住住雙橋。

樓外

樓外秋風馬上塵，去原無奈住無因。青山照眼驕行客，新月如眉送舊人。衣袂空餘前日淚，夢魂終是暫時身。枇杷窗戶葳蕤鎖，背手闌干繞一巡。

曉發

柔艣蒼茫外，高城杳靄間。霞明浦口樹，人語夢中山。喚起翻思坐，催歸未卻還。扁舟載黃葉，蕭瑟下江關。

聞蟄

積月澹空林，蕭蕭落葉深。人同孤鶴夢，秋到候蟲心。天地存微物，風霜歷苦吟。轆轤深井上，亦似有哀音。

淩晨

紞如鼓未歇，隱几夢初殘。不寐踧猛燭，淩晨生嫩寒。角聲孤月動，霜氣萬星乾。渾忘天涯客，添衣尚倚闌。

慶雲寺

步出城西門，憩此招提境。落日收殘霞，霜林閃餘景。北風天地寒，莫色神鬼靜。曲房杳以深，花木秀而整。鋃鐺動金鑠，臃腫懸木癭。老僧綻破褐，童子瀹新茗。坐久鳥頻鬩，露下鶴初警。約略月弦上，微覺衣袂冷。明發當更來，論詩汲寒井。

哭倪裴君筠三首

去歲我十八，君年三十初。忘形見肝膽，白眼看諸餘。薄醉時堪想，揮豪妙不如。酒壚說遺事，淒斷拭桐居君齋名。

知己傷心處，合并已可哀。文園君正病，嘉慶我纔回。臥榻一攜手，鞠華期舉杯。誰知風雪裏，白馬巨卿來？

髣髴韶顏在，叢殘遺藁亡。人琴竟已矣，兒女幸成行。兩載隔存沒，三人誰瘦強？并呼徐孺子，絮酒哭虛堂。余因江庵得交裴君，才二年耳。『古木虛堂傍太湖』，雲林句也。

重陰一首

玄雲積重陰，不雨常靉靆。北風何蕭蕭，天地作老氣。顓頊乘森凝，羲和苦蒙蔽。展書憂風軒，撫琴坐危砌。彌覺衣裳單，矧此跡踪滯。因憶辭家日，朝飡猶未備。老母臨階除，淚出行復制。比聞山東西，草根當糗糒。紅鮮來楓橋，一升四十二。糧則今已無，寧有衣在笥。枯桑號風飇，征鳥怯凜厲。不知家中煙，能及下春未。安得掃天帚，長空袪氛壒。飛出金老鴉，光芒豁窮裔。徘徊六合中，一色作春意。杳杳令人傷，冉冉及卒歲。羈泊游子心，慘澹苦士志。悲歌激長風，憂來自雪涕。

鷄鳴

呃喔鷄鳴喚曉霜，薄寒人起著衣裳。無端記得年時事，殘炧疏鐘又斷腸。

早春即事丙午

偶然睡起拓窗紗，觸撥愁人感歲華。五夜寒依雲母帳，一年春到水仙花。酒徒來少封泥甕，藥債償多費畫叉。料峭不知風又起，小樓坐待月西斜。

出關

望望去鄉關，離離慘別顔。篷留前夜雨，春渡隔江山。出水凌波襪，當風墮馬鬟。分明尋不得，猶自夢迴環。

寄懷朱鐵門春生袁湘湄棠

揆余初度值新正，纔晏椒盤又送行。岸柳青於前度日，酒杯深似故人情。頻年羈旅低顔色，涉世文章畏友生。應念天涯寒范叔，敝裘羸馬促郵程。

延令雜詩

漫攜同伴強招邀，兩見春光度柳條。山店自誇京口酒，河豚新上大江潮。五三六點雨前雨，七十二間橋外橋。苦憶金昌亭外事，萬花紅處作花朝。

柔腸振撥自無端，又敞疏簾對葯闌。細雨未成時作暝，東風一信例微寒。苔衣過客黏游屐，菜把園官勸晚餐。喜事兒童翦鷂子，不知料峭唤人看。

依人王粲只登樓，信美江山賦近遊。盡日夢隨芳草遠，一年春到楝花休。葯苗葯甲鋤深淺，舍北舍南鷗拍浮。昨得家書説珍重，暮寒猶著兩重裘。

此生自斷好爲之，吾信行藏只酒巵。蠻觸不知誰勝負，蝦蟇無意問官私。隔江畫舫迎桃葉，沉水香鑪憶柳枝。卻笑樊川能落拓，茶煙影裏鬢成絲。

記夢詩并序

午夜坐愁，漏四下矣，夢有人挾余行者，曰：『去去。』問何之，曰：『秋水池耳。』少選至一處，疏垣四繚，周廊曲圍，方池一泓，清徹毛髮。中有巨石，高與樹等，巉峭盤奧，若鷺之褵褷拳立於波心而見其影也。牆左脩竹三四个，隱隱露簾柙，砌下秋海棠開矣。人謂余曰：『湘湄讀書處也。』余方欲敂關〔二〕，忽鼠墮窗網而寤。因書二十八韻紀其事，用呈湘湄，并示鐵門。時餘月九日夜也。

旅人易長夜，隱几夢婉娩。海風吹天衣，浩浩忘近遠。憑虛者誰子，挾我上飛輦。荒途八九迴，樹色三四轉。雲屋見微茫，繚垣出蹇産。云是秋水池，上清所居院。藤纏十圍木，石嵌萬古蘚。百斛涵澄虛，萬象入幽顯。片石聳層霄，孤雲不舒卷。冷益毛髮寒，深覺芰荷淺。又云故人居，不遠西偏館。窗罅立龍竹，簾紋刻鳥篆。靈境不久稽，殘鐙仍在眼。回念正月杪，清夜集同伴。湘湄時在坐，勸飲醆獨滿。苦謂難重持，見面時亦罕。屈指分袂來，時序換寒暖。誰知樂天龕，容我夢中款。因悔立徘徊，何不撼扃鍵。開簾故人出，長定一笑莞。沉吟役輕魂，轉展得勝算。薄田傍分湖，野飯足螺蜆。有陂魚可種，有園蔬可翦。著書老屋中，絕食意不赧。何必出人寰，讀書願始展。子真謫仙人，愍我見事晚。衣食傍路人，俗緣那能免？何當此願果，作詩再相束？

【校記】

〔一〕『敂』，底本作『欨』，誤。

題王進士洪序五峰草堂圖

殘山剩水馬一角，暖翠浮嵐黄一峰。平生有夢未到處，臥看濕煙如此濃。天壤王郎見事遲，一行作吏便牽絲。峰頭五老逢人笑，候爾入山知幾時？

燕巢

客居所居屋，燕來巢其梁。胥宇日三帀，得地梁中央。泥塗翅羽濕，零落芹泥香。初壘若半壁，再壘如懸囊。落落震仰盂，深深女承筐。積累得所就，下上何翱翔。福過禍已伏，勢高傾必傷。憑藉一不當，一聲如頹牆。喁喁語刺促，涎涎飛倉黄。覰其遷怒意，疑若人無良。主人見之閔，謂燕胡不明。我試言物理，破爾芥蔕胸。羽族三百六，小大各有行。楚雀出自谷，戴鵀降於桑。鴻雁或水宿，鵌或入穴藏。乾鵲善作室，雄鳩偵其空。倒挂者杜宇，寄子他巢中。其餘諸璅細，未易更僕終。木處畏風雨，露宿虞羉罿。憂患不自安，靈明乃以生。獨汝百不畏，鼓翼東牆東。朝出主人門，莫上主人堂。偷心乘懈力，傾覆所以丁。從來天公意，益謙而虧盈。百鳥常勞苦，爾何逸其躬？何况天下事，依人不足強。幹宇不自立，雖堅豈可長？疾顛故有道，何乃不自量？鳦聞主人語，倏通膠固腸。乃睇以臆對，主人言非咙。從今識得喪，不敢復怨望。呼我徒與侶，脩葺門倉琅。高秋展毛羽，遼廓還海邦。

酬沈瘦客大成一首

少小慕交遊，平生困謠諑。紛紛眼中人，面譽背而噱。能詩沈東陽，平素手未握。斐然辱贈詩，情親語彌樸。猥云佳句新，根柢見家學。黄鐘大一鳴，細響失錞鐲。又云不世才，一時玉連瑴。贈詩並及舍弟。稱美既過當，令我汗顔渥。憶昔始讀書，頗不昧正覺。六經窺涵閎，百氏觀卓犖。十年鯉庭趨，一刖荊山璞。蹙蹙走西東，寧辨路肥确。悠悠傍行路，稍稍去圭角。噴薄赤驥鳴，蹀躞黄鶴鋜。旅館三椽茅，夜火一鐙爆。有時發狂吟，氣若奪馬矟。幽窮雜險怪，往往半純駁。子詩和以平，轇葛洞庭樂。未見蕆之面，神情我能貌。三江五湖深，淺水陋瀾汋。如何崇上善，下及寸涔趵。文章雖小技，要不廢磨硺。秋花女節黄，老酒賢人濁。曰歸拜嘉慶，期在九月朔。一笑合並時，聯吟袂可捉。

王山長洪序索題延令書院效江西體君江西人，僑居金陵

五峰草堂江之西，天風石梁老夢迷。鍾山草堂山之麓，胎仙夜啼蕙帳緑。兩處不住來延令，三間瓦屋先生廳。鉅竹幾个桐一樹，疏簾四挂無窗櫺。厖眉書生亦來此，馬狗衣鶉僕僮恥。自從雷雨四日

夜，三腳木牀隨漏徙。泥墻兩面一面塌〔一〕，蝦蟇躑立對我喜。焦先蝸殼王尼牛，我行四方將何求。石田茅屋豈遂少，亦有梧竹聲翛翛。讀書但得有飯喫，吹雨注面我不羞。此語有味先生留，草堂昨夜猨啾啾。

【校記】

〔一〕『塌』，底本作『搨』，誤。

被酒後作

昌谷飲酒厭俗物，塡陊不受養心骨。東坡飲酒不至亂，頹然一榻利不戰。我非二子將如何，眼中見酒不見佗。惡酒上面面亦紅，好酒到口杯便空。主人開尊能酌我，脱帽露頂無不可。酒酣耳熱身投牀，甎鑪瓦銚聽煮湯。須臾起坐聲影寂，一鐙殘立屋東壁。推窗月落星闌干，童子色戰我未寒。回頭顧語汝睡去，猶是深更未天曙。明朝見客爲致辭，我公醉矣幸恕之。

檢舊所作詞有感寄湘湄

明河無影月蒼涼，辛苦支機片石旁。海底香桃如骨瘦，歸來錦瑟比人長。閒鈔懊惱尊前集，空繫回環別後腸。亦有人間元才子，春風一夢曉茫茫。湘湄有《夢游仙》詩。

題馬蕉庵元勛蕉雨軒圖

澹護琴書棐几清，綠陰如幄早涼生。不妨添種梧桐樹，一雨聽成兩樣聲。

答瘦客

浮沉天末數行書，不是羈遲折簡疏。遣信預籌人到日，懷歸先約雁飛初。貧無菽水誰憐我，變盡形容尚識余。痛哭路岐今始悔，何如長把鶴頭鉏。

寄鐵門湘湄用東坡岐亭韻

惡酒厭茅柴，惡客苦米汁。如何到君家，淋浪衣袖濕。我到誠于于，君來未得得。生平樂友朋，餘事未足急。自小閭裏嬉，桃弓射紅鴨。少長慕輕豪，杯炙羅巾羃。頻年乞食行，對人面先赤。欲說強諾唯，到口不敢白。麻衣渡江來，星奔脫冠幘。素帳寒蟲號，苦雨夜烏泣。人生五倫歡，一虧萬事闕。尚念同心人，肯顧厖眉客？秋風放櫂過，慰此百憂集。

霜林

天地秋容滿，霜林奈爾何。亦知顔色好，只是夕陽多。正值吳楓落，兼之短棹過。楚魂招不得，湛湛大江波。

送王延庚蘇北上仍用岐亭韻二首

俗物不作緣，汙衣怕翻汁。如何苦中傷，相逼甚束濕。重謗折虚名，失輒過所得。南箕豈其神，簸揚一何急。沮洳養大魚，泥滓困花鴨。知己有王君，埋頭坐重羃。相見眼獨青，不襪足皆赤。同病真相憐，篷背嚴霜白。起作鸜鵒舞，慷慨著衣幘。狂奴故態耳，悲歌本非泣。處仲俯仰人，區區唾壺缺。糟麴好枕藉，嘲戲任賓客。大笑撼樹者，一塵豪端集。

稽古重選舉，濫者飲墨汁。所以衡誠懸，有若水流濕。此道棄如土，取士必不得。鑿員怒枘方，韋緩惡弦急。文字少定評，能言不如鴨。圭璋必有藉，尊彝必有羃。鐵網不見收，珊瑚敢云赤。辛苦羅秀才，至今未脱白。遂令倉黄行，忽忽理巾幘。男兒雖可憐，肯學玉工泣？而況離別常，月盈則必缺。但存廉恥意，勿作諸唯客。騰上會有時，一官成一集。

寄江庵

清霜初殺漲痕乾，記向徐熙畫裏看。落葉空山無路到，牽蘿茅屋有人寒。照來清鏡容如削，別後吳淞水幾竿。尺幅溪藤肯惠我，相思不用寄琅玕。

寒夜書事

老氣塞天地，北風怒遙夜。勢如萬匹馬，蹴蹋陰山下。窗鳴裂破紙，燭炧餘殘樺。甘寢意不懌，兀坐猶自咤。鄰里夜忽警，聲音吁可怕。譆譆怪鳥鳴，啞啞小女姹。一木危柱折，三重亂茅瀉。群先鐢弧登，爭上屋山跨。若雨衆雹隨，若潮萬弩射。炙眉嗔別駕，燎鬢勞僕射。邪許衆夫力，號咷旅人訝。竦息或伏牀，屏營時闃罅。已慴祝融威，更仗屏翳借。火傘炎宮張，風輪孟婆駕。漫天赤烏飛，有萬赬虬迓。始焰延枯槎，中衰拉朽架。稍稍戢鬱攸，忡忡自慰藉。哀我憂患餘，迫此震驚乍。其間隔斷港，豈若限清灞。勢或逞燖炰，肉不中燔炙。我窮神所憐，人厄天則赦。今春水周堂，居民上營榭。又值燎原菑，敢作順成蜡。水火相牡牝，丁壬世婚嫁。其理今則信，有鬼孰敢罵？但愁衣食空，半作逃亡舍。催科從何出，敲榜不少假。鴻雁未集垣，牛犢或帶胯。賁渾一山火，韓皇兩爭霸。苦辭繼險語，欲吐不能罷。

寄舍弟鳳

漂泊俱年長，躭難好愛身。饔飧尚老母，爾我是窮人。有暇開書卷，無輕惱比鄰。練裙風雪裏，遥爲一霑巾。

哭朱存原并序

去年春遊慶雲寺，作詞題壁。存原見而和之，謂寺僧出必走告。後面於王山長座中，余出《銷夏琴趣》一編，讀之，輒嘆息絶倒，曰：『迦陵昔寓雉皋，今泰興得君，足驕語冒巢民矣。』余既深愧其言。九月，存原沒，欲作詩哭之，未果也。今年冬，復過寺中，視壁上詩版，墨痕宛然，而存原墓草宿矣！感慨之餘，凄然以悲，用東坡弔李臺卿韻作此詩。存原口吃性介，而迕俗，老於明經，窮且死。其爲人有類於東坡所云者，以有知己之言，爲識其梗概如此。存原名景淳。

野寺見君詩，莫逆先一笑。如行犖确中，片石露奇竅。流俗少知名，欲逃矧肯釣。誰知賈君房，言語天下妙。伊余逃空虛，索居若荒徼。於此得知己，歡喜非意料。妄談焰爇天，燭短敢分照。徒令齷齪者，未契笑年少。平生語無多，略已吐款要。野寺我復來，石火光不耀。哀哉素衣人，空作靑蠅弔。苦淚制冬春，狂言任訶譙。

晚步

千林生莫靄，一徑入迴塘。淺水流黃葉，寒鴉赴夕陽。沙分谿畔路，人喚渡頭航。回首精廬遠，鐘聲隱上方。

分湖欸乃歌〔一〕

吳越中分一水流，郎船莫是五湖舟？夜來笑指湖心月，也自纖纖挂兩頭。

茨菇葉爛野草肥，蝴蜨灣邊蝴蜨飛。正是陌頭挑菜節，開箱先檢熟羅衣。

六枳笆籬老圃開，山薹山韭趁時栽。近來添種薹心菜，不等龐山擔早來。龐山湖人以種菜爲業，朝時而市。

越紗衫子越羅裳，擬泛蜻蛉小小航。戲倩孃梳菩薩髻，觀音堂裏夜燒香。

魚霞澹澹兔華升，銀漢橫斜帶玉繩。姊妹拈成新謎子，今宵遮莫放羊鐙。俗以中秋前三日放鐙。

金鈴小朵試黃華，蟹簖初張魚罷叉。星斗滿天霜滿地，一鐙漁火響爬沙。

拍趠風來四面逢，一帆檇李一吳淞。吳淞曲曲送郎去，檇李船來愁殺儂。

樵青撒網浪鱗鱗，鰕菜江鄉逐日新。低挂風帆緩搖艣，隔船遙喚打魚人。

湖邊楊柳緑一灣，樓頭新月碧一彎。盡道阿儂眉樣好，阿儂門外有遙山。湖當晴明之際，遠山可數，浮如修眉。

彩雲已散墨痕芳，咏絮門庭午夢堂。昨約鄰家諸女伴，焚香夜校返生香。《返生香》，名媛葉小鸞所著。午夢堂在池亭。

長蘆短艇雨濛濛，澄碧中流發水葓。數點昏鴉下黄葉，分明生色小屏風。

窗戶鳴梭夜靜聽，秋河射角轉窗櫺。飛花布比松江細，莫是機中孃姓丁？

白鳥茫茫水面回，烏雲䨴䨴陣頭來。竹槍籬外輕雷過，羊眼豆花朵朵開。

高田犖犖蜕骨蛇，下田閣閣私蝦蟇。東邊日出西邊雨，歷鹿儂心似水車。

秋風昨夜長蓴絲，正好輕波盪槳時。郎唱櫂歌儂擫笛，何如畫舫載桃枝？楊廉夫嘗載酒於此。桃枝，廉夫姬名。

【校記】

〔一〕『欸』，底本作『款』，誤。

彭城旅館對月丁未

百蟲夜語繩河偏，秋心入骨耿不眠。不知何者爲明月，與我虛空相嬋娟。亟呼童子徹猛燭，邀入簾柙開窗榜。人間何限羅綺筵，玉簫金管朱絲弦，美人發聲清且緜。何獨徘徊不忍去，竟來照我冰雪顔。舉頭問月爾何意，月亦不言所以然。得毋故人知我太幽獨，呼汝千里至我前？我欲與之徑飛去，夢中雲海茫如天。不如留之且深坐，庶我與子長周旋。須臾清露漸滴瀝，瘦骨夜冷驚胎仙。殘月欲去我亦倦，雲龍山頂生曉煙。

彭城中元

今歲中元節，如何此地過？旅人家祭少，曠野哭聲多。山鬼吹鐙火，寒風落薜蘿。憑將千里夢，隱几渡黃河。

九月八日舟次袁浦寄彭城友人用東坡九日黃樓詩韻

曉鴉啞啞城頭說，今日秋風送人發。積陰未破天濛濛，重露初乾泥滑滑。此時行客起侵晨，下牀動腳腳不襪。驪駒在路僕在門，縱有深杯那容呷？自嘆年來飽行路，如賈負販農荷鍤。夜宿已看皎月落，曉行不待曙鐙殺。悤悤又出彭城門，回望雲龍眼中刹。攜壺挈榼屢登臨，賦筆詩篇共傾軋。往來自許秦晁儔，興到直將元白壓。酒酣意氣生春風，愁思如冰銷豔豔。寧知明日又重陽，孤宿荒江侶鳧鴨。篷窗獨客自吟愁，夜半水流聲霅霅。梅聖俞詩『殘冰消豔豔』。

九日仍用前韻

我懷鬱屼何由説，九日江邊浩歌發。空驚濁浪如雲屯，不見青山似笏滑。聊將小飲鬪藏鉤，那有樂府歌結襪？故園花信想已黄，小罨茅柴當可呷。欹冠或落插鬢萸，細雨時攜種花鍤。蒼鷹奮擊遼天高，嚴霜下地百草殺。籬東縱復無南山，結伴同登上方剎。去年況有故人來，流水潺潺艣軋軋。持螯正喜蟹胥肥，勸酒不用吳姬壓。漂零此度江關居，硬餅麤糕齒爲齾。安得放棹乘天風，便向比鄰數鵝鴨。酒酣殘夢落清淮，已過吳江下苕霅。

望金山作

江北江南幾往還，眼中浮玉不容攀。分明一幅鵝溪絹，小李將軍著色山。

舟行即事

船頭見明月，月去船亦駛。下水牽百丈，頃刻數十里。歸鳥去翩翩，寒煙接瀰瀰。月亦不復行，船亦不復止。照我舟中人，湛然心不起。

新葺所居三楹暹鐵門諸君不至示江庵一首戊申

旅人老行路，家居不暖席。偶然守窮廬，轉若宿荒驛。所居屋三間，周方無百尺。櫓楹颭竛竮，苔蘚蝕青碧。破窗脱其櫺，有若鳥希革。繭紙雖新糊，蝸牛已行跡。入室書縱横，無人夜開闢。颯沓風雨來，庭樹助蕭槭。翻令夢魂中，依然作行客。先人遺敝廬，有此三畝宅。脱復任漂搖，孤兒有餘責。况余慕交游，頗亦集群屐。倘不蔽風雨，何以數晨夕。新正百無事，面勢而規畫。差喜屋櫓低，俯受窗戶窄。中庭悉剷除，醬瓿及雞柵。長條古藤紫，秋花海棠白。惡竹與蔓草，乃痛加芟柞。稍可羅賓筵，於焉挂簾額。呼童縛箕帚，飭婢具肴核。寧知雞黍約，竟愆期一昔。入春十日餘，梅蘂已半坼。美人何遲遲，不來良可惜。展書北窗坐，夜半一鐙炙。疏簾雨潺潺，紙窗風格格。徐熙在南鄰，來不度阡陌。成看三徑將，醉許一斗亦。懷人倘有詩，共寫新泥壁。

寒食夜作

疏櫺宛轉護輕紗，更著疏簾一桁遮。病裏逢春又寒食，夜深無月亦梨花。不知芳草啼鶯路，何處香塵金犢車？且向鄰家乞新火，開鑪閒試雨前茶。

贈袁篴生鴻即次其韻

與君好兄弟，少小並袁門。平昔向人意，囍難誰共論。訂交先相士，弱植要深根。今夕一杯酒，居然古道存。

寄瘦客

吾家水村左，君客柳溪右。十里一分湖，二年兩聚首。君應困鄉曲，我亦厭奔走。今春策大力，一櫂挾兩友。快放鴨頭船，來飲鵝兒酒。徐熙病初起，深杯不濡口江庵。顧瑛始識面，對客似新婦竺生。兩君急欲歸，離座私語偶。君時強要遮，閉戶掣其肘。留行出奇計，卯飲竟及酉。詩成十手鈔，飲過三爵後。人生樂事少，此舉足不朽。山榴滿庭開，我歸省老母。孱軀嬰微疴，一臥十日久。黄梅雨廉纖，有足未出牖。徐熙聞我來，疾走襪爲垢。與言玉山人，前日曾握手。不知沈東陽，近復無恙否？寄書先告之，我歸日在某。薄雲開新晴，小病亦何有？終溯水村水，一問柳溪柳。

繡毬花

梅天香潤試羅衣，緑繡毬花開已稀。簾裏美人春夢斷，不知蝴蝶作團飛。

移竹寄弟

似有夜來雨，不知新筍生。偶然開戶看，戢戢籜龍驚。上番移栽易，荒齋取次成。相將共歸去，聽此對牀聲。

雪夜舟中懷舍弟

微雪不滿地，明星猶在天。荒雞與寒月，客裏此殘年。水宿能銷酒，霜威欲折綿。不知小弱弟，今夜可迴船？

呈隨園先生袁枚

窟宅神仙畫不如，亂山圍合閉門居。園疑昔日曾窺處，人似平生未見書。花柳生涯元福命，琉璃世界大空虛。草堂欲傍鍾山築，時送鴟夷開鱍魚。

曾陪官閣醉顔酡，春水吳江正緑波。生尚識公休恨晚，天留此老亦情多。江南且作湖山主，世上爭傳安樂窩。萬里桐花兩雛鳳，未成五色早能歌。

元日和江庵韻己酉

稜稜曉色不知寒，已作東風庭院看。守歲鐙明花罜䍦，宜春帖寫字平安。年華未便催雙鬢，名字多慚説二難。且向高堂祝如願，椒新菜細好登盤。

花朝坐蘅夢樓得詩二首

春來一月雨瀟瀟，人坐東風碧綺寮。寒暖不勻憐病骨，陰晴無定是花朝。别離也算尋常事，楊柳何須千萬條。過盡厭厭好時節，休文又減幾圍腰。

記得輕塵短夢樓湘湄，一時群屐數觥籌。阻風中酒年年過，藥裹花枝得得愁。好客不隨春信到，神仙合向病中修。長紅小白芳菲節，細與停杯話舊遊。

春波橋

西水驛前津鼓收，春波橋下水如油。七分柳色三分雨，二月行人過秀州。

雨中過桐鄉

樹色微茫宿霧輕，癡嵐隔處見層城。孤篷睡足連江雨，二月都無一日晴。語燕流鶯如夢裏，新蒲細柳可憐生。江南春老方回病，腸斷新詩作未成。

弄珠樓

春水白蘋洲，春江桃葉舟。春風似相識，吹上弄珠樓。越女不可見，吳歌空復愁。離腸迴九曲，曲曲學湖流。

東湖曲

越孃纖手并刀澀，一幅輕綃裁不得。却來江上翦春雲，翠鬣紅鱗鏡中泣。夕陽漫漫湖水流，煙波不斷雲山愁。秋來自古不曾夜，天中明月湖中樓。樓前拾翠誰家女，手弄明珠隔煙語。東風兩槳去不歸，寒潮九派迷處所。寒潮欲落湖天昏，鴛鴦飛去愁殺人。

頻夢見

舊時院落舊時門，便是重來也斷魂。何况依稀未明白，有時顛倒到黄昏。獨經芳砌尋行跡，細向香羅認淚痕。一種閒情似春草，剗除未盡又生根。

隨園先生招同姚惜抱夫子小飲花下賦呈

名園雅集敞煙蘿，裙屐追陪許數過。三月鶯花游子恨，六朝人物寓賢多。明鐙緑酒春如海，細柳紅闌水似羅。最是江南好風景，試划雙槳看如何。

古詩三首呈惜抱夫子

龍門有高桐，百尺無柯枝。其音中琴瑟，古帝咸重之。卓哉立宇宙，不知今幾時。其下有珍木，負質何離奇。上承甘露潤，兼之春風披。託根與之近，自顧如有私。安知天廟器，異日不在玆。但勿求速化，千秋以爲期。

太息思古人，浩歌淚盈把。不知古人作，於我何如也。蠹簡千百刼，流傳亦已寡。而况區區心，又或不能寫。先生德充符，色若古彝斝。去古無百年，有作亦群雅。相見宜邈然，辭色乃肯假。因思古人心，未必忘來者。

大冶金踴躍，我必爲干將。苟能堅其志，豈遂曰不祥？人苦不自立，逐逐如迷方。以身坐庸流，臨老翻悲傷。嗚呼豈無成，初願本未嘗。其間稍自好，衆中爭低昂。不堪寒與飢，擾亂其心腸。稽首歐冶子，成就百鍊剛。

芍葯同秦楞香大光作

送春心事太匆匆，天遣名花駐小紅。骨相似嫌金帶重，文章應笑玉堂空。秋千院落連宵雨，彔曲闌干昨夜風。獨對情知太清切，前身我亦住仙宮。

揚州風物渺愁余，聞説行雲夢未虚。十里珠簾春去後，一年花事我來初。東風緑鬢絲相似，微雨紅橋畫不如。婪尾杯乾殘月上，牕餅相對影疏疏。

即事

一番涼雨晚簾纖，閒看青蟲拂畫檐。却笑飛蛾何太急，華鐙猶隔一重簾。

題陳止君夫人合𥳑樓詩集應令子胡鎬屬

儒者之學首通天，其次乃以文章傳。文章數傳雜真僞，誰復茫昧分星纏？紛紛俗學自解説，物不兩大才無全。造物聞之破常格，獨於巾幗鍾靈偏。止君夫人古女史，薈萃百家供摩研。垂髫便簪彤管筆，弱歲暗辨朱絲絃。含神霧緯鬼料竅，直以一綫從頭穿。圓靈一規大如鏡，中有日月星辰連。披抉雲漢酌北斗，女媧縮手慚居先。下視詩篇乃餘事，尚欲睥睨唐諸賢。玉臺新詠太綺麗，金荃餘習洗朱鉛。鸛鶴一鳴春鳥噤，霜雪作花枯枝妍。辟如神人下姑射，世間粉黛難嬋娟。我聞古詩三百首，國風乃列雅頌前。朝廷鉅公有述作，斯事不及閨房專。即如天道雖荒遠，猶或指點窮推遷。授衣坐見流火伏，抱衾夜識參旗懸。自從蘭臺矜祕怪，可憐曲學祇雕鐫。兩目已昏髮垂白，一管之孔天如錢。詞章既變爲帖括，軫蓋那復知坤乾。而况婭姹小兒女，縱欲博綜無由緣。簪花釵股總紕縵，頌椒詠絮誇芊眠。惜哉大家數班氏，不聞更續天官篇。我來金陵已三月，坐穴木榻穿青氊。眼中餘子足瑣瑣，户外一客來翩翩。手出合箭詩一集，外附數學綦萬言。留題前輩盡傾倒，我欲著語難言詮。年來多病目力短，如視列宿無璣璿。但覺風雲起光怪，疑有珠璧相合聯。題詩出户仰看月，河鼓欲墮天蒼然。

贈楞香

勸爾一杯酒，月華如此明。天風又吹我，同在秣陵城。相見不盡醉，相思空復情。明朝楊柳樹，葉葉是秋聲。

送鮑覺生桂星

卜宅黄山下，終年冰雪容。幽居自今古，詩卷閲春冬。忽折白門柳，遺予緑玉筇。臨分一揮手，三十六芙蓉。

登金山塔頂同鐵門賦

飛鳥忽在下，此身已上方。東南浮日月，天地俯青蒼。夜盇歸龍子，風幡定鴿王。不知江水外，何處更茫茫？

爲湘湄題畫五首

了鳥窗深不用遮，一重芳樹一重霞。溪邊流出胡麻飯，莫是天台二女家？

湖光山色澹如無，二月江南聽鷓鴣。煙雨樓頭十年夢，畫人眉黛太模糊。

清氣四山盤絶壑，松濤六月似涼秋。鶴聲一一上天去，記宿月明何處樓。

竹鷄嘑歇雨連綿，十日新晴歛宿煙。一路春山泉決決，江南兒女採茶天。

明年定擬放輕橈，西磧遙知雪未消。輸與畫中人健在，蹇驢馱過虎山橋。

逼除獻歲百端茫茫愁憂無方率成四律

愁裏殘年逼，貧家百事哀。埋文三尺冢，逃債九成臺。天意猶憐我，春風欲放梅。西山三百樹，相約一齊開。

屈指年逾壯，傷心事最多。溺人真欲笑，勞者自成歌。一世論知己，千金得太阿。平生飛動意，强半就蹉跎。

辛苦千金帚，倉黃十上書。文章空復爾，年鬢轉愁予。預恐風塵老，終教屬望虚。先人遺篋在，此意定何如？牧豕承宫幼，求師魏照遲。古人多自立，學者半孤兒。吾弟壯非少，此身彼一時。囏難須努力，門戶要扶持。

呈顧蔚雲先生汝敬二首

竹溪追雅集，春夜記開筵。壇坫尊前輩，波瀾老暮年。低心略形跡，俛首到詩篇。情話深宵永，離堂燭影偏。

如雪麻衣白，悤悤又遠行。孤兒慙後死，弱弟累先生。但得傳經義，纔能記姓名。先人敝廬在，相約可歸耕。

商山子像蔣氏老僕能詩，曾識詞科前輩

誰從廡下訪遺賢，屈作長須倍可憐。零落泥塗書亥字，風流冠劒識丁年。一時耆舊無存者，兩鬢蕭疏亦惘然。寄語兒曹莫相侮，婢師雖賤儘堪傳。

以湘湄所臨李伯時天閑五駿圖遺龍劒庵光斗媵之以詩

世人相士如相馬，肥者舉之瘦斯下。俗子論畫如論詩，面目略似精神非。曹霸已往韓幹死，後有龍眠老居士。元祐天閑詩五駿，四蹄踣鐵雙耳峻。牽連尻脽纓革鞶，旁有碧眼髯奚官。書生骨相牛馬走，豈意霜蹄入我手。誰與作者神完全，心摹手追天骨堅。龍眠居士不敢驕，神妙直欲爭秋豪。今人非今古非古，能配作者指可數。雲煙過眼本無常，得而有之喜欲狂。是時風寒天雨雪，街頭滑滑泥沒膝。安得致此玉花驄，千騎夜獵南山中。眼中駑駘出復沒，倏然嘆息此奇骨。更闌慷慨酒半酣，披圖起贈龍劒庵。劒庵論詩如論畫，相士亦如相馬者。此圖此馬君寶之，湘湄之畫頻伽詩。

紅橋曲

吳姬且莫唱，越女且莫謳。四座靜勿譁，聽我歌揚州。揚州城下柳如薺，揚州城外春如綺。十里珠簾畫閣頭，一灣新綠紅橋水。珠簾畫閣總生春，家住紅橋號玉真。瓊樹無雙傾國豔，王嫱第一漢宮人。無雙第一無人識，生長深閨嬌小極。乍調軟語曉鶯啼，新梳薄鬢明蟬翼。薄鬢明蟬新黛蛾，可憐薄命更如何。謝家豔雪隨風絮，掌上珍珠泣露荷。露荷風絮同飄颺，不怨狂風自惆悵。十五芳年豆蔻春，重樓十四芙蓉帳。十四樓連廿四橋，秦淮佳麗總魂銷。渡頭人到迎雙槳，鏡裏山青畫六朝。六朝山色青如黛，澹埽雙眉綰雙帶。舞罷翻令羅綺愁，憨多時擊珊瑚碎。羅幃綺屋度華年，玉樹珊瑚不論錢。妝成姊妹爭相妒，席上侯王見總憐。廣筵置酒爭邀迓，自惜娉婷未曾嫁。買笑黃金山比高，還君明珠樓不下。青絲絡馬薊門豪，不數當年龍伯高。工愁洗馬人如璧，善賦東方錦作袍。錦袍玉帶美風姿，入洛羊車絕妙時。庭趨句曲仙人縣，道訪青溪小妹祠。句曲青谿路迴折，初三下九佳時節。已許微詞度語通，真看名士傾城悅。名士傾城共一心，重樓複帳夜深深。熒熒銀燭羞除釦，脈脈紅蕤闇墮簪。紅蕤脈脈柔魂斷，銀燭熒熒轉河漢。錦瑟橫陳長似人，玉鉤隔座明如腕。玉鉤錦瑟朝還暮，小別雙眉鎮長聚。病起教郎讀道書，愁時呼婢尋風絮。多病工愁易斷魂，含嬌含態淚聲吞。一朝相見驚相問，領上蝤蠐微有痕。含情不語何能已，玉筯雙垂訴知己。何來惡少號專城，依倚豪華竟橫行。作使平頭喚行酒，強呼玉貌坐調笙。便擬留賓投轄飲，豈知慢客閉門羹。須臾罵坐雙眸裂，紅袖無言淚哽咽。風花若使任東西，蘭玉何如便摧折。聞言悲思從中起，零落嫦娥竟如此。失路吾儕事亦然，誰能憐取可憐子。此時客住吳江隈，一舸遠逐鴟夷來。黃金百萬何足道，移家徑上姑蘇臺。蘇臺最好中秋令，羅襪初寒晚妝竟。比肩疑是月中人，畫眉亦有天邊鏡。萬事從來無不有，五角六張常十九。但作黃衫客自佳，誰言紅豆卿無偶。俠客黃衫太慨慷，關心紅豆費迴腸。已聞畫舫迎桃葉，又見長堤送窅孃。長堤畫舫維揚去，紅豆關心淚雙注。淨洗紅妝一對君，不辭翠袖從行路。歸來從此謝鉛華，盡日重簾下棗花。寶鏡暗塵空顧鵲，雲鬟如霧亂堆鴉。雲鬟不整時停繡，寶鏡塵昏黛眉皺。夜淚紅如蠟燭多，仙人骨比香桃瘦。瘦骨稜稜病有根，強扶殘夢到吳門。吳門春色柳依依，公子留賓泊畫堤。蘭舟豈意逢青翰，小婢還能識桂枝。小婢傳言雜悲喜，熒熒淚眦佯佯啓。宛轉輕軀乍入懷，可憐頓絕君懷裏。懷裏輕輕喚小名，爇盡心香始返生。漸覺迴眸微有淚，似傳小語不聞聲。迴眸坐起腰支弱，小語低徊徵鏡約。親將杵臼搗玄霜，不向姮娥乞靈葯。沉緜一病起遲遲，對鏡無端損故姿。不信名花能夜合，劇憐小草號將離。將離又是揚州道，夜合花開只愁曉。自恨不如泉下人，玉鉤斜上紅心草。玉鉤斜外路迢迢，深鏁愁人碧綺寮。永夜玉容銷碧月，鐙前珠淚聚紅綃。碧月紅綃空復爾，典盡羅衣脫簪珥。當時酒坐散千金，此際朝飡謀十指。緐華轉眼同朝夕，獨抱區區竟何益。碧玉情人怨與恩，紅牋恨字今猶昔。紅牋一幅傳來又，離別經年病如舊。當時嘔血滿羅襟，猶認石華留廣袖。此時東郭正多愁，此際逢君語舊遊。僕本恨人驚不已，君言恨事淚先流。男兒意氣空孤憤，一事無成到紅粉。若教相望等牽牛，何不漂零類朝槿。牽牛朝槿總無情，終古垂楊有曉鶯。莫向紅橋歌此曲，落花飛徧廣陵城。

醉司命後一日過集竹溪堂四首

雨雪連江盡，蒼茫孤櫂來。殘年餘幾日，一見且銜杯。入座皆同調，新詩讀百回。翻憐渡江札，相對復重開。

遊子嗟垂橐，歸來意惘然。才非當世重，貧到受人憐。鴻爪東西路，萍根去住緣。遙知倚閭夢，夜夜望迴船。

細拆黃泥酒，深藏碧綺寮。數過非一飯，轟飲陋三蕉。不爲刀錐逐，真成貧賤驕。誰能當此夕，清話坐終宵？小謝天才逸，新詩出性真笛生。因君思舍弟，早歲失先人。薄俗輕文字，初心變賤貧。阿兄無以教，仰愧淚盈巾。時舍弟方從其婦翁行賈。

探梅絶句庚戌

十分花放九分春，到此猶疑未是真。一照虎山橋下水，椶鞋桐帽爾何人？

問訊山人郁泰元，遼東鶴語幾千年。人生何必成仙去，萬樹梅花好墓田。

由馬家山至鄧尉小憩還元閣登絶頂望太湖中諸山三首

西山結股腳，鄧尉割其左。居然相長雄，餘子太瓅瓅。杖策循山根，佛事煥嵬騀。僧房如蠭房，户户將山裹。登登雁齒排，歷歷獸鐶鎖。須臾紺宇窮，露出青蓮朵。一一生芙蓉，雲中弄婀娜。僧雛引人行，小閣請少坐。揮手復前行，山靈正招我。

春山如美人，曉起始弄妝。五湖如明鏡，搖盪春波香。嫣然一照影，低佪見鉛黄。梅花千萬樹，齊插妝臺旁。反疑時序早，湖天始微霜。又疑萬玉妃，當風搖明璫。山靈顧我笑，爲君理容光。乞將香雪海，賜作温泉湯。

太湖小龍子，各各雙丫髻。一朝水上游，雲鬟七十二。或高如挑鬟，或低如含睇。或遠若輕鷗，煙波兩無際。或近若片帆，乘風一何利。四面羅我前，無窮出奇勢。自昔讀圖經，皆能説名字。漁洋與六浮，心目久位置。今朝落我手，未知竟誰是。辟如古之人，雖死有傳誌。髣髴面目存，某某可默識。若使起九京，何人相指示？再拜告山靈，此言定非戲。其餘諸峰巒，卿等本難記。

循元墓麓取道至石樓題壁

明霞如錦四山赭，日腳蒼茫下平野。鄧尉已過銅井來，衆峰絡繹奔萬馬。探幽欲窮一日功，山色可玩不可把。善遊山如善讀書，意在能取貴能捨。松杉仄處通翠微，犖確當中置蘭若。一樓如柱空際撐，五湖之水杯中瀉。其顛亂石何稜稜，怒猊欲吼猛虎啞。或跳或擲或拏攫，時坐時立時跁跒。如一夫勇萬莫當，如四面騎盡馳下。吾生好奇不好嶮，到此山多覺我寡。森然動魄膽亦壯，醉墨如鴉向空灑。

得覺生書

不道天涯淪落多，遠煩書札慰蹉跎。憐余又放長江棹，知爾誰同易水歌。楊柳舊愁來白下，桃花春水渡黄河。相看總是登樓客，滿目平蕪奈恨何？

題金陵酒肆

家臨大道旁，垂柳復垂楊。一夕飛花急，春風滿店香。吳姬年十五，繡帶兩鴛鴦。送客出門去，門前江水長。

奉和姚惜抱夫子送行之作

佛貍祠畔水連天，南浦離魂倍黯然。山上有山曾幾日，客中送客又今年。文章前輩真無敵，意氣男兒絕可憐。臨別重爲牀下拜，滿帆風色一江煙。

送頻伽東歸

姚鼐姬傳〔一〕

江津起漲泛吳天，欲掛離帆風颯然。小別玉顏應未老，巨材深谷且忘年。棲遲政爾爲親屈，骯髒寧希得衆憐。留語斯須聊記取，葯闌花謝草如煙。

【校記】

〔一〕『姚鼐』二字下，許增本有朱筆註云：『桐城人。』

食梅醬戲作

食桂常苦辛，食蓼常苦苦。桂蠹與蓼蟲，生死不肯吐。問其何以然，彼亦不能語。書生藜莧腸，宿昔煎煼肚。朝暮隨狙公，捃拾橡與梠。一飽仰草木，自笑同蒼鼠。四月櫻筍天，越梅滿筐筥。大者若彈丸，脫手碎如杵。吳鹽點輕霜，玉頰響秋雨。坐令窈窕人，眉嚬齒爲齲。江南雨絲絲，青黃變時序。道旁黃口兒，販賣賤如土。佐以白芽薑，盛之碧色甀。酸鹹得其中，醲郁如潑乳。比蔗斯作糖，名醬可匹蒟。年年熟梅時，觸熱長羈旅。道渴思乞漿，念之心不去。今年在家食，自春及徂暑。紅鮮已空缾，白小或生釜。飲水而辟穀，渴救飢則阻。水味太澹泊，鹽酪不可煮。老母知嗜此，甕盎累累貯。清晨汲井花，急用大瓟斞。一勺和一匙，三嚥露湑湑。嗟余本腐儒，酸寒乃天與。得毋骨相中，臭味同一譜。如以水濟水，嗜之固其所。又聞古詩人，往往可笑侮。杞鞠是何物，重之等肥羜。偶然得救死，前後相夸詡。山不養百齡，石上無禾黍。終日斸黃精，飯顆瘦杜甫。東坡俯仰人，苦吐甘則茹。三百顆荔支，日噉腹爲鼓。況我命分薄〔一〕，詩又不足數。比於數君子，口腹或接武。蘗酸能養骨，木酸不受蠱。先於飢渴中，預救甘脆腐。詩成自失笑，嘲謔到肺腑。

【校記】

〔一〕「薄」，底本作「簿」，許增本以墨筆改爲「薄」，是。

送龍雨樵先生鐸謫戍塞外四首

駝裘茸帽去天涯，獵獵邊風漠漠沙。極北關山惟有夢，安西都護本無家。二陵風雨秦人骨，萬里黄河漢使楂。唱斷陽關莫回首，夕陽紅處是京華。

浮世生涯幻似雲，白衣蒼狗任紛紛。當時不信錢神論，新著惟存罵鬼文。落日長煙窮塞主，短衣匹馬故將軍。何當一騎從公去，醉挽雕弧數雁群。

萬里西征亦壯遊，玉門關外黑貂裘。天垂四野牛羊見，日落三邊苜蓿秋。莫笑書生非燕頷，劇憐遷客待烏頭。封侯遣戍尋常事，一樣窮荒未要愁。

公子隨行獨擔簦，風塵慘慘馬登登。小人有母今行老，如我宜從竟不能。自斷此生應未死，若爲報德總難憑。臨歧再拜無多語，淚點垂胸恨滿膺。

檇李雜詩

今生愁是宿生緣，不見淒然見惘然。遠道人來煙雨外，傷心事在别離前。親煩纖手調羹臛，更典金釵當酒錢。自笑書生窮骨相，受人磨折受伊憐。

紅闌碧柳醮輕波，白石橋梁雁齒磨。獨處青溪憐蔣妹，薄梳叢鬢舞曹婆。人緣蘿蔦關心早，湖號鴛鴦比目多。裙許肩挑鞋掌拓，作閒男女定如何？

同是人間薄命人，六張五角豈無因。明知相見難於別，便恐重來不是春。殘夢尚能尋舊路，落花何苦認前身。定緣一念生天隔，從此蓬山又幾塵。

靜聞刀尺動聞香，只隔銀河不隔墻。極意周防勞悵望，微通聲影教思量。分明窗戶三重閣，宛轉車輪一寸腸。總向秋來作顣頞，恨伊何事喚秋孃。

子夜琴心午夜鐘，雲輕月淺記惺忪。花因顣頞成秋色，鐙不分明照病容。六幅仙裙猶簇蝶，三年玉骨已飛龍。請看羅綺能勝否，薄薄銖衣只一重。

恩深多怨亦多猜，相見雙眉總未開。欲露微詞偏掩歛，怕提前事小徘徊。當頭月又團圞夜，屈指今經二十回。一語傷心忘不得，年年此度也應來。

來如秋燕不安巢，一枕西風到柳梢。題扇詩篇猶省記，隔簾鸚鵡是誰教？弓弓屧怕唐梯響，歷歷窗嫌綺網交。知否夜來渾不寐，繡餘鍼綫滿牀拋？

傾脂河下水如脂，踠地楊枝與柳枝。已許同乘舟一葉，何心再結網千絲。身能自主除非夢，事本難言賴有詩。手出砑紅綾一幅，淚痕和墨寫盟辭。

江庵病少間矣而余將有遠行賦此志別

西風如翦雨如塵，示疾維摩又幾旬。聞道秋來蘇病骨，可知天意要斯人。繩牀藥裹無聊日，畫筆詩篇有用身。待我歸來尋舊約，西山策杖早梅春。

懷惜抱夫子

最憶姚夫子，寥寥千載心。文章當代少，風雪一鐙深。搖落行如此，沉吟直至今。鍾山讀書處，歲晏動離襟。

哭江庵六首

惟我與君耳，而君又不存。歸來無倚著，忍淚到黄昏。一世空知己，中年最斷魂。平生故人意，合眼試重論。

約略前游在，回頭絶可憐。探梅殘雪裏，扶病落鐙天。命爲尋花乞，詩從刻燭聯。夜臺春不到，驛使倩誰傳？

昔我先君子，君曾師事之。我時騎竹馬，衆笑此狂兒。只有君知己，今惟某在斯。因茲感往事，淚下又連絲。

鵝鴨可同數，比鄰日往來。清狂多謾罵，同病各邅迴。架有曾翻帙，廚餘數舉杯。從今扉兩版，客至不須開。

僂指論交日，於今近十年。倪迂先地下斐君，宿草已萋然。昨日孤童至，拜君繐帳前。九京若相見，苦語爲余傳。

君病知難起，如何一語無？輕生思引決，瀕死見妻孥。東里猶衣葛，西鄰尚索逋。紙錢須愛惜，百萬莫全輸。

江庵淺厝泗洲寺側同其弟過而哭之

百年隨例作灰塵，落日荒江淺土新。不是天公無雨雪，應憐泉下怕寒人。江庵性畏寒，出，恒以袂蒙面。

君家弱弟第三郎，相約今朝到北邙。我是暫來已欲哭，四無依倚太荒荒。

邈若山河隔不多，尚從隙裏望前和。長身玉立分明在，矮屋蒙頭奈爾何。

思量腹痛欲回車，立石題名願尚賒。此志必償君且待，我言不食有梅花。

夜雪悼江庵二首

折竹破窗聞淅瀝(二)，藥鑪芋火坐闌珊。能令五夜如清曉，不覺一鐙生嫩寒。病鳥尚留鴻指爪，酒人今換白衣冠。石樓銅井神游處，定採瑤華翳玉鸞。

前年風雪滿江鄉，憶爾披裘到草堂。地下有寒應徹骨，人生到此一迴腸。自憐客鬢同潘岳，那得閒情賦謝莊。鄰笛又吹殘夢斷，梅花落盡月荒荒。

【校記】

〔一〕『淅』，底本作『浙』，誤。

越三日復雪閉門弔影追悼江庵不已仍作三首其卒章乃以自遣也

春雪欲待暖，寒雪欲待伴。待伴雪未消，天意亦云懶。今晨夢初破，宿火微焰短。似聞聲蕭蕭，茅檐落已滿。鄰雞噤不鳴，啅雀飛猶緩。庭前古藤陰，婁絡蓋如繖。前雪與後雪，三日間續斷。如與故人期，合並不辭遠。此雪真信人，亟酹酒一盌。

古人思舊雨，今我思舊雪。來人今不來，閉戶獨愁絕。南鄰徐孺子，痛作生死別。淺土厝桐棺，寒冰凍枯骨。前時臥病劇，沈子就與訣瘦客。回來過我齋，對我相嗚咽。此間此人亡，吾子真獨活。今朝默自悲，幽恨對誰說。重泉雨雪寒，一慟肝腸熱。

人生多哀樂，哀樂有終期。辟如盈尺雪，亦有消殘時。無奈當此境，一往不自知。我情適不用，人謂已過之。老母飲我酒，戒我勿作詩。人生無百歲，半若駒隙馳。思君亦有母，君死如何悲。余敢不自愛，以憂貽母慈。呵手徹筆研，奉母酒一卮。

卷二

絶句辛亥

沉香火冷夢初殘，便是登樓莫倚闌。簾外東風雙燕子，分明相對説春寒。

遲惜抱夫子不至仍用見送韻奉寄

鍾山翠色落遙天，伏枕高齋思悄然。風雨江湖成冷節，人生離合逼中年。士窮豈有文堪賣，才薄羞爲世所憐。便擬相從判歲月，龍眠一壑卧風煙。

隨園先生生挽詩

人間世事那有此，江東處士乃求死。朅來生索挽歌詞，友朋略盡徵弟子。弟子挽歌如祝嘏，皆言且住爲佳耳。我曰唯唯否不然，如先生者死可矣。先生弱冠稱詞臣，筆花四照開陽春。金門玉堂無比倫，天教歸作羲皇民。倉山一臥今行老，始羨當年挂冠早。千秋之事七十身，白髮多於書帶草。男兒不必定作鶴髮翁，亦復不必皆三公。生能快意死亦得，不爾真乃可憐蟲。世間何限秋風客，一日胸懷行不得。亦有鐘鳴漏盡時，仕宦不止旁人嗤。先生得天何獨厚，生則人先死人後。就令一旦真溘然，世上誰如公不朽？天台山中兩女兒，有人入山親見之。胡麻飯熟待公喫，定容軟嚼如牛齝。待來不來何遲遲，山桃花開紅滿枝。豈知先生久未有行意，但自狡獪形於詩。嗟我識公今五年，鬼才長吉蒙公憐。二毛已見不稱意，何不控鶴癡龍鞭。天上差樂良不苦，有阿嬰在何敢先？隨園重來柳似煙，先生見我徵詩篇。立言無體語太顛，先生笑曰子來前，我生不有命在天，一詛億祝何損焉。

次韻姚根重持衡見贈二首

臂經九折已成醫，車是方穿未要脂。世上捐金肯市骨，人間相士且論皮。前身明月今何似，後世揚雲定阿誰？愁絶天涯風雨夜，忽聞別樹有鸜雌。

何須刮膜有良醫，遮眼紛紛任腦脂。藥店飛龍今出骨，南山霧豹總留皮。曲高自覺難爲和，酒半含情欲待誰？昨夜打窗風獵獵，欲從宋玉問雄雌。

疊韻一首寄根重

同病那教各忌醫，晨窗弄筆暝然脂。世家如此真麟角，名士從來畫虎皮。細字短檠徒自苦，千秋萬歲子爲誰？出門一笑青春暮，滿眼蜂雄粉蜨雌。

蔡芷衫元春招飲秦淮酒樓醉後走筆寄之

人生未死醉即休，不爾出愁入亦愁。晝長可遊必秉燭，將毋反衣君狐裘。有酒不用折簡呼，無酒何不滿眼酤。臣本江東酒徒耳，家有長柄之壺盧。蔡侯靜者酒大戶，宿世劉伶墳上土。騰觚飛爵意自豪，禮法之士原無取。秦淮高樓邀古歡，水氣涼入疏簾寒。銜杯肯落後生後，得句合讓先生先。先生一經老布衣，論史直過劉知幾。即如詩篇亦奇絕，如昏黑處暾朝曦。潦倒不作家人計，得錢痛飲且快意。笑談已得鬼神驚，歌哭但愁雷雨至。雨腳如麻且深坐，百榼千鍾我亦頗。酒闌興盡徒步歸，先生欲留我不可。嗚呼一生失路緣青袍，明日典汝沽松醪。

滿天梅雨一絲絲，小院陰陰睡起遲。多病目嫌簾冪䍥，乍寒人要酒禁持。樹多時聽鳴鳩喚，泥滑翻思借馬騎。誰度吴孃舊時曲，薰籠衣覆又成詩。

苦雨

六月二十四日高公子世焕盧公子謨過集鍾山書院招同根重李夢滄藴分韻得乘字

今年六月苦鬱蒸，閉置一室如癡蠅。天風萬里自浩浩，身無羽翮誰能乘？侵晨剝啄有客至，一見飲我壺中冰。疾呼山童縛笞帚，亟選勝地除榛艿。吴鞋一兩易深雍，方花八尺鋪紅藤。脱略禮法自吾輩，俗物襶襶殊可憎。玉川子氣猶飛騰，高三十五以詩稱。同時二子姚與李，脱臂怒出秋空鷹。分曹雜坐無少長，六博未歇摴蒱仍。或立或坐或曲肱，或旁觀者几以憑。平生自詑不好弄，至此始信須多能。須臾酒至百戲罷，少焉風起單衣勝。食單藉地足箕踞，醉幘墮懷頭鬅鬙。不知人間此何地，未識昔賢有未曾。古來逃暑記雅集，南皮河朔皆可徵。公子或者能敬愛，傖父未必知友朋。豈如吾黨致蕭散，貴且快意無夸矜。此時炎歊洗淨盡，鍾山入座來崚嶒。纖纖缺月爲誰出，欲呼與語如可應。陰蟲不寐愁唧唧，街鼓欲動聞鼕鼕。主人送客客歸去，起看絡角河如繩。

送根重歸桐城

白門老烏啼秋風，欲雨不雨天濛濛。此時行客不肯住，十幅竟挂煙江篷。三年之中別屢矣，無一語贈何悤悤。急裝雖束請少坐，聽我作歌陳始終。憶昨射策歲己酉，趨庭君始來江東。我時負笈遠從學，讀書同住鍾山中。其時同舍有二子，鮑照秦觀文皆工。鮑雙五桂星、秦楞香大光。惟君與我年最少，肝膽雖壯心猶童。無端裂眦爭古昔，有時撟舌驚盲聾。旁人拍手笑癡絶，我狂君戇將毋同。自從江干一分手，此後聚散如驚蓬。去年我來上巳後，別去芍藥飄殘紅。今年朅來逢上巳，碧桃未落開滿叢。男兒墮地衆所易，年少那得長貧窮。依然相好不相棄，得此於子亦已豐。喜我遠來袂先把，知我耽酒尊不空。頻來相過不厭數，宵坐輒到窗曈曨。始知知子昔未盡，從今請得相磨礱。如何一旦舍我去，如鳥斷翼飛不翀。平生不在弟子列，自我翁後今若翁。與君結交比兄弟，此別那不心忡忡。江頭風色晚來大，想見帆飽如張弓。采石月下弔李白，皖江城外逢謝公。江山如此且歸去，飄泊只我可憐蟲。明朝也買江上棹，亟趁秋色歸垂虹。王孫垂釣計亦得，乞食無乃非英雄。獨憐舊遊各星散，燕臺姑孰無信通。時雙五在京師，楞香客太平。君歸龍眠倘相憶，尺書幸寄南飛鴻。

爲夢滄寄題其尊甫石友先生品畫樓

吾生愛遊不愛畫，平昔好水兼好山。名花珍禽都不惡，長松修竹何可删。好色亦如佳山水，所恨不見燕與環。十年浪走始大悔，煙雲過眼那得攀。一水一石不我有，何況夢裏雙煙鬟。乃知作畫非漫與，下筆足奪天所慳。無錢可買三萬軸，凡我所歷皆追還。石友先生有奇癖，性命與畫相痌瘝。高樓百尺曰品畫，如第百官分資班。宣和之譜有不載，昌黎作記殊未嫺。惜哉路長不得往，使我一見開心顔。先生未識識令子，爲述遊跡警我頑。鬥雞一走隋帝苑，銷夏曾到吴王灣。井陘旗鼓太行道，便欲入海窮神姦。下牀動足即萬里，歸來頗覺形神閒。從來嗜好入骨髓，豈若俗物論銖鍰。江南好古數項氏，墨林鈐印朱泥殷。商丘中丞精鑒别，以手代目驚愚孱。豈如先生不留物，偶爾布置紛斕斒。收藏想定多妙麗，崔白或亦參荊關。安知中無張萱筆，圖出朱暈長眉彎。嗟我見事苦恨晚，論亦形似古所訕。他年騾車或北上，到門定款金獸鐶。先生莫笑不知畫，粉本萬幅心胸間。

沈璟湖田課農圖

村居聞説舊西漴，漠漠湖田一水通。薑稜芋疇應不少，可容儂占地三弓？
卜居舊住水村邊，穲稏連村水接天。寫作畫圖傳也好，只無錢買幾雙田。

松江夜泊

秋水清無底，秋山澹欲低。當天一明月，飛上九峰西。永夜漁榔響，横空雁影齊。蒓鱸人不見，風露又淒淒。

曉發訪顧竺生國政

蒲帆十幅曉風柔，擁櫬篙師趁順流。殘月和煙都化水，美人如柳怕逢秋。沙頭宿鷺寒初起，雪裏飛鴻跡尚留。金粟園亭吾能記，馬鞍山北石橋頭。

舟中雜詩

京口至淮陰，三百六十里。中雖隔一江，風便兩日耳。奈何上水船，逆流不得駛。長雨與闌風，行行且止止。舟子亦坐愁，濕衣堆船尾。炊煙滿篷窗，臥倒呼不起。婦子相詬誶，明日已無米。火伴相怨尤，路滑傷將指。吾生多迍邅，行路亦如此。溫語勞長年，窮薄吾累爾。

泊舟山塘橋，始有離别意。一過滸墅關，茫茫從此去。送者自厓返，余亦不得住。兩日呂蒙城，三日京口渡。昏昏失山郭，歷歷墮煙霧。犬吠知人家，鐙明辨江步。舟中無可娛，弄筆賦長句。一日成一詩，有得輒復補。初不計工拙，亦非紀行路。歸家詫親知，破愁有此具。

客中無所親，僮僕亦吾友。一僮乃新來，相依未云久。與譚家中事，渠亦未深剖。與言客中愁，渠亦牛馬走。問之始一答，否即深閉口。視其顔色間，離思亦時有。問家有何人，有父亦有母。不知一月來，定復念汝否？雨餘風色大，衣薄短見肘。惜此人子身，天寒可無酒？

青溪壬子

東風吹緑青溪水，重見青溪水上人。雪裏飛鴻新指爪，門前楊柳舊腰身。隔簾遠黛濃於畫，滿屐香泥也是春。遮莫天涯譚往事，可憐如夢又如塵。

顧麟徵風木圖二首

春風開百花，不長卷葹草。轉蓬無根本，那得到合抱？哀哉顧文學，早歲喪翁媪。母沒十二齡，才能識梨棗。父沒天一方，星奔自遠道。親年既不永，子生恨不早。那將經與麻，易我繦與褓。皋壤山林耶，使我中心擣。所以圖中人，獨立如木槁。

讀詩廢蓼莪，出自門人手。同病則相憐，此誼古所有。麐也一鮮民，不如死之久。其時適延令，區區爲升斗。歸來不見耶，痛哭繞牀走。嗚呼今六年，始與君爲友。藹然孝子心，此畫堪不朽。不肖言行汙，於君亦何取。一事差勝君，小人尚有母。

喜家書至

封題猶濕字如鴉，千里音書至自家。歷歷尚從十平月起，匆匆先勸一餐加。親心歡喜聞除酒，紙尾平安説阿茶。那不軒渠開口笑，果然昨夜好鐙花。

同人招飲城西道院水軒記事

東風著人先著面，入骨春寒利如箭。披裘一月不出門，滿眼青紅夢中見。曉起忽聞折簡招，故人約赴遨頭遨。車中新婦久閉置，得出那復容遮要。城西隙地頗清曠，三面春波一亭向。中流水鳥似相識，拍拍飛來畫闌上。青鐙渌酒夜未央，合尊促坐何淋浪。不須楚客賦偃蹇，自有吳語能清狂。尊前忽憶鄉園好，茂苑閶門得春早。二月三月雨初晴，十枝五枝紅未了。鄧尉梅花大如席，虎丘玉蘭亦已坼。平頭奴子慣划槳，纖手吳孃親行炙。可憐芳草滿天涯，王孫不歸兩鬢華。即如此會豈易得，有酒敢怨猶無花？歸來急把重衾裹，及此酒闌夢猶可。五湖春水碧於天，中有白鷗或者我。

無花可供折垂柳一枝於研頭缾戲作

梅花嬌小杏花癡，一樣都無見面時。學得香山居士法，枯禪旁立小楊枝。

贈李曉江湟五十初度即送其歸里爲粵東之遊

客中爲客惜居諸，僂指頭顱五十餘。萬里曾行天下半，百年未滿鬢毛初。紅兒詩句都呈佛，翁子功名敢累渠？一笑此時又須酒，春寒簾幙雨疏疏。

江邊先折柳絲絲，李郭同舟已有期。歸在百花生日後，情如三月送春時。過家上冢逢寒食，捩柁開帆爲荔支。莫忘故人方物寄，羅浮蝴蝶嶺南詩。

即事

了鳥窗關六幅紗，偷開倦眼看年華。東風可是閒無用，來放缾中楊柳花？

攝山道中

卅里棲霞路，肩輿破曉還。春陽酣似酒，殘夢亂於山。新水鳥雙浴，落花紅一灣。不知嵐翠裏，誰結屋三間？

綠陰

綠陰池館坐支頤，漠漠微涼與病宜。姤殺風標一公子，水楊柳下立多時。最無聊賴酒初銷，銀葉心香一半焦。猶有茶罏沸殘響，又疑簾外雨蕭蕭。

苦雨

繚繞煙雲墨不乾，研池疑有黑蛟蟠。高桐百尺先秋落，老鶴一雙語夏寒。新水過墻澆薜荔，蝸牛隨篆上闌干。不須獨抱重陰感，當作黃梅時節看。

六月十三日夜泛舟荻莊作

盛夏囚樊籠，坐臥苦煩溽。天公亦憐人，挂此一輪玉。漫天火繖不得遊，夜涼思放蜻蛉舟。出門十步到江岸，人影散亂如鳧鷗。一夫赤腳船尾撑，船頭一道開浮萍。天邊之月本相識，在後若送前若迎。須臾一轉眼忽明，玻璃十頃天光青。篙師倚檝船不行，娟娟月亦空中停。誰與張樂臨洞庭，啾嘈絲管多繁聲。翼然有亭夜不扃，飛出數點窗中螢。呼童繫纜尋徑入，草露微微芒屩濕。聲來隔水遊魚驚，樹縛枯藤老人立。此時人靜風颼然，水氣欲上波淪漣。荒蘆折葦語蕭瑟，髣髴似是江南天。少選愈覺涼氣偏，衆客便欲回輕船。人生擾擾蟻磨旋，何不寬處聊安便。吾鄉此景曾不少，一曲分湖未嫌小。三間兩間老屋寬，漁兄漁弟人情好。安能從此竟歸去，月明照見江南路。

夢江庵

此別三年矣，如何一夢無？深宵重髣髴，對面語模糊。影似離空立，顏驚比昔枯。似言分手後，庭院更疏蕪。

題歷亭司馬丈秋皐試馬圖

東方千騎擁神仙，帽影低徊七寶鞭。記否黄皮曾縛袴，馬蹄如鐵上南天？麗眉長吉最工愁，也策疲驢任意遊。説與使君應一笑，書生骨相不當侯。

鐙下鈔存江庵遺詩因題其後

幾回開卷坐宵深，珍重焦桐爨下琴。有甲子時重記憶，不分明處費沉吟。敢言萬歲千秋事，且盡今生後死心。淚眼眵昏鐙火闇，缾笙細細起哀音。

細思造物恨漫漫，困厄如君集百端。已向生前怨馮衍，誰從死後識方干？行間磨滅都疑淚，夢裏過存可是難？重戶不關簾不下，孤魂萬一到更闌。

夜坐雜成并示舍弟丹叔及朱袁諸子

槭槭霜葉墜，啞啞宿鳥起。一鐙滅復明，枯坐兀隱几。隱几亦何爲，沉憂不能已。上念我老母，筋力年來衰。非不欲兒住，又苦生計微。下念平生歡，每恨多别離。我歸必走視，我出必淚垂。知我有老母，時復周給之。人生哀樂多，旅夜百憂集。何如作屠沽，讀書有何益？

讀書有何益，猶勝乾窮愁。參軍思作佛，妄意能千秋。古人何如人，其困或過我。顛倒瞀亂時，欲死無死所。大者家國難，細亦衣食苦。及其有所成，亦隨鉅細補。犖犖功與名，磊磊軒今古。其下能文章，代亦屈指數。我生材力薄，餘事難負荷。區區一小伎，或者天所予。但恐奔走間，立志苦不早。百年如飛蓬，一旦隨腐草。古人亦有之，舉例以自考。斯立窮不工，長吉材而夭。

憶年七歲時，吾父課吾讀。古詩十九首，首首俱手錄。傍及文選中，鮑謝潘張陸。深夜一鐙紅，上口喜輒熟。吾父謂孃言，此豈宿根耶？何以五經文，日誦猶聱牙？回思當時語，宛宛猶目前。昨歸見舊冊，手澤還依然。宿慧反汩沒，故步轉遷延。他時說家學，自信何以焉。

阿奴少失學，其質亦少魯。吾父不自教，遣與村童伍。胥雅雖肄三，六經未得五。謂麤記姓名，舍學將業賈。可憐失父時，其年初成童。家食難存活，出汝贅於王。王本業行賈，汝去使汝行。荊溪販米船，坐汝於船窗。文弱不慣此，失腳墮船旁。時惟一火伴，與汝相扶將。傳聞我母知，中夜淚濕裳。貧窮性命賤，那不心盡傷？母因白王氏，從容復其故。我又頻遠行，遣汝就外傅。囏難束修羊，親朋相佽助。於今三四年，汝學果何如？我歸母或問，未免加譽詞。汝當自懇苦，人一己百之。上以立其身，告我父與母。下以答親朋，及汝舅與婦。

生平相識人，莫不各有長。王郎枚叔流蘇，早歲貢玉堂。今年千佛經，南北分道揚。鮑照桂星姚思廉持衡，爪觜矜登場。惟有三數人，青衫仍下第。安知非天公，位置各有地。與以一時窮，責以千秋事。愧我學懶散，勉人不勉己。吾黨一人傳，人人可傳矣。

寄漱冰上人本白

友漁齋裏一班荊，手出朋牋得我驚。下士笑因晚聞道，上人詩乃善言情。首楞嚴卷看初熟，心太平庵築漸成。便擬從公證無始，粥魚茶版了平生。

欲雪

擁鑪深院斷知聞，薄暖輕寒酒半醺。樹葉枯如鴉數點，天容釀到雪三分。打頭屋小茅先卷，折脚鐺低火要文。號令便思嚴白戰，欹傾落墨瀋於雲。

渡江同孫十五宬褒

北風獵獵布帆開，如掌江天落酒杯。一鳥不飛寒日下，四山欲動暮潮來。江湖只有歸程好，吳越何妨共載回。孫歸苕溪。笑問孫郎能記否，君家舊是出群才。

今年

今年十月好年華，麥秀漸漸柳吐芽。七十老翁誇未見，鄰家一樹碧桃花。

正月三日訪黃退庵愷鈞於友漁齋記同江庵過此已三年矣感念存沒不能去心需醉失聲輒題其壁癸丑

裙屐相過墊角巾，梅花又是一年春。翻因良會思前度，便借高齋哭故人。月黑殘鐙昏似夢，宵寒微雨細如塵。留題莫漫塗鴉字，醉後辛酸語最真。

曹氏溪莊探梅同退庵瘦客漱冰

柔艣撥嘔啞，谿流一道斜。鄰人先看客，我意欲移家。夕照澹於月，老僧寒似花。題詩索微笑，不用問三車。

六扇

六扇窗櫺六幅紗，重重簾幕護周遮。分明玳瑁雙棲地，已換尋常百姓家。欲記前塵如影事，能知昔夢只鐙花。可堪耐盡春宵永，雨腳漫天又似麻。

上元後將啟行矣風雨連朝雜然有作

上元已過了新正，又買吳船促遠征。非雨即風寒九九，雖留不住重行行。故人銅里須經宿，舊例山塘送一程。併向迴腸作輪轉，一更更盡到三更。唐句。

歸來捧土築新阡，祚薄門衰亦可憐。三斬板封依丙舍，兩童孫附痛丁年。灣邊蝴蜨飛青草，客裏清明望墓田。尚有先人仍淺土，何時馬鬣見巋然？時葬曾大父母、大父母於蝴蜨灣，兩從弟附焉。

難得連牀風雨時，小忘憂館兩荊枝。便教世世爲兄弟，其奈年年有別離。將母劬勞手中綫，催人老大鬢邊絲。臨分苦語休嫌數，如我頭顱已可知。

爲謝諸君並謝梅，西山重到不能陪。已看玉樹深深葬，忍見南枝細細開。花若有情應落去，魂今無伴合歸來。擁鑪深夜關門坐，楚些吟成字畫灰。鐵門、湘湄約探梅鄧尉不果，追感庚戌舊遊，故多傷逝之語。

阿茶

嬌女三齡字阿茶，見伊學語語牙牙。呼名反不應人喚，倚我憐如對母誇。婉娩即看眉八字，長成歸定髻雙丫。謝家詩是傳家學，庭院東風又柳花。

舟行見柳色新黄可念

入春情緒似眠蠶，一雨晴無十二三。得見岸傍楊柳色，不知人已别江南。

舟行雜記

輕船三板缺瓜如，閉置真同新婦車。行立欠伸無一可，只除攤飯便攤書。
要幅鑾箋要筆牀，要翻稾本要開箱。無言僮僕竊相笑，一首詩成有底忙？
油菜花黄不沒田，柳如弱綫未成綿。怪他已有青萍子，莫是楊花落隔年？
無事船窗時一中，離懷别緒暫朦朧。惠泉山到先酤酒，想是僮奴怕惱公。

小秦淮泛舟至平山堂

笙歌畫舫客開筵，爲泊平山盡占先。到底美人能解事，有垂楊處便停船。

春分後一日復雨

披衣曉傍曲闌干，罨靨輕陰又作寒。天入春心惟有醉，花如啼眼不曾乾。雄鼇雌蝀何由見，小白長紅亦懶看。指點玉鉤斜畔路，雷塘煙水正漫漫。

花朝祭花歌揚州九峰園作

一瓣香，百末酒，二月十二歲癸丑，園丁開筵爲花壽。其日陰晦風雨狂，我送客歸心傍徨。見之不覺色爲喜，請歌一曲侑一觴。九峰之園衆香國，中有揚州二分月。園中色界諸天仙，十十五五皆爭妍。園非我主祭可主，聽我一一爲祝延。偶然開口道名字，幸勿薄怒迴嫣然。羅浮仙人子，冰肌玉骨清無比。不知何年移置東閣東，一枝兩枝開照水。今年西山有約不得到，怕見詩魂抱香死。朅來此間開已落，但聞凍雀啾啾雪花裏。園西千株鴨腳桃，人面略已登紅潮。可能坐待積雨住，一篙新水浮輕舠。

玉鉤斜上袁寶兒，香魂化作墻頭枝。非桃非李人不識，憨殺只有春風知。隔墻好辛夷，朵朵低過筆。似與白棠梨，粉香雨中泣。此皆當我來時開，爲我作客懷抱惡，要我對此傾金罍。獨有楊柳絲，無花只有纖腰肢。見其風流大可愛，或者眼見大業煙花時，各各釃酒酹一巵。人言花中王，乃是開元天寶之三郎。手如白雨點，腰鼓一擊迴春陽。又聞花奴眉宇最娟妙，戴花不落砑光帽，其時在旁天爲笑。又聞十八姨，依倚巽二如居奇。賴有長幡竿，五色相禁持。金鈴自言好，百鳥不敢下。十重步幛六枳籬，皆有功德於花者。願來共此紅玉盌，臚於祀典我豈誕。何郎杜郎倘復來，聽我歌辭歸緩緩。聽我歌，爲花祝，日炙不嫣雨不溽。二十四風吹續續，二十四橋作湯沐。願天有風雨，不得急與暴。願時有陰陽，不得寒與燠。有露必皆甘，有霜只殺草。賣必鬻香長者廣陵翁，采必兜羅綿手麻姑爪。更有一大願，只有開花無落花。即落亦必茵與席，愼勿漂墮藩溷隨泥沙。口呿頭搨祝未終，飛廉附耳何匆匆。言有蟣蝨臣，狂悖如盧仝。一生好色無他願，出語有意驚天公。上帝高居天九重，只種柳與榆，從未一見花枝紅。閒田地多惟月宮，木樨一樹開惺忪。尚有西河人，斫以玉斧聲丁東。可知朱朱白白上帝本不愛，此兒安敢擅上綠章封事封。恐帝不譴如所願，下土愚昧只種桃與李，從此桑麻不長穀不豐。爾時天公正與玉女博，開口流電光如虹。呼屏翳，驅豐隆，下縛此子猶沙蟲。何來神官丁與石，直前奏事身蹣跚。臣有芙蓉城，地大兩人不能治。折簡招取分一角，免其下界生狂癡。玉女爲緩頰，青要頷其頭。珠幢絳節珊珊而來下，赤虯青雀紛陸離。飄師雨伯不敢怒，列坐群仙起相顧。還持此酒送我行，屬我上天長呵護。此時滿堂之美人，橫波曼淥笑不顰。傾來燭夜作酒餞，飛出蝴蝶如車輪。摘花插我三角髻，散花滿我三重茵。紅雲滃我足離地，謂此吉日兮良辰。回頭寄謝諸花神，碧桃紅滿三千春。

下視園丁獨酌已醉倒，花西夕照天杲杲。

揚州感舊二首

邗江滑膩水層波，生長村元舊苧蘿。丁字簾前眉子月，辛夷花下𪗋孃歌。青衫落拓成名少，紅粉叢殘入道多。莫向平山堂上望，一痕遙黛似修蛾。

瑟瑟疏簾小小門，兩株絲柳作黄昏。花能稱意成連理，人解傷心是夙根。春夢不離前度路，冬郎猶有未銷魂。水天閒話憑肩語，寫上蠻箋似淚痕。

揚州訪劍庵不值所親出示雨樵先生塞外書感賦

萬三千里路漫漫，一紙音書拭淚看。人世死前惟有别，玉門關外不勝寒。金雞終見竿頭下，白雀誰從馬上彈？留取歸來還細說，門生兒子坐團圞。

留别九峰園二絕

竭來細柳未成絲，上馬今朝折一枝。莫怪攀條倍惆悵，是儂親見長成時。

初試征衫杏子紗，一天紅雨亂如麻。維摩居士饒多病，未得無情别落花。

淮陰晤蔣伯生因培遂訂交焉臨别賦贈三首

三年淮陰城，不見一國士。浩浩鴉雀聲，日滿淮陰市。誰何翩然來，鋭若黄鷂子？長爪通眉毛，飛花粲牙齒。片語得我驚，一見令公喜。手出一編詩，清氣入骨髓。居然持寸鏃，直我手中矢。深山喜似人，俗情好同己。而況此中有，默默相關理。旁人盡怪詫，傾倒何至此。人間好少年，白皙而已矣。

美人多愛鏡，名士多好名。名成輒自放，不成先自輕。將成未成間，吾學所由成。一編十手鈔，細視了不驚。一篇四角安，其中苦無精。必先一心死，然後千秋生。君才十倍我，天馬空中行。結交盡蒼老，譚藝能和平。牛毛而麟角，只在一著爭。世間無鹽子，豈知明鏡明？誰謂後世後，乃無我與卿？

文章要奇險，立身須妥怗〔一〕。地必如掌平，山乃當面立。古來有才人，往往好任達。與其爲小儒，無寧做大俠。聞君少年時，意氣飛黄蹋。微笑揮千金，小名滿一篋。燕臺諸酒人，相樂復相泣。年來事收斂，尚未除結習。譬如就羈馬，騁意猶在鬣。何不盡刪之，萬卷閉一閤。將爲蜚鳥蜚〔二〕，先作蟄蟲蟄。即如論科名，區區括與帖。家貧母老矣，此事亦復急。

【校記】

〔一〕「怗」，手稿本作「帖」。

〔二〕「蜚鳥」，手稿本作「飛鳥」。

即日

熟梅又起晚來風，時有孤花墮小紅。一桁疏簾垂到地，綠陰如水立梧桐。

到家二首

者回曾不意，相見各欣然。老母先迎笑，嬌兒卻復前。倚窗新竹長，浮盎小荷圓。猶有藤花在，娟娟靜可憐。

弟說添丁事，新來舉一雄。喜今作人父，恨不逮吾翁。學語金鑾子，傳經鄭小同。一雙兒女大，催老黑頭公。

題女郎扇頭山水

樹樹桃花映水紅，仙源不許白雲封〔一〕。分明樓閣深深見，流水一重山一重。

【校記】

〔一〕『源』，手稿本作『山』。

題女士金纖纖逸詩卷〔一〕

冰雪聰明雲海思〔二〕，生來仙骨不須修。新詩成後人雙笑，小字呼來月兩頭。錦瑟華年偏善病，春風庭院澹如秋。烏絲欄紙蠶眠字，銷盡篷窗一夜愁。

【校記】

〔一〕此詩標題，手稿本作『題金纖纖女史逸詩卷』。

〔二〕『冰雪』句，手稿本作『雪樣聰明脂樣柔』。

陳竹士基見過出示纖纖女士病中答詩及見題近集二首同韻奉酬〔一〕

重和宿墨續題牋，爲聽秦嘉話可憐。賴有詩篇能過日，不然病骨奈三年。藥煙撩亂茶鑪伴〔二〕，碁局叢殘繡榻前。又爲吳儂詩半冊，挑鐙廢盡昨宵眠。

一桁疏簾卷畫樓，曉來強起寫銀鉤。愔愔小雨沉沉病，草草新詩字字愁。從古上清多謫降〔三〕，有人同命且忘憂。夜深長爇心香祝，願護鴛鴦到白頭。

【校記】

〔一〕此詩標題，手稿本作『陳竹士見過出纖纖女士病中答詩及見題近作二首同韻奉酬』。

〔二〕『伴』，手稿本作『畔』，許增本亦以墨筆改爲『畔』。

〔三〕『從古』句，手稿本作『如我自憐誰肯念』。

顧虹橋麟徵以閨人王月函姮畫扇索詩爲題二絕〔一〕

辛苦妝臺寫棘鍼，枝頭澹澹欲春陰。只除郭密香能識，此是西天共命禽。

六橋三月萬花紅，乳燕流鶯似夢中。啼殺催歸人不聽，年年便面自春風。

【校記】

〔一〕此詩標題，手稿本作『虹橋以月函夫人畫扇索詩因題二絕』。

春柳

春柳繫船長，春波拍岸香。聰明兩眉語，生小一鑪當。紅淚冰初凝，黃梅雨乍涼〔一〕。臨風解羅帕，蝴蜨自然忙。

【校記】

〔一〕『乍』，底本作『作』，誤。

夜泛

鱗鱗水面起魚雲，漠漠凉煙澹不分。紅蓼花深隨意泊，青荷葉動與香聞。眠鷗沙岸閒於我，微月林稍似爲君〔一〕。最好水天作閒話，迴波休濺越羅裙。

【校記】

〔一〕『稍』，手稿本作『梢』。

題錢清豫浮槎圖〔一〕

鑿空荒唐未足多，浮槎畢竟有風波〔二〕。勸君不用支機石，手摘張星下絳河。君眷一姬，張姓，故云。〔三〕

【校記】

〔一〕此詩標題，手稿本作『贈錢筠溪并示張校書繡兒』。

〔二〕此句下，手稿本有雙行小註云：『君有浮槎小影。』

〔三〕此句小註，手稿本無。另，手稿本《贈錢筠溪并示張校書繡兒》有二首，其一爲此詩，其二云：『多病年來愛小詩，紅絲子研格烏絲。雲藍若得三千幅，盡寫當筵播揺詞。』詩末有注云：『時以紙本百番見惠。』

新涼

新涼最好晚來天，浴罷微風爲颯然。小立閒階無一事，青桐葉底數鳴蟬。

寄家書後作

夜凉漸永短長更，纔殺殘鐙一點明。簾已不波知月落，秋元無語以蟲鳴。家書封好心還記，魯酒將醒愁又生。多事階前一孤鶴，滿身風露夢頻驚。

寄蔣處士仁

傾倒西湖蔣處士，昨於尺素見平生〔一〕。行間風骨何疏儁，詩格波瀾亦老成。此事終因人品重，如君豈屑近時名。達官儘有薑芽手，一任匆匆唱渭城〔二〕。

【校記】

〔一〕『素』，手稿本原作『素』，旁以墨筆改爲『牘』。

〔二〕『達官』二句上，許增本有眉批云：『結尾二句指粱山舟先生。』

瓦檐風墮梧桐葉，卷入虚廊微作聲。賴是隔簾親看見，不然還道是人行。

即事

買得宋人詩鈔後半頗爲蠹損沈生志香爲余補綴完好書此謝之

我生一蠹魚，生死在文字。眼明市上見殘本，如遇麴車口出水。一千三百青銅錢，脱手抱歸手自繙。豈知之蟲乃更好，已得一飽居我先。有如柳葉書病已，又若石繡莓苔紫。幸當有字處猶少，略識身輕過一鳥。展卷神色終不怡，沈生爲言請補之。并刀一翦裂斷綫，雲山百衲縫故衣。熨帖破費兩日功，果然舊觀還眼中。夜夢幅巾來致謝，定是南渡諸名公。香廚位置中不偏，群書起作主客延〔一〕，卻笑蝨魚不識字，只食故紙那得仙，男兒莫學蟲可憐。

【校記】

〔一〕『主』，手稿本作『生』。

寄伯生山東〔一〕

之子別來久，秋風已颯然。月明淮上水，日落汶陽田。有母須甘旨，讀書且歲年。倘逢征雁過，莫惜尺書傳。

烏目山頭是故鄉〔二〕，何緣卜築戀蘿莊〔三〕？濟南合有真名士，杜曲原無舊草堂。莫問才人廝養卒，且休結客少年場。讀書到底家園好，頭白歸來業恐荒。

【校記】

〔一〕此詩標題，手稿本作『寄伯生二首』。

〔二〕『目』，底本作『日』，據手稿本改。

〔三〕『築』，手稿本作『莊』；『蘿』，手稿本作『蘆』。俱誤。

美人捧劍圖

三尺芙蓉一搦身，可知龍性竟能馴。千秋只有燕丹識，解向荊卿進美人。

隱孃紅綫費疑猜，恩怨分明不肯灰。斜月在林雞動野，碧天無際好歸來。

鍾山三友詩有序〔一〕

己酉之歲，余從師金陵，讀書鍾山書院。秦君楞香、鮑君雙五皆先後來會〔二〕。根重姚君，則吾師姬傳先生子也〔三〕。文酒徵逐，殆無虚日，如鐺之腳，如罶之星，氣盛志得，謂少不復壯，合不暫離。一昨分散，邈若墜雨。秦、鮑皆旅食京華，余又漂轉淮陰，意惟根重過庭奉杖，爲與鍾山不落莫耳。日月間闊，音塵闃然。秋夜坐愁，魂夢斷續，援筆寄意，名之曰『鍾山三友』。詩云：

秦明經大光楞香〔四〕

秦君慧業人，家住慧山下。詩如山下泉，遇隙時一瀉。泠泠齒頰甘，琤琤琴筑瀉。正似吴中兒〔五〕，邊幅極姸雅。性既好交遊〔六〕，頗亦麗裘馬。室有敬通婦，焦穀不生稞。秀才十年窮，宕子一夫寡。隨兄遊京華，依倚亦云且。鍾阜讀書堂，殘鐙夜飄灺。落葉滿淮南〔七〕，何處長安也。

鮑孝廉桂星雙五〔八〕

我初見先生，先生爲我言，歙有鮑雙五，今之員半千。才地甚倜儻，子見必相憐。又言所識士，三人爲最賢。謬謂不佞者，亦與居一焉。退而心竊喜，恨不立我前。竊喜又竊憂，見恐難比肩。秋風七八月，有客來軒軒。入戶一長揖，眸子光炯然。吐辭如懸泉，作文多雄騫。議論或不合，執之壁愈堅。

俟其巘已見，往復收旌旃。吾黨相笑樂，旁人詑爲顛。塵袪俄判散，鎩翮行連翩。南宮又淹滯，教習仍遷延。功名有時會，科第何足傳。嘗恐爲升斗，志降精不專。先生稱知人，勉矣兩少年。

姚孝廉持衡根重〔九〕

梧桐生高岡〔十〕，託根貴得地。姚生名父子，其學乃美粹。非惟學術然，性情獨也至。結託兄弟交，悃款與時異。在昔相見時，各負少年氣。言語偶乖迕，蹤跡或逖離〔十一〕。既久乃渙然，舉動見風義。謂我無他腸，我亦覩子志。家貧爲客多，行拙與時棄。每當睽離初，或值困窮際。覺子神色間，慘慘如欲涕。上計聞歸來，趨庭綵衣戲。後湖水空明，鍾山色蒼翠。定念韓王孫，乞食正顑頷。

【校記】

〔一〕『有序』，手稿本作『并序』。
〔二〕『皆』，手稿本無。
〔三〕『吾』，手稿本作『我』。
〔四〕『楞香』，手稿本無。
〔五〕『似』，手稿本作『如』。
〔六〕『遊』，手稿本作『結』。
〔七〕『葉』，手稿本作『木』。
〔八〕『雙五』，手稿本無。
〔九〕『根重』，手稿本無。

〔十〕『罔』，手稿本作『罡』。

〔十一〕『離』下手稿本有小字註云：『去聲。』

秋雨

露簟風梢如有語，讀書鐙影太幢幢。自家要做秋深意，又送瀟瀟雨打窗。

長歌酬孫十八寧衷

空山夜呼祁孔賓，赤虯晝降朱衣人。下牀叩頭展書讀，字跡斑駁如龍鱗。初疑雲中寄我隔歲書，又疑麻姑問訊今何如。驚怪一尺研光紙，中有雲氣連蓬壺。不知乃是孫思邈，贈我長歌極磊落。上言見我團扇詞，未得相識長相思。下言一昔始識面，髣髴芙蓉城中夢所見。有人笑把芙蓉花，招手雲中日千徧。感君之意爲君告，請君勿爲外人道。自從墮地來，二十七年矣。諒不能廿四考書唐中書，又不能三千牘上漢天子。一句兩句詩，不值半杯水。曹鎦沈謝亦何人，日日東風射馬耳。龐眉長爪骨相寒〔一〕，霜辛露酸衣裳單。天涯乞食一千里，呼與騶卒同槃餐。曉來早起自照鏡，此豈尚合留人間？只恐上帝亦隨風會遷，愛才未必如從前。不然李家郎君被召日，循例我已如其年，何爲鸞鶴猶杳然？或者群仙替請命，知我阿孾老且病，教且屈曲在世間，他日愚懵免嘲詠〔二〕。一生福命雖自知，兩說然疑終莫定。問天天高不可升，不如問君君還應。當軒鋪紙映窗寫，木葉盡落山稜稜。辭狂意苦讀不能，胸中雜置炭與冰。忽然何處聞大笑，牕紙鑽一癡蒼蠅。

【校記】

〔一〕『麗』，手稿本作『厖』。

〔二〕『愚懵免嘲詠』，手稿本作『班中免生硬』。此句下，手稿本多『狂嘲惡弄所不堪，得緩須臾幸還更』兩句。

小童爲插鞠於缾朝起對之斐然有作

烏几銅缾位置良，折來猶是帶新霜。不知門外秋深淺，微覺簾前月澹黃。居士貌如僧面瘦，玉人病愛道家妝。自憐真似天隨子，朝誦楞伽一兩章。

徐稼庭賓田招看鞠花張鐙置酒留連信宿輒作絶句留題所居凡得六首〔一〕

花間置驛鄭當時，來此真成一段奇。欄外露痕墻上影，秋光莫道不離披。

遠太微茫近太高，料量花影要鐙描。忽驚滿壁花枝活，檻外一鐙風動搖。

書生骨相似花癯，薄薄綿衣只五銖。夢醒寒生驚起問，竹闌干上有霜無？

不知新有幾枝開，侵曉先探一兩回。難得伶俜小蝴蝶，滿衣風露又飛來。

昨夜花神夢乞詩，有人絳袖好風姿。朝來隔著竹籬見，紅出木芙蓉一枝。

者回別算不匆匆，尚有餘情恨未通。煩向花前道珍重，一般削瘦立西風。

【校記】

〔一〕此詩標題，手稿本作『徐稼庭招看鞠花張鐙置酒留連信宿輒作八絕句留題所居以紀一時之會』。

寄懷隨園先生

憶別先生又一年，隨園風景定依然。不知樹更幾圍大，可有詩從萬口傳？性不佞人何况佛，事惟欠死恐成仙。舒舒淮水明明月，或約重來待放船。

黃小松司馬易遠自山東寄聲道意作此奉寄

金石文章濩落身，論交不信在風塵。楊南仲喜逢當代，孔北海先知此人。紙尾雁行通數語，筆端牛弩挽千鈞。八分妙跡欽遲久，斷手草堂已斬新。詩乞司馬爲書楹帖〔一〕。

【校記】

〔一〕『詩』，許增本以墨筆改爲『時』。手稿本詩後小註云：『前曾託小松書海棠花研齋額及楹帖云：「老屋只三間，士龍住東，士衡住西； 端溪藏片石，真手不壞，真研不損。」故末章促之。』

次韻酬月函女士并柬虹橋〔一〕

衛家點筆便成圖，密字芙蓉細似珠〔二〕。詩思逢秋容易瘦，美人如月本來孤。可知客夢三年有，聽說西湖一俗無。準擬新正買雙槳，偕君夫壻戒征塗〔三〕。

【校記】

〔一〕此詩標題，手稿本作『酬月函夫人見和之作用前韻二首』。手稿本有詩二首，其一爲此詩，其二云：『叢殘粉本十眉圖，稚子牽衣婢賣珠。茅屋又從秋後破，深閨還比客中孤。縈迴謝女工詩筆，酬唱新篇定有無？寄謝少年三五說，也曾西抹與東塗。』

〔二〕『細』，手稿本作『小』。

〔三〕『偕』，手稿本作『載』。手稿本詩後還有小註云：『時約虹橋爲明歲西湖之游。』

初見紅葉

已有酸風未有霜，一株欹倒間青黃。好花不信惟三月，人世無端又夕陽。寒螧伶俜枯樹賦，紅衣淺澹釣魚莊。蘆花可是無情思，頭白風前儘放狂？

夢亡友江庵

來何悄悄去茫茫，欲泣無聲淚滿眶。天外雲流初學水，夢回鐙影忽如霜。告歸似爲重泉遠，所説何曾一語忘。香篆半銷鐘已動，今宵又算小滄桑。

書復鐵甫書後〔一〕

一别十年久，三秋兩紙書。飛揚猶意氣，才命定何如？説士甘於肉，依人食少魚。可憐天下士，亦復曳長裾。

惟有千秋業，非由一第傳。男兒從墮地，此事不關天。作者思身後，他人怵我先。流霞如結佩，延首乞飛仙。

【校記】

〔一〕此詩標題，手稿本作『作復鐵夫書後奉寄二律』。

哭宋龍溪太守覲光

褰帷望重百城知，一斥俄成永別悲〔一〕。垂老身難行絕塞，戀恩死合在京師。金陵僦屋同梁燕〔二〕，蜀道招魂叫子規〔三〕。回首當時知己盡，玉門有客髮如絲〔四〕。謂龍雨樵明府與公牽連謫成者〔五〕。

繫鞋走謁秣陵城，馬狗衣鶉衆所輕。親到鍾山修學舍，月分清俸養書生。少年實有疏狂處，下第猶聞太息聲。今日悲公行自念，頭顱如許未成名。

【校記】

〔一〕『一斥』句，手稿本作『一斥寧料與世辭』。

〔二〕『金陵』句，手稿本作『金陵客散惟家口』。

〔三〕『招魂』，手稿本作『魂歸』。

〔四〕『玉門』句，手稿本作『又緣死別愴生離』。

〔五〕『龍雨樵明府』，手稿本作『雨樵先生』。

題湘湄爲鐵門所作金山圖便面〔一〕

對此茫茫似幾塵，回頭歷歷有前因。年年相見年年別，萬里長江兩故人。

金焦如礪江如帶，中有白鷗聞此盟。寫入圖中便如夢，煙波無際太愁生。

布帆無恙送人還，如鏡平波擁髻鬟。勞動兩君久相待〔二〕，最先見面是金山。

【校記】

〔一〕此詩標題，手稿本作『題湘湄爲鐵門所作金山圖便面三首』。

〔二〕『勞動』句，手稿本作『未免兩君輸一著』。

雲樵鄭兄與余相識舊矣以未得一言爲恨四十之年因湘湄道意感贈二章并示鐵門湘湄〔一〕

和墨而舐筆，斜鋪一幅紙。腕下行復停，意曰應酬耳。語深意不稱，語淺安用此。旁人怒爲懶，我亦應以唯。雲樵與我友，先後十年矣。區區持此心，麤疏良有以。傳言相見責，自念顙有泚。平生所自娛，頗不敢夷鄙。一從乞食來，買菜益無已。徇人恐不疾，竹垞亦深耻。今子乃胡然，猶以昔我視。可知子胸中，深有此狂士。安可得無言，十指忽如使。

士苟厚期待，志先氣必從。貧富天用人，貴不爲所用。今人成者少，得非敗之衆。由其一生間，倉皇未嘗空。子家不爲貧，計口授田種。亦不足富人，子弟一爨共。無我家累憂，即是讀書奉。聲色能奪人，子又不好弄。前時示我詩，清婉足吟諷。志高意謙下，欲我直情貢。感此頗不忘，別久念彌重。從來天下士，亦皆出里衖。結交非徒豪，豈不在磨礱〔二〕？吾黨袁與朱，及余各自訟。子年況四十，來者不可縱。

【校記】

〔一〕『因湘湄道意』，手稿本作『湘湄爲寄聲道意』。『鐵門湘湄』，手稿本作『湘湄鐵門』。

〔二〕『礲』字下，手稿本有一小字『去』。

夜過平望驛

雁齒樓櫓傍水明，依微鐙火隔煙生。長亭十里又十里，寒月一程圓一程。近甚里居初此過，落然身世得無情。算猶未是歸人櫂，多謝嘔啞柔艣聲。時方適武林。

卷三

十一月十二日假館葛林園由西湖放舟至茅家步登飛來峰回飯僧廚乘月上孤山謁林處士墓夜宿湖樓得詩四首示周上舍慶承孫孝廉琪兼寄梁太史同書〔一〕

曉出忽然驚，湖光盪吾胸。茫茫心魂間，欲往無適從。山如萬玉女，迎我明光宮。雙雙出丫髻，一一生芙蓉。一山復一山，有闕相彌縫。裏湖隔外湖，湖外雲容容。似知我此來，揖我言初逢。又如驚我來，排闥皆悤悤。心恐不及徧，合眼如朦朧。且登湖上樓，拓我樓上窗。次第自有主，手捫此胸中。

天竺寺之後，靈隱寺之前。飛來一峰好，飄緲如雲仙。西湖山左右，無若此地偏〔二〕。偕行者二子，亦不暇息肩〔三〕。舍舟互登頓，清耳聞潺湲。積石秀諸嶺，冷泉成一川。惜不戴桐帽，風吹鬢蕭然。嵌空極洞穴，苔蘚剞鑱鐫。中穿似欲墜，肺腑爲鉤連。僧雛導我去，且欲留我還。謝之即歸路，松月明娟娟。

娟娟月初明，招招船已至。船如月同行〔四〕，風與水相值。是時四圍影，一碧澮無際。中懸大光明，衆星皆璅碎。堤長十里沿，樹老一舟繫。打門山僧出，苦言已久違。炊黎急作羹，倉卒具蔬食。冷澮菜根香，飢飽人情異。登舟上孤山，蓬蒿古墳蔽。塑鶴久矣無，老梅亦芟薙。而况世間人，妻子那足倚？徬徨而惻愴，忽復一鼓氣。意欲喚醒之，爛漫衆山睡。

山睡鬟鬘墮，樓明影動揺。此湖有此樓，氣勢爭相高。此樓得此客，將賀樓之遭。樓爲梁先生，面勢於僧寮。斷手今幾載，結構何岧嶢。平生意狷潔，時恐來啾嘲。焚香而掃地，豈不曰吾曹？所親述所言，使我感愧交。時短期迫促，不得具雁羔。林宗一宿過，宏景三層牢。獨酌且獨酌，長謠復長謠。寄謝林與葛，兩翁皆賢豪〔五〕。他時見主人，爲言心忉忉。

【校記】

〔一〕此詩標題，手稿本作『十一月十二日假館葛林園同周小塍慶承孫東美琪由西湖放舟至茅家埠登飛來峰回飯僧廚乘月上孤山謁林處士墓夜宿湖樓得詩四首兼呈梁山舟先生同書』。

〔二〕『無若』句後，手稿本多『狃聞便所近，策杖凌爲先』兩句。

〔三〕『不暇』，手稿本作『復不』。

〔四〕『如』，手稿本作『隨』。

〔五〕『賢』，手稿本作『人』。

飛來峰題壁

山不必高秀無比，水亦不深清見底。藤蘿裊裊風靡靡，偶然下垂又吹起。風聲水聲聽滿耳，忽墮一聲鐘過水。少焉月出蒼煙開，欲上峰頂如徘徊。奇哉正挂幽絕處，此豈無意而飛來。羨殺山僧此間住，呼吸山光歷朝暮。世間我亦解飛人，只是飛來又飛去。

冷泉亭小憩〔一〕

泉以冷名惟此泉，泉邊送客聞坡仙。何須作主一百日，那得握手三千年？飲猨未下藤褭褭，寒月欲上山娟娟。堂前濯足我何敢〔二〕，洗耳且聽風中絃。

【校記】

〔一〕此詩標題，手稿本作『冷泉亭小憩有懷東坡』。

〔二〕『堂前』，手稿本作『當牀』。

西湖即事并序

皆寓樓一日夜所作，挐舟之朝〔一〕，翦燭之夕，偶有所得〔二〕，時復斐然〔三〕。

嚴霜殺盡柳條青，過一條橋棹一停。難得微黃幾絲在，要人記著是西泠。

已無松柏只寒煙，未必西陵有墓田。蘭眼如啼柳如結，不勝風雨自年年〔四〕。

衆香國裏大羅天，聞説風姿失舊妍。散了彩雲修了月，一場小劫到神仙。花神廟塑像極佳，修後無復故姿矣〔五〕。

欲借朝南暮北風，南山游徧北山同。夕陽忽照黄妃塔，無奈匆匆不肯紅。

全無花柳弄妍姿，并少寒梅一兩枝。若把當年西子比，傾城只在浣紗時。
遠岫茫茫澹欲無，就中明白一山孤。水光不肯受寒月，散作白煙鋪滿湖。
滿湖星斗動搖處，流出微微漁火明。紅入長橋看不見，一星又向短橋生。
三更以後更清寒，還向湖心亭泊船。親酌長年一杯酒，看他聳起鷺鷥肩。
客欲小眠眠未成，月沉水逼一樓明。松毛香送樵風過，已有擔柴人入城。

【校記】

〔一〕『挐舟之朝』，手稿本作『放舟之時』。

〔二〕『偶』，手稿本作『意』。

〔三〕『時復斐然』，手稿本作『輒作一絕句，凡十二首』。

〔四〕『蘭眼』兩句，手稿本作『但是多情解惆悵，迴船又泊小橋前』。

〔五〕此註手稿本作『謂花神廟』。

游龍井

樓頭落月如相恐，湖面濛濛水煙重。欲眠不眠三號雞，得去即去一往勇。城門柔艣銜煙來，見我樓上疏櫺開。僧廚飯畢下船坐，已覺西北螺髻青成堆。摩挲兩腳惜不得，只恨未換青椶鞋。過船西泠橋，泊船茅家步〔一〕。龍泓一握天，隱隱見其處。南山峰高自言好，北山非不青如埽。貴遠忽近人情然，有暇當來勿相惱。山邪雲邪擁我行，松耶柏耶遮道迎。風篁一嶺最斗絕，不知何處縷縷炊煙生。溪聲活活流不已，一兩三家住於此。風鑪瓦銚喚喫茶，老婦拖裙汲溪水。木牀三腳棚松毛，時有松枝落懷裏。紅墻歷歷樓高高，仄磴重重石齒齒。十步五步時一休，直上龍井之山頭。山頭有寺亦有殿，御榻嵽嵲雲中留。一井正員石作牀，斷竹續竹引出墻。在山者白出者碧，微有渟滀乃微黃。龍神笑爾亦慢藏，何不竇此一掬不流出，豈不清冷深瀞照爾明珠光？誘有不克脅不暇，迺欲負氣爭此長。摩厓誰記龍泓澗，其旁刻者皆不辨。千山萬山青欲來，裏湖外湖白一片。葛翁鍊丹誰見之〔二〕，秦太虛語當不欺。丹黃木葉亂若蝴蜨飛，或恐猶是仙翁衣。神仙宅亦猶人間，著書豈不求名山？三間茅屋竹萬个，此願易足良非難。移家倘許入圖畫，山妻貌作雙煙鬟。仙翁仙翁聞此語，夕陽夕陽奈何許。滿身松影且下山，明日回頭我塵土。

【校記】

〔一〕『步』，手稿本作『埠』。

〔二〕『翁』，手稿本作『洪』。

過谿亭

法師意云何，过谿成一笑。二老足風流，千秋乃同調。我來值深冬，溪流不沒藻。時聞汃汃聲，嗚出微微竅。木葉正紛飛，山意亦孤峭。只憐照水容，已是風塵貌。山僧不送客，石梁獨聽眺。群山猶趁人，隔谿頭屢掉。

登吳山望江二首

歷歷西興樹，茫茫南渡愁。山如圍水住，天欲放江流。微有魚龍氣，不知身世浮。何須横萬弩，已落暮潮頭。

飛鳥欲何去，翼然乘遠風。夕陽方在半，忽墮亂流中。山影出重碧，霞光明斷虹。一帆如借我，直到海天東。

十七日同周小膢慶承游雷峯塔淨慈寺登南屏觀溫公摩厓家人卦及海嶽琴臺二字〔一〕

念將别西湖，夢中呼起起。披衣急拏舟，日影半湖矣。故人翻先在，約踐色如喜。匆匆補昨遊，不遠只宜邇。朝霧何其濃，一望苦渺瀰。初日所未照，不見山見水。須臾漸開朗，濕翠滴不已〔二〕。遂循黄皮塔，轉入淨慈寺。僧寮粥飯初，漢官威儀似〔三〕。出寺復東行，百步達山趾。園亭構何人，欲包山入裏。重重樓閣迴〔四〕，稍稍峰巒啟。片石大逾尋，八分深有咫〔五〕。三十有二行，一百字餘幾。風火家人爻，忠恕中庸旨。中爲樂記文，其文首君子。旁刻溫公書，意出後人耳。思陵所嘗言，得毋命劖此。想見名臣心，落筆動以禮。字畫瘦硬絶，庚庚有橫理。石工亦非凡，畫石如畫紙。將非安民儔，何不名刻尾？旁爲海嶽書，縱筆頗奇偉。琴臺不虧成，苔衣繡青紫。便思下我拜，是亦丈人比。摩娑懷古深〔六〕，怊悵行邁靡。聞鐘心愯然，山下有舟艤。

【校記】

〔一〕『周小滕慶承』，手稿本作『小滕』。『海嶽琴臺』，手稿本作『海嶽所書琴臺』。

〔二〕此句後手稿本多『安知非山靈，以此爲梳洗』兩句。

〔三〕『似』，手稿本作『是』。

〔四〕『迴』，手稿本作『過』。

〔五〕『有咫』，手稿本作『橫指』。

〔六〕『娑』，手稿本作『挲』。

題顧恂堂兆曾畫冊二首

一卷重疊山，八幅闌殘紙。有叟攜之來，告其門弟子。爲我語郭君，清淚落如水。亡兒今則亡，不亡惟有此。聞言心愯然，詎足副尊指？人生一世間，何物爲可恃？要其精神存，不隨時代死。文章苟無精，是亦一小伎。伎也通乎神〔一〕，千秋萬年矣。我生極檮昧，恨未知畫理。時聞其友言，荊關正如是〔二〕。良工多苦心，好手無形似。安知一寸血，不在重巒裏。然宜其子孫，就我乞題耳。胡爲一老翁，辛酸以陳啟。過眼看雲煙，含淚爲群紀。

吾友徐江庵，人皆謂爲癡。少時工作畫，後乃專於詩。其詩亦如畫，愈澹愈出奇。何人最擊賞，惟鐵門湘湄。一病竟不起，兩君有哀辭。痛其早即世，未竟其所爲。君詩不如徐，畫乃遠過之。亦因詩不作，專一追黃倪。我交徐與君，深淺我自知。知君工於畫，求君君頷頤。至今未有一，遺恨實在茲。徐詩亦不多，於畫時淋漓。生時不珍惜，死乃求其遺。君顧名兆曾，君父我弟師。湘湄與鐵門，及門先其時。定能有著作，使君名姓垂。我詩題君畫，含悽及我私。江庵其名濤，畫多不了枝。

【校記】

〔一〕『伎也』，手稿本作『小伎』。

〔二〕『正』，手稿本作『只』。

葉丈振統輓詩〔一〕

寒風蕭蕭天雨霜，客子薄遊還故鄉。故鄉故人久我望，喜我貌豐神揚揚。今年疫癘不可當，楄柎價貴十倍強。亡者某某相識嘗，因言葉翁今亦亡。聞言驚呼熱中腸，翁與先子交最長。授徒蘆墟一紀將，時至先子所居堂。頎然而來先聞聲尸羊切，入座靄靄和其光〔二〕。論詩談藝爲樂方，言或及人如恐傷。我時丫髻坐在旁，日讀書或數十行。顧我先子謂此郎，是其眸子如月明莫郎切。他日讀書當有成直良切，我時聞語亦不詳。但喜翁來得跳踉，端坐不動始則佯。亟跳而走如貀狼，晨來時至落日黃。尚祝少坐無匆忙，兒戲乃亦多思量。凡將之篇急就章，手摺矮紙紙數張。求翁笑爲磨香姜，頗亦波磔窮豪芒。此亦足徵翁平生師莊切，不欺小子況友朋蒲光切。璅事歷歷極不忘，回頭何翅十暄涼〔三〕。自遭先君子之喪，孤兒衡流而方羊。歲時一歸歸即颺，如蓬飄如飛鴻翔。豈不願見那得常，初度一拜龐公牀。時已頗訝鬢眉蒼，豈知後會成渺茫？先子交遊寡所丁都郎切，前有郁翁與翁雙式莊切。翁意近狷郁則狂，然皆相得無參商。郁死於京文其名武方切，先子繼沒尚未葬茲良切。石表先友銘所藏，我又不能淚在眶。作詩覼縷心盡傷，是丫髻者今頭童徒郎切。

【校記】

〔一〕此詩标題，手稿本作『輓葉丈振統』。

〔二〕『靄靄』，手稿本作『藹藹』。

〔三〕『十』字下，手稿本有小註『平』。

初寒

朝來池面薄生冰，欲雪知他尚未能。費却北風無限力，只能寒我一宵燈。

頻伽齋夜集分韻得最字〔一〕

荒村鳥雀諠，歲晏風雨會。行行客歸家，靡靡車停蓋。糞除先人廬，欲使遠塵壒。爲有平生人，於此麗澤兌。工築手未斷，剝啄聲在外。心知故人來，出見不束帶〔二〕。作書招近局〔三〕，卜夜投車轄。飲惟論文字，飯不厭麤糲。人於倫紀間，朋友豈不大？交必不同和，語亦其言藹。荒寒天地間，足以迴春靄。是夕風蕭蕭，雜以雨滂霈。少焉作雪飛，有若白鳳翽〔四〕。坐久有孤懷，心寂無萬籟。疑聞白戰聲，凍不翻旌旆。我詩如窘囚，束縛而鉗釱。蝨於韓蘇間，非殿敢望最〔五〕。思苦極掎摭，伎癢聊薈蕞。七人作者皆，一笑無已太。

【校記】

〔一〕此詩标題，手稿本作『十二月十一日頻伽齋夜集分韻得最字』。

〔二〕此句後手稿本多『一客稍覺生，曾見面不昧』兩句。

〔三〕『局』，手稿本作『鄰』。

〔四〕此句後手稿本多『天公豈薄相，老矣尚狡獪』兩句。

〔五〕『蝨於』二句，手稿本作『又如臨大敵，遺事怯勝最』。

歲暮雜詩戲作俳體十九首〔一〕

漫與詩成厭討論〔二〕，無心刪卻且鈔存。埽除兩架通轉屋，靜掩一重蝴蜨門。歲暮聊爲招隱士，月寒仍在挂愁村。墻頭酒喜新賒得，亟洗田家老瓦盆〔三〕。吳下田家瓦屋，兩兩相架，謂之『通轉』，八間。『轉』音如『塼』〔四〕。蝴蜨門，亦方言也〔五〕。

蕭然垂橐不知貧，但覺番番樂事新。有酒兄還先勸弟，暫歸妻亦敬如賓。新詩已到無人愛，故舊何嘗嫌我真。旋殺黃羊炊黑黍，商量祭竈請比鄰。

臘後年前十日纔，流光少駐莫相催。便過正月無多子，且繞梅花一百迴。清酒正須連夜熟，衰親要放老懷開。就令催得流光速，明歲歸時也早來。

生憎俗子漫雌黃，正要英賢共此堂〔六〕。爲衆人師無一字，與諸君約有三章。得人才必遠相告，便別離多久莫忘。更有兩人望成就，吾家弱弟與潘郎。時鐵門諸君見過。

今歲歸來得已多，一潘邠老一西湖。潘郎才調新來見，湖上雲山天下無。大抵事從無意好，不然我亦客懷孤。何當再放武林櫂，并續張爲主客圖？西湖之約舊矣〔七〕，以主人勾當公事，遂諧宿願。壽生相識十年〔八〕，渠未嘗作詩，亦危失之也〔九〕。

唐詩手校已將完，范陸尤蕭取次看。斯世豈無長命縷，古人元有返魂丹。若論皮骨何妨換，要傍心源亦不難。私與及門諸子說，群兒或恐笑欺謾。

不出柴門動幾時，聊因行散復尋詩。梅臨水有橫斜意，山亦愁如曲折眉。冬學里兒歡晚節，年荒薄暮尚晨炊。道逢田父相勞苦，眼望明年麥兩歧。

風物江村最可憐，只今略不似從前。書船久矣不歸洛，縣吏時還橫索錢。兒道近來寒具小，人思已去長官賢。如吾祇見十年事，何況鄰翁六十年？湖州書賈，歲莫必麇，至今遂無一人。先時民不識吏役，今因獄訟緐興，下鄉無虚月矣。

歸早歸遲一任吾，謾勞詳問似亡逋。答言我亦欲東耳，不識君知夫驥乎。人竟何須能得食，物尤敗意是催租。從今不遣當關報，說道先生正擁鑪。

說向窗前梅樹枝，草堂人日有前期。自憐南北東西客，誰寄高三十五詩？若得諸君成雅集，也留故事與他時。玉山才子耕漁叟，出自貧家又一奇。

柔腸棖撥幾輪迴，到底難忘死友哉。是我年年爲客返，只他踽踽獨行來。無言常至昏黃夜，有酒時留一兩杯。今日如塵復如夢，蕭然風雨落然梅[十]。短景長宵，彌思江庵不置，昔人所謂同晏一室[十一]，蓋謂此也，信夫。

說著錢刀心計贏，今年作事哂今吾。鄰逋急似秦人法，酒券疑如晉鄙符[十二]。已分將來就魚麥，先須交結到屠酤。季心劇孟元無取，緩急叩門人豈無？

晝眠略似酒初酣，旰食翻因過午甘。雞爲失晨鳴夜半，狙如賦芧怒朝三。客來假示維摩疾，人靜思同彌勒龕。若問此生有何好，非仙非佛只緣憨。

思量結个竹籬笆，各色花枝也要些。與我周旋能幾日，一年終始是梅花。依墻添種枝南北，修竹無妨間整斜。若或刪除留故物，紫藤雖老任周遮。

結習難除自笑癡，寒窗常到月斜時。老親閔我猶深坐，小女問耶可作詩？欲雪未成天慘慘，待更五點漏遲遲。人間第一銷魂景，淺夢濃香那得知？

出門一笑已欣然，好事何人送水仙？相望相思殊脈脈，一花一葉各娟娟。梅兄自喜來同調，琴曲難傳此可憐。轉憶西湖橋第四，親移孤棹問寒泉。

醉司命日冷修修，長雨闌風怯敝裘。聽爆竹聲通夕響，爲梅花受一宵愁。何妨殘臘尋常過，要做明朝五九頭。我笑天公太喜事，不曾寒總不甘休。

薪炭鹽醯片紙傳，小除日近各紛然。皆言阿弟曾經手，得放而兄暫息肩。自古文人無避事，何曾名士不言錢？兩親老矣吾疏懶，雖不告勞端可憐。

烏皮小几上鐙初，矮紙零星付小胥。草草一年惟有此，蕭蕭歲晏孰華余？莫言冷澹作生活，幾个窮愁能著書？卻好鈔完添一首，足成十九古詩如。

【校記】

〔一〕此詩标題，手稿本作『歲暮雜詩十九首』。

〔二〕『與』，許增本以墨筆改爲『興』。然許增本書内此處夾一紙條，上云：『杜工部有《漫與》詩，後人誤爲《漫興》，前輩論之詳矣。邁老乃改「與」爲「興」，恐是失考。』

〔三〕『亟』，手稿本作『且』。

〔四〕『塼』，手稿本作『甎』。

〔五〕『亦方言也』，手稿本作『謂兩扇也』。

〔六〕『正』，手稿本作『也』。

〔七〕『約』，手稿本作『思遊』。

〔八〕『壽生』，手稿本作『潘君壽生』。

〔九〕『危』，手稿本作『幾』。

〔十〕『雨』，手稿本作『雪』。

〔十一〕『昔人』二字，手稿本無。『謂』，手稿本作『爲』。

〔十二〕　此句下手稿本有小註云：『時賒酒不得。』

立春日雪甲寅

淅淅瀝瀝風刮紙，點點滴滴檐下水。風耶雨耶聽不清，夢回但覺窗光明。擁衾起坐雨耳傾，有聲忽又如無聲。偶然窗隙一風入，雖不到面寒泠泠。心知是雪又疑否，急起推窗衣掩肘。瓦溝已白猶未平，屋角稍稀似初受。空中萬斛飛玉塵，目力不到尤紛紛。豈將淨洗殘臘去，斬新做出今年春。今年春自今朝始，聽說老農雜憂喜。前年春暖愁不已，去年疫癘存者幾？去年冬暖猶自可，今年春寒愁殺我。麥豆下種苦無餘，吏役催徵急如火。老親曉起聞長歎，今春定比前年寒。柴荒米貴且勿論，遊子那不衣裳單。就中小妹尤絕癡，但愁寒我梅花枝。天公一雪亦偶耳，人情各自懷其私。我言此雪亟須飲，即便酸寒猶可忍。老親欣然洗酒尊，但坐飲此勿出門。

人日諸君子過訪頻伽齋即事有作

攜柑載酒與論交〔一〕，多謝諸君諒我貧。破費主人惟一物，小梅花是自家春。

記爲孤子承家學，自識朱袁得謏聞。一本雲萍今錄就，焚香家廟告先君。

早識詩人鄭鷓鴣謂雲樵，一門群從近來無。少年要有飛揚氣，來看高陽舊酒徒。

最小滎陽第五郎鑽〔二〕，舊曾遊處可曾忘？雙瞳翦水通宵坐，錦髻紅褌繡裲襠。

就中任椒圃顧青庵舊交知，也與諸郎說舊時。只是多無舊時態，長宵先倦酒先辭。

心如古井不生波，又爲清歌喚奈何。老鐵莫嗔驚著汝，年來我是酒悲多追悼江庵。

肯銜風雪就君來，肯進直辭爲我規。未絕斯文須領袖，徐濤雖死有潘眉。

蕭蕭風雪坐鄒枚，此會明知不易哉。若要畫圖傳故事，九原喚起虎頭來謂恂堂。

【校記】

〔一〕『攜』，底本作『檇』，誤。

〔二〕『滎』，底本作『榮』，誤。

守風書悶

艑郎唱艫苦邅迴，略覺難行便不開。一日三餐無事坐，四方八面有風來。青帘高出誇官酒，白屋細香攙野梅。贏得小兒女看客，浴鳧飛鷺共相猜。

寄雨樵先生塞外

乾隆甲寅歲二月，有客遣戍新疆行。所親作書遣急足，走送明發將戒程。我聞亟請且少待，尺書爲我寄上龍先生。先生出關一萬幾千里，六换秋蟀兼春鶊。事如五嶽磊塊積方寸，一幅素紙那得快一傾。平生受知以詩故，不如仍以其詩鳴。自從先生首塗後，桓山四鳥各異征。仲氏之官去嶺嶠，伯也盡室奉母僦屋揚州城。流離漂轉所幸各無恙，平安書報定已能詳明。只有先生去後六年事，久未得信心怦怦。傳聞玉門之關爲絕塞，春光從古所不到，只有楊柳潛抽萌。關門兩扇闔一扇，每一人出一扇先孤撑。其人回頭已復闔，但見黄沙浩浩萬里來相迎。流人到此盡一哭，天日慘澹無光晶。又聞官人有罪安置地，大官分遣散走如鼯鼪。樂者自樂，苦者乃不如齊氓。赤地千里不得水，黑風毒霧藏妖精。其言定然否，抑或多過情。先生意氣自豪横，山中人正路亦平。垂手雖遭瀧吏笑，投筆已覺封侯輕。此等細故安足爭，不知蕭然一身寄絕域，何以消此年歲之崢嶸？往時作詩好奇句，出口音響多噌吰。况遭崎崄歷落境遇惡，千里萬里那不倚馬横笛寫出窮邊聲。只愁地荒天老足妖怪，聞之上訴如三彭。夜叉飛天虎豹怒，巫咸不下遊八紘。坐致沉滯誰使令，何况説時傳弟子，娱嬉金石相瑽琤。即令區弘區冊奇士世不乏，發洩地氣天亦爲之驚。不如無事日飲酒，三災八難不敢當鋒攖。我聞先生去日後車捆載千缾罌，細細斟酌之，慎莫一吸如長鯨。食鮭夫如何，不必皆南烹。昌黎食蛙能稍稍，至竟亦憚牙眼獰。人生性命豈不重，而况孤寒八百皆目瞠。即如廖也極潦倒，但願長醉不願醒。功名富貴棄置勿復道，舊學荒落亦復無所成。舊交如袁棠，家計日絀學日盈。歲時一相見，亦不長合并。與言先生未嘗不感慨，往事歷歷心胸縈。廖也乞食淮陰市，主人相待殊以誠。往來揚州輒走相問訊，今歲出門促迫當新正。風利不得泊，孤懷常硜硜。題詩覼縷未及就，去人敦促來前楹。寒鐙挑盡畫完雁足字，側聽荒雞腷膊已轉蝦蟇更。

睡起偶成

垂地疏簾鎮日垂，輕陰閣住雨絲絲。春無好處添濃睡，病不妨人作小詩。衣帶水分南北候，辛夷花只兩三枝。思量虎阜支硎路，正是游人作隊時。

寒食出游

春衣初試上身輕，愛犯春寒未要晴。不許長堤萬楊柳，獨披煙雨作清明。
曲折名園俯野塘，舟還風引太倀倀。心知春色中間有，蝴蜨一雙飛過墻。
海棠低亞不輕開，風信更番特地吹。一斛生紅休滴下，雨香雲澹要重來。

清明後一日

愔愔簾幕貯濃春，潑火年光善病身。薄暝作去成花外雨，輕寒漸犯酒邊人。全家上冢時還記，一月離鄉夢已頻。眼望平安書細説，鴉鬟小女白頭親。

丁香花落有感

又是朝來一晌風，飛瓊吹雪太匆匆。多生心事還如結，薄命花枝不在紅。即去流波有底急，昨宵碎月已成空。累他隔岸春楊柳，蹙損眉痕坐夢中。

夜遊荻莊見海棠已落

月闇雲輕夜漏遲，此來專爲海棠枝。可憐一樣雙紅燭，不照開時照落時。

薄遊

打槳間尋負郭村，薄遊天氣雜寒溫。迴船不記去時路，新水又過前夜痕。一段好人家對岸，兩邊青竹篠爲門。笑他若乞儂來住，布置疏花攜酒樽。

柳絮

明知非霧亦非花，亂撲晴窗幾幅紗。風澹澹時春在水，綠愔愔處客思家。浮萍拍岸疑無路，芳草連天豈有涯。轉憶河橋同送別，一枝猶未解藏鴉。

同韻酬壽生見寄一首

此生久矣落江湖，滿眼春光著病夫。細意相存如子少，新詩已覺近時無。男兒元有寸心在，流俗翻疑吾道孤。江北江南一千里，試登高處可能呼？

新田十憶圖詩爲吳蘭雪嵩梁作

花院奉觴

春風忽然來，桃花紅一片。佳兒奉壺觴，佳婦折花獻。阿母道兒小，取花靧兒面。

草堂尋句

五三六點雨，二十四信風。濛濛一朵雲，濃入清夢中。起來擘牋寫，玉白而花紅。

柘塘春步

野水碧於天，雜花生滿樹。自别柘塘來，知添幾鷗鷺？春水方生時，君何不速去？

蕉陰茗話

茶煙飛不起，衆綠成一天。中有玉雪人，心腸清可憐。所思不歸來，自擘芭蕉牋。

桐屋讀書

脱帽桐陰涼，題詩桐葉大。滿口嚼桐花，不顧鳳凰餓。可惜據梧聽，書聲弱一个。時令兄已卒。

蘇山秋望

蘭成擅詞賦，蕭瑟來江關。平生一小園，落葉無人删。眼中滄浪亭，夢裏香蘇山。

石谿鷗伴

誰主白鷗盟，風標一公子。如何此玉貌，乃入風塵裏。他日尋舊遊，請先照溪水。

牛坳吹笛

吳牛浮鼻過，穩似萬斛船。牧兒坐其背，一笛斜陽天。悔不挂漢書，識字兼耕田。

煙隴探梅

昔見拜梅圖，人以君爲怪。吾鄉鄧尉山，雪海香世界。君肯從我遊，我亦下君拜。

稻田聽水

我家水村曲，屋外如布棊。泠泠活碧水，稜稜壞色衣。因君坐相憶，涼殺白鷺鷥。

書廣陵集後

青天忽然生一才，又曠百世無其儕。是宜若何而愛惜，忽然何意又折摧。此才何似竟不生，天之高邈誰敢爭？若謂偶爾出無意，又似此中有成例。洛陽年少歎鵩來，李家郎君二十四。廣陵仙人王逢原，後不見後前無前。荊舒執抝少所下，一生低首南山田。功名自關天下事，年不三十寧非天？開口只識滿子權，落筆只學昌黎韓。即今一卷詩具在，雖未入室排籬籓。生來豪氣亦自有，喝月倒行水西走。憑陵蠻怪膽滿軀，造次蛟龍攬盈手。或者上界忌才大，真恐奇情塞天破。不然蘇黃秦晁〔一〕，天意只有此數人。若少須臾奪其坐，掩卷而思涕淚滂。隱几忽見元衣裳，曰女小子無或狂，天實命我言琅琅。人才在世不可紀，安能一一記不忘？如撒穀種待出芒，或穜或稑或董稂。此豈農夫相喜怒，或愛護之或賊戕。女瞳如豆能見幾，但得一二輒謗傷。稽首答言我過矣，古往今來只如此。但思天語亦未然，到底此才不能死。

【校記】

〔一〕本句底本疑有漏字。

題瘦客退庵詩稿

柳綿飛盡又桐綿，回首流光一惘然。閒把新詩三日過，真如立我兩君前。連蜷雌蜺平聲讀謂沈，風味江瑤入口鮮謂黃。強欲題名附篇末，他年杜集或同編。

雨後

以茲客中好，翻遣客思家。麗蘚有活碧，深叢無澹花。更憐疏雨過，洗盡市聲譁。已有哀蛩響，新涼漸可賒。

疏雨

疏雨微風一併來，開簾涼意滿蒼苔。自從長了新桐葉，纔得瀟瀟聽一迴。

喜湘湄至淮陰

每思望遠上高臺，得見欣然眉便開。國士有時依食住，家山無語放君來。花紅玉白詩同調，弟勸兄酬酒一杯。如此天涯殊不易，王孫雖餓未須哀。

替置琴尊替約僮，分明此會不匆匆。與君何止十年舊，小住幾曾一月同。自後詩須重疊和，攜來書亦有無通。即看景物平分得，一樹梧桐月一弓。寓館前有梧桐二本，各直其一。

袁浦飲稼庭宅有感舊遊

梅後時前天嫩晴，題襟重續舊題名。人來白雨蒼茫外，夜有黃河激盪聲。衣袂酒痕濃未浣，枕函荷氣曉逾清。已判醉倒不歸去，笛竹簟紋如水明。

比紅詩極門清新，卷白波曾記酒巡。萬綠成陰行夏令，四筵如水坐春人。歡悰已過方知惜，舊夢重尋可當真。只有庭花與池柳，記儂淺笑學伊嚬。

舟發淮陰夜中風雨大至寄湘湄

風雨聲中客叩舷，孤篷如葉水如天。蒼茫前路知何處，性命男兒絕可憐。百道金蛇飛柂尾，一鐙紅豆落愁邊。故人旅館成眠未，想着江湖定黯然。

明日仍大風雨幾不得泊作此志險

礮車雲黑東南起，對面十手不見指。浪如萬弩亂入船，天垂四腳低帖水。小舟掀舞浪花裏，欲進不能收不止。百丈環環岸上牽，泥滑水深寒到趾。可憐性命付公手，失勢一落其危矣。驚定形神始相守，倒枕高吟依然有。前村隱隱望尚遙，小雨霏霏看來久。得脫波濤幸已多，不應便想今宵酒。

寶應道中

新綠蓑衣一翦齊，牧兒列坐柳陰低。舉頭貪看客船上，不覺牸牛浮過溪。

一日夜行三十里，旅人那得不愁生？生憎一帶水楊柳，攔住前頭不放行。

書所見

溪邊楚楚浣衣孃，縞袂青裙見薄妝。等是槿籬茆蓋屋，只多一樹好垂楊。

晚酌志適

舉網得魚肥可憐〔一〕，乞漿得酒意欣然。艙艕船女薑芽手，醉聳詩人山字肩。雙堠白分官柳外，斷霞紅落舵樓前。今宵定有如鉤月，盡拓窗櫺未忍眠。

【校記】

〔一〕「網」，底本作「綱」，誤。

甓社湖記湘湄語作

青天變作白玉壺，碧煙散作琉璃鋪。一層天光一層水，中有獵獵風中蒲。風蒲缺處片月上，照見萬頃之明湖。湖中自産明月珠，千歲萬歲腴不枯。故人昨朝爲我說，黄九詩語良不誣。相傳一年必幾見，見則光怪驚菰蘆。前年八月月既望，鳴榔夜有漁父漁。瓜皮艇子隱深黑，忽匹練曳翔鷖梟。尋蹤遠自斷岸出，老蚌張口如吸呼。方諸欲與月吞吐，涼氣迸射人肌膚。直前噤瘁欲撈捉，一瞥不見同亡逋。其光一夜凡數徙，追逐蟻磨忙奔趨。歸來無魚換斗米，坐令譏訕攢妻孥。我聞神物應時出，不爾便合藏泥污。何爲狡獪喜薄相，簸弄窮子相嬉娛。長年三老慢打槳，意欲照此無犀株。此間人物久凋謝，孫郎秦郎今則無。緯蕭滿地伺汝睡，曷不自愛千金軀。我無機心况機事，玩月聊復留斯須。倘哀龍鍾爲我出，終勝見怪於頑愚。

高郵夜泛

以水爲家逐雁梟，水風獵獵戰菰蒲。青天倒影星沉海，明月滿船人弄珠。國士秦郎何處在，舟人漁子遠相呼。畫圖難寫此時景，那不千金視一壺。『國士秦郎此故鄉』，楊誠齋詩也。

舟發邗江道中口號二首

擘岸風來帆腳斜，稻田平處少人家。秫芒如綫瓜牽蔓，雪白一方蘆菔花。
曲曲溪流太鬱紆，追涼愛殺晚風徐。一灣初過一灣轉，掠水繂絲如跳魚。

雨後過楊子橋

習習復瀟瀟，雨過楊子橋。濕雲紅一段，花露綠三蕉。揚州酒名。塔影掛新月，艣聲柔晚潮。沙頭雙白鷺，閒殺似無聊。

一塔中圓圍萬綠，亂蟬不斷晚風輕。忽驚篷頂峰巒過，失笑那知雲作成。

真州道中絕句

溝渠活活響溪流，纔放新秧出一頭。無數亂蟬啼不斷，綠槐陰裏出真州。

一聲知了出黃梅，只怕前宵小暑雷。好語田翁勤護水，大河直北盡黃埃。

小憩人家屋後池，綠楊風軟一絲絲。輿丁出語太奇絕，安得樹陰隨腳移？

紅白數花開蕅苗，方池深淺漲痕交。鷺鷥何事貪高絕，自上一株松樹梢〔一〕？

【校記】

〔一〕『自』，底本作『白』，誤。

西日照眼輿丁以纖幛之戲作自嘲

舍舟入肩輿，辟如入甕中。又如置深甑，四面以火攻。我來日出處，日東我亦東。日比我先到，反作覿面逢。金鵶尾畢逋，來啄人雙瞳。正視愁虮螅，側坐仍蘊隆。始焉暖灼灼，既乃光熊熊。亂射塵土面，雜置冰炭胸。嗚呼洪鑪意，我其將爲銅。十年走飢寒，困苦靡弗躬。霜濃履糾糾，雨滑來憧憧。林宗角巾墊，徐孃車帷封。山危屐齒折，風厲狐裘茸。所欠獨觸熱，或今相彌縫。左手安可幛，羽扇勞無功。元規突相汙，趙孟豈爲恭。前時十日雨，羲和何其慵。恇怯不肯出，觭輪懸幽宮。今朝縱快意，啾啾騎紅龍。白雲定何物，觸石生蓬蓬。常時苦翳蔽，未許相昭融。遇其酷烈際，亦復苟自容。但於無用處，悠悠爲奇峰。輿丁頗哀我，爲我謀也忠。假之子夏蓋，張與炎官同。不忍拂其意，事急聊復從。寒轆與夏轆，入彀爭一重。左軒右仍輊，目盲耳亦聾。闤街笑里媪，拍手來村童。人間四望車，後騎三花驄。負弩作鄉導，張蓋分青紅。所至甘雨隨，烈日莫敢烘。此子何蟲豸，效顰殊不工。可憐是冬蟄，強欲比夏蟲。驅車不敢辨，坐睡如朦朧。何來衆山靈，拱揖趍下風。苦言久相待，勞苦炎埃衝。聞名思一見，何乃首若蒙。掩面絕人望，子豈楚葉公。髻鬟爲君沐，黛眉爲君濃。前有羽葆桑，後有車蓋松。君如畏日炙，行已及下春。且貯千斛水，爲君洗塵容。『容』字兩意。

沈生志香以病告歸留詩爲別次韻送之

零星苦語不成篇，又到臨歧一泫然。母在尤須好自愛，途窮未免受人憐。飢鴻戢影且長往，病鶴梳翎養大年。我亦悲歌無和者，江湖滿地想迴船。

書寄湘湄金陵札後

卯君朱老定同來，想著前遊自可哀。時有舊巢痕在眼，小庭一架豆華開。謂篴生、鐵門。

俊侶銅駝極不忘，朱姚秦鮑各清狂。而今一半酒人少，誰向壚頭醉幾場。謂根重、楞香、覺生。

久別東吳顧文學國政，年來動定復何如？畫眉窗下臨池筆，不信只無紅鯉魚。

余郎舉舉江南子旻，胡子涼涼山澤癯鎬。更有蔡侯狂且老元春，不知潦倒近能無？

讀書只恨十年遲，半夜傳衣有所思。苦憶鍾山老尊宿，莫潮寒雨到門時。『江邊半夜瀟瀟雨，知有寒潮又到門』，惜抱夫子詩也。

秋夜有懷

礫礫棲禽夢未安，一天風露夜漫漫。秋從蟋蟀聲中到，月在梧桐葉上寒。節物漸更感慨易，漂零已慣合并難。白門楊柳長干塔，影裏山河得共看。

寄蘭雪

江上麻姑嫁時浪，雲中李白讀書山。似聞前日挂帆去，想在江天如畫間。我輩致身須及早，有人久客正思還。木樨花下嘗新酒〔一〕，羨爾萊衣斑復斑。

【校記】

〔一〕「樨」，底本作「稚」，誤。

一雨

一雨能令夜氣深，高梧庭院靜愔愔。亂蟬自有哀螿替，分付寒鐙與客心。

篴生風雨憶兄圖

雨深涼意入虚堂，風急征鴻有斷行。不是别離那省此，十年鐙火看尋常。
牽率爾兄同作客，思量吾弟亦無朋。深宵要入池塘夢，詩約渠來能不能？

荻莊秋社詩有序

重九之月，燕歸之辰，旻序方高，新賞斯締，言尋勝地，會於荻莊。荻莊者，程氏故園，昔賢數集。水木明瑟，花竹蓊翳，六枳楗以爲籬，一水曲而成沼。維時楚蓮初凋，叢菊未釘，木末芙蓉，環立照影，斑紅紺波，密翠碧地。歷亭司馬丈折簡招客，拏舟入門，陟磴循廊，提鵰挈鷺，玄言徵乎圖史，清醴侑以員方，造次之歡，比來未有。夫騷人多感，秋士能賦，矧雅會選於一時，文情欣於交暢。茍無篇詠，將使蟋蟀笑人。猛燭既設，柔翰斯染，各分一韻，並以齒次，不必一體，從其心好。迺命爰子爲圖，鄙人作序，名之曰『荻莊秋社』云爾。

略彴平橋碎石街，愛衝微雨蹋吴鞋。登高又是重陽近，能賦真如七子皆。笑我怱怱留筆跡，昔賢各各有詩牌。蔣心餘諸人。更誰隔著疏簾看，木末一花紅上階。

又絕句四首

欹倒垂楊面面風，伶俜寒蝕可憐蟲。芙蓉澹照方塘影，滿意秋霜與一紅。

臥柳當門不礙潮，看看新漲過低橋。蜻蜓立上枯荷葉，可要微風與動摇。

跃蔓紫藤纏古樹，如人偃蹇立莓苔。低頭不覺下儂拜，曾見舊時老輩來。

澄碧方塘渟不流，柳衣淺澹十分愁。西風可是無才思，直爲蘋花作去一秋。

題湘湄畫

天涯流落又秋殘，入畫垂楊枝兩三。笑指水雲濃澹處，暮鴉寒殺是江南。

卷四

小遊仙詩

西山石盡木蒼然，精衛東飛又一年。只有麻姑太嬌小，手挼裙帶問桑田。

三角積雲八幅霞，侍兒都戴滿頭花。蘭香元是漁家女，只綰尋常雙髻鴉。

天上何曾有落花，闌干紅見海東霞。近來略憶人間事，要問閶門萼綠華。

白天不肯作濃妝，雲色輕衫月色裳。逢著青要簾外語，口吹寒氣作微霜。

新換鵞黃淺色裙，新長指爪白於銀。贏他隔院群真笑，特作仙家面向人。

青鳥殷勤勸出遊，洞天日晚未梳頭。悔隨阿母來人世，看見梅花識得愁。

最小神仙號密香，笑他阿母滿頭霜。就中只共雙成好，同卸雲鬟問夜涼。

月挂珊瑚樹一株，鮫人乘月送麻姑。臨行猶道無持贈，自脫綃衣裏淚珠。

偷下蓬壺暫破顔，春風吹綠兩眉山。當時只有狂徐福，曾隔文窗見阿環。

玉階兔影澹無痕，略許人間話上元。挂起銀河作簾子，一千年裏小黄昏。

種成月桂有霜欺，吹得星榆筴滿池。略記阿香臨別語，也須低首事封姨。

教稱銖火養丹蜍，逋髮長長病起初。猶是真妃解憐惜，朝來例賜一頭梳。

碎冰琢月少光輝，翦雪爲花不滿衣。只向銀河作風浪，管他海水有塵飛。

幾个寒篁伴素娥，尋思閒事太心多。女龍能制鸞能跨，只是奈他雞犬何？

玉女生來住北寒，侵肌海氣上冰紈。昨宵忘記開簾柙，凍殺階前小白鸞。

夜涼玉鳳喚啾啾，强起山河影裏遊。笑向姮娥數典故，人間多少月波樓。

拋他員殿住方壺，辛苦移家小鮑姑。新種碧桃三萬樹，九天無事肯來無？

古詩

今年辭高堂，明年辭高堂。母髮日以短，母心日以長。兒心母已老，母心兒尚小。曾是襁褓身，而乃長遠道。

秋風厲旻天，木葉脱如刮。脱葉尚能鳴，刮面哭不得。所願爲人兒，爲養親日多。十年得一年，百年復如何？

自題水村第四圖

茆屋依村别一支，屋邊流水曲環之。先生笑問閒鷗鷺，與爾同盟能幾時？

賴得先人有敝廬，阿奴碌碌莫如余。只消作个村夫子，放學閒來看打魚。
圖中風景儘堪傳，只少遥遥一角山。家具扁舟儂自有，思量添著好眉彎。
錢魏當時有三冊，我今第四寫爲圖。人間到底家鄉樂，若喫魚羹何地無？

入夢二首

錦瑟危絃入夢驚，似聞簫管葬傾城。人間世豈能長命，位業圖難注小名。五角六張今結局，千愁萬恨莫來生。秋宵響徹瀟瀟雨，流盡銀河是此聲。

冷雨昏煙路已迷，鴛鴦無分得雙棲。早知月姊終奔月，未必西施舊姓西。别已吞聲那忍説，淚能洗面記含啼。思量只有弓弓屧，曾印紅樓十級梯。

寄湘湄淮陰

别時不可説，黯然登輕舟。一日過邗江，三日至蘇州。卅里到君家，上堂拜老親。令弟言阿母，歸寧未及旬。君弟詢阿兄，君兒詢阿耶。别來定安否，何時當還家？口且告之故，手出君之書。持書走入内，既出皆怡愉。瑣悉泥我説，宛宛而舒舒。回頭左右視，何無鐵門歟？因言渠遘難，時在九月初。并言渠家中，淩亂大可慮。鵝雁百口極，蟊賊一室蠭。皆以鐵門兄，平昔文弱故。犖犖值擾擾，一病半月卧。其内太夫人，亦病不得顧。聞言未及終，急走往弔之。蒙茸敗絮擁，顦顇雞骨支。見我未開口，涕下如綆縻。悽悽坐既定，稍稍微有辭。慰藉且不忍，況問他事爲？是日我歸家，歸家住兩日。送客吳門行，遂與舍弟出。往返未及見，皆以事牽率。昨者復一至，留宿話悃款。渠已能坐起，但苦兩腳軟。諄諄述先人，意欲託碑版。於義未敢辭，心自知淺短。或者待君歸，商略同紀纂。我家兩老母，康娛如昔時。所攜即薄少，可作兩月資。上堂問起居，入室理書詩。怡怡兄及弟，此樂亦不貲。我弟近爲詩，懇苦思自立。喜學楊誠齋，得五輒拔十。古人有精微，此際非所及。辟如千萬門，且自聽其入。潘郎眉與小鄭籛，見之頗目懾。政要有戒心，使其亟追躡。而我本慵惰，近惟善自保。但解交鬥之，鼓旗在旁噪。壁上觀楚軍，坐譚學鏐表。隱然恃強援，不戰非師老。計君送我歸，亦復半月寬。不知何所作，長定眠食安。詩中一半語，家書述應殫。想見數日來，歡喜參悲酸。近復有何事，有何繫心肝？何者與我同，何者異我觀？何者我未詳，君心所拳拳？他時合并暫，片刻言難完。不如有書來，覼縷舉數端。至如我北行，明年始出走。徘徊老親前，大略出諸口。貌雖無戚戚，意似多否否。總因衰老年，畏說別離久。因之遠思君，思君亦有母。我到代君歸，有約安敢後？

即事

淺淺蘆花出短扉，漁翁遙喚牧兒歸。不知應得前灘響，驚起一群小鴨飛。

竹士屬題纖纖女士所藏文俶畫卷

陳丹暗粉澹無光，聽話前因欲斷腸。春色三分天水碧，香奩百福女兒箱。當時相對花同笑，其上親題字一行。何不攜歸蓬島去，又同遺挂愴潘郎。

金石成書懷覆茶，只留此冊記些些。定熏沉水披圖看，說著寒山處士家。秋蜨難尋殘後夢，春風不落卷中花。生平獨抱知音感，報答銀鉤塗老鴉。

鹿城感舊

人柳經霜鴨腳凋，重來事事足魂銷。不論橋上驚鴻影，兼失年時舊板橋。

詹氏雙節詩并序

吴江蘆墟村有兩節婦。曰詹氏，詹廷桂者婦沈，與夫同歲生。夫沒，沈年二十有七，撫其八歲孤羲祥，棘指栢心，以年以日，獲見羲祥成立受室矣。亡何羲祥沒。羲祥婦吴，年二十有三，與姑同撫其三歲孤雀松。越三歲，吴又沒，惟孤孫與大母居。三世一身，不絕如綫。及雀松年十六，娶婦。沈年六十以終。三十年中，茹哀銜痛，送往拊存，冰光玉潔。霜辛露酸，食苦之蟲，含辛之蝨，未足以喻其慘毒而勞瘁也。迄今又垂三十年，兩節婦有孫若曾孫，大吏爲請諸朝。烏頭綽楔之建有日，惟吳以守節日淺，格於例不得請。余謂古節義之事，皆自爲之，安於心不必表於世。而後世論者，卒未之或遺，況修短之數之制於天者耶？ 隺松爲余中表姑之夫，故知其家世也詳。因繪兩世之像，請余序其事而系之詩，以墨其卷首，示詹氏之子子孫孫無忘也。

甲寅月在子，我自淮陰至。詹君叩門入，欲言輒流涕。祖沒父八齡，父亡余三歲。父喪方及終，母病又即世。煢煢兩代身，凜凜一髮繫。血食爭此孤，危不墜於地。大母實痛母，形影相依倚。撫孫如撫子，完此撫子事。可以告所天，含笑即長逝。所恨烏鳥心，未遂返哺志。旌門大母先，像設父母次。就君乞一言，庶以告後嗣。聞之起肅然，昔聞未及備。豈惟君家光，是亦閭里瑞。披圖再拜立，如見冰霜氣。勿輕一幅紙，中有卅年淚。世宙亦枵然，撑拄賴節義。自念力淺短，泚筆強贔屓。古有石闕銘，或頌或贊記。金石有泐時，此紙不渝敝。

舟中即事

篷窗茶罷睡初回，微漏天光雲影開。忽地手中書卷暗，隔船横過一帆來。

蘆雪菰煙罨淺灘，經霜柏子白成團。人心何用生分別，若是梅花作麽看？

訪蔣山堂仁於東皋别去奉寄

停舟問路苦徘徊，水曲橋横一徑開。君與青山分地住，我隨寒月到門來。姓名通後方呼入，鐙燭殘時忍卻回。時歲寄書勞在口，江湖自愧總麤才。

從靈隱入韜光寺

入門不覺有孱顔，石氣深青脱葉斑。直以一身穿萬竹，忽然四面立群山。流泉隔筧微微響，細路如弓寸寸彎。乞借方池洗塵鞅，階前一掬未須慳。

爲弱士題畫

單椒須得水迴環，著个瓜皮好往還。相宅十年今一笑，買來無此好溪山。

焦山渡江

十年隔水望焦山，心計能來定許攀。出險方知山可惜，回頭已在水中間。清空洗盡金銀氣，樹木蒼然冰雪顏。賦命誰知更窮薄，扁舟落手又空還。

夜坐風雪大作申旦不寐得詩二首

蕭然孤寄太寒生，已是魂清夜更清。又隔破窗聞雪作，便吹殘燭等天明。心知墻角堆應滿，聽得松梢瀉有聲。可惜此時無一醆，不容薄醉賀詩成。

待得詩成夢不成，且披衣起下牀行。怪他一鶴清於我，想自三更立到明。飄瞥正飛殊未已，尋常欲飲苦無名。呼童亟撥殘鑪火，補貼宵寒殢曉酲。

曉臥即事

水仙影裏紙窗明，骨冷魂清徹五更。鑪火灰深鐙焰小，臥聽殘雪墮檐聲。

逼除

擁褐深深鼻息勻，逼除時候客中身。鐙光漸白侵陵曉，鑪火微紅暖熱人。良友乍逢剛半路，故鄉一別又兼旬。團圞骨肉逡巡酒，得在家園莫厭貧。

人日後五日程藹人孝廉元吉招同尤二娛維熊集春草軒賦贈三首乙卯

人日已過五，三日乃立春。中間無所作，招邀即靈辰。交行相見禮，難得無事人。莫言主賓少，歡然有餘真。蟬連數篇詩，性情亦已陳。逡巡一杯酒，肝膽亦已親。結交各有始，厚意久不磷。他年新人故，當時故人新。區區千金意，八座聊一申。

自我來淮陰，五換歷頭矣。性頗好交遊，亦不厭城市。此間熾鹽賈，鞍馬耀鄰里。見之避路立，恐受胯下恥。揭來聞君名，欲往輒復止。繼從荻莊遊，相見自隗始。小吐款要聲，已粲芳花齒。始信尤梁谿，亟稱良有以。論交在貧富，素見亦可鄙。魚門與緜莊，前輩豈不偉？敢謂此中人，遂無天下士？

論古羞俗同，論交忌己異。至於論詩文，同異兩棄置。詩文在人心，彼我各一是。其於天地間，乃一公道事。愛者不能譽，憎者不能忌。一時且不能，况千秋萬歲。今人所馳騖，我或不屑意。或爲我所欣，與世不相類。以識堅此心，以學壯其氣。此時即未然，安見不可至？

檢閱數年來元夕諸作感而賦此

幾重簾幙幾層樓，淺著歡娛深貯愁。數別離年今夕是，再團圞日此生休。風鬟霧鬢三更影，月地花天一十秋。冷剔殘釭等天曙，漆鐙長夜更悠悠。

睡起

爇餘灰似平階雪，睡起人如上箔蠶。失卻玉梅花一樹，始知夢裏見江南。

花朝飲荻莊

春當好處我天涯，隨分天涯管物華。略具閒情酬令節，那無愧色見梅花？數完廿四番芳信，要及重三前到家。還囑風光與流轉，故園芳事有些些。

九瓣蘭花詩二娛屬賦

愔愔琴思奏哀彈，湘水清深夜夢寒。略爲離騷說顚頮，並頭容易一心難。

舟發淮陰

去年淮陰歸，三日九百里。今年淮陰歸，百里三日矣。道路無改移，舟檝略相似。亦非好身手，同是操舟子。遲固不必愁，速亦不必喜。萬事皆偶然，一生盡如此。或者遲當然，速乃偶然耳。

吳門夜泊

半是天光半水光，船窗那得有昏黃？商量早睡夢頻醒，約略近家心轉忙。一片市聲來枕上，數星鐙火出山塘。舟人也有思歸意，替祝明朝風莫狂。

曠野

曠野風寒結暮陰，暮陰濃黑月蕭森。定爲情死爲愁死，是不能尋不忍尋？一夢只隨春短短，十年何止瘦愔愔。淚痕暗寄東風去，萬一能紅宿草心。

行行且止自低徊，何用旁人抵死催。地老天荒與君絕，清明寒食有誰來？見猶掩歛如魂夢，生不分明況夜臺。月色微茫風色大，摧燒一紙任揚灰。

閏二月十日

寒食時光作意妍，年年那便似今年。一春將半難逢閏，小雨初晴微有煙。明月照乾花上露，春風吹綠酒中天。春一作東。兄酬弟勸詩成後，鐙暈鑪香各悄然。

題陳秋史燮亭角尋詩圖

寫韻閒來足倡酬，似聞百尺拾香樓。詩成莫更移時立，多恐風簾未下鉤。拾香樓，君夫人所居。『今朝風自來西北，東面珠簾可上鉤』，夫人詩也。

寒食雜題

客中寒食自年年，轉到歸來憶可憐。病酒半旬閒半日，不匆匆負海棠天。

社鼓鼕鼕依舊春，粗錢無復約比鄰。乍歸燕子驚相語，似覺今年少醉人。

墦間乞食亦堪哀，上冢人閒盡卻回。帶累飢烏無喫處，紙錢銜上墓門來。

哀鴻就食各移家，陌上林林卍字斜。不信桃花是人世，有人夫婦種胡麻。秋史言飢民就食梨里，朝行阡陌間，縱橫如卍字。

社公肯放燕泥乾，日日春陰日日寒。懶得野夫門不出，碧桃花是折來看。

舟中即事

一曲人家一曲天，黃鸝深坐隔溪煙。雨邊楊柳綠相接，恰恰中間容一船。

竹士偕篴生見過出示見懷之作依韻酬之

此生無計避塵沙，歸亦悤悤負歲華。連日輕陰惟病酒，一江新水忽浮艖。樓心人去孤明月，宮體詩成送杏花。相見不須譚往事，也勝腸斷各天涯。

入都錄別

歸來已不遲，出門亦不早。若非逢閏年，已是三月杪。百事苦憧憧，一月極草草。阿姊知我行，扶攜到襁褓。阿弟知我行，料理及芻槁。阿荼知我行，嬉戲怕耶惱。阿桐知我行，低徊入懷抱。庭前紫藤花，階下青莎草。日日一來看，去後跡如埽。遠行我已多，此意舊時少。下爲微名微，上爲老人老。

草草兩意。

人窮多妄想，士賤出奇計。長安遠於天，無乃居不易。行李已囏難，而况旅食費。然而意一發，辟如馬脫轡。交知相慫恿，更若騎虎勢。歸來未束裝，老母意先碎。心知事垂成，即言亦無濟。又念將遠行，吉祥多所忌。所以翻歡然，有淚暗中制。惟於閒坐時，略問以後事。長跪告老母，瑣悉述難備。第一可勿憂，已有噉飯地。嚴歷亭丈致書金蘭畦比部，爲麐假館。歸來亦不遲，不過一二歲。功名適時會，文字有交契。豈敢欺吾親，一一定如意。

前榮賓客散，後院鐙燭明。阿母就牀坐，稚孫扶牀行。弱妹坐床側，起坐讓兩兄。大婦及中婦，離坐調外甥。雜言家常事，輒及離別情。或言及先公，往往涕淚傾。時時起相顧，忽忽如登程。人生百年內，大抵悲歡并。若此能幾日，無乃勞我生？

得伯生書卻寄即爲其太夫人六十之壽

不見蔣生兩載強，懸知愛日戀高堂。閒居奉母譚何易，遠道來書說最詳。菜把十年收涕淚，蒼筤一子有文章。膝前更著嬰兒女，貞木扶持壽栢蒼。伯生嘗言少時家貧，母夫人及弟妹日噉豆牙或菜二文。其女弟年十四，許字朱氏，朱氏子夭，矢志奉母以終。

竺生見過話別三首

不是相邀尚不來，十年兩度此銜杯。飢寒鍊士成奇骨，生死論交剩老梅。謂江庵。小雨要催三月暮，孤花獨後一春開。家鄉京國俱難見，忍放扁舟又卻回。

酒闌苦語訴艱辛，詩筆叢殘負好春。作客無家惟僦屋，山妻落葉自添薪。細思鄉里村夫子，終勝尋常行路人。不見急裝草草束，又攜弱弟別衰親。

拔劍休歌行路難，出門西笑又長安。城傾一顧蛾眉老，世重千金馬骨寒。自信男兒行處是，極知懷抱醉中寬。虛堂風雨愁如海，痛飲何妨到夜闌。

三月九日夜作

預恐老人起送我，下船隱約未三更。三更四更不成夢，夢醒忽然聞艣聲。

出關小泊

慘澹斜陽不肯留，出關一步一回頭。分明兩岸鄉音熟，前日喜聽今日愁。

留別嚴歷亭丈守田

苦語頻煩不厭聞，更臨當去思紛紛。人皆欲殺偏憐我，臣亦能知而况君。再拜有如大江水，一言莫勒北山文。西湖早定移家計，他日來同鷗鷺群。

汶上作

新婦車帷一任遮，也應無計避塵沙。可憐長日懵騰睡，偷眼風前紫楝花。

處處楊枝插戶旁，癡龍井底臥如羊。書生那有憂時意，但乞明朝半日涼。時東土旱甚。

茌平道中作

一更二更夢不成，三更四更征鐸鳴。五更月明天未明，寒色上面綿衣輕。雖寒戀夢不願醒，犖犖确确時一驚。須臾暾出縣樽桑，六合白曉兩目張。夜行及此卌里強，下車坐定支骨僵。脱衣洗面神少揚，主人爲客炊黄粱。硬肉大餅填飢腸，下咽火急呼茶湯。意欲少憩聊相羊，豈知又作鶩鳧翔。君不見僕夫來前汗如雨，前頭赤日正待汝。

德州道中寄舍弟

弟兄南北三千里，不待分張已斷魂。遠道征車初德水，計程歸榜及吳門。驚沙力薄隨風色，枯柳中空入燒痕。夢裹阿連倘識路，莫憑芳草問王孫。

過德州

長堤宛轉護方塘，獵獵新蒲弄晚涼。莫怪征人數回首，些些風景似江鄉。

良鄉題壁

動野荒雞馬齕芻，臥聽風雨落江湖。十年淺夢濃香裹，想有天涯此景無？

次韻酬鐵甫

鐵夫眼有鐵，拔士十得五。生平自恃高〔二〕，羞與噲等伍。孤羆兀深叢，氣慴萬虓虎。然而聞一才，爭先必快覩。即令謂之狂，其狂亦已古。明堂構杞梓，袞服須藻斧。潦倒居京華，枘鑿久齟齬。強項不肯屈，絕口不言苦。惟以文自娛，有得輒覼縷。去年兩寄書，勸學力爲努。寄詩復兩篇，十讀淚如雨。鴻鵠摩天翔，下視命疇侶。豈知燕與雀，羽弱不能舉。松喬練形成，名注列仙簿。茫茫世間人，俯視但見土。忽然向西笑，思之恨不熟。渺然一書生，挾持書一束。滑澾魚上竿，歷碌車折軸。不知太倉中，何待此焦穀？古人能養親，以志不以祿。區區爲科名，待親無乃薄。不爲烏反哺，翻作鶯出谷。昔笑歐陽詹，今亦復碌碌。又况天下事，難憑最科目。所試帖括文，不入舊著録。中道自徘徊，真若藩羝觸。欲退已不能，道遠地難縮。自咎行自解，此恨非我獨。不見王君公，索米常食粥。只算千里來，爲爾一鄰卜。

【校記】

〔一〕『恃』，底本作『待』，誤。

題余秋室中允集美人春睡扇頭

三角積雲墮髻鴉，睡情顛頰見朝霞。只愁衣上春痕重，羞落一庭紅藥花。

嫩情天氣減春衣〔一〕，浩態狂香見亦稀。我是前生鶯蛺蝶，夢中可許一雙飛？

【校記】

〔一〕『情』，許增本以墨筆改爲『晴』。

呈法時帆先生式善

京華旅食豈途窮，溫卷從無名姓通。識我萬人如海裏〔一〕，非公一刺減懷中。高軒先過龐眉客，此道今成馬耳風。舉似詩龕索微笑，尋常師弟有誰同？

【校記】

〔一〕「如」，底本作「知」，據許增本改。

金載園劭招同伯生小飲陶然亭用壁間時帆先生韻四首

逭暑尋初地，逃禪愛舉杯。午風蒲葉戰，小雨豆花纔。客到僧俱避，機忘鷗不猜。急開窗六扇，對面有山來。

賓主知誰是，疏狂喜率真。絺衣涼罥樹，老酒細生鱗。大好西山色，居然我輩人。因之鄉思起，結屋鎖松筠。

客思孤難好，佛香清不濃。笑譚吴語熟，漂轉故人逢。便覺此間樂，忽聞何處鐘。相期蹋秋爽，蠟屐更揸筇。

闌檻俯平遠，披襟風颯然。可無波瑟瑟，只少葉田田。衆緑老新雨，四垂生暮煙。詩成與題壁，聊復記今年。

王葑亭給諫友亮吴穀人編修錫麒招集有正味齋

經時不出奈愁何，白日如年坐耗磨。天遣文星兼主酒，地逢燕市例悲歌。閒中手稿筍同束，座上頭銜冰樣多。謂李介甫、張船山諸公。直得書生狂吐氣，眉間廣尺口懸河。

丈室維摩多示疾給諫，西湖處士老應官編修。但教有酒身無事，未必長安居大難。溫卷自疏新進禮，生衣漸犯早秋寒。露明月澹催歸急，惆悵鼕鼕街鼓殘。

奉酬時帆先生見贈之作次韻二首

下士逃空虛，見日惡其影。然而與世接，足跡未幽屏。今年來京華，寸抱自耿耿。浮沉萬人海，自顧劇萍梗。平生馬耍駕，到此不敢騁。先生經人師，得見私自幸。非有求知求，庶幾請益請。贈詩何清溫，佳處心獨領。始知有春風，能化性孤冷。

文章我性情，形異無同影。門戶分區區，俗說盡可屏。側聞妙說詩，幽室孤獨耿。藥籠富丹砂，卻車載桔梗。廐馬養飛黃，跛鼈策馳騁。雖曰傷知人，於我豈不幸。官薄道自尊，王事少朝請。詩龕群雅娉，次第得要領。終當載酒過，稍待候涼冷。

題惕甫小像

世人食地肥，其形皆胮肛。先生一何瘠，鐵面疏眉龐。駿馬天骨立，奇鷹輕身𢺕。希風寸心獨，如月明眸雙。照書兼炤人，對之神魂慄。與世不相入，低昂風中幢。世亦屢困之，待其俛首降。苟非道力深〔一〕，危哉都盧橦。作畫僅形似，鴻影留清江。我詩亦皮相，未免言多哤。同時千佛經，列鼎洪鐘撞。烏虖牟尼珠，老此居士龐。

【校記】

〔一〕『苟』，底本作『茍』，據許增本改。

伯生屬題胥江倡和圖

月子天邊彎復彎，西江月落水潺潺。夜船橫笛吹離思，高閣飛牋破玉顏。舊侶重逢尋昔夢，美人先死占名山。自憐天遺漂零者，潦倒京華鬢欲斑。纖纖女士題余友袁湘湄詩集云：『江東獨步君何愧，天遣漂零郭十三。』

時帆先生詩龕圖三首

長安池館多，天近地苦少。尺五城南居，甲第非不好。前榮貂珥趍，後院鐘鼓考。一朝失所依，春風變秋草。藤屋萬柳堂，名存跡如埽。然而後之人，低徊問蓬葆。豈非風雅力，足後金石老。無奈諸貴人，糞土視此道。先生築一龕，積詩以爲寶。打頭不嫌低，斷手亦易了。辛勤有此廬，自覺深以窈。中有一代人，莫謂此屋小。

詩人例多窮，此語聞已熟。要非無達者，不爲一人福。辟如大法王，出世度五濁。豎指諸佛瞻，摩頂衆生伏。其上成就之，衆流貫一轂。其次長育之，少解熱惱毒。飢寒一小劫，不異水火酷。從來學佛多，何以成佛獨？八萬恒河沙，足使大悲哭。寒士滿京華，鳥棲擇無木。先生方丈地，庇之苦不足。嗚呼萬人海，突兀一間屋。

江南一舉子，騎驢來京師。問其何所有，曾未尺寸持。居然負骨相，自謂崚嶒奇。得固世不喜，失爲人所嗤。不知先生意，何用拳拳爲？秋風八九月，置酒臨階墀。曰嘻子往矣，不可無一詩。人才於天下，其出蓋有時。大者自建立，小亦有所施。其或能文章，太平須羽儀。方今治文明，公必登台司。願廣千萬間，徧採雅頌辭。

題李介夫編修如筠蛾術齋集

佳士如佳詩，一見識不真。論詩如論交，驟合交不親。西江有短李，側聞無比倫。騎驢到京國，欲見心逡巡。我友王（芑孫）與吳（嵩梁），論詩皆齗齗。舉其少所作，片玉已足珍。無何得相見，酒坐羅衆賓。溫溫少年場，退然勝衣身。私心竊慕用，文字闚淵淪。於意有不足，欲疑還自循。古來能文章，必肆然後醇。苟其無所立，軟弱非雅馴。此道千牛毛，成也一角麟。如欲志於古，必先人其人。是時槐花黃，俗念腸車輪。黜去百無事，因得窮厓垠。十讀更三歎，刻厲彌清新。始見蔑之面，今乃傳其神。一舉得高第，早歲稱詞臣。頗聞立身峻，懇苦多悲辛。此意近來少，作詩無嚬呻。然於吾道中，雖屈豈不伸。秋風吹枯桑，臥病幾一旬。念將汩然歸，安得無所陳？王君自待高，賦命尤邅迍。文名滿四海，無奈鎩翮頻。吳生歸江鄉，生死訪無因。訛言就鬼籙，得非衆怒嗔？從來志士志，所遇無冬春。自恨學不進，無乃役賤貧？作詩挂簡端，願託名不泯。君如贈我言，我亦書諸紳。

題時帆先生積水潭燕遊圖

悔不從公賦近遊，茫茫人海坐沉浮。鯉魚風起便歸去，已是一年菡萏秋。

次韻留別延庚編修

落葉有哀響，候蟲無好音。以兹節序苦，况爲離别心。下第亦常事，君何思之深。嗟君尚如此，於我何以任？回首甑已墮，落井缾先沉。廼欲自踴躍，豈非不祥金？十年客遠道，兄弟如辰參。歸來北堂上，漸覺白髮侵。功名果何物，枉尺豈直尋？得歸即歸耳，何必爲越吟？送君十年前，初蹋京華塵。見君十年後，一官仍苦貧。醯雞與桂蠹，畢世嘗酸辛。從來天地大，有物不識春。我今行失意，歸臥荒江濱。君方任著作，廟堂須絲綸。巧宦苟皆達，中豈無鬼神？但安命窮薄，何傷骨嶙峋？我才亦未老，敢遽怨積薪。或者爲時出，再卜王翰鄰。

酬介夫編修送行之作次韻二首

余幼心知此服奇，人言須晝入時眉。青春過去多於髮，白首歸來細若絲〔一〕。下第更添知己淚，者番但博送行詩。秋衾自理還家夢，其奈鐙昏雨急時。

緣深文字莫言慳，别酒同傾晝榼鑾。君記林宗曾宿處，我知李白讀書山。百年未滿看才命，一代幾人相往還。他日倘逢巖信及，也應報謝碧溪灣。

【校記】

〔一〕『首』，底本作『道』，誤。

汶上道中卻寄載園兼呈蘭畦丈光悌四首

蹀躞難忘溝水頭，長安落葉滿天愁。君元不料倉黄别，我只還如汗漫遊。相約置身非一第，若論退步尚千秋。滄洲自養珊瑚樹，未必終無鐵網搜。

臨歧已愴别離情，歧有歧焉百感生。客夢千山分半路，天涯片月又孤行。時伯生將歸蘿莊。深杯到手何辭滿，五嶽填胸太不平。自笑仍留鴻爪跡，寒雲無際且南征。

留將苦語待分張，及到臨分事事忘。歲月不多須愛惜，科名無定且文章。平生已累閑情賦，年少休登結客場。寄向天涯倍珍重，莫嫌不似說來詳。

京華甚感丈人真，不但君如兄弟親。太息蛾眉行漸老，深知龍性本難馴。衆中說士甘於肉，醉後論文吐滿茵。莫道歸時不相憶，酒痕墨點尚如新。

宿伯生蘿莊

落葉滿階秋，居然蔣徑幽。過存當日約，羈旅此身浮。孤月寂群籟，一離生衆愁。絲楊千萬樹，勸我莫回頭。

富莊驛

雁行慘澹月分明，孤館鐙花結短檠。怪底長安多落葉，四條弦上又秋聲。

衰柳依墻著意青，夜深猶有月瓏玲。破槽驚雨客開戶，屋角一鐙如曉星。

別伯生後宿南沙河題壁

一般草草卸征鞍，便覺今宵月色寒。下第心情中酒味，算來不似別人難。

柱心題字恐模糊，大句如鴉向壁塗。月色河聲一千里，生平有此別離無？

示歌者

愁聽荒雞膈膞鳴，蠟鐙紅淚照分明。逡巡酒易銷殘醉，傾刻花難活一生。小字粉墻留跡去，大河明月在前橫。凄迷遠樹郎當鐸，十二年來此夜情。余爲客以來，一星終矣。

十月二十日夜宿遷旅舍聞鬼車作

婭婭姹姹兒索乳，嘔嘔啞啞水鳴艫。一車載鬼空中行，百鬼憑高作人語。東家犬吠西家驚，老媪抱兒門上橫。一頭何罪萬里行，九頭乃爾鳴不平。天寒旅舍忽聞此，澹月無光一鐙死。酸風凄凄空穴來，亂颭驚沙射牕紙。我聞白樂天，遷謫曾有詩。樊南文序諸臯記，搜奇語怪皆有之。世人少見每多怪，此鳥飛鳴亦何害。衆都陽明鬼寰幽，鬼馬鬼車乃其類。君不見青天白日高蓋張，中有曹蜍百千輩。披衣起坐待天曙，我車如雷向東去。曈曨曉日雄雞鳴，喜鵲楂楂飛上樹。

渡江舟中先寄故鄉諸子用東坡常潤道中韻

落葉叢中濩落身，荒寒時節獨傷春。不貪未必能知玉，賤嗜何嘗獻食芹？十上便甘三黜去，九秋又老一年人。淵明歸後田園在，且署無懷以上民。

垂翅雲天鳥倦飛，劇憐舊侶久相違。形容已變愁難識，雨雪漸多胡不歸？心怯三千里路遠，自知二十九年非。過江便借中泠水，一洗京華舊素衣。

拂衣便去疾於風，人説男兒似孔融。握手臨歧多老輩，掉頭不住爲群公。斜陽金碧觚稜遠，子夜琵琶蠟淚紅。一瞥居然如夢裏，雪中何處認冥鴻？

歸途便想吾廬好，如雪梅花遶屋檐。再約故人同過往，極知詩律更精嚴。客來燕市聲多變，水近江南味亦甜。回首軟紅塵土裏，茫茫衰草與天黏。

醉後含豪墨水濡，莫疑泉客泣成珠。故人已寄當歸未，小草還名遠志無？身賤幸逃千佛外，形癯合作列仙儒。到家始笑窮蘇季，金盡方知作計迂。

竹士見過

崢嶸歲序劇悲涼，有客黄昏到草堂。易水人回聲變徵，吳江楓落夜歌商。不知别後多顑頷，試看尊前執老蒼。跋扈飛揚讓年少，一杯聊屬次公狂。

贈竹士

古稱益友三，多聞我何擅？直諒或有之，所恨太剛卞。早歲得狂名，入世叢謗訕。取友如揀金，所得要百鍊。其餘同泥沙，唾棄不容選。年來習俗移，自覺性情變。淋漓酒食場，往往雜屠販。舊交朱與袁，久或闕不面。朱介時有言，袁通乃微諫。然而向所憎，反謂此子善。因思古之狂，其行又必狷。嘐嘐曰古人，今人固已賤。褊急與和同，兩皆足憂患。至於立我身，寧怨不可慢。子今入世新，我已浪遊倦。敢忘進直言，并使朱袁見。

遲鐵門次丹叔韻

連日輕陰長昔邪，著書仰屋送生涯。功名失意親文字，歲月中年戀室家。後定新詩初削藁，先生老眼舊無花。此時極想同尊酒，醉後看君烏帽斜。

靈芬館詩二集

卷一

近游集　起丙辰正月止丁巳四月

京華垂翅，息影故廬。中更家難，仍以衣食見驅，往來吴越間。栖栖歲餘，其不爲遠志而爲小草也，昭昭矣。勞者之歌，都爲一集，名之曰《近游》云爾。

退庵父子偕瘦客漱冰過訪草堂即席二首

隔歲封題知未到，草堂何意集群賢。已過人日後五日，又爲今年説去年。積雪夜同千里月，避風人坐四禪天。盉聲未絕鑪香起，簾影鐙光一惘然。

一笑翻驚某在斯，重逢休問夜何其。故人舊約梅花記，遠客歸心小草知。如意應呼阿戎舞，無言但索己公詩。分明留取淵明在，要看攢眉入社時。時鐵門未歸。

上元後六日村人放鐙同舍弟往觀

試鐙翻過落鐙天，也逐鄉人一放顛。花月心情憐故里，青紅兒女换韶年。坊南巷北經行懶，脆竹幺弦入耳偏。歸後繙經自危坐，松龕宿火夜醒然。

中和節泛舟西湖次歷亭司馬丈韻

兩載西湖三放櫂，未曾載酒及春過。礬頭山活浮杯動，燕尾波分盪槳多。梅樹著花疑雪在，柳絲拂面覺風和。清遊不用閒簫管，聽我中流發櫂歌。

春寒陌上未花開，暮色南屏鐘暗催。夕照半湖人影亂，遠山一角髻雲頹。不辭老酒坼泥甕，惜少明妝對鏡臺。笑約諸君待妍暖，遨頭排日醉千迴。

花朝約遊西湖不果

春分社日又花朝，況是銷金舊六橋。細雨忽蒙西子面，東風不放酒人驕。疏花隨意兩三點，垂柳禁他一萬條。終擬闔門船上去，便乖小約莫無聊。

包家山雨中看桃花即送湘湄

急雨如絲細似塵，烏篷低處客銷魂。輕衫不惜當風立，要與桃花記淚痕。
說著前遊首重迴，人間容易老仙才。春風兩鬢疏如此，不寄胡麻飯一杯。
抱來紫玉易成煙，半落谿橋野水邊。不信東風庭院裏，生紅滴下有人憐。
一重一掩盡緣溪，何似蘇堤與白堤。想爲尊前有歸客，等閒花裏子規啼。
不分澹白與香紅，小刦多緣昨夜風。折取一枝歸寄語，故園芳事莫匆匆。

雨

小雨鎮愔愔，高樓如此深。湘簾紛水態，蟲蠟抱冬心。花盡愁判劇，寒多晝易陰。明朝聽屐響，容有子桑尋。

積雨六首

三旬未有幾朝晴，稱體緜衣寒不輕。湖上小桃三百樹，一齊彈淚過清明。

卷幔縈窗暗斷魂，小樓長日似黄昏。一春生恐匆匆過，政要焚香與閉門。
一帶南屏接白堤，西泠油壁石橋西。今年應少討春分，付與村鳩自在啼。
燒香曲罷涴香塵，孤負前朝約比鄰。牋乞天公晴十日，春山略放采茶人。
多恐春光取次殘，晚來雨腳漸闌珊。思量尚有桐花信，隨例須還一番寒。
顧北周南未隔城謂虹橋小塍，攜壺挈榼阻經行。自家深厭衝泥苦，卻愛墻陰著屐聲。

上巳出遊

遶郭煙嵐潑眼新，湔裙波暖漸鱗鱗。圓莎軟襯登山屐，細柳青扶渡水人。三月乍晴剛上巳，一年最好又殘春。吳娘不用流觴勸，拈取飛花記酒巡。

紫雲洞

春雲媚幽巖，一綠濃衆樹。近遊無遠心，微徑得佳趣。杉松亂蒼翠，樵牧自來去。偶因所歷高，不覺入深處。石路滑無泥，磴級劣容步。流泉時縱横，往往濕芒屨。深洞呀然開，紫雲滃焉護。誰施巨靈掌，抉此地脉露。山僧具茗飲，石銚傍窗戶。一樹海紅花，風來落無數。

金果洞

青山如招人，一步一深窈。何來萬琅玕，曲折並溪繞？緣岡半畝平，跨澗一橋小。人影綠須眉，濕翠不容埽。其前搆精廬，洞壑非不好。如何諸羽流，行廚置林表？突煙熏嵌岩，菜把亂荇藻。澄泓一掬泉，傳汲便栲栳。得無此溪辱，或恐山靈惱？洗手行酌泉，軟腳坐班草。疑有飲猿來，風過藤裊裊。

蝙蝠洞

茲山信多奇，巖洞相鉤連。得無混沌死，一夕七竅穿？精靈入山骨，肺附皆完堅〔一〕。如鴉白蝙蝠，生長開闢先。神仙幻唐代，甲子推堯年。至今長子孫，一一皆倒懸。谽谺護深黑，沮洳藏蜿蟺。惜無列炬火，照出光音天。一穴漏春雨，小滴猶涓涓。頹景忽返射，出穴心惕然。

【校記】

〔一〕『附』，許增本以墨筆改爲『腑』。然其上貼一紙條，上云：『「肺附」不誤，「附」與「腑」古通。《漢書·劉向傳》：「臣幸得託肺附。」』

絕句

三日雨濛濛，春蒲沒不見。罟師牽笭箵，綠落黏一片。

謁于忠肅墓用壁間朱石君中丞韻

鷺絲走冰雨帝歇，大星夜落天牢中。朝衣不赦鼂錯死，匕首竟陷元暄胸。撫軍監國異靈武，天下傳子豈不公？社稷失守歸亦辱，有子亦應從汙隆。小儒論世喜刻覈，所見適與兒曹同。豈知後來有阮氏，三疏歷歷昭孤忠。一腔熱血埋此地，至今化作山花紅。裕陵草木莽蕭瑟，不及坏土長無窮。

虎跑泉用東坡韻

藥草紛披滿塢香，松陰初轉午風涼。四山蒼翠圍人住，一壑幽深覺日長。紺宇小隨巖徑曲，紅泉也逐石牀方。山僧勸我留題字，要記清遊昔未嘗。

意行南山口號

小船輕快缺瓜如，指點南屏打槳徐。山影半湖涼著袂，手牽菭絮數游魚。
傍堤新柳已抽梯，尚有丹黃映夕暉。問是春深是秋晚，巖花木葉一齊飛？
隱隱青山舉袖招，回頭暗記路條條。偶然著眼新楊柳，不覺船過第六橋。
岸容漸闊有魚苗，獵獵風蒲上客袍。癡絕鷺絲貪小立，試他新水幾多高。
谿田稜去稜屋參差，分得西湖入小池。十五女兒腕如雪，瓦盆弄水掐莼絲。
嫩綠成蔭乍嫩晴，隔溪一蔟野花明。水田小作瀠洄意，便有春泉決決聲。
阿孃小妹共扶將，細路都平不厭長。知近道場山下住，春衫白苧髻茴薌。
門前桑葉綠如裁，屋後山花強半開。女伴尚閒拘忌少，明朝相約浴蠶來。
意行不藉瘦藤扶，隨意青帘見酒壚。抛與麤錢坐槃石，綠愔愔處叫提壺。
獨遊無伴每徘徊，小憩松陰埽石菭。格格幽禽忽驚起，蹇驢馱影過橋來。
悔不前宵辦蒲莧切宿春，下山未免忒匆匆。彎環忽見黃妃塔，已有斜陽一段紅。

穀雨前一日湖上作用東坡煙江疊嶂圖韻

平生好色兼好山，瞥眼一過皆雲煙。心知尤物不我有，常得相見還欣然。朅來西湖五十日，積雨懸霤如鳴泉。二月已破三月半，花事漂落隨平川。西子掩袂泣如雨，鬟髻亂墮春風前。今朝快晴天所與，雙槳劃破玻瓈天。意中美人別來久，搴簾便覺風姿妍。小桃已盡石楠落，但有紫草荷花田。流鶯恰恰嚦不歇，似勸行樂須華年。我生萬事盡遲暮，猶及花月春嬋娟。有酒不飲良可惜，諸君且去我欲眠。湖山如此不少住，天上無此愚懵仙。明朝風日應更好，仍放孤櫂來延緣。此遊樂乎君莫問，醉中狂語矗成篇。

張氏湖樓作

面得全湖不背山，商量只在翠微間。公然笑把雙明鏡，照出風前十八鬟。

油壁車輕緩不妨，暮煙澹澹水生光。雷峰一塔頹唐甚，只替遊人管夕陽。

蔣山堂仁輓詩

西湖衆峰環，孤山乃孤起。夷然意不屑，有似世外士。所以百年來，地多隱君子。得氣山水中，孤冷入骨髓。丁敬金農蹈高踪，西林吴穎芳接其軌。嗚呼眼中人，蔣生庶可比。前年來武林，大雪一舟艤。迷濛問東皐，延緣入蘆葦。曛黄叩柴關，良久門始啟。危樓頹欲扶，薜壁立將圮。落然一室中，但有折足几。烹茶竈觚踞，偶語間左踦。迴舟重相訪，爲我具酒餌。翦韭佐園葵，中有鯉魚尾。溫溫雜譚讌，歷歷徵文史。微笑或听然，未嘗露牙齒。實身冰雪旁，自覺形神鄙。歸來詫友朋，苦節有如是。乞食江湖行，那不顇有泚？經時遣僮奴，問訊告行止。時將入都。如何秣陵書，已作招魂紙？傳聞有達官，牽率入城市。豈有饗爰居，而用鼓鐘理？平生味禪說，妻子皆法喜。僅有月上女，并無玉川婢。爲詩不求工，澹永一何綺。於書成一家，逸態結古體。卷舒春空雲，斷續寒泉水。貴人手薑芽，蛇蚓隨十指。寧知一世間，尚有邢與米？惟君風骨高，此事特餘伎。流俗寡識真，即此可見矣。朅來訪故居，稚弱已轉徙。春風二三月，湖畔耀桃李。登舟望中流，孤山色如死。往時辱一言，謬謂詩篇美。可知絕弦琴，不入九泉耳。曾摹繆篆文，刻印方有咫。詩成鈐紅泥，或尚能識此。惓惓有孤懷，惻惻不能已。耆舊誰爲傳，寫此持送似。

無寐

無寐一宵永，乾愁兩鬢侵。單情銷綺夢，小病入鄉心。雨細灑窗密，鐙昏隔幌深。醒然見飢鼠，時一觸風琴。

臨平

魚霞初斂晚風清，低亞青山掠面迎。一鳥不鳴桑翦響，綠陰如水出臨平。
碧桃紅過半山寺，前度臯亭送客來。今日暖風斜照裏，野薔薇落楝花開。

過獨遊村居即用其韻二首

不住前村住後村，村邊新漲沒溪痕。野花獨背東風笑，圍住一家青竹門。
綠蓑青笠我思存，可惜此來無酒尊。若借一間茆屋住，水楊柳下別開門。

吴鷗獨遊

元作

斷送春光酒一尊，花開花落總銷魂。小庭盡日無過客，楊柳殷勤綠到門。

寄竺生用其去春留贈詩韻

晼晚西湖又一春，暫歸十日得閒身。偶招跌宕尊前客，起拂留題壁上塵。鰕菜各愁妻子累，鶯花先老別離人。墜歡新賞無多子，能放船來及此辰。

靈芬館即事

連宵無月但微風，階下餘花墮小紅。不是讀書鐙一點，夜來閒殺好簾櫳。

簾櫳不卷任垂垂，萬綠低迷雨過時。風颭銀鉤無影弄，小隨鐙火一參差。

疏疏幾點迎梅雨，澹澹一番乳燕風。正是江南斷魂處，帳紋如水酒微中。

今春凍殺安榴樹，歸見空枝一歎嗟。萬事近來誰料得，端陽時節看藤花。

兒女紛紛解糉筵，心情漸懶水嬉天。湖州太守尋常事，又要吳孃待十年。

青青桑葉覆筠籃，小妹嬌癡學養蠶。笑指曆頭教煮繭〔一〕，溫風絲雨滿江南。

隔竹茶煙似水涼，一甌呼起黑甜鄉。日長只道難消遣，纔倚闌干便夕陽。
幽人愛説舉家清，尚覺些些惱客情。乳燕流鶯都過了，卻傾兩耳聽蛙鳴。

【校記】

〔一〕『曆』，底本作『歷』，誤。

書寄舍弟書後

六月樓頭愁殺儂，移居還似寄居蟲。算來一事新來好，飽聽仙林寺裏鐘。時寄宿仙林寺。
斗大僧房不見天，一叢修竹夜蕭然。紙窗忽白竹稍動，知有月痕來枕前。
火繖炎官新婦車，别來那有好生涯。朝涼貪睡晚涼懶，落盡西湖紅藕花。
此間六月都無雨，不識家園得雨無？我與西湖有成約，新涼時節看跳珠。
癡蠅擾擾拂還來，豹腳紛紛怒似雷。苦憶水村茆屋底，依墻一架豆花開。
豆花棚底小窗東，長定安牀住此中。夢醒分明猶在眼，素馨花罥竹屏風。
昨朝趁著早涼時，走上吳山把一巵。萬里長風半江水，推窗羨殺弄潮兒。
黄色眉間定有無，報君一事意何如？江西道院朝天集，新得人間未見書。
圖寫盟鷗是一奇，橛頭船入蓼花枝。故鄉鷗鷺如相問，凡我同盟例要詩。
阿茶小小最憐渠，已解穿鍼弄喜蛛。偶見人家兒女戲，念渠小病起來無？

仙林寺即事第三首用轆轤體

三宿桑間似寄生，芒鞋夜夜踏莎行。鬢絲只合依禪榻，小雨翻然弄晚晴。月與梧桐尋舊約，秋將蟋蟀作先聲。無端又被鄉思攪，一枕西堂夢不成。

清簟疏簾那用些，粥魚茶版伴生涯。只銷幾枕懵騰睡，又過一番菡萏花。殘暑似留人小住，山僧也笑客無家。閒來自記窗櫺月，覺比來時一倍斜。

此間曾著宋詩人楊誠齋曾居此，一集朝天有寺名。恰得遺編消永夜，又緣無睡惱比鄰。似言辛苦成何用，便到渠儂作麼生？一笑推書倒枕臥，千秋萬歲總微塵。

寄丹叔

那堪歲暮重行行，重以淒其萬慮并。夜靜一鐙如對語，天涯獨雁有寒聲。蹈危事過嫌身在，涕淚書傳識我情。莫問歸期何日是，即歸多恐似前生。

哀孽火

融風吹天天澹紅，熒惑墮地光熊熊。魚鱗萬瓦四千户，半夜卷入洪鑪中。是夜風作三更終，四更以後焰照空。吳山自言高，飛上萬燭龍。梗柟栝柏松檟桐，麋鹿麞兔鶬鵠鴻。根株灼赤毛羽彤，何來將軍焚百蟲？其下櫛櫛高垣墉，焮或過之仍反攻。當南而北西又東，壯健跳走餘篤癃。母從子走兒挈翁，或負或戴如蚷蛩。墻高岌嶪蜚不狆，顛當守門寇蠮螉。椎埋少年賣菜傭，乘人之急因其兇。楄柎槽櫝何重重，如疊罋盎當衢衝。西湖有地埋不得，哀哉烈焰爲幽宫。官來行火火亦止，但聞哭聲四野起。東家女，西家兒，南鄉北里覓翁媼。撐拄不辨何人屍，神焦鬼爛貉一丘。新鬼故鬼嗁啾啾，子孫痛哭不得收，血痕沁作紅髑髏。至今比鄰見，鬼火青幽幽。敲門半夜來問訊，還我昔日臨街樓。我聞今年瓠子河大決，赤子魚頭生戢戢。又聞梁楚間，洗兵待時日。天生五材並用之，至如火攻真下策。旌旗殷地濤春天，死喪何翅相什百。吁嗟乎孽火之孽雖可哀，有地爾骨猶能埋。書生捫舌非不悔，具書目見中心摧。詩成殘鐙忽如豆，譆譆出出胡爲來？

醉司命前二日伯生見訪草堂即用其東阿道中韻送之虞山時伯生方謀窀穸故末章及之

擁被荒村絶可憐，能來翦韭作賓筵。鮮民不死形容在，此客非常道路傳。殘歲崢嶸餘幾日，明鐙拉雜話三年。入山負土且歸去，寒日蕭然風颯然。

前題次韻 郭鳳

嗟爾風塵極可憐，殺雞爲黍夜開筵。天寒酒作通宵飲，路遠書常隔歲傳。尚記形容差覺老，試思離别幾多年。深談不廢論文字，風颭殘燈寒峭然。

舟過黎里同鐵門訪山民於新詠樓留詩爲别山民時以趙秋谷詩幅見遺即用秋谷韻

回首殘年萬事非，得歸一似未曾歸。夢中仍作無家别，身上依然遊子衣。情重故人還款款，風驅寒雁尚飛飛。留題苦語難爲報，研冷生冰字不肥。

書心經後

人窮則返本，至痛每刺骨。世間無如何，往往歸於佛。前年正旦時，滿室香煙馞。兒女換青紅，羅拜相牽拂。顧之一開顏，梵誦未及卒。孤露藐然存，歲月漂以忽。前事安可思，入戶中心怛。長跪寫金經，手胝口流沫。母恩如佛恩，未報一毫髮。常時不迴向，妄欲補刓刖。聞思或我聞，哀此至窮物。

京口訪駱佩香綺蘭不值

藉甚閨中秀，家鄰丁卯橋。天人無粉黛，明鏡對金焦。名豈慚王後，女堪匹左嬌。夜鐙秋一點，紅入大江潮。

秋聲不可聽，江水一何深。孤棹兩回倚，微波無處尋。蘭知湘女怨，人有楚臣心。惆悵挂帆去，海天聞玉琴。

月夜游荻莊有作寄譪人二首

清遊極可憐，春夜四嬋娟。野水欲扶月，是花皆有煙。參差人影瘦，濃澹竹梢偏。坐此不歸去，曉鐘聞廓然。

明月春於綠，美人氣之秋。居然對良夜，亦自有閒愁。照水見斜領，數花無並頭。憑將兩行淚，判與一春流。

兩生相逢行贈彭甘亭兆蓀

青天盪盪淮陰城，城中城外惟兩生。一生來吳淞，車腳偶轉風中蓬。一生弃山客，作客三年歸不得。吁嗟兩生一城隔，一生不入一不出。一生閉寘新婦車，夜惟抱影日抱書。偶然一落筆，驚走千蠡魚。一生自是悠悠者，肥肉大酒便結社。有時精悍生眉間，有時蒲伏出胯下〔一〕。曈曈曉日城門開，千人萬人紛往來。兩生白眼看不見，但聞鴉鵲浩浩聲如雷。何來故人忽傳語，只尺兩生奈何許？一生馳書若傳箭，一生笑口如流電。十年鄉里各參商，豈意今朝乃相見。嗚呼世間萬事奇絕多若此，男兒那不長貧賤。相逢不用感慨多，但須痛飲爲長歌。歌成兩地發高唱，自出金石相鳴和。韓侯臺下波粼粼，漂母祠前草沒人。英雄兒女盡安在，天涯珍重雙浮萍。明朝一生挂帆去，便將入海尋煙霧。從來國士說無雙，斗大淮陰讓君住。

【校記】

〔一〕『胯』，底本作『跨』，誤。

寄藴山方伯五首

前年來武林，值公持旌麾。去年去武林，聞公銜命來。湖山復生色，堤柳含新姿。是時已冬杪，冰雪皆流澌。公來如春風，著物莫不知。問其何以然，萬口同一詞。前公在我邦，撫養極惠慈。豈有此重來，與昔殊敷施？信公於來先，望公於來時。信深而望重，責備恒因之。賤子亦欣然，拭目觀所治。相從尚未得，且欲陳我詩。

陳詩夫如何，鄙人所見小。捧壤益太山，可謂挾持少。恭聞太行西，治行天下表。森然著風烈，卓爾去剔蠍。放手殘吏除，正色眸子瞭。帝曰女往哉，浙人望汝早。下車列藩條，豈尚慮苛嬈？當使春風和，愈見秋月皎。百城自然聳，數著行可了。

錢法日刓敝，難以輕重權。救之無善術，徐徐清其源。辟如衣積垢，豈可一朝湔。此邦屆閩海，估舶恒接連。前者執政柄，操刺貴目前。束濕既太急，民生遂騷然。痛癢在我身，爬搔宜所便。誰使翻忌醫，護疾瘖不言。我公持大體，要使閭里歡。勿爲一切計，濟之以平寛。

臨安訛火多，流行豈天災。良由居民稠，比戶雁齒排。泥塗黄篾附，不箸一土坯。融風忽然作，卷去如揚灰。去冬目所見，慘毒良可哀。三千六百戶，死骨如鞞鞁。昔人救多術，鯫生竊有懷。村民勸陶瓦，利用從此開。壩口通舟航，兼使輿曳柴。韋丹作重屋，大書昌黎碑。檀弓言物始，寧有故事哉。民生既安堵，躋攀及亭臺。昔賢所遺跡，待公爲之恢。百姓扶道觀，我亦來追陪。

人材今渺然，愛才亦希有。士貧日益賤，自待良莫厚。遂令諸貴人，驅使同馬走。惟公振起之，説士不容口。所以幕中賓，才士萃淵藪。淩君安世儔廷堪，胡子元瑜偶虔。吴質材翩翩嵩梁，麗藻掞江右。行想會合俱，雍容到文酒。賢豪聚亦難，他日足回首。希深伯長間，可無歐陽九。平生感所知，不在恒人後。搴裳思從公，兼以就吾友。

相逢

相逢野老話年豐，大麥多收小麥同。見説緣邊愁戰伐，自憐暮景念兒童。勸收芋栗三年畜，教葺垣墉一畝宫。卻笑書生真計短，欲浮家住五湖東。

題邊頤公畫雁冊子

卷中三十三鴻雁，靜集寒飛各極妍。鐙下忽驚身是客，江湖寒影一淒然。

題沈曙堂司馬畫蟹爲蔗畦植蕃作

秋潮半落沙痕斂，蘆葉梢梢葦葉颭。老漁挂網坐溪頭，矮舍夜鐙紅一點。緯蕭截斷中流水，夜靜波寒魚不起。此時郭索正横行，落落琴聲響沙觜。失勢忽逢鍜珠翁，寒蒲縛急吹腥風。酒人早起食指動，圓鞠已釘東籬東。沈侯落筆妙游戲，寫出江鄉好風味。平生眼底無監州，日典青衫供買醉。想見淋漓潑墨時，巨螯左手猶堅持。偶然著語亦善謔，人世黄甲同兒嬉。沈侯沈侯今已矣，文采風流有孫子。酒酣要我題新詩，爾雅幾爲勸學死。自憐牢落尚泥塗，漁弟漁兄日夕疏。何時歸老江湖上，遲爾來尋問蟹胥。

雨中偕丹叔獨遊過飲壽生西墩酒舍越日三子斐然有作持以見詫如數和之

著屐衝泥有底忙，石橋犖确小溪長。先生鼻觀真奇絶，一出門來聞酒香。

酒香招我過前谿，入户先判醉似泥。一室四圍三百甕，中間安放玉東西。

梅子微黄盧橘酸，不妨隨分具槃餐。墻西新樹高於屋，恰受一枝青竹竿。

驟雨新荷一晌風，瀟然涼意滿簾櫳。階前積水明於鏡，要照客顔紅未紅。

倘然沉醉要君扶，風味年來已老夫。詩思半消狂半減，不知酒量似前無？

蝴蜨從來花底活，蟾蜍生就月中居。世間衣食皆前定，笑比酒家保不如。

賣漿賣字好生涯，自笑栖栖走棧車。今日一杯親酹地，祝君利市我還家。

卷二

近遊後集 盡丁巳一年

詠史四首

威弧弦矢直天狼，逆命公然敢跳踉。都尉自誇羊胃爛，文成人説馬肝亡。軍前星墜秋如雨，幕上烏嘑夜有霜。聞道門雞諸惡少，爭攜刀劍事戎行。

干戈蠻觸漫紛紜，伊洛縱横雜蟻群。惑衆王郎元卜者，報仇呂母號將軍。矛頭日淅輪邊米，盾鼻先傳露布文。肘後明年印如斗，不知若箇策殊勛。

徼外蠻夷六詔連，武溪一曲又騷然。好人怒獸苦無定，莋馬旄牛困有年。但使龔君能買犢，不教馬援見飛鳶。何當妙選循良吏，只酌貪泉已自賢。

牙旗玉帳陣堂堂，馳檄飛書驛路忙。負固賊猶誇地利，握奇人已算天亡。三千羽騎能投石，六郡良家善蹶張。毆出鼇屯了無事，好從閭里鬥身彊。

曉江養疴虎丘仰蘇樓同湘湄訊之夜宿樓中示湘湄

後山僻似前山好，小住佳於久住偏。野風無定有涼氣，微雨欲來先曉煙。但得長年飽喫飯，不辭高處學修仙。劇憐臥病劉公幹，夜榻鐙殘爲黯然。

仰蘇樓即事和湘湄

雨後看山分外清，斜陽不分作新晴。樹搖殘滴有時響，雲與暮煙相間生。偶愛綠陰成久坐，何來橫竹有奇聲？老僧笑指蹣跚客，偏向石頭滑處行。

小吴軒晚眺

山迴俯一層，人語下方應。暮氣欲沉塔，遠林時見鐙。雲容隨去鳥，松影出孤僧。擬刻朱闌字，凭闌記我曾。

山樓雜詩

隱几谿雲學水流，出城塔影等身浮。山腰老樹昂藏甚，不覺有人來上頭。
星星流火出松枝，不是山神見怪時。我道吳城小龍女，蒼煙叢裏獨吟詩。
漂殘榆筴落桐華，乳燕流鶯不作家。做就黄梅三日雨，只添新水助蝦蟇。
夏首春餘老物華，膽缾閒殺傍窗紗。山僧行藥歸來晚，手供一枝百合花。

雨過

睡起立危廊，雲頭如此忙。偶然風浩浩，忽送雨浪浪。衆壑分新水，半山還夕陽。病夫差快意，又得一宵涼。

哭曉江丈

萬木蕭蕭六月寒，鵂鶹吟嘯集檐端。交遊座上齊垂淚，風雨山靈送蓋棺。百歲誰能無此恨，今生再有若人難。料應一事差彊意，地下嬌兒問父安。君少子先殤。

曉江没後七日同人爲設八關齋於僧寮作此奠之

營齋營奠兩茫茫，萬古人天此道場。薦疏只書疏子姪，招魂還設舊衣裳。君無後嗣非天道，事由前生問法王。鐘磬漸沉香漸灺，一方白月上靈牀。

風雨漫山欲歸不得悲來傷往情見乎詞

孤客從來不自聊，悲秋傷逝更魂銷。四山落葉急於雨，一閣當風危欲搖。獨坐獨吟燈黯黯，三更三點夜迢迢。莫思他日黄壚感，邈若山河已此宵。

靈芬館聽雨分韻同丹叔獨遊

繞榻鑪香懶作紋，壓簾濃緑濕於雲。居然大芋高荷下，共爾閒眠淺醉聞。鐙影夜隨殘夢遠，秋聲詩與候蟲分。不妨松竹淒淒甚，知是今宵對卯君。

齋中盆荷俱落惟一枝未放積雨乍收曉露如洗丹叔呼起看之得二絶句

對牀夢穩酒微中，渾忘連宵雨又風。不是隔簾呼起起，負他一朵可憐紅。
露華如雨濕蒼苔，侵曉幽禽亦未來。只有蜻蜓比我早，立荷葉上等花開。

丹叔手鈔誠齋詩集竟校讎一過輒書其後即用誠齋體

嘔心怵腎更雕肝，走盡詩家十八盤。活句未應無法在，當時元不要人看。微嫌卷重牛腰似，欲辨身輕鳥過難。那不一尊親屬汝，短檠細字手鈔完。
范陸尤蕭張一軍，天然風骨更超群。先生肯作隨人計，後世知誰定我文？身後虛名元爾爾，鐙前落葉尚紛紛。急須掩卷開簾坐，獨月行天無片雲。

宿靈鷲山家

山深時有百蟲鳴，欹枕危樓酒半醒。忽地西風催落葉，急呼鐙起聽秋聲。

永福寺看芙蓉

隨意幽尋得一峰，峰迴木末有芙蓉。秋從野水荒山老，人與疏花瘦蜨逢。騷客行吟易顑頷，美人相見且從容。涉江欲訴思君去，露白風寒霜漸濃。

重遊韜光寺

好山不厭幾回尋，此度來尋秋又深。舊竹漸稀如老輩，流泉忽斷有哀音。一重一掩寺相接，半醉半醒人獨吟。自笑客中忘晦朔，欲遲殘月上疏林。

山行次韻二首

松濤澗溜各琤潺，應是山靈警我頑。殘葉無風猶戀樹，活雲如水欲浮山。秋多野意逢僧老，鳥赴斜陽看客閒。擬結精廬此小住，一抛蠟屐便人寰。

好山是我舊交知，合爲諸君作導師。清峭數峰無恙在，芙蓉一水有微詞。路忘遠近隨緣住，秋漸淒涼與醉宜。笑問當壚酒家女，巖花開落幾多時？

歷亭丈招同奚鐵生岡鐵門同集待菘軒次歷亭丈韻

江湖牢落總粗才，到處難逢笑口開。滿眼青山秋士老，打頭黃葉酒人來。深杯百罰何辭醉，此事千秋莫便推。聊作歌行歌主客，黑雲堆墨又相催。

用前韻贈鐵生

畸士從來有別才，相逢不覺兩眉開。山如五嶽胸中起，秋自先生筆下來。生本非狂皆欲殺，世何所見亦交推。要求王宰留真跡，十日圖成未敢催。

寄丹叔二首

雁落天涯羽翮摧，緘書欲寄手重開。客何爲者三秋過，時一中之百感來。入夜寒潮春枕急，待霜黃葉怕風催。近遊不敢登樓望，回首家園事事哀。

草土創殘雞骨支，那堪骨肉更深悲。未亡弱妹期年婦，垂老女嬃七歲兒。此事傷心無了日，一家痛哭想歸時。靈筵屬爾吞聲泣，尚恐重泉阿母知。

九日同鐵門鳳凰山登高作

朝暾欲上浮雲走，好事天公作重九。青山入夢呼起來，萬朵芙蓉一招手。客中節物尤可憐，坐窗不遨何其俱。故人導我九節杖，上挂三百青銅錢。前時意行不知路，只向萬山青處去。今朝有說須登高，已輕列岫同兒曹。舍舟不覺遠，徑指南山南。雲中鳳凰翩欲下，鞭笞鸞鶴飛相參。慈雲之嶺據其腹，四角方亭一峰獨。其上十八盤，一盤路一曲。前者回頭矍善顧，後者傴行鶴俯啄。一盤一盤行不止，一峰一峰來腳底。忽然望眼開，其頂乃如砥。平原淺草五百弓，海色江聲一千里。嗚呼，世間萬事不到絕頂安得奇，半途而止長已矣。排衙石古作人立，石色蒼然如積鐵。披蘿帶荔山之阿，疑是陰厓鬼神入。當時南渡何匆匆，萬里不見龍媒通。君王好武仍好色，教戰無乃同吳宮。冬青樹老鳥呼風，嚴霜初殺秋林紅。寒鴉落葉紛紛而來下，白日忽墮蒼煙中。起尋別徑行緩緩，有竹僧房門可款。歸去方知腰腳疲，悲來只覺登臨懶。我生三十一重陽，多在他鄉少故鄉。故人歸計明年遂，相約攜壺問上方。

九月十四日同鐵門由六和塔放舟至梵村遊雲栖寺留宿僧樓遲明下山循九溪十八澗至南山尋水樂石屋諸洞喚渡西湖以歸得詩五首

近游得嘉招，少遠起我早。沿洄出郭門，頗厭城市湫。眼明六和塔，金碧見林杪。舍舟復登舟，一鏡淩浩淼。舟子獨腳撐，輕迅捷於鳥。白日當中流，四山黛新埽。桐廬與富春，目力數了了。近如手對招，遠弱頭微掉。極思乘輕風，徑往窮幽討。同遊笑向我，作計太草草。貴遠忽目前，肚飢眼中飽。不如且前行，前行有山好。

青山初論交，見我猶偃蹇。漸行徑漸深，一曲峰一轉。夕照遠忽明，層疊出諸巘。丹黃互虧蔽，楓槲間隱顯。到此始畢呈，自悔測山淺。投寺已曛黑，麤糲勸餐飯。微行更幽尋，月上門未楗。萬竹圍森森，群綠不可剗。月影或中穿，下見人影短。夜深鳥聲怪，山好虎心善。歸來臥聞鐘，星星一樓滿。

雲臥夜不暝，山心曉先寤。木魚苦喚人，已具朝餐故。豈知居士心，於法了無住。老松沐朝暾，瘦竹泫宿露。竹杠一兜輕，輿丁兩僧付。徘徊意猶戀，曲折頭屢顧。蒼蒼五雲山，揮手墮煙霧。江光盪我前，上下天水素。群山如群龍，氣盛欲競渡。到此忽然止，抝急有餘怒。偉哉此壯觀，橫絕見奇處。過江山不來，隔江山不去。

夙聞幽絕處，十八澗九溪。昨行所未經，逶迤尋其蹊。稍稍遠村落，稜稜分田畦。泱泱腳底泉，清徹無沙泥。泉流自東注，少折反向西。偶逢亂石疊，嗚咽聲酸嘶。一澗有一橋，縱橫使人迷。其上烏桕楓，碧綠青紅齊。垂藤結璅碎，甘酸同樝梨。我僕走流汗，我行裘還披。豈云變氣候，對面分暄淒。路轉山忽高，仰面驚我低。松陰得小坐，角角唬午雞。

歸途遵南山，欲上西湖舟。南山多洞壑，因以窮冥搜。煙霞在道旁，已過猶回頭。水樂洵清越，鏗鏘戛琳球。或云此海眼，深黑蟠蛟虬。惜無好事人，蛇行入其喉。石屋乃呀然，鑿佛如摩睺。其旁競題壁，斑剝成瘡疣。山骨不自保，汝名安能留。夕陽漸催人，松風何颼飀。黃頭急歸榜，喚渡橫中流。

一夕理宿夢，合眼群山秋。作詩急追逋，但勿劖巖幽。

夜宿雲棲以黄昏到寺蝙蝠飛分韻得昏字

夕照下平地，蒼蒼明一村。疏鐘催落葉，隱隱出松門。秋盡諸天老，山深小寺尊。尚憐煙靄外，寒月太昏昏。

題藴山方伯詠史詩後

讀書破萬卷，下筆意殊快。及乎論古人，仍苦意不逮。其或騁雄譚，同異分憎愛。發言偏宕多，辭工理則誖。古人我何私，君子眘出話。先生雲夢胸，八九不蔕芥。持平如持衡，爬癢極爬疥。鮑照左太沖，奪位拊其背。鮿生乏史長，詩或少有會。當時剛日讀，識小輒忘大。一編入手餘，宛舌齒齽齘。三百六十人，一千二百載。此中有史裁，此外有事在。

古人不見我，掩卷心忡忡。我不見後人，思之將毋同。古人已千秋，其後方無窮。眇然此一身，茫茫蝨其中。不知於世間，何途之能從？賢知愚不肖，若者位置公。讀罷常自念，背汗面發紅。何當親諷勸，口吻含霜風。生平苦專愚，世事無一通。諒無濟時具，知名兼勇功。文章伎本小，而況又不工。幸免蘭臺人，執筆求其蹤。挂名此簡端，自愧仍自攻。

題壽生西墩酒舍

尚白元成鬢已華，生平私喜得侯芭。望衡對宇三椽老，古木清溪一徑斜。生不並時憐阮籍，死當埋我近陶家。青旗若要翩翩字，醉後休嫌墨似鴉。

柬壽生

今年窮到今朝甚，詩欲成時酒未酤。聞說潘家十月白，一尊能餉老夫無？寂寂關門伴老梅，殘年懷抱向誰開？思量得酒渾閒事，還望渠儂自載來。

寄懷退庵瘦客并示漱冰

坐擁熏鑪立負墻，家居風味率荒凉。天寒連日不曾醒，風定昨宵始有霜。久别故人勞夢寐，殘年閒事費思量。東莊莊畔梅花信，細數還須一月彊。

郊居苦憶東陽沈，傷别傷春不自聊。醉後論詩仍强項，病中量帶漸移腰。師稱童子文章賤，生號高材意氣銷。更想己公茅屋下，藥鑪經卷度昏朝。

丹叔之田家未歸醉後有作并示吳季子鷗潘無害眉二首

微風淅淅聽窗虛，欹枕騰騰坐睡餘。機杼無聲人定後，鐙花欲灺夜寒初。飲當薄醉頻呼酒，詩到將成錯喚渠。遙憶田家好風味，茅柴山栗政紛如。

斷鴻哀雁不成行，風雨年年誤對牀。政爲今宵無藉在，因思他日極淒涼。世誰知己惟君獨，書不名山亦我藏。但約潘吳偕隱了，一時衡宇鎮相望。

雜詩

閉門豈不好，書生苦無田。十口驅兩腳，頻年走連連。淮陰漂母祠，九載九往還。武林亦何事，六上西湖船。歸來仍垂橐，仰面破屋眠。徒令萬里氣，低徊逐方員。生平恥干謁，羞登貴人筵。所求欲出口，面赤哽在咽。退後私自悔，性命豈不憐？何不一蹔忍，喑啞如寒蟬？無奈窮骨相，事過又復然。出既無所得，不如歸安便。太息古之人，能餓良亦賢。

故交我多譽，新交我多懼。豈敢薄新交，重我故交故。生年僅三十，親舊半朝露。東家喪倪寬裴君，南鄰失徐孺江庵。短李氣最豪，一病死恚怒曉江。小鄭所館甥，半載埋玉樹弱士。淒涼歎逝篇，重疊思舊賦。朝來鏡中人，元髮忽衰素。新交不可知，故交日以去。去者無來期，存者寡生趣。假我三十年，更閲幾墟墓。尚有同志人，飢寒傍行路。誰欲久不死，無已爲我住。古長者爲行，不使人疑之。疑之亦何害，決脰死不辭。彼誠氣激烈，亦視其人爲。豈其以性命，取信屠酤兒？狂生本跅弛，與世久背馳。偶然意所快，不顧萬目睽。舉世引繩墨，吹毛索其疵。久之亦無奈，度外赦不治。今年事不謬，切切攢謗譏。或者過愛我，怒目軒雙眉。一笑語田光，我生良不訾。

出亦何所營，入亦何所作？終日仰屋梁，一懶成百惰。有時一鐙熒，漏盡不知臥。有時一篇奇，兄倡呼弟和。謀生日鹵莽，壯志老庸懦。白髮鑷漸生，青氈坐成破。年荒米薪貴，歲長兒女大。居然百憂集，中夜蟻旋磨。遲明家人鬨，已挾故書坐。竊竊聞歎聲，天生此寒餓。

韓子招籍湜，柳州拒嚴韋。兩公乃同道，其言何相違。良由世薄惡，此道久如遺。苟思副名實，彼此無是非。我言文章事，亦是一藝微。調弦教規矩，何異工樂師？韓子見其大，語重安敢希。柳州見其難，馬鄭且見譏。我生正坐妄，動輒古據依。潘子謬恭敬謂壽生，見推得所歸。辟如欲人飽，豈知先苦飢。無怪朱公叔謂鐵門，刺我汗濕衣〔一〕。從今請改事，交引以纆徽。韓柳未可議，百工或庶幾。

【校記】

〔一〕『刺』，底本作『剌』，誤。

吳珊珊夫人瓊仙見和題贈之作自愧前詩率爾輒別作二首奉答并呈山民

朱鳥文窗六扇開，記曾親見阿環來。繡襦甲帳新唐韻，麝月金星舊玉臺。忽枉詩篇如麗錦，便思供養與寒梅。只憐片紙樓頭落，慚愧人呼沈宋才。

碎玉零珠大可傷，宜秋汪女士玉軫窮老瘦吟金女士逸亡。神仙劫到脩難避，閨閣才多命亦妨。似此人間誇福慧，居然夫婦各文章。櫻桃湖水梨花里，管領春風特地長。

元作　吴瓊仙珊珊

百鍊剛成繞指柔，清才應是幾生脩。千秋有筆開生面，四海何人出一頭。不礙疏狂能入世，每因牢落欲悲秋。稜稜骨相梅同瘦，消得天涯爾許愁。

先君子卜葬於澄湖港詩以述哀三首

桐棺淺厝不勝悲，墨食今占浙水湄。十載初營一坏土，九原應諒兩孤兒。敢云緩待瀧岡表，尚望人書有道碑。便插稚松兼細柳，明年眼見長孫枝。

日暮玄堂手自開，麻衣一步一低徊。孿生孫早雙枝折，所館甥先玉樹摧。家室漂摇鴞語急，宗支零落鶴言哀。只應世澤無窮在，長遣神明護夜臺。

誓墓文成黯自憐，心心知望後來賢。先人骨肉今歸土，孤子生全或荷天時有家衅。弟勸兄酬終我世，東阡西陌約他年。一椽丙舍贏營了，同種澄湖港上田。

小病初起即事

薄暖差宜病起身，焚香聊拂案頭塵。黄梅細細初開臘，小雨霏霏已弄春前日立春。貧裏齏鹽還好事，閒中歲月亦過人。近來漸喜聲聞斷，爆竹憑他鬧四鄰。

雨樵先生入塞過吳中余不及一見聞其又爲粤中之遊卻寄一首

馬角悲窮徼，虎頭竟入關。臣孤無倚著，天定有生還。涕淚冰霜外，萍蓬道路間。劇憐雙鬢雪，漂轉又諸蠻。

遲獨遊不至調之

連日蕭蕭雨打扉，思君不至屐聲稀。不知何福鄰家女，消受詩人作嫁衣。

有許餉梅花水仙者遲之以詩

連朝雨急又風顛，歲晏華予秪自憐。劣有心情懷故土，那無風物送殘年？詩人冰雪陳無己，寒女神仙謝自然。愁絕相思獨不見，一鐙清影對娟娟。

壽生以竺生湘湄倡和之作見示遙同其韻

曆頭檢盡轉茫然〔一〕，半載家居私自憐。將子能來嫌子後，與春無分讓春先。友朋好在長相見，雞黍差供大有年。菘韭漸肥薑芥辣，不辭排日作賓筵。

【校記】

〔一〕『曆』，底本作『歷』，誤。

酒坐約壽生獨遊爲鄧尉之遊仍用前韻

說著梅花便黯然，西山重到總堪憐。清游誰續斯人後，好句能傳萬口先謂江庵。鬼唱悲歌皆子夜，人生行樂失丁年。諸君爲我無多酌，直爲招魂設此筵。

丹叔連日有詩未成朝起雪作書此督和用東坡病中大雪用號令韻

悽悽遊子吟，獨唱苦無和。對牀我所欣，堅壁君其奈。晨興米鹽雜，暮醉巾幘墮。珠玉前自慚，穅秕後誰簸？今朝聞好語，快發笑齒瑳。霏霏玉揚塵，屑屑粉出磨。天公老無事，居此一奇貨。方知連日寒，銳意不可挫。初疑就窗聽，旋喜擁被坐。鄰雞喑不號，籬犬吠仍臥。頻年老行役，歧路悲坎坷。那將冰雪顏，日受塵土涴。我窮行自知，君戒今宜破。地鑪暖茅柴，隨分作清課。芒角枯腸生，雖寒不知餓。詩成舉一尊，屬汝兼自賀。

丹叔別作二詩辭意清絕復疊前韻一首

我詩正如水，澹極不受和。君詩辟如冰，出水寒無奈。乘閒一鬥奇，秀句自天墮。飢寒不知止，造物受弄簸。居然齒牙間，芳花粲瑳瑳。可憐月旦評，長日困馬磨。人間一鬨市，狼籍充百貨。誰令與背馳，百折不少挫？人厄兼天窮，兩罪并一坐。朝曦迴春陽，市被縮腳臥。偶然免道途，便欲忘坎坷。眼中虎山橋，屐齒春泥涴。髿鬅見垂垂，漫山凍蕊破。豈知門前人，責債如責課？窮子夢飯甑，醒來依然餓。一笑詫親知，卒歲持此賀。

次日丹叔見和前韻壽生亦繼作二首意將壓晉軍而陳也是夕風雪復作霑醉氣豪再疊前韻答之

東家與人歌，必反然後和。鬥捷而乘人，見窘欲誰奈。果然失輕脱，就彼術中墮。阿奴縱火攻，南箕自揚簸。康成入我室，霜矛耀瑳瑳。侮人卒自侮，反覆同轉磨。連横勢難散，行成恐求貨。百戰誇百勝，力盡鋒易挫。猶勝一交綏，面縛鼓下坐。白天苦好事，妄欲起僵卧。意將鬥奇麗，兼使平坎坷。玉妃戲翦水，肯受俗塵涴？從以萬玉龍，助我堅陣破。萬事以氣吞，真覺虚可課。背水與量沙，奇計出寒餓。決勝或未能，救敗亦可賀。

約壽生爲守歲之集以詩代柬

不解隨時愛景光，今朝真覺去堂堂。修蛇赴壑猶留尾，遠客臨歧始斷腸。但使得閒還不惡，只除爲樂别無方。祭詩棗脯迎年酒，儘許吳獃一放狂。

靈芬館守歲分韻得三肴

鄰逋贏了掩衡茅，臘甕新開解箬包。吾鄉酒甕多以箬裹。鼎鼎百年皆過客，寥寥一笑爲貧交。居然影有三人對，未必詩無十手鈔。春酌漸沉檐雨細，起攜鐙照小梅梢。

卷三

探梅集　起戊午正月盡戊午三月

偕丹叔、獨遊由洞庭放舟至光福，再信而返。山色花光，照暎襟袂。感今追往，惻愴懷抱，蓋距前遊凡十年矣。得詩若干首，附以湖上諸作，名之曰《探梅》，從其朔也。

新正三日新晴試筆

雨弄微和風弄柔，又看朝旭上簾鈎。屋山雙鵲爲晴喜，窗綱一鑪已暖遊。預想西山消積雪，便先人日買輕舟。寄聲吳質安排未，酒醆茶鑪載兩頭。

竺生過訪遲明放舟風雪大作即用其去歲見懷韻寄之

江湖滿地浪搖天，風雪蕭蕭放櫂偏。朋輩歡悰無昔日，男兒性命付長年。可能酒共循環飲，定有詩成獨漉篇。孤坐擁衾寒不寐，地爐灰冷又重然。

莫釐峰望太湖作

一峰明一峰，七十二芙蓉。遠水欲浮去，暮煙相與濃。斜陽糝金碧，人影亂魚龍。便擬移家具，因之買釣篷。

乘小舟至湖岸沿洄半夜始達舟次戲占示丹叔獨遊時有鄧尉之行

鼓櫂三更到五更，滿篷霜壓太寒生。明朝見得梅花面，鍊就詩人徹骨清。

靈巖山館有感秋帆先生之亡作此題壁

靈巖山館靈巖麓，六枳爲籬白石闌。丙舍墓田人指點，丁仙華表鶴辛酸。道傍梅似野人野，雪後花如寒女寒。畢竟禪門無我相，上方鐘磬落雲端。

又題石壁二首

曳履尚書跡已空，平泉草木自春風。可知八百孤寒外，尚有梅花念此翁。

幾株開早幾株遲，總付園丁與護持。始覺野梅風味別，自臨淺水照横枝。

虎山橋夜步同獨遊丹叔作

虎山山枕太湖瀆，山頭塔影高嶙峋。群峰爛漫欲渡水，淡月出沒如隨人。不眠斜倚吴質樹，半醉微墊林宗巾。人生佳遊足可惜，那不秉燭嬉好春？

元墓追悼江庵

又對梅花一泫然，前遊如夢復如煙。騎牛人記三生石，跨鶴天生一種仙。往日盟言猶在耳，當時小樹已差肩。摩挲蘚壁重相問，也算匆匆五百年。

探梅口號

小聚三家合作村，一株差古自言尊。摩挲枝上莓苔色，恐是當時舊酒痕。
酒量詩懷一半孤，重臨溪水照今吾。不知洗却風塵色，尚有梅花認得無？
何須淺水見横斜，冷蕊幽香自一家。渾似野夫疏懶性，一枝臥地便開花。
野老扶藜導我前，某山某水記來偏。分明誇與探梅客，老眼看渠七十年。
幾樹花殘幾樹纔，看花何必等齊開。一雙胡蝶強人意，日暖風和也便來。
孤負仙人贈我詩，空山曳杖自尋思。萬梅花亦尋常事，結個柴門定幾時？宜秋夫人題水村圖云：『深閨未識詩人宅，昨夜分明夢水村。却與圖中渾不似，萬梅花擁一柴門。』余繪作圖。
千花萬花深復深，潭東潭西村名行復行。歸來路遠不知夜，月在一峰低處生。
徐熙死去久無詩，朱老來遊又一時。説與梅花渾不省，東風閒弄鬢邊絲。

探梅同作

郭鳳

遊蜂浪蝶最先探，屋後栽梅十畝寬。今覺住山人亦俗，關門讓與别人看。
横枝清瘦只如無，走近花前奈密何。揀折一枝無折處，始愁花少又愁多。
花前埋我有詩篇，記著徐熙爲黯然。買取西山三百樹，歸來齊插墓門前。

奉酬謝方伯見題近遊集之作次韻四首

昔別歲云莫，今來物再春。經原須史續，公有《廣經義考》〔一〕，又作《史藉考》垂成。詩不比官貧。自顧羈孤極，深慙屬望真。蓬巒軒突兀，略逮便知津。

著述新來富，山川意外逢。浙東行卷在，隱見碧芙蓉。可惜謝公屐，不容湛輩從。書生徒仰屋，蟲蟄過三冬。

世有千秋業，人難一代才。於公爲知己，似我恐誣來。年鬢風塵換，功名老大催。尊前多感慨，百罰盡上聲深杯。

逢時苦不偶，論士愧無雙。詩卷供人笑，愁城受我降。栖栖搴薜荔，采采詠蘭茳。便擬剡中去，讀書山一窗。方伯欲薦主剡中講席，故及之。

【校記】

〔一〕『考』，底本作『齋』，誤。

題胡雒君虔環山小隱圖

群峰合沓翠當門，一水迴環曲繞村。白髮聊爲招隱士，青山久待讀書孫。芋區蕫稜先疇好，桐帽棕鞋野服尊。笑指此中師友在，謂惜抱先生。擬從卜築判朝昏。

不出

不出乾愁欲出慵，經旬深坐下簾櫳。來時梅蕊初禁白，病起桃花已破紅。別路草生煙雨外，他鄉人老醉醒中。春江聞説平如掌，倘有扁舟我欲東。

雨坐有懷

一重芳草一重門，小院疏簾儘斷魂。容易相逢如夢寐，不多時節又黄昏。吹花人去留香澤，刻燭詩成記淚痕。略説些些惆悵事，熏籠斜倚被池溫。

雨中放舟不及登山而歸三首

衝雨蹣跚着屐行，傍人莫笑太憨生。與君屈指排頭算，二月都能幾日晴？

晴即登山雨放舟，看山冒雨坐船頭。可憐樵子不知滑，腳下白雲如水流。

一片白雲遮一峰，一峰一朵玉芙蓉。山靈莫漫欺人老，冒絮蒙頭略似儂。

蘭雪自邗江來杭出近作相示即書其端送歸西江

披風聽鳥長淮道，雨散雲搖結客場。依倚風塵猶意氣，銷磨歲月竟文章。生涯偶似萍蓬合，詩筆漸隨顔鬢蒼。出匣枯桐出椽竹，不辭三歎爲霑裳。

閉戶何年着此身，天涯風雨感茲辰。出爲小草能如我，夢有名山肯待人。應俗文章遊子淚，及時鰕菜異鄉春。憑君早晚佳廬住〔一〕，海内相望亦比鄰。

【校記】

〔一〕『佳』，底本作『隹』，誤。

湖舫即事

日日輕陰罨畫樓，誰家窗網挂簾鉤？窗中少婦支頤坐，不見飛花亦自愁。

花飛昜上酒人筵，暗數春光自惘然。開過碧桃無十日，不成便作去熟梅天。

湖上莫歸作短歌

朝湖宜晴不宜陰，一晴先動遊人心。晚湖宜陰不宜晴，微陰不覺斜陽明。不晴不陰湖更好，十枝五枝花未了。平堤漫水碧於油，夾道裙腰斜似草。野夫十日不出門，今朝始覺春風春。豈知已是三月破，柳絮如毬亂撲人。湖樓女兒年十五，不見春來見春去。南山有鳥北山羅，東邊日出西邊雨。何處畫船歌竹枝，誰家絃索細如絲？城門鐙上歌管歇，可惜今宵好明月。

西湖春感四首

倦客無憀不自由，日斜喚渡黯門遊。湖山跌宕朝廷小，花月平章蟋蟀秋。兒女那知當日恨，登臨已判一生愁。昌昌春物嬉遊節，獨倚輕橈問野鷗。『湖山』二句夢中所得。

莫問春遊事若何，西陵油壁幾經過？臥堤官柳繫黃犢，唱艣艑郎披綠蓑。二月落花如夢短，一湖新水比愁多。自憐豪氣銷除盡，十日關門學養疴。

歷落嵜嶔亦可傷〔一〕，那堪竿木輒逢場。詩情恨少人疑懶，酒病知深自諱狂。無奈客何稱好好，有時飲罷轉倀倀。春風萬里斜陽滿，始信天涯如許長。

閒日獨吟湖之濱，獨吟無伴驕青春。堤平遠水欲搖樹，風定飛花猶打人。野鳥不鳴山澮澮，眠鷗忽起波鄰鄰。牡丹正放瑪瑙寺，輕薄少年隨後塵。

【校記】

〔一〕『嵜嶔』，底本作『寄崟』，誤。

送陳曼生鴻壽入都三首

分袂當三月，盍簪才一旬。鶯花湖上別，煙樹薊門春。年少輕長路，男兒重致身。金臺萬楊柳，青眼待斯人。

遊跡舊還記，離愁水不如。江流帆影外，月滿客程初。山左群公問，鐙前一紙書。爲言能念不，潦倒又麤疏。

賤子遊燕日，朝賢禮數殊。升沉共漂轉，浩蕩各江湖。時穀人、船山、延庚皆以憂歸，鐵甫就廣文於華亭，亦久不相聞。知己多生感，酬恩一意孤。雲霄君努力，相望有潛夫。

餞春日蘭雪曼生何夢華元錫同集西泠舟中遇雨留宿葛林園得詩二首

湖頭誰浣紗，湖面明朝霞。良友忽相見，莫春初落花。船如天上坐，人以水爲家。及此渺然去，我生安有涯。

好雨疏還密，亂山澹欲無。天連三面水，人弄一湖珠。投宿鷗鷺國，餞春櫻筍廚。不須王潑墨，隨意作新圖。

題夢華葛林園吟社圖并寄小松

日余來武林，始知葛林園。枯桑得三宿，香廚寄一飧。因緣歷諸嶺，逶迤窮泉源。在山不知好，天教落丘樊。辟如鞲上鷹，絛解聊一騫。今來復此宿，投止先望門。夜話有今雨，新巢無舊痕。對門林處士，住山自言尊。頗思呼與語，湖暝山昏昏〔一〕。

三年西湖遊，杖策自來去。豈曰愛孤往，新交少心素。何君非故人，交以故人故。溫溫少年場，款款懷抱露。典衣酤春醪，襆被及家具。謂君亦寓賢，與我等行路。豈知名公孫，一錐立無處。園林向人借，圖畫得我妒。他日倘卜鄰，同君畫中住。

作圖者誰子，黃九推妙手。計年去我來，曾不一歲久。參商交臂失，先後足回首。豈知有今年，離合得諸友。陳生去長安，吳子返江右。麐也澮宕人，今年牛馬走。漂零四方客，浩蕩一杯酒。書生好大言，作事圖不朽。因之紀今昔，并以詫黃九。

【校記】

〔一〕『暝』，底本作『瞑』，誤。

爲曼生題奚九畫竹

寒碧蕭蕭護水雲，一枝新向墨池分。便應攜入東華道，十丈紅塵無此君。

會吟集 起戊午四月盡一年

就食越州，貪尋舊跡，時當行散，聊復謳吟。

怪游臺

越王全盛日，臺殿枕郊扉。雲物分秦望，山川見錦衣。長天高鳥盡，斜日鷓鴣飛。浩蕩五湖客，扁舟殊未歸。

南鎮

名號周官著，神奇禹穴探。人多尊古昔，山遂冠東南。竹箭美諸嶺，香鑪浮一嵐。紛紛擲杯珓，大半問春蠶。

題嚴四香冠秋林覓句圖

百蟲啼秋急如雨，思婦明鐙促機杼。荒寒寂歷萬古心，中有寒郊瘦島語。一枝榔栗如鐵堅，芒鞋人立斜陽天。焜黃老綠半遮嶺〔一〕，其下滄抹疏林煙。滄浪居士有詩癖，以禪喻詩人不識。明朝認取鴨腳黃，落葉聲中覓行跡。

【校記】

〔一〕『綠』，底本作『淥』，誤。

無寐

夢雨初收風颯然，水文廣簟晚涼天。姮娥只在浮雲裏，愛惜清光照獨眠。

移鐙挂壁起扶牀，潤逼衣篝退舊香。無寐偶尋十年事，素馨花小玉釵長。

題朱鼎爵花窗讀史圖

近來文士好譚經，頭白何人問殺青？倘作彈詞付盲女，豆花棚下要儂聽。
注史應添五代餘，金風亭長只君如。他年我判劉攽笑，歐九原來不讀書。

驟雨

驟雨颯將至，青山忽改容。浮生莽江海，盛氣走魚龍。破柱秋風屋，殷牀蕭寺鐘。陸沉君敢歎，散髮是疏慵。

感舊用商寶意太史韻

一年前夢又今朝，閒鑠東風舊綺寮。影事如塵容易斷，酒痕和淚不輕消。飛蛾昔昔憐明燭，素鯉迢迢望暗潮。三百九十何處是，一般楊柳赤闌橋。
夜晏閶門萼綠華，寒漿冰齒雪浮瓜。半規新月闞人夢，一枕涼雲墮髻花。鸚鵡能言元有恨，鴛鴦得水便爲家。迴腸棖觸無多地，略記紅窗似暮霞。

題畫蛺蝶

土城山下見夷光，雀舫疏簾暗辨香。昨夜忽驚身似葉，公然飛上越羅裳。

聞笛追悼曉江有向子期之感矣

長笛何人倚暮雲，居然哀怨不堪聞。憑將越客思歸曲，迸入平原歎逝文。白首同歸應念我，青山無地可埋君。披蘿帶荔年來夢，重與招魂到夜分。

鹽筴牢盆事鬱紆，天年竟夭豈公愚。千金屢散恩讎在，萬念都灰涕淚無。故鬼鄰從新鬼結，佛鐙昏似漆鐙孤。江城大有梅花落，吹滿黄公舊酒壚。

苦熱二首

於越非炎方，仲夏乃苦熱。梅雨十日零，一晴趙孟烈。朝暾初上簾，晃眩生眼纈〔一〕。浮雲偶然來，過眼才一瞥。晚浴怯探湯，晨餐思沃雪。酒琖懶不持，茶甌苦頻挈。蒼蠅厭撲緣，蚤蝨喜潛齧。入帳一重圍，誅蚊雙掌血。造物固不仁，生此亦下劣。安得萬里風，飄飖瓩寥泬？

寒暑互迭代，涼燠乃其常。人情各懷私，怨咨識誰當。疏簾挂窗網，羅帳隨風揚。被服絺與葛，渴有酒與漿。屑屑意不樂，懵懵心傍徨。豈知緣邊兵，暍死僵道旁？荊南及巴蜀，豺虎方披猖。村屯悉焚掠，驅迫如犬羊。火城鐵圍山，何地能清涼？即如數年中，我亦行四方。觸熱無繖蓋，叩門須冠裳。歸來得散髮，默默中自傷。人生歷憂患，一過忽已亡。願君思在莒，甘寢乎匡牀。

【校記】

〔一〕『纈』，底本作『襭』，誤。

雨過

雨過輕雷怒未平，白雲如絮擁山行。芭蕉不作尋常響，一陣花奴羯鼓聲。

浴罷新涼透葛輕，隔簾時墮濕流螢。微雲不道天空闊，愛向銀河疏處行。

簾影微明睡醒遲，隔窗支枕自尋思。梧桐葉上無多雨，一滴聽他又幾時？

八尺

八尺龍須七尺茵，簟紋滑笏帳鈎銀。山低風急疑兼雨，夢醒月明如有人。已悟散花餘結習，可能嚼蠟視橫陳。紅蕤未冷梨雲膩，才動鐘聲又隔塵。

偶成

觸熱難披選勝襟，峰巒只尺怯登臨。自憐獨客能吳語，靜聽涼蟬亦越吟。一鳥不鳴山陗陗，重簾都下晝愔愔。齋廚飯罷新醪熟，分付奚奴與細斟。

謁大禹陵二十二韻

稽古懷明德，時巡此陟方。珠撬乘地利，金簡發天藏。時異三門眂柳宗元《天對》「三門以不眂」，朝看萬玉鏘。雷霆誅巨骨，風雨護黄腸。地僻仍三壤，名神冠百王。東南餘朔暨，俎豆儼西羌。龍尾山川晝，禽言世胄荒。錫疇何井井，明洪武《祭告文》：「彝倫攸敘，井井繩繩。」撫跡已茫茫。澤國龍蛇遠，陰厓栝栢蒼。井湮非息土，壁立見空堂。刻少書螺匾，耘惟去鳥忙。卑官元典則，守土有烝嘗。下士來吳甸，探奇慕子長。隨山愁步躄《天對》「胝躬躄步」，拜手進言昌。古有其魚歎，今誰厥貢將？傳聞淮水濁，欲播逆河黄。日下勢何極，神遊地可忘。哀湍鳴壞道，病橘罥虛廊。神鬼孆岉立，檐楹巀嵲妨。赤文摹岣嶁，碧草映台桑。窆石漢殘字，靈筵越九章姜夔《越九歌·王禹弟二》。何當脩栢寢，重與奠椒漿？

寄鐵門武林

出雲草莽旱雲火，赤日如繩繫難墮。鳴蜩抱葉聲愈嘶，野鳥窺園口尚哆。樹杪寂無一葉搖，草頭時見數花妥。茶瓜不甘聊入脣，几榻如焚屢遷坐。倦鋪枕簟苦沾濡，怒及蚊蠅亦么麽。得時看逞炎官炎，失笑真成裸蟲裸。高臥北窗病未能，夢想西湖近尤頗。一方明鏡滑琉璃，萬柄藕花紅髮騀。縱無涼月照嬋娟，尚有明星燦婐妮。故人欲去我欲來，前約未忘今未果。襬襶應知觸熱難，招邀試待新涼可。兔目雖黃未要忙，鷗波已白且遲我。

以越州近狀書寄舍弟并示壽生四首

官河曲曲繞城流，斜日微涼試近遊。白版扉開排雁翅，烏篷船小畫龍頭。平橋細柵喧魚市，高柳低窗出酒樓。多謝越孃輕一笑，不知直得幾年留？

稽山曾集夏冠裳，名鎮仍標周職方。探穴我來司馬後，陰厓疑有蟄龍藏。天低洞壑雲雷古，地老東南竹箭蒼。奇絕此遊良不負，側身左海更茫茫。

略說衙齋亦絕塵，天然位寘苦吟身。風煙一壑日千狀，竹樹百年成四鄰。平視星河低接地，高居雞犬下窺人。只嫌腰腳新來懶，未及山頭岸角巾。

越吟未歇便吳歈，回首鄉園思鬱紆。穲稏稻田新活計，蛤蜊菰葉舊分湖。門前水可通船否，屋後瓜仍引蔓無？朱老歸來潘岳到，甕頭酒熟定思吾。

前詩意有未盡再書四十字

羈屑成吾懶，蹉跎愧爾聞。無憀且病酒，有客怕論文。曉夢白鷗水，暮天蒼狗雲。庭前古槐樹，落葉又紛紛。

即事

的的疏星澮澮河，意行散髪此山阿。秋蟲定識秋來處，淺草一叢涼露多。
誰家楊柳傍門栽，水到門前曲一迴。涼殺湖頭浣衣女，蜻蜓飛上玉釵來。

夜發山陰

菰蒲蕭瑟蔆芡香，四更未打三更殭。水當殘夜自然白，我與露蟲同此涼。野鷗眠熟風澮澮，斜月欲墮山蒼蒼。人生行役但如此，也勝騎馬衝朝陽。

西湖遇雨

出郭湖光潑眼橫，忽然堆墨黑雲生。鷺鷥不解避雨立，荷葉各自鳴秋聲。南高北高兩尖出，裏湖外湖千珠傾。須臾柳下數舫動，已有半樹斜陽明。

題阮閣學芸臺先生西湖泛月圖

晴湖不如遊雨湖，雨湖不如遊月湖。先生妙語破天機〔一〕，一笑竟得驪龍珠。維時秋七月幾望，盡屏徒御乘輕艫。薄雲作態互虧蔽，四山入望猶模糊。須臾盡掃塵鏡出，上下天水如冰壺。乃知天公未薄相，特與詩客相嬉娛。辟如欲見傾城姝，重重簾冪圍鰕須。迴腸倒心不可待，卻扇始肯爲清矑。放舟裏湖外湖俱，歷亂人影同鷺鳧。衆賓皆樂醉翁醉，一碧無際孤山孤。就中吳質妙文筆（穀人），作記仍令方干圖（蘭士）。湖山入手且跌宕，雲煙過眼生嗟吁。鯫生好遊最愛此，武林三載來于于。每逢楓柏霜葉赤，亦及桃李春花敷。記曾襆被得三宿，海月冷挂珊瑚株。早梅先動臨水覺，老酒易罄敲門酤。書生骨相太寒乞，三匝自繞南飛烏。豈如清秋一乘興，金石迭奏兼笙竽。揭來又逢殘暑退，星河絡角影轉梧。紅白藕花縱開落，一半未作蓮蓬枯。南高北高涼雨洗，昨日今日天風無。先生有意續良會，已約竹裏移行廚。有月固佳雨亦好，前遊雖樂今豈輸。莫言此客不工畫，詩筆略可追亡逋。

【校記】

〔一〕『機』，底本作『械』，誤。

七月望日芸臺先生招同華秋槎瑞潢何夢華張勿詡詡臧在東鏞堂夜集湖心亭疊前韻

積陰十日晴不得，乍晴雲氣猶滿湖。朝來亟呼雙槳出，荷葉尚綴千明珠。已緩嚴城夜開鑰，肯未絖鼓先旋艫。總宜船好四面啓，碧油窗網皆新糊。中流放櫂任所適，快意奚翅千金壺。先生來遊已三度，以娱賓客亦自娱。座中名士如名姝，風骨不在蒼眉須。青山招人齊抗手，碧水照眼同揚矑。三三兩兩心賞俱，或如舒雁如舒鳧。二更以後月魄皎，一亭正峙湖心孤。群峰倒作水底影，匹練下寫天開圖。我酒既旨亦既醉，夫子何嘆云何吁。伊誰寶筏來說法，流鈴擲火鳴錞于。水鐙燿燿百千點，一一散作青蓮敷。將窮九幽開紂絕，豈照百怪然犀株？人生痛飲良亦得，有酒酯我無酒酤。劉伶已埋太白死〔二〕，上有靈氣如雲鋪。衆生苦飢我苦醒，那得張口隨群烏？湖光漸歛聲影寂，亦無弦索箏琶竽。清譚雅令投間作，昭琴不鼓惠據梧。浮雲肯涴太虛淨，老蚌自泣驪淵枯。璚樓玉宇喚歸去，天風浩浩無時無。三百年來論此樂，畫叉略費充庖廚。正如欲見西子面，一文何惜金錢輸。虛堂歸臥不成寐，搏桑飛上金畢逋。

【校記】

〔一〕『劉』，底本作『鎦』，誤。

題鷲峰銷夏圖後

冷泉亭子舊曾遊，桑下還爲三宿留。一種風情忘不得，滿山殘雪獨登樓。

夢華狂疾忽作詩以發之

何郎昔作山東遊，忽然一笑酒沒頭。狂呼大叫目直視，僮僕驚走親朋愁。散髮鬅鬙入街市〔一〕，倒臥攔街呼不起。當時料理獨何人，稱藥量水陸公子繩。世人猜測殊紛紛，妖患或恐狐狸親。或言壯士耻垂橐，心氣結轖緣金銀。嗚呼才人一寸腸，肯與百怪爲逋藏。眼中阿堵況何物，揮斥久已同秕糠。朅來歸向武林住，學士相知最心素。怪底雙眉熨不開，滿面愁雲黯如霧。昨朝訪我來西園，言語失次多煩冤。心憂君疾將復作，行坐蹲立如愁蝯。果然夜瞑不交睫，如醉如夢如大壓。東家阿叔載歸家，上轎猶須兩人夾。男兒失路無不有，我亦顛連中風走。病根人道種三年，老淚那知藏一斗。何郎何郎爾勿哀，聽我七發心胸開。江邊昨夜莫潮上，怒撼牀壁聲如雷。曲江江曲酒樓多，樓頭女兒雙黛蛾。與君痛飲不愁盡，海水自瀉金叵羅。婦人醇酒方最奇，即有百病能消之。信陵樂死差亦得，非生非死非男兒。何郎聞言定起立，相樂已而復相泣。爲君一雪世人疑，始信其狂不可及。

【校記】

〔一〕『鬙』，底本作『鬠』，誤。

定香亭用山谷盧泉水韻三首呈芸臺少宗伯

方亭四角竹樹長，新竹尚稚老竹蒼。是中不熱亦不涼，但聞急雨鳴浪浪。雨過忽送荷葉香，跳魚擲波如穿楊。波底倒射紅夕陽，少待月上庸何傷。流螢熠燿出深碧，風鐙上下接混茫。須臾坐睡月在水，照見鴛鴦守紅死。

一橋絕水曲折長，萬个竹繞琅玕蒼。過橋穿竹水氣涼，人影倒落天滄浪。風吹茶煙筆研香，亭中草玄疑是楊。德祖云『修家子雲』也。白魚曝經幾秋陽，牢籠百代廉何傷。我來好事就相問，欲闚涯涘殊茫茫。從公便乞千斛水，案上老螢已乾死。

冬日苦短夏苦長，一日使我顏鬢蒼。問公何處有此涼，明湖珠泉小滄浪。欹風萬柄十里香，孤亭如船纜垂楊。朝陽不到況夕陽，鴨鴨不遺桃弓傷。明年公歸白玉堂，回首兩地皆茫茫。我決回家弄煙水，白鷗同生亦同死。

朝涼思飲戲呈宗伯四疊前韻

我家水村如水長，夢櫂十里蒹葭蒼。白鳧獨立意思涼，笑我鬢髮添蒼浪。東家西家新酒香，酒旆倒罥空腔楊。問此何里豈高陽，就之不得中自傷。覺來雙缾臥墻角，獰飈攪戶天茫茫。監河安得升斗水，昨夜渴羌渴欲死。

飛瓊詞四首

小賦游仙尚有情，飛瓊相送月微明。下山始悔塵心在，已被人間識姓名。
水心亭子壓波平，昨夜朦朧月未明。約略姮娥微啟事，有人下界太寒生。
春歸閑殺小窗紗，忽倚闌干側鬢鴉。落溷漂茵儂不信，世間尚有未開花。
不深庭院不多秋，宿粉殘妝一半留。聊與膽缾添畫本，秋葵花澹海棠愁。

答孫子瀟原湘見寄次韻五首

眼見群蜚已刺天，遺經獨抱欲誰傳？早知若士愁交臂，未見洪厓便拍肩。楚客漫歌招隱士，曹唐重賦小遊仙。寄書覼縷非無謂，要博開緘一粲然〔一〕。余與子瀟未識面，以書乞其夫人題萬梅花擁一柴門圖。

不無慧業不生天，安用虛名到處傳。兄事爰絲堪屈指，才如孫綽孰齊肩？逢人久作低眉佛，入世聊爲忍辱仙。與論人才君莫怪，渺然江海望茫然。來詩兼及湘湄，故云。

咳唾隨風落九天，珍珠密字爲誰傳？西天靈鳥憐同命，南國芳蘭解比肩。眷屬從來圖位業，愚懵何用作神仙。瑤臺未識飛瓊面，十里下山空惘然。時夫人席韻芬偕屈宛仙同題此圖，并屬爲蕊宮花史圖題詞。

已判牢落隱江天，略遣家居畫裏傳。谿漲碧於新柳眼，山墻短及野梅肩。形容漸老同漁父，游釣時多號水仙。若此新詩渾不稱，柴門兩版太蕭然。

胥江酬倡隔人天，尚有新詩萬口傳。王遠神鞭剛及背，上元鬟髮記垂肩。三生若證真靈業，一見應憐最小仙。莫話茫茫塵劫事，銅槃鉛淚定潸然。追感纖纖女士之亡。

【校記】

〔一〕「博」，底本作「愽」，誤。

答丹叔三首

春初繫鞋出，怱怱及秋九。書來見月日，始覺離別久。作客無好顔，青鏡得我醜。曉梳亂脫髮，忽已如衰柳。感君加飯心，敦勸意良厚。欲報難爲言，意滿哽在口。昨宵商聲來，夜讀定聞不？

今年夏苦熱，消夏詞何佳。赫蹏一尺寬，中有風水偕。舍前小盆池，聒雜鳴青蛙。藕花半紅白，嬌姹如閨娃。比鄰潘與吴，同縛青㯶鞋。詩成出冰雪，冷韻毆淫哇。在家事事好，即目皆我儕。眷言欲相從，歎息羽翮乖。

睽隔雖不多，書來不如面。書詞雖不盡，傷情劇刀箭。有妹良人没，大歸於我館叶。貧家縱囏難，忍令食鹹綫。云何令其悲，含涕返鄉縣。家庭事難言，内行我實賤。何術長周旋，彌縫使之善。煩君呼室人，令讀此鄙諺。感人望以言，心酸淚如霰。

觀潮作

秋風不肯自作氣，却遣江潮助聲勢。群山相顧爲斂容，子胥文種後先至。八月十八聞尤雄，月魄消長與渠通。螺螄門外沙岸廣，衆影林林如沙蟲。老鼉窟中自打鼓，殷殷薄雷催作雨。天山萬馬夜合圍，緣邊四郡色如土。一痕微白一綫長，蟹眼試作初熟湯。玉繩轉斗河漢瀹，電影劃破琉璃光。小舸鳧雁波中翔，若進若退低復昂。屏息以待屹不動，斗然遇之如蹶張。兩岸聚觀數千指，鼻息不聞面灰死。呼吸深恐立不牢，腳底饞鯨白齒齒。我從去秋發興狂，所見不逮不豪芒。豈知壯觀得今日，海若有意相詩張。天公何惜萬金藥，重起枚叔出奇作。我無筆力挽萬牛，歸對秋鐙坐孤酌。

歸後夜聞潮聲甚怒

萬鼓春雷欲殷牀，四更欹枕月如霜。心疑大地無依倚，想見群山接混茫。吹水魚龍秋有力，側身江海夜初長。夢中記逐東坡老，望海樓頭攬八荒。

送芸臺少宗伯入都

兩浙輶軒錄，千秋文選臺。清貧能養士，早達獨憐才。隻眼看前古，虛心待後來。文星芒角正，遙指近中台。

駐節人猶望，朝天集已成。裝多書卷重，親健版輿輕。河復水歸壑，時清雨洗兵。如聞曲臺議，略訪魯諸生。

難忘論文地，虛亭入畫圖。秋鐙臨水澹，涼月落橋孤。巖桂糝金粟，池荷擎露珠。此中魚鳥熟，能記白鷗無？

報國文章重，斯言鄙柳州。人才關一世，坎壈乃千秋。公已青雲致，名方汗簡收。少留餘事在，江海讓窮愁。

六和塔候潮

扁舟搖兀傍江隈，獨客孤懷鬱不開。一塔趁人臨水立，亂雲如馬挾潮來。西興鐘鼓傳應到，南渡山川過者哀。中酒阻風十年事，濁醪可惜未盈杯。

曹雪博秉鈞以馬券帖拓本見餉作此奉謝

玉堂學士人中仙，天廐玉鼻龍鸞然。四章乞郡一麾出，肩輿竟趁東南便。解驂深愁困徒步，立券預恐遭唐捐。情親偶爾出游戲，跡妙至今爭流傳。吁嗟事往七百載，四石零落誰使全？廣文先生手持贈，令我太息思當年。蘇門數子皆國士，張秦黃晁相連翩。履常方叔亦其匹，李尤坎壈終身纏。迷日五色雖自訟，知而不遇寧非天？累書見責相薦引，勖以道義何拳拳。愛深期遠意忠厚，待友必信詞無偏。飽嘗憂患得遠去，擾擾雖思風中旃。東齋館客置酒別，濃墨大字書長牋。小蘇黃九共跋後，時出妙語逞劖鐫。先生之窮無乃似，一官老博寒青氈。越州學舍類馬肆，老屋無柱墻無甎。前年夏雨過十日，水周堂下鼃登筵。走從鄰翁署券尾，略買瓴甓支危顛。四壁初看相如立，一穴旋被偷兒穿。冷官俸入薄可笑，歲計不足廿萬錢。平生貴遊音問絕，誰復乞貸解倒懸？出無車馬安敢怨，九衢躄躠行難前。書生骨相分如此，輕肥久謝群兒憐。此間山水洵清絕，初冬十月猶暖妍。滿山楓葉映谿赤，山花插帽酒擔肩。東家蹇驢幸許借，不爾烏榜同迴沿。尋碑訪古且爲樂，萬事過眼皆雲煙。

題曹種梅學博品研圖

摩挲片石富家傳，習氣書生老更堅。直得郎君開口笑，阿翁又買幾雙田？

座客無氊鄭廣文，阿誰望氣認金銀？料應錯怨緘縢密，薏苡明珠賺殺人。君屢爲穿窬所苦，研皆鐍置篋笥。

得湘湄武林書卻寄

爲客三秋過，遲君十月前。差池皆短翼，搖落易長年。信到兼身世，途窮有播遷。莫言天下士，范叔竟誰憐？

久別不相見，浩然思故鄉。年消詩卷外，人老酒壚傍。海水連江盡，吳山入越長。因君寄歸夢，早晚到西堂。

幽尋

高館得峰半，幽尋趁客閑。人能幾兩屐，秋老一城山。木葉見微脫，暮禽相與還。聊憑石潭照，不覺鬢毛斑。

夜坐有懷

與君秋色裏，分占此山居。落葉靜始覺，夜鐙澹有餘。懷人小別後，命酒薄寒初。何日山陰道，題詩一起予？

喜晤惜抱夫子於武林同遊龍井南屏諸山別去作此奉寄

悵望金陵感別情，翩然杖屨竟東征。江湖人老千秋重，吴越山多一櫂輕。雪竹霜松懷舊約，青鞋布襪見平生。何當重乞登真訣，便御籃輿采藥行。

除夕至魏塘退庵招飲馴鹿莊時將卜居此間

得歸仍作未歸看，除夕相過亦大難。朋酒漸催人老大，故鄉只有竹平安。天低鴻雁依風急，日暮梅花似客寒。竹裏行廚能借不，好添翠袖倚闌干。

退庵許以馴鹿莊見借暫止眷屬作此奉謝

頻年卜宅幾逡巡，肯借山房雪後春。新雨能來新酒熟，故鄉不及故人親。村夫子略移家具，梅道人容作比鄰。他日攜尊重過我，不知誰主復誰賓？

卷四

移家集　起己未正月盡一年

嘉慶己未，余移家魏塘。故友乖離，先疇荒落，青山丙舍，顧之漕焉。情不能忘，事非得已，拉雜感慨，時見乎詞。

移居四首

豚柵牛宮位寘成，無多家具一舟輕。雪泥鴻爪偶然着，浩盪鷗波同此盟。料理儘教煩地主謂退庵，相逢難得好人情。從今莫惜過從數，略辨蒲莧反茶鐺與酒鎗。

難忘東西屋兩頭，卜居賦就足離憂。勞生絕似搬薑鼠，拙計真成避雨鳩。枯樹婆娑餘老物，墓田零落是先疇。臨行莫訝踟躕甚，倚徧闌干更倚樓。

小閣三楹傍水斜，衡門兩板竹周遮。連朝小雨不成雪，一樹野梅初著花。祭竈請鄰完俗例，下牀動足便天涯。也應未免鄰翁笑，才見移家又去家。

越角吳根路鬱紆，思量仍共此分湖。妝成圖裏村夫子，送有年時舊酒徒。辟地聊爲小隱計，離鄉轉覺故人孤。扁舟一櫂如相訪，先合馳書訊阿奴。壽生、獨遊見訊歸期，故及。

退庵招同壽生獨遊丹叔小飲馴鹿莊梅花下二首

已識東莊路絶幽，春朝重放小紅舟。濃陰閣雨昏如霧，溪水到門清不流。風力寒能欺酒面，梅花低欲上人頭。塗鴉自詫淋漓極，醉即題詩醒即休。

十年舊約此經過，棖觸那禁喚奈何。一月春寒遲萼綠，諸天花雨失維摩。未乾額粉痕猶在，欲炷心香淚已多。愁絶色空空色外，還憑禪力定詩魔。謂潄冰。

壽生獨遊留數日而歸詩以送之

獨留不去爲情親，到底難留僅浹旬。始覺今宵成遠客，未知何日結比鄰。鐙前別酒淒迷夜，水上輕寒著莫人。傳語故鄉鷗鷺道，煙波浩盪劇悲辛。

移家魏塘旋復赴越書寄鐵門湘湄

見動經時遠隔年，豈知又賦卜居篇。無家未免俱爲客，有約何時能放船？可許閉門聊種菜，莫嗤問舍與求田。杜陵廣廈昌黎屋，一樣辛勤愧昔賢。

水上軒窗竹裏門，略言蹊徑好相存。輕辭故土豈吾願，麤定新巢有舊痕位置略如故廬。行路難知游子意，人情好覺寓公尊。他時果遂前時約，鐺腳何妨自一村。

大墻上蒿行〔一〕

冰山何其崔巍，朔風雨雪。衆鳥之所解羽，踆烏一照。流澌直下一何危，寒暑各有代謝，人心安得長相下。人生天地間，辟如桂之樹，有花不實，乃成巨蠹。昔爲人所憐，今爲人所惡。恣君心力所極，何不思君材力所當。開黄閤，登皂囊，高松比壽，日月齊光。計不出此，上有明明之日，東有煌煌之星，今我安得跳踉睗睒于其旁。黄金爲屋，白玉爲堂。火齊木難，珊瑚夜光。胡椒八百斛，鴛鴦卅六行。燕媌趙嫭，迭代翺翔。盧兒蒼頭，意氣飛揚。彼南頓世族，東平貴王。小侯四姓，期門諸郎，望塵而拜，皆自謂窶人子，曾不如君樂康。銅虎之符，蒼龍之闕。羽檄旁午，馳道横絶。舉足爲重，炙手可熱。彼六印齊佩，三臺周歷，亦自謂顯且要，其猶一吷。衆客醉，東方明，高臺既傾，曲池已平。大夫自有過，槊水加髦纓。當時鞠躬屏息，圈豚扶服而上壽者，一一執簡待旦，臺閣風生〔二〕。嗚呼！四時之序成功去，何況蒺藜非所據。上蔡犬，華亭鶴，紇干山頭凍死雀。不如長作羽林佽飛陛楯郎，臂韝綠幘今日樂未央。

【校記】

〔一〕許增本此詩上有眉批二條，一曰：『當淨寫一通，焚之必斂衽，地下稱知己矣。』一曰：『嘉慶四年，大學士和珅被誅，此詩疑即指此。』

〔二〕此句上，許增本有眉批云：『讀「臺閣風生」四字，爲之絶倒。』

上巳偕同人游蘭亭遇雨不至泊舟蘭渚橋修禊而歸得詩二首

烏篷小棹轉城隈，出郭層陰黯不開。人在異鄉憐節物，春如過客暫徘徊。何妨風雨仍邀侶，始笑江山未愛才。寄語昔賢聊復爾，桃花新水正浮杯。

上巳清明兩日連，看山弄水意茫然。不知何處紅襟燕，飛傍誰家六柱船？修竹清湍懷古地，斜風細雨麗人天。從來事事皆陳跡，略與題詩紀此年。

即事

但是佳游事也勻，雨香雲澹不妨春。可憐蘭渚橋頭水，已照桃花又照人。

瀲灩湖光澹泞天，數峰平遠遠生煙。始知身入山陰道，一簇白鵝浮近船。
平林小聚有人家，鸂鶒鵁鶄浴淺沙。窗網不開簾不卷，隔溪閒殺小桃花。
烏篛篷輕微帶雨，綠羅裙薄不禁風。知從南鎮燒香過，插鬢一枝山杏紅。

送汀滬侍史歸閩

夙有盟言未要寒，馴鷗翻作放鵰看。去程浩盪三千里，前度經過十八灘。當日衣裳今揜骼，歸時登眺莫憑闌。釣徒我已頭銜署，可肯重來伴釣竿？

研北香南日夕偕，王褒僮約幾曾乖。差池短翼堂前燕，跋涉長途牀下鞋。舊事都成如雨絕，新詩莫比左風懷。送春時節傷春客，消得連宵酒似淮。

周郎顧曲我多慚，換羽移宮略未諳。新調偶然翻白石，舊人不道有何戡。勾留越女三年笑，嬌軟吴音一味憨。歸去蠻鄉還憶否，荔支香裏望江南。

吴根越角兩年過，此去那禁喚奈何？結柳肯隨韓吏部，散花不著病維摩。蒲桃金井前題在，蓑笠滄洲昔夢多。一隻白鷗留不住，江南誰說好煙波？

和種梅送春詩兼寄蘭雪夢華曼生諸君

未見春來便送春，闌風長雨正愁人。客懷草草仍前度，老眼明明又一巡。櫻笋會殘判小别，鶯花劫外有微塵。遊仙輪與曹唐賦，獨凭闌干暗愴神。

難忘佳游事隔年，西湖裙屐各翩翩。詩成和墨爭題扇，風定跳珠忽滿船。宿酒扶頭人去後，背鐙枕手夢來前。此情待寄閒鷗鷺，回首煙波倍黯然。

題商寶意太史自懺諸詩後

越女誰從一笑留，始知宋玉善離憂。入春鶯語間關滑，垂老蛾眉曲折愁。殿賦靈光還漢代，簫吹明月自秦樓。杏花宫體君休問，已是江湖萬古流。

種梅丈招同鄔伯宋學郊訪青藤書屋酒間作歌留贈主人陳鴻逵

柳綿脱盡游絲懶，出郭無花倦開眼。廣文好事老鄭虔，招我青藤舊池館。青藤山人如飛仙，青藤之樹人猶憐。當時老幹已物化，旁生側挺兒孫然。也復枝枝如積鐵，青虬夭矯相糾結。之而趹蔓鱗甲張，滿格緐陰碎晴雪。其旁天池眼正方，大書深刻垂琳琅。尋常兒女不敢照，曾見此老須眉蒼。想像雄豪何意氣，牙旗鼓角軍門醉。歸臥藤陰爛漫花，橫磨盾鼻龍蛇字。何物沈郎亦雄快，詩成下筆殊險怪。長衣大屐秀才來，破帽殘衫孝陵拜。人世升沉有遭遇，伯才無主將軍故。白鹿何慚封禪文，青詞肯爲權姦誤？可憐肝膽苦輪囷，悲憤何辭引決頻？狂游詰屈崎嶇路，竟老嵜嶔歷落人。老藤老藤奈何許，過眼風鐙誰作主？只有山陰王大家，吟紅爲爾悲風雨女士王玉映有《青藤爲風雨所拔歌》。竭來難得陳驚座，别爲先生寘一坐。帖石疏泉還舊觀，開尊投轄能留我。把酒青藤下，酹酒先生前。主人且勿酌，聽我歌一言。英雄失路亦多有，從古奇才總不偶。叔夜人中是鳳鸞，董龍世上何雞狗。嗚呼文章一伎雖云小，寂莫千秋乃爾好。一蹄跨水一枯枝，三百年來有人保。主客聞言抵掌呼，勸我一飲傾百觚。相逢薜苫不相樂，先生應笑非狂奴。酒酣耳熱悲歌作，我亦天涯久淪落。何人能乞廣文錢，更約花時動秋酌青藤秋始作花？

和丹叔見寄十首

花朝送伯子赴紹興

卑栖那遂閉門幽，又别三竿修竹修。人到中年成宕子，天教勝地得重游。清尊送客開缸面，烏帽看君立渡頭。元夕花朝渾不辨，一年例作一番愁。

移家初定偶成一律

一畝荒園手自開，旋攜鵶觜劚蒼苔。山花爲我禁春住，海燕如人避地來。漂泊蘭成工小賦，栖遲杜甫儘深杯。可知作客無憀甚，望海亭前首重回。

春雨五絕句

檐溜如繩百尺強，蝸牛作篆字旁行。呼童量取新移竹，今日又添幾許長？

粼粼新水拍前灘，風急漁郎不道寒。吹側頭上青箬笠，釣絲漂過石闌干。

作箇盆池趁雨收，兒童歡喜不知愁。須臾急點矗于豆，惱殺清流變濁流。

多病愔愔長道心，更無綺夢到香衾。如何尚憶年時事，門巷春泥一尺深。

詩思叢殘不受催，因君妙語數低徊。連朝綠徧池塘草，不得阿連將夢來。

友漁齋梅花下醉歌

夫差老矣徙甬東，倔彊不肯稱寓公。晚年乃復論意氣，負此越女如花紅。吳儂今年作越行，視去故土如葉輕。故人愁我遠播盪，詭言玉女來相迎。故人種花解人意，花爲故人遲我至。我來正是試花時，萬萼千枝影鋪地。年年待來或不來，即來未必剛花開。今年兩度醉花下，須爲一花傾一杯。醉後歌呼不須和，墻角空缾已屢臥。他時結得網千絲，便合對花添一座。

同退庵瘦客出郭時余方游蘭渚及青藤書屋輙以夸于諸君也

捩柁開帆作計遲，不曾消遣過芳時。閉門那得同君住，側帽應憐欠我詩。病裏酒杯澆塊壘，雨前茗椀試槍旗。莫欺獨客無憀甚，也學嬉春老鐵嬉。

蘭渚橋頭藉食單，青藤館外即漁灘。永和事去風流在，記室才多骨相寒。異代有情成獨往，名花無恙任人看。封題夸與諸君說，淒斷楓根老懶殘謂潄冰。

吼山訪石簣書屋

越山多倪黄，下筆極瀟雅。蕭然平遠中，著墨不著赭。兹山獨見奇，玉骨立一把。空腹坦谽谺，大口開侈哆。巉巉一穴露，泠泠衆壑瀉。將行疑絶壁，既入儼大廈。扁舟如壯士，頫首出胯下。訪源非漁郎，側蹔豈人鮓。豈知結構高，嶺際有飄瓦。想當締造初，疑出神鬼假。文章有風會，賓從盛杯斝。年深草木荒，僧老見聞寡。題詩剔蒼苔，自就石壁寫。嘆息此匆匆，誰爲後來者？

嚴歷亭丈挽詩

歷落須眉壯士顔，六年安隱鷺鷗間。此人可惜方多事，日飲亡何戀故山。司馬頭銜方外老，臂鷹身手佛前閒。始知浮世功名數，令僕人材别一班。

萬里南天露版馳，長纓自請尉佗羈。去當相度來宣日，歸見降王走傳時。持重條侯驚壁壘，入軍光弼換旌旗。恩牛怨李紛紛甚，惆悵譚兵杜牧之。

淮海相從載酒行，感深未免涕縱横。月明街子書無恙，暮雨吴孃笑有情。每以微言規拓落，更因多難望功名。我袍未錦渾閑事，不見先生霜鬢成。

種梅藏錢犛石先生井田研上有一牛製極精好犛石自銘其背曰牛兮飲我墨池幽折枝寫生亦有秋余見而愛之種梅舉以見贈作詩爲謝

侍郎食研如食田，日寫折枝供酒錢。廣文無田乃有研，空腹摩挲日千徧。石田無用犖确聲，石牛老懶臥不行。九人待食一夫耕，可憐二老飢腸鳴。尚復以之夸示我，笑我亦是無田者。松陵一遷來魏塘，去住脱然無宿糧。比鄰野老走相問，典衣勸買雙犢黄。買田無錢況買牛，爲謝鄰老徒綢繆。豈如廣文脱手贈，井九百畝兩角觓。我無侍郎老去寫生手，亦無廣文先生客載酒。惰農坐視膏腴荒，殘客人呼牛馬走。南山薈蔚愁雲多，甯戚聊爲商聲歌。無田不歸理則那，奈此郭椒丁櫟何？

題華秋槎北山旅舍圖

一官拋卻住西湖，贏得全家入畫圖。漁弟樵兄儘相識，打門來訪老瀶夫。

西神山麓好林泉，換此玻瓈十頃天。傳語故鄉鷗鷺道，非無山水只無田。
我亦無家客一房，頻年跌宕酒壚旁。下船便指讀書處，墻角一株鴨腳黄。

華秋槎石門觀瀑圖

聞說石門瀑，懸厓落翠微。飛流三千尺，曾濺謝公衣。有客之官去，攜將圖畫歸。卧游我亦得，一鶴青田飛。

後觀瀑圖

世疑謝客爲山賊，天與西湖作寓公。兩地舊游今較好，始知官是可憐蟲。
勸君安穩住西湖，浮世波瀾無地無。乞與楞伽止水觀，危樓合眼看跳珠。

可莊雜詩

雞頭蔆角滿湖秋，我亦來爲十日留。卻笑主人微欠此，短墻西角小紅樓。
巖桂成叢野梅老，無花卻愛緑陰寒。更憐墻外垂楊樹，也送微涼到曲闌。

我愛東鄰華明府，罷官十載住招提。來時笑指垂髫女，當日老梅如此低。
東西幾步藕華滿，看趁曉涼與晚涼。不解鷺絲渾不熱，從朝至暮立方塘。
一湖純浸四山陰，萬鼓敲鏗日照林。尚有數峰晴不得，又吹飛雨過湖心。

七月十三日西湖夜泛作

去年七月西湖住，賓從風流盛詞賦。今年又復來西湖，滿眼青山故人去。青山不比故人好，笑我今年去年老。白傅堤邊漫溯洄，黃公壚畔能潦倒。湖船小小如缺瓜，亦有二八吴姬划。水風微波急打槳，涼露已濕紅荷華。游船外湖裏湖過，眼中之人無一箇。船頭獨酌仍獨謠，仰看白月如槃大。

中元旅舍追感歷亭丈有作

爛醉高歌跡尚新，豈知轉眼即前塵。湖心一片淒清月，曾照黃公壚下人。
家家瓜果夜迎門，擲火流鈴月色昏。我有楚詞歌不得，欲招天上酒星魂。

喜壽生獨遊見過

歸去出不意，偶然渡江行。及此對妻子，能不懷友生？當時同里閈，近始一牛鳴。朝邀不待夕，夜話恒達明。今來吳越隔，未免風水爭。豈知折簡招，無異呼僮迎。是日天晚涼，水閣開前楹。呼酒與弟酌，正卜陰與晴。知難到薄暮，仍復勞伺偵。水鴨飛拍拍，曲港長篙撐。船頭見佇立，喜極先呼名。執手話款曲，入座洗杯觥。各言別後事，半載悲喜并。各出別後作，一卷拉雜呈。低昂見感慨，金石鳴鏦琤。人生薢茩樂，吾黨文字盟。非無日接膝，或者遠寄聲。茍非道義合，那用肝膽傾？又如朱與袁，相避如蟀鶊。雖云一舍近，豈不千里情？願言得小住，莫視此會輕。君看別我去，我亦東南征。

病中退庵以素食見餉走筆爲謝

冬菹醃作釵股黃，甕盎泛溢春波香。淮南黎祁有仙骨，請君入甕同一色。伐毛洗髓綠玉輕，神奇乃自臭腐生。或如乾鱐亦其族，失勢共入五鼎烹。我生只有藜莧腹，何曾頓頓花猪肉。偶然羊蹴蔬園破，暴下虛中北窗臥。故人饋藥兼食單，憐我嗜好仍酸寒。朵頤不覺開口笑，名字端合儒生餐。食熊食蛙肥瘦異，菖蒲作菹有何味。作詩深愧體物工，慎勿相嗤有傖氣。

送篴生入都

交君兄弟間，先後十年久。氣盛慕游俠，年少倚身手。君兄極粹美，宜師降稱友。君才不介馳，筆落風雨走。動輒期古人，科名不挂口。寧知事大錯，四十成衰醜。伍昂見榮枯，窮困到升斗。破家博一官，氣短復低首。君兄薄時名，昨亦爲人取。故人能知君，豈不曰老母。行矣默自傷，一貧萬事苟。人生有貴賤，位置如弈棋。諒哉柳州言，朱墨隨所施。本朝薄流外，士人不屑爲。亦有此起家，列戟擁旌麾。譽者以爲頌，毁者終見嗤。要於其人身，曾不多盈虧。人貴自建樹，爲貧乃其私。古來賢豪者，初或緣入貲。迨其事磊磊，豈復前所規。功名亦何物，時至偶得之。知君不汲汲，趨走隨孅兒。願君勿鬱鬱，昔賢真我師。

壽朱可石元秀六十

米肆琅琅誦聲起，箕筥斗斛雜文史。生平不識竹垞翁，世間乃有周青士。今年卜居德不孤，眼中真見南鄰朱。爲賈不贏儒不癯，惟以詩句爲老娱。只今六十四十如，吟成或遣小婦聽，醉倒只許名花扶。嗟我三十非壯夫，頻年流浪江與湖。有書不讀長道途，愧翁相愛徒區區。爲儒似賈賈則儒，不知二者誰賢乎。涼秋相見重寘酒，酒半祝翁千萬壽。古來仁者必有後，定見明珠落君手。不然從今無事日日長相見，同讀殘書飽喫飯。

二竹軒禮漱冰上人影堂

緣溪小寺深，石髪亂鋪地。亭午松陰涼，徑轉一門閉。此中老比丘，吐論箭鋒利。病骨危壘塊，詩力老肩聳。今年我來初，正以微疾示。問訊竟未能，重來已遺蜕。巉巉玉骨清，凜凜霜毛鷙。惟餘石塔高，深夜禮魑魅。影堂八月寒，松老作孤吹。交頭杖猶植，折脚鐺未墜。髣髴一龕同，老衲袒右臂。平生方外交，獨此忘言契。如何彈指間，已復了一世。招魂楚僧些，達裔自黄梅來訪，上人已化去矣。設位黄公祭退庵有詩甚哀。塔銘慙柳州，世諦恐詞費。徘徊來天風，鈴語殊替戾。歸途雨如絲，人天共揮淚。

仲梅司訓手録諸宫贊錦錢侍郎載及京師諸公芍藥繡毬倡和之作都爲一冊侍郎仍圖二花于幀首出以見示輒次韻題其上

詩卷沉吟師友心，畫圖那不比兼金？墨痕澹澹鐙前夢，花影離離醉後參。人物百年能幾輩，風流一老自孤斟謂蘀石。井梧落砌秋蛩碎，不信春愁爾許深。

當時弟子似僧枯仲梅爲宫贊高弟，昔日花枝照眼鋪。芍藥有情含别淚，繡毬無類綴明珠。春風試手懷諸老，學舍低頭著小蘇。天與看花暮年福，何妨更寫弟三圖。

題搾石老人竹

叢篁錦石瘦逾清，八十老人運腕輕。風雨客中聽不得，又煩壁上起秋聲。
詩卷清深自一宗，即看畫筆有誰同？平生只尺春波里，悔失眉山長帽翁。

錢武肅王小像前有開寶二年四月初七日追封制書後有岳忠武紹興八年讚

錢王何人熊豹姿，奮臂一呼如雲馳。羅平妖鳥奈何帝，縛此自取真王爲。宮中漏下龍不睡，江上潮來犀弩利。指揮畫斷十四州，三世開門節度使。譎諫能容羅隱狂〔二〕，豐碑尚得蘇公製。想見英雄顧盼殊，山頭石鏡凜眉須。至今孫子雖爲庶，猶抱丹青舊畫圖。玉帶錦袍神颯爽，隆準豐頤更廣顙。璽書傳自開寶年，上有芝泥大於掌。更有雄詞讚者誰，淋漓大筆蟠蛟螭。諦觀姓氏紛涕淚，細讀詞意悽肝脾。當時南渡倉黃極，名將中興首鄂國。百戰肯令牧馬南，十年定擣黃龍北。一朝和議姦邪蠱，生縛將軍如縛虎。埋冤三字死風波，格天一德從歌舞。誰言夢裹索錢唐，再世婆留戀故鄉。稱臣不惜朝廷小，帶水依然吳越王。此說荒唐我無取，如此雄姿肯低首？當年倘復得將軍，朱三爾是何雞狗？一卷分明見興廢，兩朝南北須臾事。龍節虎符蓋世才，握拳透爪忠臣氣。好語諸孫須世守，會與世家垂不朽。君不見鐵券文殘金塔荒，金陀巷陌亦蒼涼。錢王祠廟岳王墓，士女年年弔夕陽。

【校記】

〔一〕「諫」，底本作「諌」，誤。

寄題稻香樓

小樓簾箔靜愔愔，小住居然思不任。紅葉堆門粉本淺，青山入鏡黛痕深。寒攏薄袖春風手，酒露愁懷秋士心。如此篆煙鐙影裏，可能容易疊重衾？

酒盞襟懷駿駛餘，千闌百就最憐渠。蕭蕭暮雨人歸後，隱隱高樓鐙上初。空谷幽居誰得似，嚴城限夢欲何如？長宵製就淋鈴曲，分付寒江錦鯉魚。

述昏四首

彩袖迴鸞墮馬鬟，水精雙枕玉連環。千巖難競眉間秀，四壁從看鏡裏山。樓上玉簫元緩緩，天邊纖月自彎彎。芙蓉隱語齊梁體，不唱南唐菩薩蠻。

花房深貯守宮紅，初日簾櫳昨夜風。瓜字半分和夢瘦，梅心一點有酸通。栖遲好在梁間燕，杵臼真同廡下鴻。自笑別人憐不受，爲卿甘作可憐蟲。

曾託微波見雒神，雄鳩鴆鳥各申申。衛青不分人奴足，曼渌誰言我見親。貝葉青蓮知夙懺，笠簑朱字記前因。千迴百折元無根，但博眉間有小顰。

銀花火樹粲金蓮，嵩嶽還憑作記傳。卻月橫雲張遇墨，宜男長壽阮脩錢。三生杜牧譚何易，一笑劉生詩或然。終擬他時鑑湖乞，不須小住又三年。

即事

窗漏疏疏網，幬明的的羅。分明聞喚起，奈此眼波何？

題路梅峰明府錞小照

石闌干外桐初乳，小院愔愔過微雨。月團淪罷課楚詞，玉雪嬌兒好眉嫵。閔歎何時作此圖貞，圖中之人今有須。亂山深處宰官好，桐葉略似青衫枯。當時扶几之雨雛，五色已被鳴將俱。一經皆通不待教，卻教民吏如兒奴。衙齋翛然一事無，汲水自洗窗前梧。非梧不棲竹不食，乃亦有時在枳棘。丹山萬里會有時，君看他年稽古力。

送鐵舟上人還吳門

江湖歲晏孰華予，缾錫相知竟得渠。隙裏年光駒過疾，雪中指爪雁飛初。顛張醉素書無敵，癩可瘦權詩不如。鄧尉山前梅信早，因君亦欲賦歸與。

和丹叔見寄元韻

病鶴摧穨敢食言，幾曾結願到乘軒？征途冉冉車生耳，世事悠悠蝨處褌。滌器相如家立壁，噉稜孺子席爲門。果然雜作同傭保，醉倒君看衣袂痕。

除夕即事

赴壑脩蛇又一年，雪花斜舞燭花偏。索逋有客惟書賈，餽歲何人乞去酒錢？絕似賃春偕德耀，悽然擁髻伴伶玄。尊前未免鄉思起，故國屠蘇劇可憐。

卷五

山陰歸櫂集 起庚申正月止六月

上元後，挈素君歸魏塘。僑居行役之中，間有賡和，作山陰歸櫂圖，同人題詩以歌詠之。夏首春餘，又同放西湖之艇，并鈔所作爲《山陰歸櫂集》。

上元雜詩〔一〕

客中節物太匆匆，又負華鐙一番紅。小琢春詞上春勝，有人側髻颭東風。
昨歲殘冬亦太暄，忽然飛雪滿前軒。春寒作意殷勤甚，留得梅花作上元。
雪意霏微釀未成，玉梅花小太寒生。看鐙興懶聽歌鬧，自愛樓頭點屐聲。
偶因朋輩強招邀，巷北坊南路幾條。卻愛絕無簫管處，一燈紅過赤闌橋〔二〕。
如墨濃陰罨畫樓，擘牋題字賭藏鈎。爲誰拋卻西湖去，同剪春燈各自愁？謂夢華。
阻風中酒年年過，不似今年尚未歸。料得卯君燈影裏，淚痕和酒上春衣。

茶茶小小髮鬅鬙〔三〕，更有桐兒憶我能。應説阿耶歸太晚，今年并少去年燈。
兒女團圞繞膝前，當時贏得阿孃憐。者回莫向影堂過，一樣青紅似昔年。
休歌子夜夜迢迢，愁絶騷魂不可招。人日新正多過了，最難解説是元宵。謂弱士。
風雪蕭然酒一巵，燈花如粟夜寒時。莫言客裏無情思，和遍江湖白石詩。

【校記】

〔一〕此組詩上，許增本有墨筆眉批云：「數詩寘之白石集中，足相伯仲。」

〔二〕「橋」，底本作「槁」，據民國本改。

〔三〕「鬙」，底本作「鬠」，誤。

夢華滌碑圖

考古爭誇歐趙外，郘書魯鼎各相咍。願君迴施殘零水，先乞時人洗眼來。

和西湖寓樓韻

長卿遊已倦，杜牧酒初中。雲閣催詩雨，天留送客風。江湖仍跌宕，煙水太空濛。問訊寒梅樹，可容夕照烘？

元夕後雪

元夕初過雪作團，一宵高並曲闌干。不知玉宇瓊樓外，可當銀花火樹看。釵粟綴釭金黯澹，霜柑著指玉清寒。消寒圖裏翻新格，粉點梅痕趁未乾。

越日雪復大作獨坐有懷

愔愔簾幙靜無風，銀海生花酒正中。其物皆如禽獸白，此時真覺地天通。難忘兄弟連床被，頗憶江湖一釣篷。正坐欲歸歸未得，沉吟閒撥地鑪紅。

上元後七日自山陰放舟還魏塘舟中示素君

纔過燒燈便放舟，三年只欠一年留。圖書叢裏添雙髻，簫管吹來坐兩頭。殘雪初消新水健，美人欲去遠山愁。渡江自古煩迎接，不是尋常打槳遊。

天意應憐我欲東，片帆飛渡亂流中。辭家初唱江兒水，送客多煩少女風。沙際鴛鴦閒自共，水中鸂鶒有誰同？暮霞忽向篷窗落，似暎芙蓉臉際紅。

正月廿八日退庵招集馴鹿莊分韻得多字

積雪初消風漸和，行厨竹裏重經過。天元晼晚留春住，花不惺忪奈醉何。别後各言芳訊少，座中莫訝酒悲多。東墻點墨淋灕在，欲讀仍愁句易訛。

瘦客和馴鹿莊詩有小松栽過三年後略有濤聲到枕來之句風景依然伊人長往不勝向秀之感爲賦一章兼呈退庵諸君

當日松才幾尺強，森森離立似人長。驚濤到枕聲如故，流涕攀條事可忘。不信尊前無此客，亦知人世易斜陽。當歌翻哭君休訝，又是今年年少場。

雨中同金瀑山獨遊丹叔過楊家灣

昔年曾放棹，竟到莫釐峰。薄霧忽然合，暮山無此濃。路深留屐齒，天遠失雲容。欲趁野僧去，隔溪聞晚鐘。

曉江舊有移家洞庭之意約鄙人相就酒半述及悽然于懷賦示瀑山

煙樹蒼茫指洞庭，又從極浦一揚舲。曾盟白水營三畝，誰見青山養伯齡？息壤明明成故鬼，勞人草草半長亭。鄰家大有山陽笛，日暮冰寒酒易醒。

將遊林屋石公阻風不果

洞庭東西山，相去無卅里。無風半日程，風便一炊耳。東山來屢曾，未及西山涘。昨聞子由言，石公最奇詭。陰崖仄日輪，古穴滴石髓。又聞林屋深，洞壑奧無比。禹時一丈人，龍骨蜕不死。欣然思往探，已蠟雙屐齒。寧知事大錯，三日風不止。書生性命賤，妄欲一帆使。危言累故人，怯色到舟子。人生於萬事，誰復意所儗？未必衝波濤，竟入魚腹裏。居然成遷延，豈不坐委靡？人事苦相牽，風止又歸矣。惆悵太湖濱，寄聲老龍子。

舟中望太湖諸山有作

雨勢作未成，雨歇風漸定。及此趁雨晴，尚借風力勁。當西乃復東，寸步亦有命。太湖一角耳，天水仍渌淨。老漁立淺沙，野鳥送歸榜。茫茫西去帆，葉葉斜不正。即去意已懶，方來氣何盛。回頭見群山，各餙遠妝靚。揮手笑謝之，來遊豈難更。

近山如佳隣，出門自然見。遠山如美人，欲進羞自薦。若遠若近中，無意出婉孌。一山並湖壖，帆席挂一片。一山隔群山，相背不相面。白雲來蓬蓬，埋沒露其半。有時忽吹開，大略見片段。登頓病未能，指點目猶眩。最後忽一山，拱立欲相餞。

二月七日太湖舟中寄素君

兩槳歸來一櫂分，舟中繡被漫濃熏。阻風自是頻年事，暮雨愁從此夜聞。篷底遙山疑擁髻，水邊涼夢薄爲雲。明朝終祝封姨便，便負花朝忍負君。

過蘆墟村示里中所知

一載移居遠所親，偶因假道重逡巡。故交見待多如客，舊宅重過翻問人。顧視松楸煩父老，商量雞黍洽比鄰。清明寒食期非遠，上冢終來住浹旬。

小病

小病明知亦有端，料量薄暖與輕寒。舉頭已覺垂鬟重，攏袖方知約臂寬。教詠新詩勞記憶，偶徵故事雜悲歡。藥煙影裏燈挑盡，悵望窗櫺曙色難。

朝日簾櫳未上鈎，有時唤起强梳頭。厭聞藥氣憎長臥，怕說花朝又遠遊。擁被不容人取冷，畫眉翻悔我工愁。懨懨情味誰知得，總爲柔腸不自由。

花朝集友漁齋二首

春色遠隨人到家，到家一倍惜芳華。偶逢舊雨能無酒，暫放新晴定爲花。此集儘教煩地主，去年今已在天涯。諸君莫惜更番醉，簾幙風寒任半遮。

隨意能來不用招，是春都好況今朝。吹花嚼蕊將三月，暈碧裁紅費一宵。柳意困如人乍起，梅痕淡似酒全消。歸來又是沉沉雨，坐對銀釭話寂寥。

春雨和丹叔

薄醉能消酒一巵，深宵其奈雨如絲。柳條弄色無人見，春水方生有鴨知。粥白餳香寒食近，簾輕幙重曉光遲。不妨留取餘花晚，只恐花時又别離。

花朝後十日繫舟將發燈下有作仍用前韻寄丹叔吴江

瀕行不醉玉交巵，弦索何煩細若絲。水上垂楊單舸繫，簾前微雨一燈知。客懷歲歲都如此，花信番番未肯遲。尚有天涯遊子在，吴江潮落夢分離。

村店

新泥村店酒初香，隨意來停野客航。寒食風光宜冷飲，小桃生命易斜陽。微陰欲滯平山遠，慢水能牽臥柳長。儘有離情不堪說，未妨詩酒是清狂。

舟次却寄

疏簾藥裏鎮愔愔，小別離禁惜別心。欲折花枝憑寄遠，怕伊知道又春深。

每因縱飲多添病，長爲尋春遠去家。一笑又忘臨別語，十分傾酒對桃花。

種梅索和鍾駕鰲嘗新茶詩次韻爲寄

雕蟲不作子虚賦，只有病渴同相如。四壁猶能具車騎，一室未暇容埽除。浙東歸來舌尚在，咳唾劣作千明珠。舊聞日鑄亦何有，但愛詩句清而腴。今朝打門送新馥，驚回莊蝶猶蘧蘧。篛籠手解自煎喫，忽念宿諾恐亡逋。人生但得衣食足，百種嗜好皆其餘。門前添種桑十畝，屋後仍有芋一區。水經茶譜定何物，食齏腸已甘如茶。因詩自訟兼寄謝，煮茶何日歸南湖？

酒後試茶疊前韻

我生好酒任清濁，茗飲雖嗜或未如。胸中萬慮苦皎皎，時遣一尊爲破除。年來多病頗耽睡，小飲便抱癡龍珠。欹冠落枕呼不醒，卻費石鼎烹雲腴。此君性嚴恨太峻，不肯可否師窬蘧。森然正色復苦口，醉鄉漸遠難藏逋。雖然于我豈不厚，如啖諫果回甘餘〔一〕。玉池水清牙頰潤，銀海月朗豪鼇區。惜無侍兒爲捧盌，摻手如玉顔如荼。終當買取伴茶竈，鴟夷只好浮江湖。

【校記】

〔一〕「諫」，底本作「諌」，誤。

渌卿得漢印兩面其文一曰莊生之印一曰臣光定爲子陵之物乞詩紀之

金刀重鑄五銖復，中興火德劉文叔。豈知大澤有羊裘，不識群龍歸赤伏。君王物色無處求，姓氏豈欲人間留。江邊老漁不曉事，鐵網夜挂珊瑚鈎。土花淒淒暈生碧，上有富春江水色。客星夜落月明中，化作精金不爲石。可憐天上張公子，斗米易來狂欲死。莊嚴避諱漢庭然，鄽賈稱生男子美。我聞巨君有禁挾銅炭，威斗初成剛卯賤。得非市門仙女燒丹餘，戲撥蟲魚煩玉腕。又疑故態狂奴狂，欲臣老子雙目張。何爲作印肯自貶，此豈有意希侯王？二難並發君莫嗔，千金自享休問人。君不見雲臺將相亦何有，誰識腰間印如斗？玉璽投地如葉輕，更笑漢家老寡婦。

二研窩詩爲鄭書常勳作

陶泓骨堅體且方，貌古略作瞿曇黃。取友乃得古端士，金聲玉德含文章。寒村老人昔寶此，厥背親題廿七字。六丁下索祝融驕，乃肯擲還老孫子。白雲軒中夜録囚，高涼罷官雪滿頭。當年出處大犖犖，二客雅與平生遊。惜哉老懶不解語，聊寄一窩憑作主。不然自是大父行，銅狄摩抄話爾汝。君不見故家舊物何地無，過眼變滅雲煙俱。椰盂火鏡玉挫隅，藉非一記良區區。請君更乞無價手，工文我愧韋端符。

題孫淵如觀察星衍禮堂寫經圖

漢儒皆通經，文章自近古。相如受七經，蔚爲詞賦祖。其後乃益分，各各立門戶。樸學陋辭章，才士鄙訓詁。彼我更是非，未易相告語。先生才槃槃，文苑早樹羽。扛鼎輕龍文，落筆横牛弩。小儒驚且僵，咋舌不敢吐。謂當淩班揚，下乃作李杜。賤子仄聞久，慕向思快覩。揭來湖上遊，獲見碩人俁。奇情與豪氣，收斂到眉宇。頗疑異所聞，或者我無取。因言憂患餘，漸造真實所。禮堂歸讀禮，一一校魚魯。康成所未定，思以一手補。始知數器兼，有力真如虎。邇來媚學子，位置高不俛。大傳議金縢，小學論石鼓。一二良究心，等輩喜接武。偶緣風會趨，未覺賈鄭苦。要當有通儒，出力爲枝柱。自恨坐因循，俗學日莽鹵。詞章雖涉獵，尚未闚廊廡。六藝此根株，忘失難具舉。將欲窮源流，短淺誰比數？附和聊隨聲，又非心所許。諒哉昌黎言，踧踖愧入土。題詩挂名耳，安敢托不腐？

鸜鵒研失於越州故人嚴四香贖以見歸爲作還研圖并系以詩

青純繡質瑋判白，失而復得春秋書。彼猶器用尚珍貴，何況翰墨心相於。頻伽齋中亦何有，與我周旋惟石友。就中一友諸石兄，鸜之鵒之雙眼明。體如凝脂不留手，即論風骨先傾城。於越歸裝輕似葉，但有隨身白藤笈。誰與黠者睥睨旁，間道馳歸足何捷。主人懊喪子墨愁，清淚日替蟾蜍流。爵臺龍尾本中下，得時登進如琳球。昨夜紫衣來入夢，今朝黃色眉間動。西湖乃與故人逢，背後奚奴捧來重。忽然入手喜欲顛，問君得此何因緣。爲言市兒不解惜，只賣半萬青銅錢。楚弓人得談何易，趙璧生還偶然遂。古來有喜志不忘，請我作詩歌其事。人生百歲何匆匆，雲煙過眼旋復空。偶躭嗜好要一病，阮乎劣可賢王戎。平生知愛良不少，日日相逢不知好。飄然萬里十年歸，對影燈前共傾倒。嗚呼萬事無不然，信陵留趙方知賢。研兮還我故物耳，似較初得尤可憐。爲君作圖頌高誼，願如石友莫相棄。

壽生見過酒間追述舊遊有作

已減豪情未減狂，相逢意氣各飛揚。明燈歷歷知前事，杯酒匆匆見故鄉。永憶江湖幾人在，可憐離合十年忙。莫言老大吾多感，只恐安仁有鬢霜。

送尢二娛維熊出宰滇南

浮沉兩載不相聞，手綰銅章袂又分。世路干戈何論遠，此鄉寶玉敢疑君？遊從莊蹻思開道，愧比王褒善屬文。苦憶渡江張子布，短衣長劍賦從軍。時張子白方之官陜西。

峒花犵鳥散征蹄，萬里南雲路不迷。蠻女定驚中婦豔時姬人蓮君攜之任，才人古有夜郎西。天開五尺排青嶂，詔許三年濕紫泥。莫忘故人相送處，明湖梅雨鷓鴣啼。

題汪紫珊世泰碧梧山館圖

一硯寒星映緑沉，石闌點筆晝愔愔。不知階下梧桐樹，別後又添幾尺陰？秋水寒星，君所贈研也。

人傳海内王郎子，家在江南瓜步洲。少年近喜謗前輩，莫話微雲秦少遊。謂隨園先生。

登牀記共嚴司馬守田，授館曾來袁孝廉棠。存沒不須多感慨，桐花依舊滿疏簾。

秦淮放棹去何之，有約深秋訪所思。孤館一尊應不惜，暮潮寒雨佛貍祠。

五月廿八日重送二娱作歌并示鐵門湘湄

錢塘江頭棹歌起，眼中之人一萬里。酒半如聞急雨來，尊前忽墮蠻雲紫。南雲萬里何迢迢，欲别未别愁魂銷。爲君起舞莫辭醉，聽我擊節爲長謠。男兒墮地膽如斗，苜蓿盤邊教低首。諸侯賓客亦可憐，雞鶩群爭牛馬走。十年鬱塞得一官，六詔雖遠城能專。此邦風土況不惡，淳朴更有名山川。牂牁以西靡莫東，椎髻盡變爲華風。旄牛莋馬息侵掠，邛杖蒟醬遙相通。夜郎先知漢使大，衛廣不用且蘭攻。相如文章自名世，但可禮教爲雍容。碧雞之神接金馬，銅鼓金釵結春社。跳月爭迎仙吏看，新詞乞向蠻裙寫。爲政風流自可喜，從古此間著才子。應笑老顛楊狀元，璚枝望斷閨中字。别亦不必愁，歌亦不必哀。滇池三百里，瀉作酒一杯。下床動足自有命，乘風破浪本所懷。莫言故人不相見，明月自向天邊來。只憐此會仍草草，衰絲臥病朱家老。麐也頭顱異昔時，江湖浩盪工潦倒。羡爾風姿還颯爽，行行且作蠻夷長。風帆獵獵如弓張，已報江頭暮潮上。

題陳雲伯文杰憶花圖

照影驚鴻有曲池，桃鬟小立見參差。東風只在垂楊外，還替愁人颺鬢絲。

一生顛頷總無端，薄負風情便拗歡。開卷不禁棖觸在，誰家一段好闌干？

卷六

白下集 起庚申七月盡一年

席帽麻衣，復尋舊跡。輕煙澹粉，重入歡場。竿木偶然，氈氍久矣。自秋入冬，彙成別冊。

中元夜水閣即事示鐵門竹士

一燈明水閣，孤館俯高城。澹月已秋色，暮潮猶雨聲。人天殘夜想，節物異鄉情。獨有盈尊酒，與君相對傾。

弔秋農於金陵爲詩哭之

腹痛車迴奈此行，江湖契闊十年情。黃公能記壚頭事，白鳥難尋水上盟。同輩高才多早死，中年酒病易傷生。攀條依舊秦淮柳，泫露搖風拂石城。

果否清詩句句傳，已堪高步俯時賢。波瀾壯闊談何易，花月荒唐劇可憐。繐帳伎猶歌子夜，絳帷人亦失丁年。謂俞仲芙、朱鏡秋諸子。重來事事添多感，莫訝山陽涕泫然。

夢回

水閣燈明夢忽殘，夢回真似別時難。名心漸覺年來澹，帶眼新從去日寬。想到雲鬟憐皓月，妬他金粉畫闌干。清輝已減休深坐，昨夜銀屏有薄寒。

七月廿八日留宿隨園中夜被酒雜然有感遂書連日以來酣嬉情事及懷人憶遠之作得十二首

水亭好繫木蘭舟，誰信長卿已倦遊。柳意也如人意懶，三眠三起不梳頭。

賺得青蓮酒半中，宮袍小扇記初逢。桃花可是渾無賴，送了汪倫又送儂。紫珊先歸。

影暗香疏句足傳，新詞傾倒石湖仙。三生名字修來福，說著梅花便可憐。蘭村易女郎三福名爲疏香，屬錢叔美畫扇，諸君題詞其上。

酒盪襟懷駊騀時，狂言翻遣別人疑。洗裙入月宮詞在，鸚鵡前頭莫詠詩。

隨園賓客散如煙，玉敦珠槃話惘然。差覺風流還不墜，主人和醉索題牋。

江左袁郎亦可哀，苦邀詞客盡深杯。新聲縱有雙鬟唱，那個旗亭貰酒來。

錢郎作畫今無敵叔美，潑墨疏花妙入神。紅袖成圍看點筆，居然中有六朝人。

朱老酒闌饒嫵媚鐵門，陳生詩就自吟哦竹士。待他三爵厭厭後，來看書生醉態多。

張公子已賦西征子白，更有延之萬里行二娯。可惜座中無此客，看他側帽一詞成。

題壁新詞最起予，因之一倍感離居。君家伯業衰慵甚，轉爲窮愁不著書。時蘭村以所見郯城題壁詞見示，詞不知何人所作，中有寄懷僕及二三子之語，酒間感慨，因念湘湄方臥病里中也。

幾曲闌干亞字連〔一〕，幾株楊柳傍門前。衆中猶自誇年少，記著歡場已十年。

尊前花底太矗疏，未免詩成笑老夫。容易伯仁三日醉，諸公屯守侍兒扶。

【校記】

〔一〕『干』，底本作『千』，許增本以朱筆改爲『干』，是。

題伯淵觀察五松園圖

蒼髯五叟更精神，中有先生杖履春。一畝便成投老計，百年幾見著書人？大夫爵亦隨時拜，韋偃圖看下筆親。我欲移家來問字，肯分黛色到比隣？

莫愁湖雅集詩

渚青雲白水如苔，裙屐相逢足舉杯。名士半隨雙槳到，好山親送六朝來。臂鷹手老危闌憑，射鴨弓柔俯檻開。欲喚釣師談舊事，眠鷗起處棹歌回。

詠莫愁湖秋荷

昨夜西風到石頭，采蓮又上木蘭舟。文鴛夢斷流黄冷，海燕歸遲水國秋。豈有維妃還解佩，可憐少婦亦知愁。前溪尚有聞歌處，搖落天涯不自由。

贈楊雲珊元錫即題其覽輝閣詩集

秋風吹作金陵客，賃屋遠住城東陲。晝長無書客稀到，獨坐誰與相娛嬉？今朝屋山噪乾鵲，闖戶一客來頎頎。略通姓氏道款曲，袖出一卷所爲詩。坐間寒暄不暇讀，去後稍復捩眼闚。初繙一二已色動，小異頗識君須眉。再尋便覺造佳處，心口相應聲咿咿。么絃孤韻洵清越，勢到七字尤魁奇。東光女子駿馬馳，邵家烈女趙法妻。長歌賦贈丁郁兹，往復磊落千珠璣。大壓不醒大醉非，啞鐘忽吼雄雉雌。崚嶒一世有如此，沉吟三復竊有疑。何爲欿然不自足，要我索瘢求其疵。平生此事小有得，中年憂患來攻之。情多每恨兒女態，遇窮或出危苦詞。有時見怪偶驚衆，劉乂馬異君所嗤。往時氣盛工跳盪，矯尾厲角爭豪釐。比來對客學喑啞，談及文字眉先低。方今少年富文藻，五色照耀春華摛。玉溪艱深長吉澀，位置甫白微解頤。朝吟一篇初脫稿，暮已剞劂雕鐫施。大者牛腰小束筍，歎譽滿口傾交知。幸然投贈亦到我，堆案雙眼昏而眵。居常偶逢客稱說，小詩一二殊有姿。及觀所刻乃大謬，字著紙上如黏黐。不知梨棗定何物，乃爾略不藏妍媸。嗟君謹厚亦復爾，此豈作意誇群兒？駑駘有萬鷙鳥百，奇毛瘦骨來何爲？君過四十我亦幾，漂轉車脚如蓬飛。相逢何事不作達，哆口刺刺將毋癡。莫愁湖上好明月，十五十六中秋時。青溪小姑頗解事，時乞細字紅巾題。醉中輒畫一絕句，雙頰紅入梨渦肥。此樂千秋未肯換，何況世上微名微？請君急來就一醉，昨夜風折高梧枝。

和竹士瓦梁道中作

夢回聞鳥喚，遠漲起江津。宿雨欲爭潤，初陽能醉人。白香蕎麥雪，紅軟犢車塵。聽得牧兒笑，看他墊角巾。

竹士以寄内詩見示醉中和韻

車腳從來學轉蓬，頻伽餅慣餉真空。故鄉酒熟思三白，側豔詞成付小紅。臨去方知離別意，有人常在夢魂中。世情還算江神好，肯借東坡舶趠風。

遠夢無端飛似蓬，覺來鴛被竟床空。燈殘虛室忽生白，枕畔玉容猶斷紅。兩月又添惆悵事，一年強半別離中。歸時待與從頭說，莫恨匆匆昨夜風。

醉裏

醉裏詩成醒輒忘，玉山筵上太郎當。如何偏記夢中事，夢覺月光來上床。

集璃琉世界即事次竹士韻

別燕辭巢不復營，重來我是十年兄。花如舊雨開偏澹，鐘入秋潮聲更宏。銷夜清譚還娓娓，說經坐席愧觥觥。只憐一掬知音淚，墮向懷中或化瓊。

錢叔美榆爲余作魏塘移家圖自題二絶句

故園寂寞鎖蒼苔，轉徙流離事可哀。租得人家數間屋，又從紙上起樓臺。

南榮燕客北堂春，略有園蔬請比鄰。一事算來差勝舊，蘆簾紙閣有人人。

雙湖聽雨圖爲袁蘭村通作

賈胡留滯若爲情，如墨雲天有雁征。應笑故園歸未得，借人池館聽秋聲。

不知是客兩無猜，便約陳劉共舉杯竹士、次鄉。卻怪犬聲忽如豹，郎君著屐過山來。

對剔釭花勸小留，伴他擁髻怕他愁。鴛鴦那似眠鷗慣，禁得枯荷葉上秋謂疏香。

有約那能住判年，清狂風味劇堪憐。明朝真向西湖去，憶著今宵又惘然。

京口舟次先寄丹叔并示素君

冷雲寒雁自回皇，不是征人不憶鄉。三日過江逢醒少，萬花成陣乞詩忙。友朋聚久翻難别，漂泊年多未悔狂。前度寄書今到否，茱萸待我作重陽。

屈指重陽還十日，故園菊尚短如苔。屬他緩緩開花去，爲有人人擁髻來。歸夢離家無一寸，客懷入夜且三杯。題詩相慰憑誰寄，枕畔吟成首重回。

歸自白門邀同獨遊至舍並柬壽生

白下歸舟激箭行，曰歸且覓舊鷗盟。歡場易散朋簪重，醉地難忘酒債輕。天以功名磨士氣，人將骨相與秋爭。此時苦憶潘斿老，恐近重陽句未成。

次韻獨遊過蘆墟村舊宅見懷之作

獨行無伴與誰娛，卻過儂家屋後湖。去燕有巢歸未得，故人如月近難呼。也知離合尋常事，若話田園一半蕪。但肯頻來應不厭，寓公雖好亦羈孤。

詩僧寄虛去年自黄梅過訪不值留詩而去今秋偕其侶竺書同至魏塘相見於退庵齋中即用其東莊詩韻贈之

去年聞說飛鴻過，但有雪泥指爪留。詩雜仙心堪印佛，僧多士氣亦悲秋。重來笑我塵封面，醉後看君墨蘸頭寄虛工書〔一〕。能共涪翁刺船否，荻花楓葉滿汀洲。

【校記】

〔一〕『蘸』，底本作『醮』，誤。

退庵招同獨遊丹叔東莊看菊二首

爲惜凋年急景殘，且先重九一憑闌。新霜著岸水痕濕，野圃無風蝶意寒。兩鬢易催秋士老，幾年能在故園看？杖藜最喜涪翁健，出郭清遊不作難。

密密疏疏短作行，融融冶冶細聞香。只知老圃秋如許，誰信灌園翁亦忙？白社能來宜在野，黃昏雖近尚斜陽。看書雙眼眵昏甚，欲乞花頭露一囊。

重陽約獨遊丹叔同游鉼山不果得重字

流光如水去重重，自覺登臨興已慵。尊畔黃花貧節物，風前烏帽舊過從。他鄉作客應相憶鐵門在武林，此會頻年或未逢。堅坐匡床君信否，平生腳底有千峰。

越日退庵霽青各有看菊詩見示感慨之餘率和其韻

何須姹女與黃芽，能駐愁顔只借花。萬事都隨馬耳過，群兒爭看帽檐斜。平居故國難忘酒，搖落吾生亦有涯。差覺西風尚公道，依然爛漫到貧家。

萬木都酣一夜霜，新愁萬斛總難量。將開既晚何須好，欲落猶遲不是香。淅淅風寒欺瘦蝶，離離鐙黯照殘妝。端能慰我衰遲意，四海翁今錢少陽。

右和退庵

秋風似有不平鳴，坎壈能傷宋玉情。得氣花枝已畹晚，少年詩格近幽并。蕭蕭落葉人將別，黯黯重陰雨又成。閒事破除尊酒在，請君曳履聽商聲。

右和霽青

將之武林遲蘭村竹士不至獨遊欲歸作詩示之醉後走筆不知道何語也

人生何者爲功名，世人皆曰公與卿。人生何者爲朋友，世人皆曰詩與酒。功名未來招不至，朋友欲去留不住。失意人間下第人，故人不來來便去。江頭八月秋風高，袁郎送我典青袍。山中十日不曾醒，半夜酒滴真珠槽。十五女兒腰如束，口嚼梅花吐寒玉。一唱繇霜宛轉歌，萬條玉筯垂紅燭。陳三年少百不愁，一月聽雨江邊樓。歸來放船急于箭，乘月夜與江東流。吾鄉隱者吴季子，喜我來歸亦來此。爲說袁陳許過從，便愁筆墨難驅使。五日十日醉不辭，八月九月須臾期。天風自作重九節，落葉又動淮南悲。此時主人慘不歡，僮僕瑟縮妻孥寒。屋山有鵲乾未噪，燈檠作花開便殘。吴生與我如骨肉，望我成名爲我卜。半死桐經霹靂多，千年樹有鵂鶹哭。今朝忽然辭我歸，欲留不得哀且唏。知君于我意良厚，相待太薄無乃非。平生齟齬百不悔，尚望科名爲親在。不然肯以千秋身，勉爲兒曹作光彩？廿年得舉亦已遲，頭顱四十豈不知。嗟君爲我尚戚戚，何怪世俗人相嗤。袁郎定已到吴下，相約陳三結秋社。問訊遨渠得得來，求名知我悠悠者。君不見我輩升沉休問天，他時書札勸歸田。東西南北難相見，將相王侯亦可憐。

九月望日重集東莊用東坡岐亭韻三首同丹叔獨遊作

兩年作寓公，食肉不餘汁。辟如負殻蝸，腥涎僅能濕。東城有黄老，此友爲我得。歸來便相從，不識有底急。麴米雲安春，餛飩秀州鴨。南湖蔆可剝，安石榴須羃。擘蟹揀臍團，鳴薑候芽赤。知我嗜鄉味，泥甕拆三白。往往走僕僮，時時墮巾幘。不知何所云，相樂忽相泣。今秋來亦屢，完月行見缺。多謝好事人，招此不速客。風寒天雨霜，無花亦來集。

年年下第歸，歲歲飲墨汁。麻衣非無淚，淚盡不知濕。以酒破除之，此計亦云得。花開恨已遲，簡折招何急。候門怨妻孥，比隣惱鵝鴨。居然見明妝，秋煙鏡奩羃。澮如鴉背黃，深作鶴頂赤。豈知有新霜，籬根已微白。煮茶拾墜樵，漉酒取墮幘。吾輩正歡場，那聞百蟲泣？人生滿意難，正要留一缺。主人病先歸，何者乃是客？留題壁間詩，殘墨如烏集。

我聞賣乳人，以水和乳汁。乳澮水亦非，飲者口不濕。邇來晚聞道，漸已泯失得。偶逢失意時，頗覺行樂急。少年金彈丸，曾打王孫鴨。一閉新婦車，面首紅巾羃。故我今漸忘，近朱遂成赤。波匿觀恒河，危不雙髩白。鏡中狂欲逃，曾未見頭幘。座有兩禪人時竺書、寄虛兩僧在席，應笑窮子泣。七言哦作詩，大字書墻缺。八騶從何來？拉入補座客。蒼然人天中，針孔微塵集。

詠落葉送獨遊還水村

君豈不得意，浩然生別心。秋風多落葉，失水有哀音。蟲語銅鋪細，天寒金井深。回家見朋舊，所得是霑襟。

送三妹歸銅里

屋角荒雞膈膊鳴，月明未便是天明。說歸難制傷心淚，欲起翻愁見汝行。癡婢那知調藥裹，藐孤還望繼詩名。窮秋多感兼多病，一夜催成白髮兄。

梅花庵訪吳仲圭墓

故里春波綠，孤墳秋草寒。庵從鄰叟得，僧似老梅殘。碑碣斜陽外，風流異代看。壁間留石竹，誰與報平安？

再留獨遊

先喚吳江赤馬船，主人如客亦堪憐。回思當日難分手，已覺前期易少年。落葉聲多還有酒，分湖歸好奈無田。留君與話他時計，養鴨租牛要幾錢。

霽青見過留宿靈芬館復用前韻各得二首時被放之後雜語近事故言不詮次

入世如調人，百味嘗其汁。若鹹苦酸辛，及剛柔燥濕。偶先五漿饋，便詡衆口得。豈知古易牙，半夜煎熬急。南庖誇羹湯，掌蹠取雞鴨。北客喜生疏，梨栗煩巾羃。忙從槐花黃，冷見柹葉赤。居然有嗜好，彼哉分黑白。辛苦庖人偃，臂鞲兼綠幘。年來不作難，恥學卞和泣。貯酒有金甌，摩挲尚未缺。可憐有限杯，餞此無家客。君來亦復佳，敢謂此遽集。

讀書莫厭多，去滓乃得汁。避俗莫厭深，推燥肯就濕。感君從我遊，齊失楚已得。何爲出險語，相逼恨太急。閨中石葉香，宛頸睡金鴨。蠟燭無孤花，精簾有深羃。定知君晚歸，酡顔帶微赤。論詩月昏黄，留宿室虚白。醉將杯在手，狂以頭就幘。不信有楊朱，竟爲路歧泣。我生百事廢，但以詩補缺。君能友晉宋，我亦圖主客。作序繼蘭亭，紀此少長集。

溪行

小溪一路盡霜林，曉起貪看尚擁衾。茅屋闗門已寒色，秋瓜抱蔕有冬心。風欺敗葦蕭蕭急，雲壓癡嵐黯黯陰。差喜僕僮俱不俗，船頭教我作微吟。董蓉、汀漚近學作詩，董蓉《曉起》云：『清磬聲驚栖鳥散，山僧蹋破板橋霜。』汀漚《九日》云：『回憶楓亭香荔熟，偷彈鄉淚對黄花。』舟行無事，時作呻哦，亦一段佳話也。

臨平即事

細雨吹船着岸蒲，衝泥便遣短僮沽。不知酒亦有何好，但覺詩成未可無。落木寒江微作漲，天容水態若爲圖。一尊已盡低篷臥，津吏相逢未敢呼。

寄素君

已是深秋况早寒，一懸帆影便漫漫。長眉似較歸時淺，淚眼翻從去日乾。藥裹關心休自諱，梅花著蕊要同看。天涯孤客能調護，不用書來更勸餐。

聞蘭村將至武林喜作

已負前期不放舟，豈知倦客又登樓。淹留定戀山中桂，漂泊翻尋海上鷗時在上洋。席帽自憐仍故我，葛衣可念入深秋。南山萬樹紅於染，遲爾霜天策杖遊。

如夢如塵匝月過，醒聞詩就醉聞歌。三生杜牧狂逾甚，十載雲英老奈何。月滿花枝頽夜玉，夢涼燈影似秋河。紅羅亭外藏鴉柳，肯信人間落葉多。

同倪米樓稻孫鐵門遊靈隱至白衲庵口占四絕句

昨日楓林葉未蒼，今朝鴨腳已全黃。做秋較比春容易，只費天公一夜霜。

微陽薄似酒初烘，行客緜衣卸一重。自笑敝裘渾不暖，登山臨水覺從容。

犖确山行愛不平，舉頭飛鳥忽然驚。霜林盡日無人到，聽得芒鞋踏葉聲。
澗碧山紅欲去遲，秋容雖老尚禁持。昏鴉問汝歸何事，要趁斜陽未落時。

天平攬勝圖爲珊珊夫人題

游仙元只在人間，一樣天風響佩環。卻笑乘鸞太多事，隔重煙霧看湖山。
能賦登高未易才，金庭石室爲君開。五湖秋水明如鏡，照見峰頭玉女來。
歌罷五噫我欲東，山陰歸櫂太匆匆。披圖笑問梁鴻婦，記否千巖萬壑中？

次韻答宋茗香大樽

西湖日日醉扶頭，傳徧狂名亦有由。誰識秦川公子恨，江山信美獨登樓。
流年如水少回流，潦倒還能似我否？昨夜醉鄉儂奪取，劉伶骨相不當侯。

秋柳用漁洋韻同陳桂堂太守延慶作

青衫顦顇黯吟魂，驢券依然出國門。墜溷漂茵還有絮，秋孃春夢了無痕。依稀沉水遲俱過，零落諸楊別一村。胡老華顛休相笑，少年詞賦與誰論？

黄花瓦上見微霜，笛裹江城水漫塘。赭白馬驕非故苑，縷金衣叠在空箱。舊家樂府歌三變，新樣元和失二王。只有黄衫騁遊俠，墮鞭還到善和坊。

見説新人汁染衣，城中千媚是耶非。自知昔日長眉淺，不信今年落葉稀。繞樹暮雅猶點點，辭巢社燕故飛飛。小蠻畫榼重携取，白傅年高未忍違。

樹猶如此見猶憐，只著霜痕不著煙。青鬢已非還對鏡，紅蠶欲老未成綿。折來霸岸剛三月，瘦盡東陽又一年。五角六張看歷歷，不知柳宿在誰邊。

題陶季壽章潙詩

楚山如髻螺，中有竹枝歌。鴻雁晚來急，洞庭寒始波。知君詩境在，令我遠情多。微聞三歎息，奈此玉琴何？

季壽乘月見過出示舟中詩遂同其韻

客居所居望衡宇，看見牆角疏梅花。半夜打門急乘月，一燈過橋知到家。湖天淡淡山影失，鳧雁拍拍霜風斜。日出相牽入城去，油囊酒熟無人賒。

題珊珊鶯湖載月圖

素娥邀與門嬋娟，涼叩晶簪不道寒。知否濃香淺夢裏，幾家閒殺好闌干？
每於對月苦思家，水驛山程別路賒。記得分明倚虛幌，不知酒醒在天涯。

病起招退庵用丹叔和東坡餉字韻

辛女几慣老飢抗，黄麐圍無食肉相。歸來一指忽動摇，誰送連船越州釀。正思折簡招故人，惠不及人吾所謗。病魔闈中來揄揶，三日困頓眠紅帳。今朝稍覺陽氣滿，大宅浸淫春盎盎。作詩急告舊酒徒，能就飲來不能餉。

夜聞丹叔誦詩用前韻

朝饑不食夜睡早，維摩偶見病者相。臥聞隔屋聲琅琅，渴羌聽熟鄰家釀。應知先知氣力微，嚬呻況怕妻孥謗。床頭瓦燈偏照人，屋山饑鼠時墮帳。須臾朝日忽穿窗，漸聽食器鏘鳴盎。不知黄嬭定何書，土炭珍羞可分餉。

遲退庵不至仍用前韻

有酒不飲苦待人，寒乞乃具富貴相。豈知人世有涼州，解換蒲桃十年釀。黃公愛酒不愛官，稍爲家計未宜謗。不然種秫二十五〔一〕，不足東門供祖帳。今朝招飲辭未來，富人只恐惱袁盎。君不見日飲無何亦自佳，力田誰助司農餉？時君方收租未暇，故以此戲之。

【校記】

〔一〕『秫』，底本作『秝』，誤。

和丹叔病起

我方病較君偏病，君正詩成索我詩。風雨歸休多晚歲，江湖老大失前期。自誇卯飲起猶早，能具朝餐窮未奇。急作音書告吾黨，故鄉潘岳劇相思謂壽生。

十一月廿六日夜偷兒入室攫所藏私印二十九方而去戲作自嘲

苦嗜金石要一癖，愛聚古文摹篆刻。求休花乳本尋常，寶若黃琮與蒼璧。十年薈蕞亦已多，一日奚翅三摩挲。歸裝頗遭妻子笑，行路慣受關津呵。貧家那得香廚藏，雜置鏡檻妝臺旁。文檀作匣重錦裹，不合夜夜生光芒。人間只望金銀氣，那識滄江白虹瑞？胠篋深愁吠犬驚，探囊差喜驪龍睡。五十六印取過半，餘石草間棄淩亂。得珠還櫝爾何廉，多藏厚亡我其慢。朝來山妻美睡醒，起看窗網笑不驚。著簪布裳幸無恙，一言告君請試聽。人生嗜好皆爲累，蠟屐何殊障簏輩。歸來堂中集錄多，盈舳連船可能載？雕蟲不爲揚子雲，爾雅不注磊落人。區區片石玩物耳，乃以得失爲喜嗔。君家蕭然百無有，待米君歸只空手。不知責此石纍纍，療得朝來一饑否？平生慣被虛名誤，薏苡明珠謗無數。豈知乃復誤偷兒，賣不值錢用無處。聞言失笑且勿譏，書生習氣良有之。蒙賊哀憐敢不賀，呼童爲補門前籬。男兒空負好身手，故物青氈何足守。會當投筆學從戎，君看明年印如斗。

偕丹叔遊徐氏廢園作寄退庵

殘年風物足清愁，暫出人如蜂暖遊。樹杪栖鴉比葉小，城根淺水帶冰流。廢園落日荒荒白，孤客行吟處處留。卻憶城東黄老子，運租船上有詩否？

醉司命詞

白米出磨如玉塵，餦餭作餅甘入脣。青竹燈檠縛輿轎，紅牋碎剪糊車輪。願侯上天莫逡巡，祝侯之來福我民。勃谿詬誶侯不聞，男呻女吟侯不嗔。常時突煙有斷絶，有時腷膊燒濕薪。侯居我家亦云久，亮如鮑叔知我貧。上天高高帝所遠，蟣蝨小臣縱疏懶。平生所事不欺人，何況我侯皆在眼。今朝再拜前致詞，富且不求餘可緩。吴江一水鄰嘉善，辛苦移家兩年滿。門神戶靈遭播遷，竈妾銏童累連蹇。有酒在缾盛在盆，故事聊以糟塗門。安知司命不一醉，我已獨酌餘空樽。千家送神爆竹齊，小兒索飯門東啼。

退庵以米酒茶炭及水仙花見餉報之以詩

常人饋歲視所有，黄老餉米兼餉酒。故人周急視所無，黄老送花詩與俱。連船卻載來長鬚，歲暮得此爲歡娛。我生漂轉正無著，末契何曾後生托。鄰里深知過往疏，妻孥翻訝殘年足。生平意氣徒豪俠，到此居然百憂集。因君一歌主客行，更約花開酒同喫。

朝暮行贈錢鋒

朝登李門龍，暮散翟門雀。世上紛紛輕薄場，文字安能後生託？隨園先生道太廣，上結名卿下廝養。群公合沓羡聲名，遊客趨承樂宏獎。此時錢郎未學詩，結束鞍馬西南馳。眼中毛錐定何物，世上自有真男兒。偶然弄筆思振奇，一讀其集呼以師。因人附書三致意，先生死矣良不知。爾來學者盛門弟子戶，別有公卿作盟主。今日皆爲呂步舒，當年誰作邴根矩？錢郎意氣自兀奡，一語分明見久要。甘從身後稱，群兒那免人前笑？感君風義情更親，勸君努力自致身。方今西陲尚用事，十萬未撤緣邊屯。作人要各有本末，區區細故安足瞋。歸來笳鼓賦競病，會見讚歎羅千賓。君不見江湖萬古千秋事，自有他時少陵議。

卷七

櫧概集

荒亡樸學，謬主皐比，往來苧蘿浣江之間者二年〔一〕。問水尋山，間有所作。雖家居日多，總以櫧概名之，紀所歷也。

【校記】

〔一〕『往』，底本作『住』，誤。

新正三日同丹叔醉後留宿友漁齋退庵有詩同和其韻

一舉猶誇累十觴，三旬兩度醉君堂。年來周顗勞屯守，醒後蘇家仍對床。交到忘形誰是客，人非俊物那能狂？茶爐宿火朝廚粥，此事多煩老孟光。

四日偕同人遊城中諸廟市尋鉼山道士許湘不值二首

晴日暖融融，佳遊散策同。風禁酒力後，春在市聲中。騎竹紛諸隊，攤錢聚一叢。關心見梅蕊，村女鬢邊紅。

羽士去何處，諸天靜可憐。香微銀葉隔，風定石幢懸。欲問登真訣，先繙內景篇。如何容俗客，名紙各紛然。

可石退庵若濟許湘同集靈芬館用丹叔韻

兒女青紅憶往時，邇來但解惜交知。試看竹葉清無底，若等梅花醉已遲。況有兩翁能作達，應無一客不成詩。醮壇茶磴雞缸外，幾幅蠻箋筆幾枝。

人日東莊探梅九言一首

東風著人不暖亦不寒，朝來啼鳥喚上城門船。歷頭初檢七日爲人日，正憶高三十五之詩篇。草堂梅花念我定腸斷，何意故鄉故人來連翩謂獨遊。黄家東莊看花有舊例，或上元後遲或花朝前。今年氣候比似去年早，雨水節届晴旭猶暖妍。同遊三子二子乃熟客，出郭一里半里皆平田。荊藍自攜茶具酒具備，柴門側出十枝五枝偏。清遊乘興更趁風日好，肯讓籬角小尾黄蜂先。主人之才不減林處士，好事愛客尤較前人賢。一年一集輒有一詩紀，四壁略滿無處留吟牋。與花作主如此亦不俗，恐被花惱與我相周旋。柳條弄色又欲向何處，飄蕭兩鬢已著河橋煙。不見花開未落便別去，東西南北相望空茫然。

谿莊探梅用鐵厓體作七絶句

野梅十株九株開，遊人連臂踏蒼苔。不見橋南花蝴蝶伎名，無數蜜蠭雀豹來。
東家西家打羯鼓，要與梅花開却春。天公不怕被花惱，一夜北風吹倒人。
曹家墳頭野梅多，最老兩株尤婆娑。落花紛紛勸一醉，無酒其奈山僧何。
溪西即是問心庵，溪北梅花開向南。女兒見梅不肯折，卻折野花照水簪。
嘉善北門有梅花，嘉善北門無酒家。過橋小店不生火，當門少婦閒喫茶。
昨日小雨不到夜，溪水略無半尺強。扶藜野老指我看，豆葉未青菜葉黄。
黄公約我明日去，亦有老梅幾十株。只愁昨宵風色惡，兩株緑萼已開無？

十三日退庵重招同人飲梅花下盡醉極歡泛月而歸再作二詩奉謝兼寄獨遊壽生鐵門

千枝次第已齊開，莫訝看花日日來。酒座居然無惡客，野人例不種官梅。狂來藉草當風坐，醉後搖船載月迴。珍重主人好懷抱，銅壺銀燭漫相催。

觥船一棹酒如淮，飲罷難辭百感來。花好那知人聚散，夜深還與月徘徊。欲招諸子比鄰住，也縛柴門傍水開。此計沉吟幾時遂，前題重爲掃塵埃。

喜雨

新正半月多無雨，雨腳才飛細似針。忽走雷車驚曉夢，喜聽檐滴有餘音。鈎簾正要深深看，當酒何辭細細斟。已覺湖雲如絮厚，商量從此作春陰。

和丹叔同伯子退庵元夕至鉼山聽道士許瀟客湘吹笛用退庵月下看梅韻

結交結少不如老，看月看宵不如曉。行樂先愁兒輩覺，不眠多被鄰翁惱。今年元宵月勝昔，家貧無燈酒難得。故人攜酒肯見過，對月頻搔鬓毛白。故人雖老懷抱好，月上猶嫌出遊早。二更已破三更初，積雪滿街不容掃。鉼山道士帽籠頭，煎水解瀉松風甌。但將醒眼看客醉，肯笑白髮多清愁。黃樓羽衣坐吹笛，三百年來此樂絶。分明白鶴館中人，更蹋承天寺裏月。君不見市上狂遊多少年，踏歌闌入酒樓前。豈知尚有三間客，松火茶爐徹夜然。

和丹叔十九日大雪呈伯子韻

山人住山如山禽，聞聲能識陰與晴。今朝不聞一鳥語，寂靜更覺茆檐深。擁褐高眠意殊得，人事那愁隨日出。隔箔銀燈濇欲無，蘊火銅鉼曉猶熱。小弟亦無食肉相，不愛羊羔愛新釀。乞米慣學顏平原，種秫苦愛陶元亮。曉寒思酒起來早，開門見雪喜欲倒。喚我同看不暇慵，如君清興亦復好。天公作事喜出奇，兩年春雪偏如期。方今武林欲去日，絶似歸櫂山陰時。百年未滿別離有，懷抱能開不如酒。一飲先判醉似泥，三更已見星橫斗。

元作　　郭鳳

春泥滑滑啼春禽，濕雲將雨爲春陰。溪頭老漁早收網，一夜水添一尺深。半月不雨雨六日，楊柳旋青草芽出。癡蠅解飛蜂暖游，共道天公相暖熱。那知天公故薄相，雨止風收爲寒釀。宵來縮脚布衾眠，曉起扶頭紙窗亮。山童詫異起我早，老梅如折竹欹倒。那識農夫田父愁〔一〕，漫夸紙閣蘆簾好。作暖太早寒太奇，一雪略阻行人期〔二〕。不然晴光正滿眼，已見放棹門前時。今朝離思復何有，未及詩成且呼酒。但須兄弟相勸酬，莫信妻孥問升斗。

【校記】

〔一〕『農夫』二字，底本与許增本均模糊不清，據民國本補。

〔二〕『阻』字，底本与許增本均模糊不清，據民國本補。

二十日生朝自述

朝見長兒童，暮見換寒暑。勞生易歲年，忽忽三十五。十五心尚孩，二十猶莽魯。三十欲自強，漂搖走風雨。旁人閔飢寒，此子勞仰俯。食梅與茹蘗，味過知酸苦。小弁念我辰，感此不得語。胡然具湯餅，拂意難老母。上言長壽考，下言持門戶。

一日復一日，一年復一年。年年有此日，此日去不還。從前所得歲，積之在誰邊？後來知幾何，疇能測其先。牡齒壯多脫，蒜髮亦已宣。科名要親在，今既無由緣。文書可傳道，何者爾所專？毀譽兩皆愧，何況人祝延？莫言三十五，四十恐復然。

二月十四日渡錢塘江

十幅帆張不用催，三郎廟下等潮開。春風如海魚龍靜，落日連山紫翠來。犀弩荒唐尋舊跡，鷗波浩盪醱新醅。花朝社日都過了，觸撥鄉愁是此回。

坐江山船至諸暨途中雜成八首

尺幅何人寫惠崇，山平水遠兩三峰。江南大有銷魂處，楚楚眉痕不在濃。

披衣早起問奴星，倦眼微搓宿酒醒。何事船頭不相喚，一山已在舵樓青。

四山合沓一村孤，粉本天然未易摹。笑煞詩人愛孤冷，抛他馬遠看倪迂。鐵門爲余言：『袁中郎云「西湖山水，宋人畫也；越中山水，元人畫也」，君行當以此物色之。』

丫角兒童放學初，小桃花濬竹籬疏。羡他一个村夫子，山水中間坐説書。

荷花草紫菜花黄，稜稜山田面面塲。牽緑他家一湖水，不知門外幾垂楊。

想見春遊杜牧之，虹橋新柳正如絲。聞蘭雪至揚州。年來輸爾風情好，院體山川宮體詩。

一段紅霞一段山，舟行不覺路彎環。仙郎自喫胡麻飯，看見桃花亦等閒。

閨中錦字黯銷魂，細數歸期有淚痕。又被君家鴟夷約，春風吹入苧蘿村。

毓秀書院即事并示諸生四首

纔卸征帆暮靄横，柁樓真向越中行。春流得雨柔雙櫓，芳草如煙綠一城。湖海暗銷遊子氣，山川曾見伯才生。句無亭下前題在，待試芒鞋幾兩輕。余前年冬曾至曁陽。

禾頭生耳樹栖苔，容易今年宿麥栽。黄鵠歌謠陂定復，紅鮮江米道初開。憂時何預書生事，得食深知鳥雀哀。一笑尚蒙稽古力，芋魁飯豆縣官來。

一畝書堂足歠歌，贏安研几當行窩。花時已覺天涯慣，菜把如煩地主何？上巳即今脩禊近，西家終古麗人多。待歸誇與村夫子，山長頭銜是苧蘿。

柳州未敢衆人師，立說今誰韓退之？豈有通經輕馬鄭，只餘小伎等巫醫。依山差覺風猶古，待問深慙字不奇。若論科名求速化，先生自笑鬢先絲。

清明遊苧蘿酒後有作

餳簫吹暖句無城，千家插柳爲清明。天涯獨客感時節，愁思正與江潮生。程夫子行之乃劇好事，折簡來遣奚童迎。下水門邊舴艋小，水淺劣可長篙撑。風和朝旭更姸暖，布帆遮日如涼棚。舟師倚楫問所適，解道意行無定程。苧蘿山青浣江碧，渚清沙白相迴縈。浣紗何人勒山骨，筆縱字大横庚庚。右軍傳疑季重誕，西河一老紛譏評。千年羅綺銷不盡，片石尚有文人爭。山頭祠廟未斷手，鑿石肖像嗤村氓。無鹽何事煩刻畫，東家妄欲希娥娙。隔江點點眉黛出，顰蹙略似横雲横。山桃已落山鳥鳴，野棠花開白紫赬。馬醫夏畦拜墟墓，春鉏布穀催犁耕。風前搔首望鄉國，春物雖好難爲情。主人有酒旨且清，都籃具挈槃游羹。深杯豈惜恣百罰，一舉不覺連十觥。人生貴賤那可忽，入宫始得傳其名。扁舟五湖計早得，鴟夷詎必須功成。嗟余落拓不有命，一醉萬事鴻毛輕。明朝長揖挂帆去，到家尚及山廚櫻。

浣江寄懷八首

渺然江海便天涯，容易天涯又落花。芳草自迎遊子屐，苧蘿誰浣女兒紗？六橋春事煩相憶，兩鬢新愁漸欲華。料得朱公無藉在，城西閒煞酒人家。鐵門館武林。

伯勞飛燕差池翼，長雨闌風黯澹春。每爲無聊思舊事，劇憐多病滯斯人。頻更憂患能催老，苦愛交遊尚諱貧。賭酒擘牋猶昨日，可能容易聚雲萍。湘湄、蘭却去秋同寓湖樓，有《湖上雲萍圖》。今年湘湄再來湖上，未數日而歸，不及合并也。

倦遊彌遣客懷傷，斗大嚴城值歲荒。豈有囊丸探赤白，只無餅粟接青黄。時聞有盜，縣令請兵駐邑。俗以二三月爲青黄不接時。潮平沙篆猶留堞，雨過蝸涎又上墻。卻憶諸君風味好，山樓官閣對爐香。曼生、同人。

昨從西子湖頭别，舊約吳王苑裏遊。離合便成吾輩恨，鶯花不替酒人愁。笛家清脆燈邊舫，箏語淒迷水上樓。爲問浣江如許緑，肯流春夢到蘇州？夢華時寓吳門，甘亭約二月中爲靈巖之游。

行脚真如僧打包，芥舟何意滯堂坳。哀鴻乞食半中野，新燕笑人無定巢。太守赴邑，以書院作公館，因移榻縣齋。里社雞豚頻入夢，山城鰕菜少登庖。門前載酒君休問，只費先生作解嘲。壽生、獨遊。

玉梅開過落鐙風，踏月看花處處同。見我行還殊惘惘，與君别筭不匆匆。最憐令子能高詠，定有新詩娱此翁。藥物重煩相料理，爲言加飯酒杯空。退庵。

一月曾無一紙書，書來應是怕愁余。全家上塚知何日，掃地焚香愧不如。苦憶詩成呼酒急，有時客去點燈初。夢中徹夜沉沉雨，合眼分明見敝廬。丹叔。

催挂征帆手重攜，别來想見黛眉低。吳儂作客仍遊越，故里何人尚姓西？鄭重錦書無雁到，朦朧綺夢有鶯啼。兩年文杏春風裏，輸與紅襟得並棲。素君。

將歸里門諸生見和前詩斐然成帙臨行援筆以答拳拳之意竊比古人贈處之義凡得六首

吳儂爲越吟，意興極草草。正如山鷓鴣，出口便懊惱。胡然辱見答，束筍比猶少。竊竊念沉冥，溫溫盡懷抱。時俗重冠裳，爵高屣先倒。豈有敗鼓皮，金石煩擊考。即如趙王孫，八十首已皓。猶能樸學師，是亦人情好。趙君名概，年八十三，邑人延之教授。

無食思樂土，無衣思南州。杜陵昔有云，今我非不留。比聞此間荒，縣官難自謀。豬肝與菜把，等是有所求。使君五馬來，蹀躞臨道周。一巢不得庇，仰愧林間鳩。而况生平學，待問良足羞。一事得名去，藉告賈長頭。

圖經紀名山，五泄推第一。高峰東西懸，綫路千百折。玉龍噓天風，吹作萬古雪。其境太幽險，遂使遊跡絶。我來發興狂，獨往苦無匹。又緣登頓勞，先被僕童怵。因思世畸人，難近以自匿。此中豈遂無，未肯爲我出。

句無山刻屈，人民矜懻忮。寬猛苟失宜，往往號難治。頗聞惡少年，攻剽作姦利。凶歲因多暴，責不盡長吏。我聞郭林宗，能使巨猾愧。可知詩書氣，足以柔猛鷙。士於四民中，其位豈不貴？勿謂風俗移，乃非吾輩事。

父兄教子弟，科名期連翩。師友相告語，文史窮根源。二者有兼得，豈不誠豪賢？但恐一蹉跌，失據進退間。此邦盛科第，姓氏久或湮。一二文章士，歷歷皆目前。爲道非背馳，俗學當力捐。毋令山水名，獨讓兒女專。

少年頗自喜，佚蕩多不羈。往往冒憂患，稍稍循矩規。三十竟無成，坐見歲月馳。苦覺智慧減，始復親書詩。與人務爲同，自顧了不奇。諸君信卓犖，爲業當及時。辟如未朝餐，妄意人苦飢。贈言我豈敢，或者前事師。

王柱公佩蘭以竹齋集新刻見貽并見和即事四詩作此奉題即用集中漫興韻《竹齋集》，王冕元章著，柱公其後也。

擊劍譚兵願總違，當年真息漢陰機。高人遠引全身命，亂世雄才有伏飛。鄉里小兒齊拍手，杜陵野老獨沾衣。開編如與先生語，水石清寒不可磯。

萬木森森萬壑陰，翩然披髮上遙岑。漫天風雪人孤往，滿地江湖龍一吟。定有梅花吹不落，欲尋遺墨到而今。文孫珍重風流在，能使殘編託藝林。

天涯孤客此登臺，慷慨悲歌日幾回？薄有詩篇留汗漫，每逢山水一低徊。因思絕壑窮巖裏，曾見高冠長劍來。吾欲陰求奇士去，煩君相待野梅開。

缾山看牡丹次瀟客韻

錦幃繡被漫横陳，側帽來看莫厭頻。行客到家頻置酒，道人築塢自藏春。兔葵燕麥催年老，榆火山泉入夢新。坐向石壇雲屋下，彌天花雨幾由旬。

喜獨遊至兼寄壽生

芳草如煙䳟鳩哀，羈栖難遣好懷開。春從遊子歸時盡，酒與故人同日來。時先寄惠佳釀。白袷追歡心性改，青山遲客鬢毛催。語君且共虛堂坐，商略千秋此一杯。

嗜好酸鹹本不謀，寄聲世上漫悠悠。狂成見客搖頭疾，賤覺逢人說項羞。尊稚兩家俱好在，往來與子亦風流。故人若問閒居事，獨抱遺經號相牛。

即事同丹叔獨遊作

又落野薔薇，一年春已歸。鄰廚賒熟酒，故篋檢生衣。入饌江魚美，登槃豆莢肥。暫時生計足，便覺浪游非。

有客還相訪，能來不恨遲。喜聽故園事，回憶少年時。往往誇身手，匆匆已鬢絲。重煩君問訊，別後幾篇詩？

老大聰明減，波瀾派別分。昔嘗論此事，未敢與斯文。風雅尊吾道，遷流得數君謂退庵諸君。徒然存老馬，歧路恐紛紜。

屋宇無多地，文窗出鏡臺。偶成青竹援，便想雜花栽。已劚侵階筍，仍芟入戶苔。來禽與青李，他日等齊開。

開窗聞櫓聲，隔水見春耕。午睡懶成例，夜談飲有名。妻孥嗔落拓，兄弟話平生。偶爾新詩就，居然亦性情。

夏首猶無暑，東軒敞綺寮。水光朝盪日，港曲暮通潮。可惜楊柳樹，未垂長短條。成陰十年事，作計太迢遙。

戲廣楊孟載體八首

三家兩家村小，十里五里溪長。半醉半醒遊客，舍北舍南乞漿。

春人最憐春盡，花落只在花前。今雨不來舊雨，柳綿飛後桐綿。

千里萬里春去，長亭短亭客還。將昏未昏明鏡，不濃不澹遠山。

越山越水平遠，楚舞楚歌別離。垂楊垂柳如此，潮落潮生不知。

蠶老三眠三起，桑綠畦東畦西。夢醒不醒雨響，天明未明鵶啼。

漁兄漁弟離居，今年去年無書。故鄉故人寄我，一寸二寸銀魚。

作客愁風愁水，到家吹塤吹篪。兒呼直者正者，友有微之牧之。

天遠水遠人遠，多感多病多愁。傷春傷別傷逝，杭州越州蘇州。

月影用雨粟樓詩韻

誰照年年羈旅情，流黄機上最分明。枝頭烏鵲栖難定，夢裏關山畫不成。人去便成千里隔，秋來中有百蟲聲。空階昨夜清如水，誰見羅裙窣地行？

己分

牢落江湖自尠歡，百年鼎鼎又春殘。柔桑剪盡紅蠶老，新水生來白鳥寛。乘傳西琛誰辨賊〔一〕，上書北闕懶求官。臂鷹身手知無用，已分溪頭把釣竿。

【校記】

〔一〕『辨』，底本作『辦』，誤。

次丹叔韻

隱隱輕雷過野塘，泠泠疏雨作微涼。和詩難就知才減，對客先慵厭話長。小病似因連日醉，偶閒便覺别人忙。湘簾如水桃笙滑，跂脚從渠一放狂。

題湘湄松風仙館圖湘湄本姓陶

新署頭銜號隱居，支離者叟最相於。著書辛苦功名薄，只合神仙位置渠。
海上空龕待樂天，夢中秋水澹如煙。豈知别築華陽館，愛住人間作地仙。
术序閒鈔慣忍飢，方書肘後漫提攜。勸君且緩登真訣，先乞黄金鑄裹蹄。
真覺全家道氣濃，高堂緑髮漸方瞳。當時十賚渾閒事，别賜桃枝九節筇。
不淦雲母自長生，小婦肩隨大婦行。卻笑通明無豔福，三層閣上獨吹笙。
樓閣玲瓏次弟開，松梢月冷鶴飛回。似言少别須臾事，莫築山中思子臺。
少壯胸懷太慨慷，百年坐見鬢成霜。神仙縱有非吾好，已繞荒齋種白楊。
三數知交向曉星，半埋黄土半漂零。人間不死何堪獨，遲我來同煑茯苓。

詠采桑女

曲籠桂枝鈎，盈盈到陌頭。東南初出日，十五不知愁。路滑徐行怯，梯高半上羞。相逢冶遊子，亦解眼波流。

賦得洛陽女兒對門居

深巷横街各枕流，何須大道起朱樓。折花年紀驚初見，鬬草時光記出游。牢合桂叢金鬣鎖，徘徊菱鏡玉搔頭。隔墻定有王昌住，葉葉花花只自愁。

小雨

轉緑回紅春事休，端居合賦畔牢愁。孤懷黯黯臨當去，小雨愔愔似早秋。展卷聊遮遠望眼，著書易白少年頭。平蕪無際斜陽漏，商略閒身合倚樓。

阿桐生日

客子歸家百事惰，匆匆略遣一日過。兒童年歲俱不知，但覺今年比前大。今年住家一月餘，稍稍熟習親不疏。阿荼早起索背書，阿柟最小欲挽須。阿桐肩隨阿姊後，讀書不多略上口。布衫曳地腰領寬，趨走已作儒生酸。問渠生年才九歲，更知生日今朝是。旁有吾妹爲我言，猶記八年前日事。渠母生渠在外家，阿母走看啼啞啞。明朝兄自淮陰回，盡室語笑爭諠譁。兄時作詩以志喜，但恨阿耶不見耳。阿母聽之悲喜半，願爾生兒及我見。嗚呼人事安可知，骨肉團欒異昔時。詩成阿母那能聽，弟妹聞之各淚垂。

竹栢樓詩爲袁壽階延檮作

苦竹無媚節，古栢有勁枝。草木自本性，豈意爲人知。吁嗟袁氏母，苦節甘若飴。廿年居一樓，樓下無履綦。孤兒已成立，新婦肩相差。奉觴壽阿母，涕落如綆縻。曰余事已畢，泉下行相隨。廿年所居樓，一朝與之辭。樓前有竹栢，雪霜時萃之。孤兒坐樓下，日夕含哀思。作圖寄永慕，徧乞海內詞。慈烏戀舊巢，中有返哺私。草木有時悴，樓臺有時欹。此圖庶永久，永久亦必遺。惟有文字在，力可千秋垂。顧惟樓中人，千春亦等夷。嗚呼人子心，欲報靡不爲。小人亦有母，辛勤撫諸兒。孤露雖少長，貧賤尤苦悲。祔志及阡表，昔賢豈敢期？傳世思所托，未知其人誰？披圖獨嗚咽，寸草真卷施。

即事寄錢同人侗陶凫鄉梁二首

小有滄江意，居然白鳥來。新荷擎雨怯，怪石學雲頹。簾拂微茫樹，階穿細碎苔。新涼差可喜，誰與共銜杯？

天涯多作客，羡爾尚同游。白舫尋蕭寺，青燈上小樓。華年供濩落，點筆入離愁。何日能攜棹，藕花開滿洲。

題乘槎圖爲孫雩泉曾美作并序

張少儀觀察乘槎圖，以付其外孫孫君雩泉。雩泉又其孫女夫也。云納采之時，觀察持此圖授之，爲異日之念。今夏余與雩泉相見於越州，出此屬賦，并記其語，用圖中張瘦同舍人韻。

白虹貫月爲老槎，海氣汗漫天無涯。中坐一客星之華，天風自送不用划。銀河濯纓絲鬢斜，衣中寶珠握靈蛇。下視青紫井底蛙，身來帝旁手剪霞。衆星避耀如撒沙，此真博望苗裔耶？牽牛列左引牖摩，對面有女其室家。纖纖素手挑錦花，以償聘錢十倍加。壻鄉伊邇人則遐，何如人世笄六珈？歸來空向君平誇，孫郎孫郎甥館客，亦其外孫相成宅。當年曾賦感婚詩，此是天孫機中石。

西湖柳枝詞

二月三月湖水深，湖南湖北綠沉沉。不分西陵蘇小小，傍他松栢結同心。

柳條初長在天涯，柳絮飛時已到家。傳得阿儂離別意，始知葉葉不如花。

題陳曼生水西感舊圖

何甥謝舅盡豪賢，思舊銘工孰與傳。看到書郎成宅相，故家喬木已蒼然。
叢篁高樹未荒涼，料得循檐更繞廊。弟一人生難忘處，荷衣年紀讀書堂。
徵君奇氣鬱青霞，華屋山丘更可嗟。愁煞羊曇無淚灑，西州門是別人家。余外家迮氏徵君耕石先生藏書甚富，今其宅已屬他姓矣。

馬湘蘭畫蘭上有自書王百谷舊作秋史屬題戲成二絕

任俠紅妝最數君，題詩鄭重感斯文。春燈燕子消沉後，誰唱當年白練裙？
墨花黯澹石孤撐，點畫傾欹手尚生。解道些些紕縵好，始知元九擅風情。

題蔣村圖

住山人即高，住村人即古。何必士大夫，終不著商賈。蔣氏數百年，氏族於斯聚。可知俗淳樸，不在大門戶。印山多奇石，蹲立如師虎。溪流抱縈洄，澄澈清肺腑。左爲藏書樓，右爲偶耕圃。三春長黄精，四時足橡梠。中有著書人，兀坐忘寒暑。高吟出金石，竭力事翁姥。比鄰諸小兒，讀書不言苦。居然廉讓間，去世無數武。人生當賤貧，奔走不遑處。歲時一歸來，鄰曲面罕覩。及其既顯榮，容易薄鄉土。甲第須市朝，詩書棄鄒魯。所以韓昌黎，歎息東門祖。我家家水村，屋外過柔櫓。平疇種桑麻，曲港曬網罟。插架雖無多，牛經及禾譜。多難逐漂轉，老屋已易主。可憐避雨鳩，終愧搬薑鼠。故鄉歸何時，結鄰君或許。逝將攜妻孥，先煩具雞黍。

唐陶山明府仲冕修六如居士祠墓訖工徵詩爲賦六首

耆舊吳中數沈唐，解元臨老更倀倀。才人從古傷心地，埋骨青山縱酒場。

中丞去後荒祠廟，數十年來有使君。述祖詩成兼酹酒，一時故鬼唱秋墳。

三生白骨老參禪，破衲雲山絕可憐。身後是非應一笑，盲翁負鼓說因緣。

金閶跳月虎丘春，往事如煙跡易陳。只有懷知祝京兆，泊然臥病念斯人。

異代風流敢自誇，小桃深塢記停車。驚心兩袖龍鍾淚，二十年前哭落花。

秋榜才名未足奇，春風畫筆偶爲之。我來爲唱蓮花落，也是吹簫乞食時。

送蔣賓嵎寅之官楚中

貧交重古歡，賤日輕故鄉。十年一相見，各各驚老蒼。居然有今夕，忽共鐙燭光。爲言將遠行，銅符分楚疆。竊慕贈處義，何以慰所望？此意極可感，可感亦不忘。此邦比年來，凋敝戎馬場。要當别槃錯，亦易稱循良。士方在田野，吐論何慨慷。一朝得試手，萬慮縈中腸。妻孥待溫飽，戚友須扶將。蒼生屬有念，無奈相低昂。方今重治術，殘吏無所藏。君本自待厚，何敢輕相量。但勿過矯激，無益恐有傷。至於寬猛濟，用各隨其方。司空城旦書，不及胥吏詳。君於友朋間，虛己相咨商。豈有民命重，任意爲柔剛。吾黨盛才畯，最數尤維熊與張若采。各寄百里命，南雲西戎羌。賤子百無用，空言徒琅琅。迺蒙妄見推，謂其能文章。他時佇報績，先後貢玉堂。使歌政治美，尚倚筆力彊。勿輕俗吏俗，勿負狂生狂。

爲竹士題花月冊子

碧海青天路易迷，神仙恨事怕重題。素娥夜奏通明殿，乞照枝頭翠羽棲。
那能更覓白茅人，倡和胥江跡已陳。也算此間一殘客，玉梅花下獨傷神。

奉謝張明府雲藻青選見過并訊吴兼山尚錦二首

清晨慵未起，乾鵲噪檐端。稚子催巾襪，鄰人看長官。貧稀生客過，病怯早秋寒。珍重升堂意，居然見古歡。

漸覺科名急，其如老大何？相看當日意，回首少年過。問訊登樓客，遥憐斫地歌。風塵倚身手，愁病莫蹉跎。

讀佛道藏作

誰信陶輪一掌中，高居帝釋自深宫。修羅車軸仍爲雨，震旦毘藍亦有風。十日焦枯煩水沃，諸天升降與雲通。豈知善法堂前客，解説無常解演空。

燕齊迂怪漫紛挐，河塞金成未可誇。聞説仙人爲蜃市，有時君子亦蟲沙。河源隔座星辰見，海水摇空魚鼈嗟。却笑王尼無道氣，只攜兒子坐牛車。

次韻兼山病中見示

重陰不滿郊，暝色在深塢。志士多悲懷，即事一今古。吳生少年場，佚盪氣如虎。孤危脱戎馬，貧賤商出處。遂令千里駒，病骨兀墻堵。依人意如何，寒女借機杼。我詩亦商聲，筆下有風雨。

九秋詩并序

辛酉秋，歸自白下，侘傺多感，伊鬱寡語。四時平分，騷人之所竊悲；物色相召，昔賢於以增歎。極命耳目，標領新異，言七成永，數九非窮，清怨素豔，亦庶幾王褒之懷、劉向之歎。引而記之，好者和焉。吳江郭麐祥伯父譔。

秋潮

大地浮沉著此身，年年八月旅魂驚。雲扶海立千檣静，雪擁山來萬鼓鳴。暮雨人歸黄歇浦，西風病起廣陵城。猶嫌未識江湖味，又趁征鴻向越行。

秋林

丹黄雜沓路周遮，把臂霜前感歲華。江岸天容分上下，屋檐寒色露人家。蕭蕭只覺風何急，莽莽先驚日易斜。正有村翁結鄰約，支筇數徧後棲鴉。

秋煙

遠岫遙林一抹横，朝霏疑重霧疑輕。山家起早炊初熟，水面寒多畫不成。疏雨似從前夜過，夕陽只在下方明。驛亭征馬溪頭棹，愛傍蕭疏兩鬢生。

秋寺

招提僻處隱孤村，世外應知佛日溫。風定鐘魚傳遠響，山深竹樹有霜痕。蟲聲滿地僧歸院，松影如潮月到門。四百南朝煙雨裏，蹇驢尋徧總昏昏。

秋鐙

離離不照綺羅筵，澹澹虛窗對可憐。別久故人影亦好，宵深兒女坐來圓。高樓刀尺思千里，寒雨江湖動十年。老大何堪重射策，短檠抛卻枕書眠。

秋柝

遠處先聞靜處傳，六街如水一醒然。愁從暮雨瀟瀟夜，數到荒雞喔喔天。孤枕忽驚深巷底，客舟長傍驛樓前。抱關我欲相從隱，病骨宵寒苦廢眠。

秋衾

昔昔明釭的的羅，水紋簟冷夜如何。象床宛轉和愁疊，銅輦荒凉待夢過。睡鴨有香留宿火，文鴛無力臥寒波。宵長篝只詩人耐，瘦裹山肩坐獨哦。

秋鬢

欲祝蒼華不自由，黄門賦罷減風流。儋州學士垂垂老，吳苑霜花漸漸稠。野菊最宜騷客戴，寒蟬先替美人愁。青春十載回頭過，禪榻憑誰話舊遊？

秋蝶

春事都消一夢中，鶯捎鬣鬧記曾同。韶華易老生何晚，圖畫重尋色已空。幾處羅裙虚夜月，有人團扇亦西風。兒童誤喜悠揚極，只道霜林似昔紅。

示汀漚

顯士才名老奈何，西風落葉又蹉跎。妻孥見慣親朋諒，只覺年年愧汝多。
看渠也欠面團團，不獨書生骨相寒。衣白衣青俱未脫，西川留後是何官？

送獨遊

離恨年年不易排，中年人況鬱孤懷。分同落葉秋先怯，能爲黄花住亦佳。臨别那須論往事，憂時未合到吾儕。莫言酒熟賒難得，尚有山妻未拔釵。

重赴句無渡江用前韻

又聽迴帆急鼓催，江山如此客興哀。百年草草隨行路，落日荒荒入酒杯。芋栗園收飢鳥下，烏鴉船聚暮潮來。勞生已是雙蓬鬢，更著清江照一回。

即日

瘦盡遥山晚更蒼，一叢深樹雜丹黄。楓人自爲微霜醉，略遣匆匆待夕陽。
水面無風急始波，山容將暝遠如螺。天公愛作雲林畫，墨點昏鴉也不多。

久不得載園書雲藻來浙具道問訊之意作此寄之并示雲藻

兩年頗怪尺書稀，不分交期是舊期。新學漸多驚我獨，故人皆貴訝君遲。士生未必無知者，親老誰憐有屈時。若問重來京國否，騎驢今已鬢如絲。
曾染東華十丈塵，酒酣肝膽忽輪囷。何心造物偏窮我，無奈江湖易老人。投筆未能元不武，入貲終愧又緣貧。更憐癡絕張公子，未辦買山先卜鄰雲藻有卜居魏塘之言〔一〕。

【校記】

〔一〕『辦』，底本作『辨』，誤。

題張墨池如芝畫嶺南花果四首

荔枝

青猿摘後雨晴時，膚雪衫紅入手知。略享虛名多減福，生成小字喚離枝。

龍眼

勻染深黄見折枝，此中甘苦久應知。生平不得緯蕭力，正坐驪龍合眼時。

素馨

清於抹麗小於釵，澹似山礬瘦似梅。槐葉宵炕花夜合，憐渠愛傍枕函開。

木棉

海國蒸成水面霞，鷓鴣啼處日初斜。笑他絕調南鄉子，只詠桄榔豆蔻花。

過溪亭

流泉出紅墻，宛轉亭下過。小憩登頓勞，不愁苔蘚涴。舉頭蒼鼠驚，松卵落幾個。

龍泓澗

寒冬澗水涸，纍纍見石子。深疑一掬慳，無乃老龍徙。旁有古梅僵，野雀啄紅蕊。

一片雲

孤雲不爲雨，老居於空山。泉清而竹秀，媚此蒼然頑。獨恨不解語，商略出處間。

風篁嶺

深山故多竹，挺立森拔地。茲嶺獨娟秀，風細攃粉墜。惜少片石旁，欹斜仲姬字。

缽池庵

山僧恐人來，種竹以斷路。豈知幽尋人，愛向竹深處。叩門久始開，濕翠撥如霧。

翁家山

人家多藝茶，花開白如玉。時見路旁娃，銀釵攢幾簇。準擬雨前來，坐聽採茶曲。

晚發當湖記與江庵同來此已十餘年矣

昔年同賦東湖曲，今日重爲獨客行。有幾故人無奈死，急看兩鬢可憐生。風從斷雁行邊急，日在昏鴉背上明。未敢相逢酒壚問，吹來玉笛最淒清。

當湖道中

谿水縈回勢太奇，一村搖兀費移時。不知紆卻征人棹，百屈千盤亦自遲。

輕霜消後薄冰融，已有野梅弄晚風。欲折未能留未得，待儂他日不匆匆。

和丹叔逼除即事

何曾九食遇三旬，也遣終年役兩輪。少好遠遊今頗倦，歸貪高臥客從嗔。酒人已散心疑老，書賈猶來想未貧。輸與兒曹識時節，急催祭竈請比鄰。

寄壽生獨遊

我亦嫌吾入醉鄉，荒言莫道次公狂。尋常與子難相見，寥落憐渠極不忘。年長方知兒輩樂，歲除也有一時忙。紙窗竹屋青熒火，能否同來對舉觴？

時帆先生寄山民詩兼以見寄索和有思及舊事最觸余懷之語次韻奉答

文章大路然，其中本無徑。亦有後始開，古跡之所剩。要其廓焉通，途轍皆一定。吾師梧門翁，於道最尊勝。衆流截涓滴，明鏡謝磨瑩。説詩掃門戶，論古破昏暝。尋常參論議，往復荷答贈。别來亦云久，屏居如坐甑。胡然尚見推，此意厚難稱。正如策跛鼈，妄參乘黄乘。又如陳八珍，乃選梨栗飣。

千古一貉同，隨聲百蟲應。煙墨况不言，利病欲誰證？往時氣矜隆，今日足掉罄。病鶴毛褵褷，秋鷹翮蹭蹬。西北天風寒，浮雲爲之凝。逝將老田園，有作題漫興。

蹇足少坦塗，窘步多捷徑。天網頓八紘，豈無一物剩？窮達自在人，其究亦天定。紛紛爭奪場，畢竟知誰勝？長安半載留，所過皆聽瑩。忽逢天人姿，孤燭耿宵暝。見將片玉許，歸以單辭贈。低徊念按劍，珍重惜破甑。生平自待淺，欲報羞未稱。庶幾爲名高，一餓薄千乘。側聞風會遷，嗜好等槃飣。昌歜豈不佳，蹙頞苦難應。又聞毀譽多，不必盡左證。淵騫或行汙，猗鄭乃懸罄。作人有本末，入世隨跌蹬。彼哉白日中，踐此薄冰凝。斯言亦無譏，聊爾託比興。

除夕前一日偕壽生丹叔分韻得飛字

能向殘年過，皆言此客稀。明燈三影共，急景一觴飛。酒債尋常有，童心老大非。因談故園事，回首倍依依。

除夕分詠吾鄉故事得狀元籌

屠蘇飲後明鐙燦，夜永宵寒人意倦。長筵試展紅氍毹，男女分曹卜如願。牙籌一握長短排，上有細字書官階。玲瓏骰子數用六，紛紛五色迷人目。就中狀元貴無比，入手爭看色爲喜。無心一擲竟全紅，失意終朝或三褫。其餘瑣細但中程，千佛亦足稱名經。只有秀才衆所易，了無寵辱關重輕。平生不識樗蒲齒，作戲時時亦聊爾。繞床脱帽或狂呼，當日童心正如此。人間貴賤會適時，柳州序棊言可思。一朝得失異愁喜，朝士未遽賢群兒。而今懶惰厭聞聒，回首年光真電抹。酒醒窗日已曈曨，笑語兒曹莫爭奪。

卷八

樠概集 起壬戌正月盡一年

正月三日同集友漁齋聯句

歲除先約酒人來退庵，不負詩逋不費催。衝雨舟如閒鷺立頻伽，入春心似野梅開。眼中幾客能同醉壽生，花下知君預潑醅。只覺清狂渾未減丹叔，依然百罰是深杯退庵。

跛扈飛揚讓少年頻伽，次公狂不似從前丹叔。浪遊真覺此間樂壽生，高臥不爲人所憐退庵。細雨春鐙愁脈脈退庵，老梅寒影自娟娟壽生。題詩也是逢場戲丹叔，爲博群兒一粲然頻伽。

馴鹿莊同退庵壽生丹叔作

一歲一回看，梅花成古歡。偶爲文字飲，便覺別離難。新酒比詩辣，薄陰如水寒。何當攜翠袖，來此倚闌干。

雨中偕壽生丹叔退庵父子放舟至馴鹿莊遂留信宿得詩四首

平居厭城市，出郭坐浩渺。雨中一舟搖，便覺此景好。入港偃蘆荻，啟戶摵了鳥。鄰翁問何來，探梅計太早。園中五十株，爛漫花不少。惟愁一冬晴，日炙蕊猶小。東家菜圃荒，蕨芽初如腦。西家麥隴乾，豆苗亦多槁。感時爲時憂，見花被花惱。笑問力田科，何如灌園老？

寒花如靜女，春至始上頭。陰晴別遲早，花固不識愁。譬如閉娉婷，不嫁善自謀。臨鏡施膏沐，瀲灩回清眸。盛時非不惜，空谷豈不幽。即復怨顦顇，終抱自獻羞。我來腳百匝，遶樹行且謳。只恐放晴昊，便有遨暖遊。

山居莫言深，村居莫言孤。朝來人事動，已有百鳥呼。擁被欲起坐，聽之且須臾。如聞啾嘲中，但勸提壺盧。有酒固可飲，無酒亦可酤。鳥言亦自歡，未必爲吾徒。

君家結此屋，十年始成之。我家移居來，三年醉於斯。來固不必醉，醉亦不必詩。偶然有所作，爛漫多文詞。平生所交友，一一君所知。潘吳尤數數，我過渠必隨。至今壁間題，墨蹟多淋灕。人生意氣合，文字亦可遺。俗人難與言，詩此乃其私。潘今即別去，吳來未有期。作詩并相告，行樂須及時。謂獨遊。

穀日坐雨

作客頻年不在家，早春猶惜好年華。雨無疏密常侵夜，夢不分明只爲花。窗外曉光雙鵲語，酒邊風色一旗斜。城南昨日登高路，爲約閒鷗占淺沙。

十日退庵可石留飲去後同丹叔復飲水閣作此示之

無聊每在歡場後，洗盞憐渠興尚能。已識浮生多聚散，欲誇年少劇飛騰。春來終是蕭蕭雨，客去仍留澹澹鐙。窗網有風冰著研，莫教姜被便生稜。

次韻馮玉如珍見懷之作即題其近稿

一載分襟隔往還，忽傳麗句誦迴環。人如瓊樹風塵外，詩在蘭苕翡翠閒。同輩少年工學步，入時新樣各挑鬟。自憐老作諸侯客，莫笑年來語帶蠻。

詠水仙花遲獨遊

寂寂如相待，娟娟亦已繁。冬心寒尚抱，春女靜無言。祠憶秋泉供，琴思古調翻。因之懷遠客，江月又黄昏。

留鬚

行年四九始留鬚，對鏡先驚失故吾。密竹緣坡生已晚，諸毛遶涿誚還無。當時大醉煩良友，宋人詩：『有時大醉勸留鬚。』此後微吟稱老夫。爲誦鬑鬑夫壻句，也應未合惱羅敷。

二十日靈芬館聯句

不晴不雨春陰陰頻伽，齋頭枯坐寒難禁。柳條弄色尚未見獨遊，啼鳥變聲忽復喑。心知欲雪故作勢丹叔，又恐春寒勒花事。東郊百樹今何如頻伽，遊屐明朝須一試。人生行樂會及時獨遊，試鐙節過來何遲。慫期且忻未爽約丹叔，得見猶勝長相思。樂天墮地今朝偶樂天以正月二十日生。頻伽，我亦齊年辱君友。當時里閈一牛鳴獨遊，此後分張各老醜。吴根越角一湖隔丹叔，那及東阡復西陌。青芻白飯吾豈無頻伽，百榼千觚醉還亦。舉觴起壽先生前獨遊，折花插帽何其顛。次公雖醒狂亦頗丹叔，三影同對春鐙眠。往日不少來日多頻伽，其奈歲月如流梭。嗟君星星行復出獨遊，爲爾寂寂久則那。功名何如文字樂丹叔，吾儕自有揚州鶴。麟閣詩應當畫圖頻迦，麞頭人自求官爵。黄公家住東郊東獨遊，折簡昨日來山僮。南枝雖落北枝未丹叔，尚有老萼含春紅。出遊何必待妍暖頻伽，黯黯愁雲一天滿。明朝旭日肯放晴獨遊，今歲行年不須算丹叔。

是夜夜半雪作同用東坡清虛堂韻

墨雲不放星撒沙，玉龍下視何衙衙。天公應笑落鐙早，乞與人世千銀花。奇寒入骨耿難寐，夜半那得尋酒家？室中促坐尚瑟縮，空外柔櫓誰鵐鴉？句聯石鼎章未就，狂道士語矜滂葩。極知壘塊要傾吐，譬如垢膩須搔爬。吟成謦度出吻苦，得句亦似甘回茶。壁鐙漸看睒睒白，街鼓已聽鼕鼕撾。冷淡翻爲吾輩樂，飢凍一任妻孥嗟。天人幾何等戲劇，未必明日無朝霞。

越日雪復作至午消盡戲復成此邀獨遊丹叔同作

東風不惜梅花殘，自作雪花爭春妍。昨朝試手鵝毛小，欲壓梅花花笑倒。詩人愛梅亦愛雪，梅花須繁雪須密。曉來不聞檐滴聲，窗隙時作調刁鳴。窗前自有兩叢竹，濕卻窗紗半邊綠。心知是雪了不初時疑，乘我睡美出一奇。忍寒下牀捉髮出，不裹頭巾脚雙赤。豈知此雪亦薄相，過眼紛紛仍一餉。初時雨雪猶相和，雪意漸少雨漸多。豈惟雨多雪亦止，屋頭盡作瓦溝水。詩人大笑爲撫掌，空費愁雲一宵釀。做寒做暖皆不成，賺儂早起非人情。明朝約客尋老梅，十株五株今始開。肯放新晴計猶得，欲壓梅花非爾力。

童佛庵偕諸同人以厲樊榭徵君及其姬人月上木主祔黄文節公祠設祭焉同人有詩亦得三絶句

文人家世劇蒼涼，栗主遷流魚菽荒。好事免教坡老笑，絶勝配食水仙王。
詩派西江許作鄰，詞宗南渡更清新。摩圍相見定相語，惜不重逢秀道人。
打槳苕溪賦最工，依然禪榻侍春風。馬塍花底詞人老，應悔悤悤嫁小紅。

雨中即事偕丹叔作

宵來被酒不曾醒，夢覺殘鐙一盞青。莫道無心聽春雨，今年兩鬢更星星。
賀歲親朋迭送迎，街頭滑滑路難行。寓公幸是無人事，只爲梅花要出城。
回門嬌女兩鬟齊，船小鴛鴦總並棲。扶上岸來鄰姥笑，石榴裙上點春泥。

雨餘飛雪忽成團，雪裏梅應取次殘。未免又教桃李笑，看他開早受春寒。

寒食夜作

時節重三又禁煙，風光那得不暄妍？蓬蓬春亦隨人老，黯黯愁仍到客邊。止酒心情憐薄病，看花伴侣減當年。無憀獨對寒鐙坐，細剔飛飛落燼圓。

清明日追悼曉江以詩遥奠

蓋棺容易此山阿，可奈車回腹痛何？雞酒敢忘盟約在，馬醫偏是子孫多。千金寶劍人誰挂，一片韓陵石未磨。鐵門爲曉江作墓碣文，未刻也。知己難酬吾易老，重泉應爲惜蹉跎。

題陳公子塼詩卷

碧桃解詠門前句，紅杏曾裁宫體詩。讀罷新詞轉惆悵，難忘三五少年時。

吾鄉近得馮延巳謂玉如，詩筆清新伯仲間。有約嬉春尋老鐵，煩君載酒共看山。

晚發錢江

鼕鼕津鼓催征鷁，獵獵風旗轉相烏。新水穩浮小舫去，遠山澹入暮煙無。傍舷鷗鳥曾相識，隔浦漁人如可呼。兩載此間三喚渡，渺然身世總江湖。

櫧概道中題孫蓮水韶春雨樓詩集

載酒人誇杜牧之，紀行多半入新詩。此身已忘江湖老，不覺尊前感鬢絲。
朝盟金石晚先寒，末契紛紛託更難。若把名場比朝局，袁安門下一任安。君隨園弟子。
朝日蠡窗兩面開，船孃行炙笑相催。看君一卷書遮眼，失卻千巖萬壑來。

寓酈氏園

偶然高枕便吾廬，況有翛翛花竹疏。雨活苔痕都似水，池搖樹影不驚魚。鼠姑謝後春光老，鳩婦呼回霽色初。卻笑草玄耽寂寞，門前幾箇客停車？

黄明府敬修招飲二首

斗大嚴城裏，高齋足解顏。開筵櫻筍節，卷幔苧蘿山。細雨沉春酌，紅鐙簇騎還。似聞胥吏說，暫放長官閒。

淰淰江流水，郊原初見春。官如護田使，民有翳桑人。溝洫誰修志，桑麻偶問津。朝來喜晴色，布穀鳥呼頻。

旅次雜詩

隨意拖笻上小亭，亭高墻矮似圖經。莫言兩眼愁無著，一角苧蘿相對青。
墻腰水退漸生苔，蝴蝶風前去復迴。眼底忽看齊物論，菜花開上牡丹臺。
遣吏移礓補曲池，呼童縛帚掃蛛絲。題詩不惜殷勤甚，爲記林宗一宿時。
枯椿臥作釣魚磯，記得前時大十圍。不省誰家新種柳，一時輕絮滿天飛。
諸公衮衮長安市，三月匆匆酒價高。緩帶不禁西向笑，野人恣意喫櫻桃。有懷蘭雪、仲蓮會試諸君。
步屧循檐自笑忙，榜題楹帖費評量。胸中儘有閒丘壑，何不家山結草堂？

題鄭丈東里小照

未要詩名儗鷓鴣，偶隨市隱學懸壺。不知書帶庭前滿，中有金光瑤草無？
移家百里去江南，朋舊多疏我自慚。更有不禁振觸在，後堂那得阿戎談？謂弱士。

初夏齋居雜詩八首

發軫方仲春，歸鞅及首夏。勞生能幾何，節物更代謝。悠悠傍行路，歷歷想廬舍。當時四方志，荏苒遂變化。世棄諒未然，生涯我何藉。敢懷小人土，已息君子射。十角租吳牛，百本種桑柘。笑謝陳元龍，吾其臥牀下。

庭中薔薇花，芳蕤何鮮鮮。晚枝臥還起，曉日紅欲然。愔愔綠陰靜，時見小鳥翩。植弱豈不感，時過聊復妍。我有古軍持，頳若魚霞天。井華第一汲，折供明窗前。朝吟簾的的，夜飲鐙娟娟。物生念遲暮，即事多可憐。

門前港通船，舍後水沒鳧。不意城市中，渺然有江湖。東西樹陰交，三兩人家俱。疏簾下一榻，自晨坐至晡。榻旁復何有，一卷并一壺。君看此室中，豈合來屠酤？

客從遠方來，攜琴登我堂。自言有所得，學之十年強。夜闌四座靜，嘐嘐調清商。和弦布指爪，入耳殊洋洋。時旁有一客，不語私自量。頗疑繁聲多，未副平生望。夔曠久不作，碩師今亦亡。渺然太古際，誰復窮豪芒？我有枯梧桐，挂壁久不張。語客各休矣，箏笛方登場。

束髮受詩書，自謂不底滯。何期學未成，驅之使入世。邅迴道路歧，鹵莽功名會。年長惜往日，途窮悲謬計。念惟舊業理，是亦生平寄。豈知耳目間，較昔乃大異。往時所讀書，十猶得三四。邇來慕瀏覽，或不記一二。往時一鐙孤，朱墨牛毛細。邇來手一編，眼昏輒思睡。姓名反覆觀，先後顛倒記。偶得自詫奇，昔賢已論次。下筆更艱難，心手每相戾。了了識塗轍，欲赴不得至。人生一世間，豈得便無謂。蹉跎在俄頃，進退皆失墜。猶思杖策追，庶幾秉燭繼。太息奔走中，乃爾損神智。

六學王教籍，功自儒者傳。廢興有遭逢，歷歷皆可言。會時有治亂，治亂不繫焉。國家開創初，才略爭孤騫。承平起文教，乃用儒術先。知今必于古，文景及成元。氣數遞倚伏，衰盛相推遷。儒不獨任功，亦不獨受愆。至如才不才，何途其無賢？古聖垂治法，日月萬古懸。時或有顯晦，豈不常經天？要非章句士，進退操其權。奈何今世儒，專一矜疏箋。通經固足用，曲學良可歎。諒哉班生語，利祿之路然。

石渠問諸生，白虎集衆說。意欲通源流，初非事攻訐。後來扇餘風，相率騰頰舌。箕子方荄茲，巧慧文詭譎。枕膝獨傳師，無乃語近褻。綬誇五鹿若，角詫朱雲折。甚者歌驪駒，狗曲辱耄耋。嗚呼君子儒，此言何爲出？

文章本天成，凡例亦何有。無奈我生初，已在千載後。智創巧者述，相因已云久。神明聽其人，先使不可苟。潘王錄金石，派別唐宋剖。斷自昌黎始，未免畫地守。南雷補其遺，亦止溯歐柳。緬惟碑版文，東漢實肇首。洪趙著錄餘，後出尚八九。下逮南北朝，文士迭授受。駢辭雖華靡，古意仍樸厚。譬如酎醇釀，終勝茅柴酒。舉世半耳食，輕薄不挂口。置之唐宋間，果自信以否。我朝著述勤，卓哉長蘆叟。此志竟未成，後學益稂莠。我生不量力，妄欲爲荷負。家貧少儲藏，業荒困奔走。事先一簣基，功待十千耦。作詩告同心，豈敢獨不朽？時約湘湄、鐵門、甘亭、夢華諸君，助予成《漢魏六朝金石例》一書。

風雨

零落棲遲從懶臥，蕭條風雨動悲歌。門前水有江湖意，檻外雲仍變滅多。兩鬢教人知老大，一尊隨分慰蹉跎。荒雞欲喚中宵舞，奈此綠蓑青篛何。

四月已破五月到，瓜蔓之水天瓢傾。耕田與刈各憂喜，流潦入塗何縱橫。河隄使者來行水，江邊老翁望洗兵。村夫子亦強解事，漢書一卷談五行。

四月廿八日訪湘湄于同里偕鐵門留宿齋中越日別去作此以紀并示仲容

霑衣熟梅雨，挂席黃雀風。此遊不暇懶，念與故人逢。故人亦不遠，近在百里中。相逢亦不數，一年尊一同。相別未云久，相思已復重。況有六載客，意外能過從青庵。促坐出苦語，握手驚離容。屠酤溷衰晚，文字交初終。即事亦多感，慨焉傷心胸。入門即長揖，不作寒暄辭。對案即索酒，滿酌不論戹。夜坐竟達晨，傳呼速作麋。霑醉不復臥，落筆何淋灕。諸郎競奔走，僮奴爲然疑。何來有此客，竊竊似謂奇。嗚呼乃公事，汝輩豈得知？不見十年前，都未老大時。

郎君森頭角，落筆便可愛。擩染經籍餘，早解薄時輩。論議頗馳騁，約潔得古態。於菟小于貍，目已無牛大。君家文字業，再世跡仍晦。故宜萬金產，磊落見光怪。而翁學屠龍，貲重世難賣。長兄如崑玉，脫手一朝碎。天意固未知，鍾美或者在。師古今必通，豈遂與世背？精專誠所賞，進鋭亦宜戒。功名及文章，時至各有會。青眼爲高歌，吾今甚矣憊。

湘湄座間喜晤青庵别已六年矣

酒賦琴歌翰墨緣，往時佳話與誰傳？共驚握手顔非昔，差喜當杯量似前。草草文章聊假日，漫漫絲竹過中年。虎頭可是真癡絶，依舊逢人誇我賢。

水閣聯句

晚來風雨至，水閣最先涼丹叔。野鴨歸何急，蘀龍喜欲狂頻伽。添衣宜白袷，斜照又西廊丹叔。笑指昏鴉外，殘雲有底忙頻伽？

雜樹圓仍暗，清谿晚欲渾頻伽。螢飛多帖水，虹影恰當門丹叔。餘墨尋紈扇，新涼愜酒尊頻伽。怒雷猶未歇，隱隱入前村丹叔。

即事

夕照初沉雨未來，就荷葉上試新醅。神仙詩說清涼界，不識人間有酒杯。
長日惛惛睡起遲，靜中妙語少人知。缾中花記猶含蕊，不見渠開是幾時。

長春道院納涼同丹叔瀟客作

水竹迴環境自清，倒牀鼻息任雷鳴。夢中鶴似車輪大，檻外龍爲鐵笛聲。食菊我應追魯望，是日，道士設食，有菊葉餅。聯詩誰可繼彌明？歸來尚趁斜陽在，卻羨漁舟不入城。

食菊葉餅和丹叔韻

露蟬解餐風，靈龜能服氣。羶爲螻蟻慕，帶有即蛆嗜。不知口腹間，何者味爲至？書生命窮薄，肉食常鄙棄。胸中百甕菹，此腹非小器。韭芽誇食鮭，蓱虀詫珍異。惟憐人莧青，豈羨馬甲脆。今晨誰招邀，赤版來綠字。堆槃先動指，開甕亦浮鼻。如何具杞菊，無乃以儒戲。當時天隨子，出口若不啻。後來膠西守，文字遠相繼。屠酤笑忍飢，賓客嘲拙計。二老翻津津，其言似有味。何嘗求羶葷，便恐盡根蒂。嗟哉人世間，一飽豈細事。我無作賦才，說食亦其次。田園三徑鉏，糧糗四時備。他年看輕舉，面目肯顑頷？

食菊葉餅　　郭麐

我無食肉相，亦厭蔬筍氣。蓼蟲肯徙甘，至竟不同嗜。今朝來琳宮，特爲逃暑至。盤餐非所求，肥膩久屏棄。黄冠頗解人，精潔先皿器。蔬果既略陳，一味覺小異。色作油具黄，薄映瑠璃脆。細麪出重羅，炊餅非十字。著齒碎有聲，下箸香遶鼻。問知是菊葉，供客日聊戲。其時會食聲，春蠶真不啻。憶昔東坡翁，采摘朝夕繼。但飽藜莧腸，不爲甘美計。今我偶食此，翻覺勝他味。早韭剪春苗，晚壺落秋蔕。彼皆田園產，用供哺啜事。如何東籬美，亦列食單次。捫腹殊自慚，朵頤太求備。卻笑獨醒人，餐英苦顑頷。

得獨遊書云以足疾閉門頃復見過并出近詩喜作一首

高臥柴門晝亦扃，伊誰剝啄喚教醒？半人莫訝來何暮，一月應知筆不停。螢火光陰如雨墮，酒杯顔色似天青。新詩雅是騷苗裔，恐有中宵山鬼聽。中有及亡友徐江庵詩。

題查丙塘奕照東望圖

袁花故里舊衡門，敬業堂高世澤存。傳語青山好相待，他家還有讀書孫。
少游下澤平生語，今日方知亦大難。肯信當時舊同學，盡遮西日望長安。
飢烏遶樹烏傷弓，我亦年來作寓公。幾稜山田三畝宅，故人好待不匆匆。

六月廿八日同退庵獨遊霽青思未丹叔遯溪觀荷二首

已教急雨淨纖塵，還遺涼颸墊角巾。荷葉中開微有路，樹陰四合更無鄰。岸邊花鴨看閒客，雲外流虹似美人。臺榭荒涼羅綺歇，故應魚鳥最相親。地爲明相國錢塞庵別業。

菰蒲蕭瑟水縱橫，纔遠城闉氣已清。擎蓋萬荷皆雨立，傍舷一鳥有風情。殘雷尚擊迴帆鼓，斷岸猶聞叱犢聲。稍喜諸君幽興極，已判緩帶酒同傾。

納涼聯句

絡緯齊鳴夜氣清獨遊，流螢亂撲一簾明。未秋燈已有涼意丹叔，過雨雲猶作水聲。脈脈靜看銀漢轉頻伽，庚庚坐待玉繩橫。斜飛露腳闌干濕獨遊，斗覺今宵雪葛輕丹叔。

立秋

昨宵疏雨碎溪蘋，洗出秋容一番新。梧葉只知隨例落，鐙檠稍覺與人親。身閒聊藉書遮眼，暑退先思酒入脣。太息壯懷銷歇盡，未妨急景似奔輪。

觀釣魚戲作

谿邊小魚紛可數，細者鍼芒大釵股。昨宵一雨溪流高，戢戢舉頭百千許。就中青鯽尺有咫，意氣似欲無魴鯉。僮僕臨淵喜見之，擘粒垂綸勢未已。微波略動小作漚，鰕行蛭渡疑可求。須臾收竿了無得，但有荇藻懸空鉤。我來一笑勸且休，此魚縱得亦足羞。東海鼇作金背浮，巨緡一餌五十牛。南山有蛟寒始見，寸刃便血牛蹄湫。男兒身手要可惜，小試區區亦何益？那能極目倚秋江，閒爲雞蟲論得失？

露坐

呼吸居然帝座通，豆棚瓜圃坐當中。雲如小住常遮月，星本長搖豈好風？樹杪危巢驚墮鵲，草根微露泫鳴蟲。天官書與天文志，也博兒曹一笑同。

喜雨用劍南韻

土龍泥佛壇中央，午日赩赫天滄浪。田間桔橰那得住，汗雨不救禾苗黄。縣官憂民先及物，例禁列肆屠猪羊。豈知天心亦瑣瑣，似愁魚鼈無陂塘。疾雷半夜或搜逋，唤起高臥懶嵇康。明朝縣官親報賽，堆槃肉大醇醪香。

雨後極涼喜而有作

初秋天便作秋光，先乞高齋滿意涼。月影能穿雲七札，蟲鳴不待日三商。睡遲略遣酒微醒，夢短方知夜漸長。思約幽人坐終夕，竹鑪添水鼎添香。

贈王明府爽武

寓公門巷半蒿萊，懸簿難容車轍迴。雜縣避風何用饗，意而逢社若爲催時將渡江。歲方得雨應無恙，民已相安莫見才。歸日東籬花定放，煩君妙選白衣來。明府兩餉酒，皆不佳，故戲及之。

次丹叔送之武林韻

窮似虞卿不說愁，近如東哲亦名遊。與君但得常相見，此別固應無盡頭。掃地焚香僧結夏，登山臨水客悲秋。觀潮江上能來否，爲買滄波一葉舟。

湖樓對雨

風雨颯將至，變滅先諸峰。譬如異人來，四座皆改容。遙嶺失聳岫，近堞迷崇墉。歸舟亂鳧鴨，陰壑鳴杉松。湖光白一片，上接雲氣重。誰拋萬斛珠，跳激娛群龍？此邦久亢旱，桔槔愁老農。城中井泉涸，皆作魚噞喁。龍師亦應愧，小答湛璧琮。我來百無事，聊寄湖上蹤。病渴更畏熱，適與清涼逢。甘寢諒可必，先免心怔忪。奇景急追逋，已打南屏鐘。

同友人遊南山

秋半炎官力已微，湖邊遊子尚生衣。恒暘未識誰之咎，滄日應知善者機。水喜搖人常不定，雲難待族忽孤飛。南山儘有風涼處，更乞濃陰護釣磯。

雨後獨酌用前韻

歸雲不爲雨，猶足爲奇峰。薄酒不成醉，賸可酡衰容。攻人憂患劇，麴蘖真金墉。胸中齊物論，寸苗等長松。南山自言高，上有危樓重。波心吹沫魚，不羨掉尾龍。所以一杯酒，熙然見黃農。湖邊有漁父，後于前唱喁。瓦盆傳父祖，寶之如黃琮。挐音水上聞，波定無去蹤。求之不可得，況許意外逢。對此嗒焉喪，目眩心爲忪。逝將從山僧，掃地兼打鐘。

期程沅薌晉不至仍用前韻

山樓何所見，日對南高峰。高峰亦無徒，對我聊爲容。平生遭彈射，如隼居高墉。皆言伏波傲，下拜輕梁松。故人幸相諒，哀我行行重。願招北山鶴，相逐東野龍。此意殊足感，引領還喁喁。豈知倚樓客，空作望歲農。老瞞自可喜，豚犬笑阿琮。英雄使君耳，一去無留蹤。門前客麾盡，自許奇士逢。至竟遂獨立，孤月窺惺忪。詩成亦寡和，誰應豐山鐘？

寓樓寄懷湘湄鐵門竹士諸君

掃榻依然寄病身，蕭蕭華髮掩綸巾。湖山正好有新月，詩酒只憐無故人。水面輕鷗還識我，杜心瀋墨欲生塵。鞳鞳鐘鼓樓臺靜，獨擁闌干自愴神。

偶題

菱葉蘋花瑟瑟流，晚涼催放木蘭舟。西風不管紅蕖怨，又作今年一段秋。

夜遊北山紀所見

新月初生已奇絕，湖心倒作金蛇掣。波靜能分菱芡香，夜涼疑有蛟龍活。小舟一葉平且輕，逐月便向中流行。中流晐轉不可得，老魚跳作玻瓈聲。月光欲沉舟不止，撥棹沿洄斷橋裏。北山爛漫堆蒼煙，睡著衆雛呼不起。誰家柴扉猶未掩，先見隔扉鐙一點。溪邊樹影黑如人，屋後豹聲知是犬。孤山之背葛嶺前，叢祠簫鼓何喧闐。椒漿桂酒賽秋社，青女紅兒開舞筵。夜行孤寂自可笑，敢厭村氓鴉鵲鬧。令人忽復憶吾鄉，萬戶千鐙同一照。吾鄉于中秋前五日張鐙四夕。人生哀樂本自多，何必渼陂能悲歌？意行興盡曷不返，水風已急生微波。歸來僧舍宵寒重，尚有僧雛坐孤諷。殘鐙睒睒不成眠，欹枕斑斑真似夢。

有獲白鷺者見而哀之

湖南白鷺如白雪，喜見湖心葑田積。十十五五紛成行，或啄或飲或閒立。闚魚時作小低昂，顧影如矜好顏色。高閒不與群鷗群，倉卒寧知弋人弋。抨然一擊連雙棲，哀爾霜毛墮雲翮。湖南山遠雲水涼，游艇不到菰蒲香。豈知殺機正此伏，人世慮患何能詳？君不見北山鴨鴨滿迴塘，何曾見有桃弓傷？

中秋四首

瀏瀏竹間雨，切切砌下蟲。雨止蟲響歇，月暗雲朦朧。浮雲自無家，於我將毋同？此豈復有意，與月相長雄。明月亦常有，感此當秋中。喟焉念身世，萬事皆遭逢。

人生幾中秋，老懶少不記。中年復幾何，更遣百憂萃。兩載困場屋，目短牛毛細。今茲在羈旅，燭燼釵蟲墜。遥知老親前，上壽獨余季。更念樊通德，淒然自擁髻。

人言中秋月，萬里同一天。我嘗驗其術，此説殊不然。金陵與吳會，晴雨各判焉。可知古人書，盡信未足賢。辟如一室人，豈必同悲歡？安知虛幌倚，不有清輝寒？

昔人既已去，後人猶未來。何殊今宵月，孤光獨徘徊。徘徊或掩之，月豈有恨哉。但恐明年人，記憶爲之哀。遷流了無盡，百歲如風埃。所哀非爾力，勉盡酒一杯〔一〕。

【校記】

〔一〕『勉』，底本作『免』，誤。

題陳樹齋軍門大用聽雨圖

褒鄂去我久，圖畫蓋疑妄。紛紛鷙鳥群，猶得見儒將。陳公本世家，伐閲無與讓。登壇侍中少，秉鉞周郎壯。意謂如天人，劍佩屹相向。豈知熊虎姿，面作道氣盎。前公來江南，談笑百寮上。横海靜樓船，太乙森玉帳。豈曰希功名，詎可廢保障？居然坐蹉跌，毋乃恣欺誑。傳聞對簿日，士馬氣悽愴。稍寬陳湯誅，旋見匡衡相。天意似難知，未定孰能諒。終始主恩深，玉關入無恙。當時妄庸人，已與螻蟻葬。感恩誓許國，衰病荷天放。揭來閉門居，默坐泯得喪。東陵故侯瓜，西湖寓公舫。風雲有卷舒，山水自跌宕。持比圖中人，貌老神愈王。圖成十年前，蕭瑟寄高曠。萬念一洗空，恩仇豈能妨。我詩亦詹詹，細響乏高唱。他年揚子雲，即贊充國狀。

題閨秀談韻蓮韻梅聯吟圖

想見文窗掩畫紗，墨痕粉印認欹斜。春風欲乞新題句，開到庭中姊妹花。

署從圖畫識仙姿，出水衣裳冰雪肌。誰補宮閨小名錄，雒神姑射竟同時。

題王柱公采菊圖

愛菊不必陶彭澤，愛竹不必王子猷。偶然昔賢寄心賞，遂令異代傳風流。王君氣與秋天杳，習靜杜門還卻掃。眼中山色向人青，籬外霜花爲誰好？作圖聊復寫我真，論以形似兒童鄰。此間自是山水窟，之子豈不羲皇民？大兒兩通書與詩，小兒不爭栗與梨。生平本不求五斗，何用更賦歸來辭？比聞水旱兩年有，未省荒君秫田否。昨宵招我開東軒，飲盡牀頭百壺酒。我亦羞登年少場，天隨杞菊甘荒涼。倘容畫裏移家住，更乞囊中煮石方。君爲元章後人。

題李易安荼蘼春去圖

睡餘香茗覆懷中，春事俄隨舊夢空。怪底御羅宮扇上，君王小字寫金風。

散盡圖書萬念休，歸來堂上總如秋。重簾卷處黄花瘦，別是西風一段愁。

題嵇天眉文煒素春山館圖

流水空山外，長紅小白前。名花無色相，寒女有神仙。盎盎還三月，愔愔在七弦。欲憑騷頌寫，落墨淡如煙。

約退庵於十月十日過飲菊花下

顛倒淋灕記往時，每來花下醉君巵。磨牛陳跡團團在，籬菊關心故故遲。重九登高煩再展，十千沽酒又何辭。誇張小飲須文字，未惜先償一首詩。

十月十日東莊看菊分韻得菊字

昨夜北風吹折木，曉起先從詹尹卜。端筴陳書笑向余，云有城東看花福。城東有松亦有竹，主人種梅兼種鞠。梅花苦早鞠苦遲，九月未看十月續。是時出郭風已寒，唤棹侵晨霜尚肅。壞籬凍蝶飛娟娟，小港野菱攢簇簇。滄洲白鳥本自雙，元裳羽客由來獨謂瀟客。到門未啟意何閒，待客不來心亦足汪芝亭期而不至。青紅列坐等媌娙，員方溢几充口腹。極知人世有屠酤，不信天隨無酒肉。十年漂盪從公遲，一笑熊魚得我欲。比聞四方征戰多，況說三州旱災酷時金、衢、嚴皆大旱。軍中昨有故人歸，野外時聞新鬼哭。此邦大有寧非天，吾儕小人亦善祝。但得年年野鞠黄，更教户户村醪熟。朝夕何知爲遠謀，雞黍時能招近局。東阡北陌互往來，弟勸兄酬恣爭逐。便從陶令老田間，不學靈均好奇服。

退庵馴鹿莊圖

選得近郊地，時爲出郭行。依依傍廬舍，鬱鬱此佳城。樹木閱十載，種花忙一生。爲言元直過，作忝及清明。

吾輩登臨地，人間歌哭場。死生元大事，詩酒且清狂。面可先人見，圖留異代藏。漫令思潁者，對此感茫茫。

卻寄汪小海淮二首

有客如黄鵠，浩然歸去來。聞君在中道，十里一徘徊。歲暮舟早發，天寒門晚開。極知珍重意，呼僕埽蒼苔。

十五誰家女，盈盈在小舟？沿流不可見，暮雨使人愁。湖水湖波闊，蘋花蘋葉秋。因之寄離思，乘輿欲滄洲。

題陳默齋騎尉廣寧白雲圖

白日忽以匿，白雲長在天。蓬蓬來遠道，歷歷話當年。碧血雄山鬼，青楓羈粤阡。平生忠孝意，珍重子孫賢。

壽雪山房圖爲默齋題

琴語靜愔愔，蕭齋高復深。天花紛古色，山骨抱冬心。閲世香雪海，談經薝蔔林。祇應訪戴客，乘興一來尋。

昨化横江鶴，訪君海上來。天風吹雨雪，寒色上蓬萊。之子不可見，荒園尋老梅。遙知故山夢，日夕定千回。

客中飲酒和張船山太史同穀人祭酒飲酒詩元韻四首

本無才氣説功名，潦倒矗疏衆所輕。世有醉鄉容小住，天於吾輩亦多情。徐公方許論清濁，李白真堪託死生。試築糟丘高百尺，齊盟牛耳有誰爭？

條刁窗紙響西風，懊惱牀頭宿醖空。身世不諧偏獨醒，飢寒而外有奇窮。三生杜牧言皆罪，四壁相如論最崇。已謝門前乞文者，待儂得酒不匆匆。

謝絕交遊說采真，酒徒豈與鬼爲鄰？久知世上元無事，漸覺年來愛此身。對客周旋寧作我，與時俛仰不如人。小兒女共嬋嫣話，鐙火宵分一倍親。

歲暮難營避債臺，旅懷且仗酒盈杯。室中婦已連年病，案上書應一寸埃。長定臨風增悵望，誰知至日不歸來？金釵未贖鷫裘典，要問將何作酒材？

後飲酒詩仍用前韻

堪笑群兒苦近名，千秋奚翅一杯輕。便傳著作成何用，竟薄英雄似不情。瓜熟驪山秦博士，菹醢漢殿魯諸生。桃源聞有真仙住，酒淥花紅了不爭。

羽書夜奏疾如風，已報鯨鯢一掃空。荒徼民情多好亂，聖朝兵事不須窮。伏波豈意猶煩漢，因壘何當繼伐崇？痛飲狂歌還我輩，軍中高會莫匆匆。

世間豈有訣登真，天路茫茫漫結鄰。新種白榆皆小草，化爲黃鵠失前身。九關虎豹雲中犬，萬里沙蟲刦外人。差喜酒星無恙在，參旗橫處見來親。

公卿未用薄輿臺，呼取同傾酒一杯。試看飛花兼落絮，不登几席便塵埃。今無好事能相賞，古有奇男自此來。我醉已判人欲殺，只應爾解愛麤材。僕人董蓉和余四詩頗有傑語，「登高能醉亦奇男」，其舊作也。

喜丹叔至武林

出門一月寄三書，豈料浮沉雙鯉魚？意外忽來驚喜雜，客中相見主賓如。貧爲兄弟長離別，老有兒童問起居。慈母倚閭中婦怨，釭花含笑倍愁余。

題扁舟黃葉圖

平生枉識方三拜蘭坻，許畫因循片紙無。今日披圖重太息，居然蕭澹似倪迂。

夜坐寄素君

銀荷葉底燭將灰，又是匆匆雞唱纔。丁屬曉風憑寄語，夢魂須待五更來。

銷寒雜詩和馮玉如韻

誰奉西山藥一丸，鑄顏明鏡懶頻看。夢回時聽茶鑪沸，雪急先愁酒甕寒。對客無言渠自去，作詩太苦墨先乾。此中儘有消閒法，初日團團又照盤。

紙窗明處絕無風，弄筆從容底要工。作字有時縮春蚓，爲文未肯罵尸蟲。莫論絕業千秋託，頗憶諸公一笑同。倚馬才華臂鷹手，而今頭腦各冬烘。

萬里寒雲雪意深，天涯遠望幾沉吟。誰其和者陽春曲，何以遺之玳瑁簪？卒歲愁如無底橐，故交書似絕弦琴。牀頭縱有盈尊酒，捉甕無人只獨斟。

何物殘年不相離，玉崑崙與古軍持。花元冷澹看何晚，酒待清醇恨略遲。已分埋憂仲長統，漫勞推轂鄭當時。詩成自寫閒胸臆，格律都忘類竹枝。

除夕聯句〔一〕

霧重濕如雨丹叔，夜深悄無梆。已號三更翼頻伽，時吠五夜尨。一鐙紅入巷丹叔，半冊挾上艭。索逋徧村郭頻伽，叩戶如舂撞。小兒噤不眠丹叔，老翁語多哤。米輸論升斗頻伽，酒直準缾缸。猶幸值豐歲丹叔，似此還樂邦。時平緩租稅頻伽，地靜無戈鏦。公私雖拮据丹叔，刀錐猶敦龐。卒歲事贏畢頻伽，爭吟韻難雙。居然鬬餘勇丹叔，亦未遽受降。酒壘對堅陳頻伽，燭花開明釭。粔盆倒曉暖丹叔，爆竹徹夜憽。聊將紀風土頻伽，庶用驚愚惷丹叔。

【校記】

〔一〕許增本中附紙一張，其上有云：『頻伽先生壬戌年在魏塘度歲。』

卷九

竿木庵集　起癸亥正月止十月

癸亥歲，適館于杭州府治。饑而食，渴而飲，有事則治事，否則飽而嬉，昌黎所謂知我心樂否也。其冬即辭去，明年爲維揚之行，困而歸，仍來武林。曼生爲題寓齋曰『竿木庵』，亦客嘲賓戲之流，兩年之詩，皆以此名之。

癸亥元日

雄雞一鳴紅日出，今朝三十七元日。往者悠悠那可論，過此茫茫豈能必？東家雙扉鎖未開，西鄰賓客喧闐來。詩人晏起了無事，已見妻子羅尊罍。昨宵黃霧塞天地，誰料今朝好天氣？人生萬事非汝知，一杯且就梅花醉。

寄壽生獨遊

草草流光寂寂廬，故人音問似梅疏。狂因醉後輕言事，窮爲愁多廢著書。人以長身笑臣朔，我將北面事君魚。十年詩槀煩商略，遲子能來一啟予。

不見吳生一百日，閉門息景自煢煢。共言至性應無有，爲告傷生亦過中。忤俗也知因我累，棄奇便恐與人同。立身本末男兒在，何日相逢論始終？獨遊時方居憂，書來有『自悔昨非』之語，故有以開之。

新正無事日事酣適醉中輒成數句醒而足之六首

歲暮償諸逋，錢刀復何有？大富輕侯王，長瓶列左右。清者真聖人，濁者亦紅友。和爲養生主，辛號埽愁帚。罌缶大小維，位置二五耦。清晨起雞鳴，空腹作牛吼。一倒三百杯，自卯輒至酉。妻孥勸我餐，呼來指其口。淵明乞食詩，正坐無此酒。

元日百無事，兒女起我早。繞牀走青紅，自念得無老。堂中小人母，七十首已皓。常時不知檢，忤母得母惱。今晨拜嘉慶，長幼雜提抱。人生百年中，容易變翁媼。一醉投母懷，依然此兒小。

人情好新年，到處宜酒食。三日黃公壚退庵，七日朱老宅可石。黃公釀法佳，味重色反白。舉觴不復辭，一餉至日夕。朱老老更狂，買婢髪覆額。見客盈盈趨，捧盌纖纖出。年豐主人多，交久客氣失。

漸將老此邦，茗艼何足惜？

人間無春風，萬物不能醉。亦恐天地心，日益就顦顇。芳妍弄群和，冰雪回一氣。衆生日夜漓，醞釀使有味。請飲春江水，醇厚有酒意。

著書心太苦，無事身太閒。出門多悔吝，獨居尠往還。不如一杯酒，終日忘憂患。醉鄉數交遊，有愚無巧姦。與之論文章，亦在虞夏間。何人肯從游，其樂過孔顔？

水仙水爲家，淩波步亭亭。梅花亦其偶，神似不在形。招之聚一室，辟如尹與邢。是時天風寒，微霰如露零。舉酒不敢屬，孤鐙照伶俜。深愁夜氣肅，井華凍銅缾。取酒代注水，插梅當膍臑。明朝試起看，花白枝逾青。此真吾友矣，得醉魂亦馨。惟有山礬兄，孤冷喜獨醒。

立春日同壽生丹叔分韻得於字

涉七氣未弄，幾望候已舒。獰飈換生風，是誰相吹嘘？清酒開臘甕，辛槃間冬蔬。三影對春酌，一鐙明寒廬。故人與新月，會面今年初。過此得相見，未知誰數疏？眷言其此夕，豈不心相於？清詞發高唱，雄吟兼雌呿。樂哉文字飲，何止一餉餘。我輩如土牛，不足供犂鉏。猶能作春妍，鞭背行次且。旁人莫相笑，從古虚名虚。

題汪芝亭繼熊西湖秋泛圖

中流小舫撥輕蘋，山到秋來看始真。却怪當時楊鐵史，詩成只解說嬉春。
買醉寒壚記我曾，山紅澗碧蹋層層。與君同在畫圖裏，只隔群峰喚不應。

元夕集靈芬館分詠室中所藏得凝馨閣鏡架

盤龍飛去老蟾死，一片檀雲墮深紫。棐几傳看入手輕，眼明尚見前朝字。體長二寸廣殺之，有出其腹立不欹。得矩之半如曲尺，未審關楗何由施。鑾王獅子形模各，刻畫通犀就刀削。下有葵心宛轉傾，能使菱花擎不落。問誰爲此製作精，朱元錫勒良工名。凝馨之閣竟何處，將毋雅尚同端清？紀年嘉靖歲癸卯，三百年來尚完好。珊瑚易折玉易碎，羨爾質堅能自保。一朝器物風尚殊，雞缸粉盝黄金爐。此物詎必上方造，流落人世良區區。江心鑄鏡如槃大，百寶爲臺照粉黛。却笑書生白髮生，青銅蝕盡無光彩。今宵相賞皆古歡，一九月似員冰員。更洗茶字醮壇磯，滿酌松醪作上元。

鳥有先春而鳴者聲似百舌魏塘人呼爲春鳥同丹叔賦之

日出三商後，聲同百舌工。相思愁坐雨，喚起欲披風。裊裊聽如見，蓬蓬意已通。澀鶯調未得，留待萬花紅。

早春坐雨同丹叔作

窗網簾紋黯幾層，如癡似夢最懵騰。昨宵酒醒驚漂瓦，連日風寒過落鐙。檐滴疏時聞鐸語，爐熏徙後覺衣稜。依稀聽得嘔啞艣，已泮前谿細碎冰。

隱几焚香膝自搖，市聲洗盡晝迢迢。草堂客似春星散，水閣寒如積雪消。永憶江湖還有夢，若非兄弟更無憀。六橋水作新醅色，想得青旗到處招。

丹叔見和前詩復作二首如數答之

畏寒仍作鹿皮翁，却怪新雷啟蟄蟲是夜疾雷。曉色牕櫺遲破白，中年詩筆懶裁紅。依依鐙火先侵夜，薄薄簾櫳小颭風。苦憶故人茅屋底，玉壺買醉與誰同？

辦作佳遊約屢乘，天公也似鬱孤懷。牕間雲氣生拳石，鐙下花頭落古釵。寄恨欲書虞集帕，食貧但翦庾郎鮭。詩成墨瀋題難認，屈曲行墻學篆蝸。

以坐雨詩索退庵和并系長句

沉鱗鬝羽本無歡，又遣重雲病李觀。刻意傷春如意少，息心學道此心安。花應漸圻三三徑，雨或能銷九九寒。來踐涪翁刺船約，不煩收斂有黃冠。謂瀟客。

廿九日雪中集友漁齋以晴雪滿竹隔谿漁舟分韻得滿字

十日坐沉陰，正欲尋酒伴。天公許佳招，一雪雨腳斷。清嚴下簾衣，虛明敞亭館。衝寒數子偕，戶外屐痕滿。牕容啅雀闐，氈笑臥狸懶。微言一何清，酸腸忽如澣。尚訢急觴遲，轉覺猛燭短。將離小住佳，欲起密坐暖。主歌毋庸歸，詩成更緩緩。

二月一日復雪次退庵韻

文無奇思難序白，詩欲尋醫宿逋積。天寒但策飲酒勛，醉眼熒煌亂五色。男兒身手足可惜，弩挽千鈞劍三尺。近聞露布收西方，不異昆崙破元夕。識一丁字竟何用，仰賀惟知手加額。蒙頭長作寒蟲號，乞食又共饑鷹出。功名已付時輩取，酸寒劣得詩翁憶。強呵凍筆自解嘲，想見開函笑折屐。

有塗抹竹垞集者戲書其後

識曲何人解聽真，群兒妄欲議疵醇。蚍蜉尚惜爲渠道，元是微之一輩人。

閏花朝同人集第一樓分韻得壺字〔一〕

風光流轉暫須臾，豈惜絲繩提玉壺。細柳疏花宜帶雨，酒人春社自成圖。文章笑比黃楊閏，身世仍憐白鳥孤。但約諸君排日醉，不妨老鐵老西湖。

【校記】

〔一〕 許增本中附紙一張，其上有云：『癸亥閏二月客杭州，有《閏花朝集第一樓分韻》詩，是年三十七歲。』

是日歸自湖上酒醒有作

吾生又見閏花朝，春物依然兩鬢凋。此日朅來知可惜，中年以往便無聊。銷磨孤旅惟沉醉，零落前遊有大招。留取殘鐙伴幽獨，夢回酒醒漏迢迢。

薛可庵烱蓮影圖

南北東西蓮葉長，小舟如葉在中央。水天閒話誰聽得，只見一雙人影涼。

多情合賦比紅詩，照影休驚有鬢絲。湖上鴛鴦三十六，何人看見白頭時？

賃春曾記住君家，未放湖船兩槳划。贏得歸時惡嘲謗，碧紗如霧看荷華。余偕閨人寓杭兩月，未一至西湖。歸家時，或問之，曰：『曾于肩輿紗窗中一識殘荷耳。』

柬查梅史初揆於拂塵庵并示屠琴塢倬范小湖崇階殳積堂三慶

零落栖遲各自傷，差池風雨迥相望。貧中止酒真奇事，客裏除詩無樂方。笑比士龍元有疾，瘦如昭略又加狂。諸君高絕讀書處，試看江潮接混茫。

呈梁山舟侍講同書二首

問訊西湖梁侍講，閉門却埽送生涯。武林遺事尊前輩，文苑傳人有世家。老去盈頭無蒜髮，年來袖手斂薑芽。不知經卷茶鑪畔，可許還停問字車？世南臂痛未多時，宿諾重徵或庶幾。定武何妨臨本瘦，先生豈有食言肥？鵝籠道士知無取，劍挂徐君諒不違。他日流傳説高誼，也應展卷重歔欷。吴厚生爲刻先子墓銘，約不取直，但乞梁侍講《蘭亭序》一通，已蒙聽許且三年矣，故諄復及之。

畫舫齋詩爲朱閑泉壬作兼呈青湖丈彭三首

鱗鱗萬瓦高，居者何人斯？草草數間屋，後世猶見思。南榮昌黎廬，東屯少陵祠。桄榔摘葉銘，乃與日月垂。歐九記畫舫，文字何葳蕤。朱君豈慕藺，作齋偶同之。或取米家事，書畫羅紛披。牽船上岸誕，貫月流虹奇。波濤萬人海，堅坐終不移。我有望氣術，金銀非所知。惟能沉鐵網，來索珊瑚枝。

參軍欲作佛，非妄則已愚。書生思一椽，其志良區區。奈何我輩人，往往立錐無。我家水村屋，曾入王孫圖。至今屬他姓，花木半已蕪。可憐雨中鳩，不及屋上烏。感君用意厚，舊觀還須臾。君爲余作靈芬館圖。老樹當柴門，稚竹圍香厨。一錢不天來，皆以粉墨驅。人間甲第高，僅庇輿臺軀。胸中千萬間，而乃四壁徒。

好詩空拖山，我聞孟郊語。君家青湖翁，名與此堂古。正聲毆淫哇，布足踐規矩。徵辟名徒高，耆舊節獨若。宜有丹山雛，五色具孳乳。文章世共知，終必待騰舉。何人采桐花，養此萬里羽。著書屋梁下，一室足仰俛。偶然仿荊關，列嶂滿環堵。才名名父子，救貧亦奚補。勸君惜餘墨，造物忌多取。

題默齋參戎宛委攤書圖即送之閩中

將軍好武兼好文，筆如牛弩輕千鈞。得劍劇於十五女，耽書豈是尋常人。諸生傭書忽投筆，此意區區渠不識。道素之門忠孝家，論兵論詩提一律。樓船下瀨旂偃蹇，回首怪游雲物遠。海氛銷盡軍容閑，試問麻沙尋善本。

金文沙女史淑以輶軒錄中選其詩作二章見示中有未亡人得從寬例文選臺應被誤傳之句以錄中皆采已故之作也感歎不足輒以奉寄兼乞妙繪

刻翠裁紅被眼謾，大家詩筆見來難。料應彤管鈔傳徧，豈是梁臺選例寬。即事又添佳話在，此才元合古人看。似聞妙繪兼三絕，試畫天風蘿屋寒。

水閣送春詩并序

癸亥三月十五日，余自武林歸。未及旬也，家人告余曰：『春盡矣。』夜酉方半，聞之憮然。自始識寒暑以迄今日，霜辛露酸，水宿雨次，遷流運化，與行路相終始。感念時邁，結轖于懷，昌昌之辰，物各有寄，獨無言歟。時與舍弟同飲水閣，爰以『水閣送春』名其篇。草木自媚，蟋蟀笑人，增唏曠喟，豈其不然。凡有壹鬱沉滯，頓挫厄塞，託物興慮，于時傷心者，庶有感焉，或其和矣。

水閣送春春可憐，歸來剛及餞春筵。將離小住難逢閏，晚筍餘花猶極妍。細柳婆娑枯樹賦，微波浩盪白鷗天。此中大有江湖感，著箇樊川倍黯然。

堂堂春去竟何之，寂寂端居有所思。仰屋自慚書未著，坐譚始覺客無奇。尋常酒債寧須惜，四十頭顱漸可知。新賞墜歡爭此夕，一詩消得鬢成絲。

老蓮醉書唐詩卷子蔣芝生敬爲摹其像于前因題二絕句

說詩作畫總堪憐，伎館僧寮亦偶然。誰識遺民淒絕意，有人擁髻對伶玄。

調鉛殺粉寫傾城，南北崔陳擅重名。解畫老夫沉醉態，他年誰是采芝生？

芝生賣畫買山圖

閩山游徧橐空垂，冷笑𠩐頭未絕癡。一幅谿藤三尺絹，此中還有草堂貲。

勸爾先謀二頃田，鶴糧狙栗各紛然。人生政坐妻孥累，未必山靈定要錢。

題雜畫五首

昨夜千林始著霜，破牕逆鼻已聞香。手中玉尺閑無用，來試橫枝幾許長。梅花。

出巢乳燕學飛忙，搖盪風枝特地長。記得玉蘭干外見，有人頻斂越羅裳。風柳燕雛。

春光已到楝花風，淺夢濃香見一叢。記否折花年紀小，買他長袖半邊紅。荼蘼。

昨宵征雁過前汀，絳葉初酣小朵靑。誰肯新涼抛曉夢，獨披風露立中庭。雁來紅、牽牛花。

鳳實難期鸞尾殘，眼看兒輩盡檀欒。此君莫道全無用，江海蒼茫要一竿。自畫竹。

鍾馗省妹圖

疏林欹倒危橋曲，滿紙愁雲寒簌簌。蹇驢路滑馱不前，風吹兩耳如批竹。終南山人膽滿軀，鬼氣濃入蒼眉須。豈眞官爵慕人世，行路猶著朱衣朱。一僮縮項頭如菌，擔壓肩赬行且忍。看渠驢背雙眼張，似喜前山壻鄉近。老馗老馗腹彭亨，胡爲犖确山中行。布裳遺嫁知幾日，鬼伯雖橫猶人情。高樓隔霧開房櫳，倚樓小妹顏芙蓉。女蘿薜荔善窈窕，漆鐙一點山榴紅。金蟾鎖齧倉琅戶，紂絕陰天漏絲雨。坎侯歌罷阿兄歡，山鴞解作神弦語。

題丹叔閉門卻埽圖

我家阿連狷者徒，平生嗜好一物無。頗耽山水亦懶出，偶落文字羞稱儒。少遭孤露衆所易，長棄科舉人嗤迂。交游鄉曲本自少，畏見冠蓋輕屠酤。村童三四列坐隅，口授句讀朝至晡。閒來丹黄雜經史，醉後歌嘯驚妻孥。可憐與世不相入，出門一步行跦跦。暫游淮海亟復返，已被口語叢譏誣。揭來作圖以寄意，息影畢志栖菰蘆。柴門兩版竹千个，意境幽絶非通衢。男兒作人有本末，通介何必隨時趨。天生性分久已定，又不自知寧非愚？乃兄少年牛馬駒，輕視世路無崎嶇。北燕南越東西吴，虚名不救身饑劬。邇者多病但求息，頷底已茁鬖鬖須。當時自料豈及此，後世論定誰知吾？念子明決我所愧，不仕不隱良非夫。風狂百歲真過隙，浪走十年今識途。明當卜宅挈幼稚，逝將歸老同江湖。青山屋上水屋下，有食此語如此圖。

呈穀人先生并謝見序拙集二首

國子先生道義尊，版輿歸奉太夫人。兩朝出處皆無愧，一代文章自有真。人似野梅終疏放，詩如名酒極清醇。從公未覺今年晚，已謝東華十丈塵。

八卷排成兩鬢秋，青雲器業已全休。小詩不暇如東野，太息多煩論少游。仰屋著書還有命，登樓作賦定何求？他時乞與飛霞佩，豈惜將身臥一丘？

送默齋赴閩即次留别韻四首

動足當爲萬里行，何須兒女漫多情？乘風夙有宗郎志，横海先傳漢將名。潮落魚龍安澤國，秋高旗鼓見榕城。他時笑指兜鍪問，多少貂蟬自此生。

薄海普天悉主臣，況聞送喜萬方新。但能廉恥堪爲將，解說詩書定過人。蜀道難看馳使節，楚氛惡已撤邊屯。煩君更飽鯨魚鱠，分餉江湖一釣民。

說劍論詩倚酒中，平生衮衮薄諸公。如君豈敢驫官待，許我仍多國士風。甚欲短衣從此去，只愁長策畫難工。吳鉤百鍊千金馬，何用區區爨下桐。

一言合便歲寒期，贈處居然有所思。處士已忘西向笑，故人寧待北山移？傳家忠孝知無負，報國文章亦未遲。試手功名事驫了，重尋宛委讀書時。

送龔素山凝祚

讀君冰雪文，記自三年前。識君冰雪容，海上風雨天。兩陳相介紹曼生、默齋，一見交忻歡。契分未及深，豁豁露肺肝。自顧了無取，得此疑亦賢。方期究終始，議論長周旋。豈意千里别，征車指閩山。

男兒重意氣，離別何足歎。有時友朋際，亦若兒女然。此情不可解，此意殊可憐。人生過三十，豈不曰中年？更歷憂患餘，壯志日以遷。功名恐難期，犇走非所便。庶幾文字交，朱丹共磨研。方今諸髦士，抗議秦漢還。入室必馬鄭，在寢哂淵騫。餘事識鐘鼎，旁及蟲魚箋。上者掇高科，峩冠搢紳班。下亦收厚實，重幣公卿延。八寸漆簡脱，十指風椎懸。下視韓歐蘇，淺陋巧語言。我生性檮昧，自信頗亦堅。古學有大小，瑣細不足穿。詩文道所載，神智開必先。不聞舍舟楫，可以窮淵源。時用詫同志，助我張旌旃。豈無著書才，往往以事牽。或乃困貧賤，坐老衣食間。如君亦其一，臨别心拳拳。無爲棲幕燕，當作橫海鱣。千秋我自有，名位不與焉。兩陳皆人傑，思以經濟傳。蘭臺書竹帛，顧此良戔戔。出詩試相示，一笑又放顛。

素君二十生辰寄詩爲壽得二十韻

問姓黄金鑄，題名翠琬劖。卦爻占一索，鄉里記千巖。往事重追憶，多生感至諴。瓜分剛二八，火棗會仙凡。即次人猶旅，于歸筮得咸。夜潮乘檝浦，春雪送征帆。鳩鳥猶言好，青蠅尚畏讒。腸迴餘寸寸，骨出見巉巉。又逐梁高士，同居薛秘監。道南通眷屬，息女話呢喃。點筆舍豪細，縫裳試手摻。見憐雙靨秀，去便兩眉緘。水暖鷗眠穩，花黄兔目毚。羈栖古白下，潦倒舊青衫。小别非無恨，微詞亦不儳。忘憂君是草，失笑我如獑。冉冉華年度，時時别淚銜。若榴傳讔謎，蓮子摘空嵌。長命添金縷，催歸傍枕函。何時偕隱得，相對把長鑱？

素君水閣塗妝小影二首

綺窗湓影三分水，羅帶當風二月寒。無賴柳枝門眉嫵，亂吹濃綠上闌干。
高鬟墮馬夜飛蟬，窈窕紅𥅽絶可憐。誰信牽蘿茅屋底，時時擁髻一淒然？

默齋將行出丙舍圖屬爲詩以志其先人死事之節爲作一章且重有所勗也

宰樹蒼蒼暗巖谷，流泉活活響琴筑。中有孤臣三尺墳，野鹿山麋不敢觸。孤臣當日官海邦，海底龍蛇方起陸。生平于事不避難，絶島一門守斗六。跳踉猰貐怒磨牙，狼藉烏鳶喜攫肉。空拳一㲉威亦驚，突騎重來勢彌蹙。兩甄皆敗單馬入，孤軍無援一死足。賊刃皆抽矢皆鏃，吾戴吾頭那容辱。杲卿斷舌齒穿齦，先軫歸元眥裂目。妖蜃已銷海波淥，野祭時聞父老哭。國恩深重臣節酬，羽林宿衛孤兒育。邇來四十擁高牙，猶復辛酸戀喬木。墓田丙舍重依依，下瀨樓船高矗矗。如君自具文武才，方今尚有鯨鯢伏。胸中長劍聊可試，地下忠魂應所祝。他時盛業溢鐘鼎，會見世家書帛竹。小主未辨先廟碑，或可神弦譜新曲。

馮春江潮宦于東與伯生淥卿相識以詩見投次韻酬之

時裝何用作唐巾，可笑嵜嶔歷落人。我自逢場聊作戲，誰能識曲聽其真？依人王粲思吾土淥卿，奉母安仁拜路塵伯生。痛飲狂歌那復記，磨牛步步跡俱陳。

又和一首

車中新婦冪紅巾，也免時時見路人。南郭吹竽容有濫，西涼假面定誰真？蘁天但覺醯雞舞，牕網頻看野馬塵。歸去不妨書乞米，陶胡奴任積陳陳。

睡起一首用前韻

腹搖鼻息落冠巾，便駕飈輪逐化人。果蠃螟蛉俱不見，王侯螻螘兩非真。身如病鶴還驚夜，心有靈犀解辟塵。睡起仰天成獨笑，蒼蒼元武帶鈎陳。

題褚河南隨清娱墓志

禹穴江淮興未窮，一時游跡定應同。知君收拾遺書得，惜不當年遺所忠。

夢覺冥通事渺茫，抒詞何異感沉湘。鬢須白盡虛堂臥，想見同州老遂良。

東坡雲藍索句圖像二首

瓊樓玉宇孤臣淚，芳草柳綿春女悲。索得新詞休便唱，長公終不合時宜。

九死相隨竟不回，綠衣雖賤解憐才。世間尚有沙洲雁，檢盡寒枝照影來。

送芸臺中丞入覲二首〔一〕

驪唱匆匆發近坰，湖山相送出遙青。恭聞八駿猶行在，已見三台候使星。江左風流解散髻，海中魚鳥握奇經。玉音問答琅琅甚，溫樹他時或許聽。

紅船雙艫溯江東，如畫家山入望中。胡証過鄉稱百姓，張溫在外已三公。定浮淮水方乘傳，聞說宣防未築宮。知有憂時籌策在，舊曾水土領司空。

【校記】

〔一〕許增本中附紙一張，其上有云：『四月回家，於後至杭，有送阮中丞入覲詩。』

雨過

靜看香篆繞簾長，浴罷老聃我並忘。日挂殘虹低不落，風含賸雨氣猶涼。遙憐小閣偏臨水，近想新篁定過墻。不待扁舟喚歸去，今宵夢已落横塘。

書魯公乞米帖後

人生無如米難得，全家食粥有底急。不知指困定何人，枉費懸針垂露筆。折腰不能殊兀傲，乞食他時説冥報。昌黎倔彊良區區，乞米乃望于尚書。衆生依食那便高，嗟我不減北郭騷。有田十畝家十口，一半有土仍不毛。昨者糧盡妻孥愁，勸我作書通交遊。丁寧老僕莫辭苦，已汲井華淨洗釜。歸來入門兩手空，主人晏客高堂中。寄聲汝主問安否，答書未暇緣匆匆。生平只識謝仁祖，若陶胡奴豈識汝？卻笑顏公太不廉，妻病更思求鹿脯。

語兒道中

怒雷猶似不平鳴，雨過殘陽又放晴。只有玄蟬識時節，一絲風裏作秋聲。
耳目誰能說愛憎，蠅營螽聚各飛騰。舟中政苦難成睡，起見遠山青幾稜。

退庵招同鐵門獨遊丹叔集長春道院分韻得花字

言尋逭暑地，重過化人家。谿曲延緣誤，門開署彴斜。風心催酒琖，涼意媚秋花。容我緇經坐，清晨禮紫霞。

過芝亭聽香館題贈

朱門酒肉有餘臭，一室圖書以自熏。說與世人休鼻觀，此香未可逆風聞。
芳鄰可買百金無，來往還應著老夫。今日風流已堪畫，芭蕉葉大雨聲麤。

芝亭秋林覓句小影

群生皆感秋，詩人知獨早。萬物苦變衰，惟詩得之好。清氣入心脾，塵俗可一埽。汪君吾黨彥，才儁風骨老。神駒自駿快，逸翮必奇矯。輕肥少年場，去之頭屢掉。肯從顛頷士，專一事幽討。方庭十弓寬，老樹間叢筱。閉門日尋詩，得句如得寶。人間紈綺兒，一餉度昏曉。肥醲汩天真，外腴中已槁。蟋蟀定笑人，那不語言巧。展君秋林圖，喜復見懷抱。吐詞能清雄，何必作郊島。徂暑行就闌，涼雨洗晴昊。詩成期示我，一聽商聲繞。

曼生屬題三家畫卷各得一首

王椒畦學浩

陂陁平遠岡巒出，偃蹇老樹欹長松。是誰結屋得清曠，日日聽此松間風。山腰古木儼離立，意似下瞰幽人宮。分明咫尺望不到，谿斷卻得前山通。前山蒼蒼暗澗谷，絕壁杳杳攢杉楓。不知何處有村落，林木一轉山一重。心疑此境去無路，一亭孤揭山當中。沙平水遠山未窮，杳然不知圖所終。誰能爲此心獨苦，意匠遠與前人同。一峰畫品最緻密，此語我聞長蘆翁。倪迂作意追古澹，數筆寫出霜天空。王生意到不求似，坐覺二子難爲工。今朝暑退涼雨急，歸思已與煙雲濃。何當置我松下屋，著書讀畫綿春冬。

方蘭坻薰

十年前客梧桐鄉，扶病走登方君堂。方君意氣殊偃蹇，兀如瘦鶴矜老蒼。十年後喚西陵渡，有客傳君武林住。西湖邂逅一相逢，顧我真如十年故。論交有道合有時，此意世人那得知？何曾末契託年少，豈盡傾倒緣歌詩？感君知我覺君老，坐睨神骨憐枯槁。重來訪舊忽驚呼，瘦鶴飛歸見華表。世人知君只知畫，豈謂詩筆拚群雅？論畫亦復徒紛紛，誰識良工用心者？即如此幅已幽絕，蟹舍漁莊水雲白。分明腕底趙王孫，貌出吾家水村宅。陳侯寶此莫浪傳，此詩此畫誰當惜？

奚鐵生岡

嵜嶔歷落奚鐵生，胸中有物積不平。有時得酒快傾吐，長松巨石相拄撐。豈知山水殊丰容，平遠直逼南田翁。謝郎丘壑本自有，魏公嫵媚將毋同？人憎鬼妬聲名大，坎壈纏身亦無奈。天公又遣六丁來，奪去三間破屋破。巢毀子取號且咷，意氣不復如前豪。揭來作畫紀丙後，筆意率略轉得高。吁嗟乎天人一氣等忌才，千秋之名何有哉。請歌杜老丹青引，和爾萬壑松風哀。

曼生種榆仙館圖

天上何所有，似聞皆仙官。仙官多軟熟，護短且忌前。遂令絕代人，謫墮三十年。長身瘦如鶴，清喉聞九天。時時一仰首，意氣淩紫煙。袖中一尺箠，正可癡龍鞭。瑶草芳易歇，蠹桂人所憐。不如種白榆，歷歷依星躔。雲路非邈絕，我自便世間。非無雞與犬，不使舐吾丹。揮手落珠玉，探笈開娜嬛。招邀舊時侶，笙鶴相往還。何如侍帝宸，劍佩日不閑。元鄉老無用，偶以文名傳。見君作新宮，伎癢成此篇。五雲閣下吏，俗書不足鐫。請要上元來，細字爲蠶眠。

次韻船山太史四十初度

僂指京華近十年，江湖相望各蒼然。故山老我休招隱，平地看君已若仙。四十頭顱今日是，文章卓犖此人偏。謝靈運云：『劉楨卓犖偏人而文最有氣。』也應差勝淮陽董，縣吏催租更索錢。

浮香樓圖詩爲高惺泉作

頻年屢喚西湖渡，未蹋西溪溪上路。聞說花時水亦香，氣壓孤山三百樹。孤山處士去我久，冷蕊疏枝已非故。西溪說有浮香樓，舊是高家讀書處。園花查生約卜鄰，時遣奚奴送長句。白徧梅花不見村，想見徘徊不能去。查查浦句也。交蘆秋雪通往來，卻月淩風盛詞賦。百年人物今凋殘，二老風流託豪素。高家青衫讀書孫，典刑猶見中郎存。手持鵝谿一匹絹，徑來招此梅花魂。高檐略放出樹杪，青壁依舊當柴門。袖中正有招隱手，乞我著句寧無言？神盧主人自可笑，老屋盡向東鄰奔。一樓枝撐衆木住，偃蹇聊得遙山痕。觀君此畫增太息，卜築合向無何論。何人草堂肯寄我，便擬丐我從諸昆？經營三兩團蕉舍，割取一半西枝村。

文沙女史以天風蘿屋寒之句作畫見貽詩以奉酬

空谷幽居意，寒閨秋士心。有人善窈窕，此景極蕭森。餘事詩中畫，高情海上琴。憑闌呼侍婢，落葉幾多深？

十一月十四日同潘紅茶恭辰許青士乃濟兼山琴塢游靈隱谾光四首

共有探幽興，何辭去路遙。山心忘晏歲，客意愜佳招。風帽暖欹屋，芒鞋響過橋。蕭條寒色裏，也見酒旗飄。

策策鳴枯葉，涓涓滴暗泉。空山生靜籟，急景入殘年。老衲貌多瘦，野梅花獨先。伊蒲能飯客，玉版試參禪。出寺復入寺，行行同杖藜。路隨幽篔轉，天壓下方低。隔塢聞樵斧，到門唬竹雞。石墻苔蘚滿，難覓舊留題。

笑譚無永路，登頓易斜曛。鐘暝催孤棹，鴉寒戀故群。重煩呼濁酒，聞與話遺聞。明日君家去，持杯更勸君。琴塢約十七日同集。

被酒有作留別杭州諸故人〔一〕

中酒阻風總不辭，十年前事與心違。故人好在難成夢，作客無憀易得歸。臘月聞雷驚破柱，寒鐙留焰想縫衣。宵來百感茫茫集，愁殺河南郭泰機。

車轍回時未是窮，平生自號信天翁。遊山或比謝靈運，顯志孰如馮敬通。詩卷消磨年鬢裏，酒杯狼籍淚痕中。諸君珍重此身在，滿眼風塵尚許同。

【校記】

〔一〕許增本中附紙一張，其上有云：「五月十九日回家，有《別杭州諸故人》詩。」

題雲藻明府秋館聽潮圖

風輪轉地水，以運爲汐潮。孰居無事間，呼吸使怒號。江湖凛氣勢，山林助調刁。海若豈不平，聊懾群兒驕。要知靜者心，喧寂隨所遭。張侯南海英，氣與秋天高。蟠胸芥雲夢，矢口賡虞韶。一官落兩浙，九拜隨百僚。奇氣喑不吐，鞠躬歎徒勞。假守海昌牧，小試煩牛刀。抵几走群吏，擿伏鋤諸豪。了不見有事，廳閑散胥曹。所居海神祠，殿閣爭岧嶤。空庭多古木，日落風騷騷。朝飧或及晡，夜吟時徹宵。天風挾海雨，傾耳膝自搖。豈待枚叔發，或踐成連招。此中意念深，未惜旁觀嘲。人間競馳騖，奔走忙昏朝。長官謦咳厲，細民鴻雁嗷。前榮歌敲榜，後院羅笙簫。非無兩荷葉，聽宮久已淆。但令心廓然，萬籟如風飄。泛海東山謝，聽松貞白陶。他年任大事，一靜息衆囂。勸君且安坐，何地無洪濤？請看弄潮兒，性命輕鴻毛。

十九日同人集琴塢舊廬送行作此留别

我笑阮嗣宗，車所不通涕漣洏。人間豈復有窮處，君自厄塞遭逢之。我怪嵇叔夜，鍛竈何曾識鍾會。龍章鳳質泥中埋，土木從來忌雕繪。客遊不必遠，游倦傷人心。故交不皆厚，新交無知音。新交如故故者新，客中逢客誰可人？天風海水一萬里，入門自媚難爲親。吴生從軍身手好，兩年再見顔色屠郎有子稿兼山。蔣生十上不中第，勉就一官面多愧希甫。殳郎求名藍縷久積堂，潘郎成名亦不偶紅茶。門外不知入小學，我輩那能辭老醜琴塢。今朝相約登君堂，更有許青士趙雩門能清狂。酒間但訴别如雨，杯酒六七天欲霜。自我來杭州，初元至今今八年。不入肥肉大酒社，不登舞女歌兒筵。貧交二三子，若故行。狂歌痛哭亦時有，不悲白髮悲蒼生。幾年詩卷一一可覆按，卷中未有諸君名。揭來一相見，男兒豈得舊若平生情。不知公等當時皆安在，與我背面掉頭不獲相將迎。相見已不早，相識亦不遲。且與諸君便無謂，四十未滿未遽頭顱知。窮者未達達者誰？不得行胸懷，昔賢之所嗤。今日一尊酒，此中别。縱横跌宕不可無，抑塞磊落足可惜。明明鐙燭明明月，揮手出門街鼓絕。道旁醉尉莫誰何，恐有封侯骨。

卷十

竿木庵集 起癸亥十一月止甲子十月

百蟲一首示兼山

百蟲何知口銜土，臥穩九淵任風雨。天公玉女忽投壺，豈意人間復有汝？鼕鼕皋陶鳴遠空，笑口一開如長虹。地媪雖富藏不得，爛漫野梅爭白紅。老翁前記十八載，當日相傳聽聞駴。明年斗米五百錢，辛苦還留此身在。西南甲兵幸已洗，聞說萬方俱送喜。五行何用推灾祥，可惜老翁今老矣。

題陳仲恬鴻豫手綫縫衣圖

兒能勝衣母心喜，甫能勝衣作游子。天涯未必風霜多，母心兒身乃如此。飢來驅兒作遠游，遠游近游同一愁。眼前咫尺望不見，意外衣食難爲謀。食梅苦酸葛苦寒，無已但念衣裳單。臨行密密手鍼綫，淚痕綫腳雙闌干。我爲游子吟，早識游子苦。當時我母送我行，臨行一言長記取。出門不早歸莫遲，枯桑海水誰相知？敝裘雖敝尚可著，重是汝父之所遺。當時掩面拭淚不能對，至今垂涕思當時。有一袓衣一中裙，藏之篋笥今十春。豈惟不著亦不敢開視，俟我放足斂我衣之見我親。題君此圖紀我恨，自不忍讀況乃持示君。

梅史客于琴塢所余數往省之琴塢圖三人者名曰說詩之圖說固不必皆詩也恐世人不知仍爲詩以聲之

文章日凋喪，舉世誰起之？起之非無人，無位無其時。既無時與位，能從者爲誰？利祿自有路，駁雜許鄭詞。槃帨自有餙，倚馬千言馳。大官愛軟熟，俗儒喜支離。上推下交挽，牢若藩與籬。豈乏豪傑士，無奈寒飢爲。黽勉強同俗，及悔嗟已遲。詩文道所載，亦係時盛衰。方今奎壁明，詎可掩魁奇？兩君皆人傑，顧我徒狂癡。自有千里足，反欲老馬隨。自慚本蕉萃，謬許同姜姬。知人固不易，人亦不易知。區區感此心，聊復陳其私。實學無餖飣，真文有醇疵。大雅不索莫，至勇非猖披。人三亦爲衆，堅信幸勿疑。不能易世俗，或可傳來茲。

處世一大事，無若生與死。死後不能生，生時可知矣。今人苦擾擾，不死聊復爾。假以我言告，未必頽不泚。昔有狂杜牧，落魄略行止。一書告池州，惜其爲刺史。刺史有官祿，郡小幸無事。此時不爲學，異日安足恃。我言殊未然，爲學自在己。艱難貧賤中，乃有真國士。見聞隨廢亡，我正杜牧比。

查君雖多病，心氣池州似。屠君方少年，駿達孰可儗。幸未作刺史，爲學正其理。料量死與生，一日足千里。所說豈止詩，詩亦其一耳。

身世寡所諧，乃覺友朋歡。功名恐不立，乃思文字傳〔一〕。世俗交口笑，汝輩良可歎。人間黑頭公，于汝方齊年。弓刀羅千夫，海上乘傳還。餘事足辦此，大筆挐槃槃。豈若寒乞相，出口先悲酸。歲晏風雪虐，百蟲墐其垣。行者亦已歇，居者懷其安。不知有何事，將歸復盤桓？相見有何語，刺刺不得完？三唐與兩宋，何與汝飢寒？聽之心刺促，氣塞哽在咽。忽然復大笑，豈足爲若言。不如就吾友，一吐胸煩冤。依舊鐺腳坐，爛醉老瓦盆。

【校記】

〔一〕『傳』，底本作『傅』，誤。

古詩二首贈芝亭即題其聽香館詩集

正字識何字，學士安所學？孝廉當知幾，一笑堪嘔噱。人生自樹立，俗論何足道。科名固瑣瑣，門戶亦草草。百戰當匈奴，聲隤隴西李。格五待公車，是亦賢者耻。不聞郊與島，終身不逢時。不見天地間，乃有醴泉芝。

大人不說學，隱居乃放言。老儒多晚謬，少年宜精專。詩篇伎雖小，譚亦何容易。李杜一酒徒，終勝諸貴仕。之子富春秋，嗜好與俗殊。趨新繹其故，得精遺其麤。學成張吾軍，不成爲子惜。李志與曹蜍，彼哉耄已及。

袁雪持表弟青見過

見乍悲新別，譚深感舊游。人終成宅相，路已隔西州。遷客有歸夢，勞生無遠謀。何如耕且讀，食德服先疇。

檢湘湄積年所貽書尺付裝并題其舊稿却寄二首兼呈鐵門

十幅蠻牋半不紅，真珠密字肯匆匆？交游踪跡年年在，兒女心情略略同。往事回思多可笑，當時下筆尚求工。而今老懶那能此，矗說平安付雁鴻。

平生交誼孰知君，並世先教我定文。作序須名白長慶，傷春惟有杜司勛。卷中姓氏尋常見，别後流言時一聞。此意他人應不會，南鄰朱老或能云。

得延庚侍御書期余入都作詩謝之

金闕觚稜夢已非，不才甘與世相違。上書年少先華髮，射虎將軍今短衣。永憶江湖堪送老，驚心故舊亦全稀。劇憐靑瑣登朝籍，肯念滄洲有釣磯？

山公啟事豈其時，作答休嫌叔夜遲。尚有功名身後事，不爭好惡世間兒。作歌漫儗丁都護，屬和應無高漸離。河復詩成兵馬洗，采風或用擊轅詞。

夜坐有懷

開戶忽見月，隔谿已有霜。坐深銷酒力，鐙澹明花光。黯黯悲今別，勞勞念故鄉。不知歲既晏，誰復解升堂？

自題靈芬館圖二首

何處能容汝，茫茫天地間。側身求倚著，回首念家山。白犬丹雞好，熏爐茗盌閒。未能營廣廈，聊自足歡顏。

讀畫疑非畫，吾廬亦有廬。胸中還突兀，意外得樵漁。顯志馮生賦，窮愁虞氏書。他年投老計，商略定何如？

立春前一夕作二首

又見春來又過冬，年頭年尾太匆匆。算人間世只如此，但去來今或不同。連日惟應司命醉，今生肯送退之窮。甕中新奮牀頭酒，活計料量未盡空。

酒香燭燼夜迢迢，歲臘誰知盡此宵？擁髻似聞人有語，迎春多恐別無憀。黄金兩袖塵中淚，白髮三生鏡裏潮。莫道夫君冰雪似，滿胸塊磊幾曾銷。

同丹叔出郊探梅

殘歲看花亦太忙，被花惱徹不知狂。相攜兄弟無拘檢，忽漫郊原入混茫。水際野梅如晉士，病中老衲作唐裝。帽檐折取簪歸路，已有游鑣送夕陽。

姊夫見過

流寓疏親故，崢嶸話寂寥。家貧愁女大，年長任兒驕。牽犬事鼲畢，飛黄期轉遙。終慙柳子厚，蓋石泐文高。余姊尚未葬。

退庵東莊載鞠圖

小圃種梅亦種鞠，野航載花兼載人。先生醉歸谿女笑，搖破一谿青白蘋。披圖冷笑采芝生，搖兀孤舟自在行。不畫老頻攜酒去，看誰中路伺淵明？

和丹叔人日遲故園諸子

南北東西枉所思，近憐只尺尚愆時。人來故國閒何闊，春到貧家早亦遲。去歲曾同椒酒會，十年誰續草堂詩？鷦鷯栖穩冥鴻遠，剩有沙鷗莫見疑。

穀日即事

逢春那不惜春華，元日過來掩絳紗。婦病劇憐衣帶減，客來從笑帽檐斜。重簾卷處聞疏雨，蠟照昏時似暮霞。莫道經旬門不出，也曾問訊小梅花。

夢中得埋憂二語爲足成之

身到人間卅八年，不成將相不神仙。讀書學劍皆無用，痛飲高歌多可憐。憂果能埋何必地，人猶難問況於天。空山誰喚祁君起，落月荒雞一惘然。

盆池疊石頗有奇致種水仙蘭花其傍戲作長句

疊石作山不似山，坐覺仇池小有之天來人間。金庭一穴通地肺，桃花九鏁開天關。紛紛凡草不敢種，前有雒浦微步之羅襪，後有湘江如黛之煙鬟。寒雲欲凝古琴歇，靈均清涕留餘潸。得非王孫趙伯固，落筆寫此清而頑。一花一葉各有態，十叢五叢亦不閑。夜深鐙暗影入壁，以手捫摸疑可攀。入春半月不出戶，日日坐對開心顏。曉吟旭日照盎盎，夜飲素月來彎彎。今朝春風惡，急雨相與還。破牕鏖風得風怒，雨點著紙痕斑斑。徑呼一斗酒，醉搔素髮如霜菅。心情老矣涉游戲，豈復有意窮神姦。偶然出手奪造化，何遽竟爲天所慳。嗚呼但使一丘一壑位置此奇骨，亦甘屈曲于廛寰。須臾雨止風定山石屹不動，惟有滂葩狂語雖醒不可刪。

暮歸即事

一雨過三日，新苔沒舊痕。野橋當柱壞，小港入潮渾。卯飲歸仍晚，城居曲似村。遙遙見鐙火，水閣已黃昏。

嘲婦

試問劉靈婦，何如周澤妻？百年終荷鍤，一日又如泥。夜雨簾鉤重，春寒燭焰低。此時無一醆，愁坐聽荒雞。

詠史三首

人言平原君，豪舉不求士。豪舉固已難，名齊四公子。博徒與賣漿，託業雖甚鄙。較彼雞狗儔，何遽不相似？一甘出我門，一以見爲耻。無忌從之遊，君真妄人耳。

舜舉十六相，身尊道何高。偉哉少陵言，是亦稷契曹。不知鯀在下，何由知英豪？前期無遺賢，公等豈不遭？大抵易代際，政在明誅褒。寬凶遺之相，安知意非堯？讀書貴論世，未可一律操。聖聖雖相繼，振作不憚勞。秦時用商鞅，此臣來逋逃。若言取人術，亦未輕訾謷。

大禹治水土，不言何以治。周官分兵刑，亦無戰陳事。古人憂世深，惟恐後人泥。無窮者世宙，不窮者神智。豪傑時一生，任其自爲計。賈讓上中下，三筴詞已費。王莽六十家，不救昆陽敗。紛紛論古今，俗儒乃多議。

夜泊冬瓜堰去魏塘不一舍也

十里去城近，一宵歸夢長。風波好看客，只尺笑離鄉。野泊雞栖並，晚炊魚麥香。將何銷旅感，濁酒且盈觴。

石門道中

婀娜一帆風，攲斜出雨中。村深圍樹密，寺古剝墻紅。放溜水微濁，平疇草已葱。歸時看節物，應長女桑叢。

遲梅史不至

草草殘年手共揮，竭來湖水又平磯。雨多可有賴鱗上，寒甚能無側翅飛？醉後笑譚頻入夢，鐙前兒女定牽衣。客牕松竹淒清極，太息何緣病鶴肥。

廿日生朝可庵置酒爲壽詩以志感〔一〕

往往征期過上元，貪尋春事離鄉園。重煩地主殷勤意，直似家人笑語溫。微雨簾櫳疑白曉，薄寒庭院易黄昏。樂天新有祠堂建，來歲生朝共一尊。時西湖方築白公祠，白亦以正月廿日生。

【校記】

〔一〕許增本中附紙一張，其上有云：『甲子正月客杭州，有《正月二十日生朝可庵置酒爲壽志感》詩。』

食糟筍

此君太孤直，然亦有時醉。移根值此日，得全了無害。始知嫉俗人，嗜酒乃一例。我交君最深，一日不可離。耳目固所親，口腹亦其次。冬如蕨牙拳，春作貓頭戴。三尺玉版横，十尖女手細。仙姿無穠纖，玉骨皆美粹。開尊更得此，熊魚兼所愛。因思少從容，聊欲軟剛概。脱綳浥紅糟，就濕非白曬。津津甘入脣，拂拂香逆鼻。靈均不獨醒，乃更有風味。悻悻羊鼻公，苦諫逾嫵媚。從來耿介性，必用剛柔濟。得時氣干雲，不遇頭搶地。何如入甕中，醉骨作龍蛻。嗟我苦倔彊，不中世俗嗜。猶能餔糟醨，尚未歷口棄。作詩詠此君，似嘲亦似戲。

梅史琴塢秋白小湖積堂先後讀書于清平山之拂塵庵秋白屬鐵生作小檀欒室讀書圖梅史作序而屬余題詩其上小檀欒室者諸子所居之室名也

古樸仍留宋代春，山腰奇石更嶙峋。眼中自有千年物，莫怪尋常下視人。
中厝小范暨殳郎，查老清貧未諱狂。儘賦延年五君詠，不應屏我作山王。
蒼鶻參軍笑不休，拍張也自足封侯。諸君尚滯風塵内，政坐耽書未出頭。琴塢云同人時塗朱墨作天魔舞，見者往往駴絶也。
懶雲窩裏從吟諷，琴塢廬中雜戲嘲。作達故應年少事，老夫但愛聽江潮。

屠丈邦瑞昔游圖

男兒不蹋地，蹋地皆有求。出門即四方，遠近同一游。生時祝弧矢，投老思先疇。少别父母悲，長別妻孥愁。苟能行胸懷，一室善自謀。何爲下牀足，動作萬里投。豈知天公意，賦命各不侔。世衰生狂兒，如病豈得瘳。屠翁昔落魄，壯志輕九州。間關作秦贅，冠佩逢楚咻。靑天隴棧絕，黑水丁零浮。出塞入塞馬，上峽下峽舟。鶼鶼既失匹，文文無與仇。去去返故轍，行行尋菟裘。有家出再造，有廬始重修。有子舉孝廉，年未三十周。有孫能就塾，丫角如犀觓。起家皆赤手，一餉成白頭。泊然念身世，追感老淚流。鯫生從墮地，其氣能食牛。謂當翼摩天，詎作鷹在韝。西不盡雁門，東已窮海陬。燕南趙北際，縛袴跨騂騮。束裝辭高堂，再拜不可留。牽衣任闔閣，揮手謝朋儔。出門何所之，惘惘復悠悠。入門仍垂橐，兒女啼啾啾。嗚呼士貧賤，貧賤豈足羞。奈何不自立，出處難汝由。魚腹有葬骨，羊腸有摧輈。衣食定何物，行路終不休。從今請改事，息影居巖幽。田園雜傭作，亞旅同鉏耰。上以奉老母，歲時具乾餱。下以長子孫，雞豚賽春秋。亦自養腰腳，坐榻臥一樓。題詩志息壤，此言庶無郵。翁其一笑聽，無忘在莒憂。

廿三日同梅史紅茶小湖琴塢泛舟湖上分韻得絲字

春風先著水，水暖不自知。酒人如鳧鷖，已有江湖思。今年得春早，湖冰久流澌。山梅落故萼，岸柳抽新枝。我來踐曩約，良友欣所遲。瓜皮六尺艇，劃破靑琉璃。小雨亦復佳，薄寒尤相宜。低篷愜深酌，緩帶款乍離。西湖我故交，十年醉于斯。念將别之去，豈可不一辭？近山眇含睇，遠山澹浮眉。安知非爲我，相見兼歡悲？看山勿看水，折柳勿折絲。水有漂流感，絲有纏綿姿。柳絲日以長，水色日以滋。但當嬉游日，莫忘離别時。

題陳子玉峙詩卷

莊生言好學，此福是前生。詩骨無紈綺，虚心對老成。低昂如意舞，婉篤不平鳴。自後逢年少，因君未敢輕。

湘湄秋史壽生丹叔送余之邗上留山塘十日竹士亦來會此鄭重言離雜然有作

少壯輕分老大悲，扁舟欲放又遲遲。十圍楊柳三篙水，不似當年慘緑時。

自厓而返豈無情，未忍臨歧見我行湘湄、壽生先歸一日。轉恐今宵更愁絶，風斜雨細可憐生。

下堂衣袂惜重牽，草草匆匆囑食眠。憑仗阿奴休説與，阻風中酒似從前。

牽雲曳夢記前因，一送春歸不算春。猶向小紅樓外泊，疏簾如水斷無人。余舊有山塘感舊圖。

夜飲示諸君

又緑山塘水，溶溶奈别何。賤貧分手易，笑語彊顔多。歸夢亦行客，離聲入櫂歌。眼中今夕酒，猶得慰蹉跎。

重題山塘感舊畾

春雨春風上畫樓，傷春容易白人頭。關心最小新楊柳，已解垂條絆客舟。
冥濛微雨做春殘，小卷簾櫳倚莫寒。乳燕學飛花落去，夕陽紅上舊闌干。

京口寄青士

湛湛長江上有林，烏烏畫角遠遺音。誰供北府兵廚釀，苦憶西湖越客吟。沙鳥都無賓主意，風帆猶挂别離心。一杯欲話英雄事，可惜子將不共斟。

嵇曼叔丈取太白五岳尋仙不辭遠一生愛入名山遊之句作圖屬爲長句即用太白詩韻

我欲望遠海，因之登高丘。誰把青蓮花，招我白玉樓？盧敖相期汗漫外，斥鷃自笑逍遥游。蓬萊仙人來帝旁，雲旓五色森開張。倒景下視日月光，一杯之水如帶長。太息人世無舟梁，秦皇漢武不能望，驪山茂陵松栢蒼。黄金不救陰蟲蝕，地下差比生年長。那能屈曲住世間，早尋高真講九還。可憐苦待婚嫁畢，五岳何異三神山。嵇康有仙骨，願爲尋仙發。一雙汗腳不蹋土，玃父猨公其出沒。只嫌老去猶多情，飲酒食肉談容成。丹成留半不肯喫，恐便白日昇瑤京。何不攜孥入山去，吹笙跨鶴舉家清？

呈曾賓谷都轉燠二首〔一〕

記向江湖載酒行，當時吳質約相尋蘭雪。知公能續江西社，遲我同題漢上襟。懷刺十年成老大，心香一瓣幾沉吟。文章煙月都如舊，杜牧無端絲鬢侵。

歐陽賓從並清班，謂穀人、司成、惕甫、國博。弱步先愁逸足攀。列戟門庭真似水，過江人士望如山。心期自合文章外，身賤多慚進退間。賸有平生微尚在，懷知賦就未須刪。

【校記】

〔一〕許增本中附紙一張，其上有云：『二月客揚州，有《呈曾賓谷都轉》詩。』

雨中雜感四首

家居豈不好，忽然思遠遊。孤帆落我手，一峭不可收。昨日泊京口，今日來揚州。揚州舊遊地，珠箔褰銀鉤。少婦吹簫坐，爲我迴清眸。酌我金屈卮，勸我銷離憂。春陰十日雨，檐溜如渠溝。繇英坐開落，漂泊隨東流。感此不能醉，覽鏡成白頭。千秋與萬歲，不解一日愁。花天與月地，不知一士秋。

久雨忻乍霽，攬衣且出門。意中無所詣，聊逐行路人。屐聲厲齒齒，車輪走轔轔。喧闐雜負擔，出入闤城闉。塗泥滿街弄，去去還逡巡。歸來洗韡襪，勞苦兼嚬呻。人間一閧市，能使百族奔。公卿赴期會，賈販爭朝昏。子今何所挾，蹙蹙望路塵。吁嗟勿出門，出門勿賤貧。

春風二三月，百卉開爛漫。荼蘼白可憐，躑躅紅不算。此邦競豪侈，錦繡錯幃幔。猶嫌未快意，滿屋羅臬粲。園丁利金錢，持斧一例斷。何曾惜長條，兼不貫老幹。圍作屏風張，無異蠟燭爨。我生窮相眼，對此獨竊嘆。中有青松枝，一樹翦其半。浪蕊何足嗟，嗟此質堅悍。如何丘山重，亦作耳目玩。

竹食飼雞鶩，喌喌呼不前。握粟招鳳凰，鳳凰去翩翩。物生各有性，其性乃其天。違之兩不能，非必鳳獨賢。冠距兼鳴將，還爲人所憐。栖栖楚狂側，德衰亦誠然。悵望龍門桐，欲去仍遷延。

寄萬廉山明府承紀

不登甲科其人通，爲郎入貲其官窮。堆案文書雜雁鶩，一室圖史兼鼎鐘。彼何人哉奇若此，廉山廉吏名父子。頭銜暫領北固山，胸中自有西江水。鄉里交結多豪英，二吳蘭雪、白庵一樂蓮裳皆平生。英雄只數孔北海，亦知世上劉郎名。漫投一刺倒屣迎，吐辭攄論何崢嶸。眼中未省見此吏，詩書氣入須眉清。春風搖江水雲白，江南飛花落江北。探喉有語道不得，江水江花送行客。揚州之鶴那可騎，侏儒方朔同苦飢。煙花如此不稱意，夜夢已作横江飛。貴人偃蹇富兒鄙，不及窮官能好士。仰天大笑歸去來，先寄空中書一紙。

題樂蓮裳孝廉鈞青芝山館詩集

蓮裳之爲人，如玉亦如雪。蓮裳於爲文，有筆亦有舌。貌清神逾濫，意重口不結。要之其天全，一真破百譎。我交君尚淺，飲水知其潔。再觀所爲詩，百鍊百不折。蛟龍牙須雄，跋浪疑可掣。雲霧青冥高，梯空或能抉。應霜豐山銅，躍水蕤賓鐵。每逢忠義事，彌覺肝腸熱。天人既邈然，今古亦離絶。所賴有文章，上下補其缺。文章本人心，滴此一寸血。李杜韓歐蘇，恃以不磨滅。君友有吴郎，古佩紉環玦蘭雪。論交二十年，無奈見即别。當時亟稱君，鄙意尚不屑。世傳小説家，往往近穢媟。謂將古人方，夷堅諾皋列君著《耳食録》。朅來得相遇，頗願見之切。徐闕立言旨，是亦取友訣。適然得我驚，與世區以别。反疑吴郎言，習見未免褻。因之想其人，磊砢抱奇節。又疑體清羸，不副氣雄傑。始終一皮相，肉眼論黔晳。勿謂知人難，詩亦豈易説。

醉後放言四首末章兼示惕甫

天道有治亂，人道有窮通。治亂在人事，窮通乃天工。昌黎與柳州，發憤論過中。陰陽大果蓏，元氣一痔癰。遂令後之人，放言無取衷。我言士窮通，適與治亂逢。亦有非常人，治亂俱屯蒙。徘徊望中澤，歎息嗷嗷鴻。

西家以爲東，東家以爲西。南阡望北陌，麥秀靑畦畦。豈知腰鎌人，半菽不得糜。豈無多牛翁，稻堆與屋齊。朝飡已果腹，何由知人飢？或甘啖糠籺，自奉無鹽齏。施舍固大謬，誰能刳其肌？干人道本拙，今況非其時。一醉泯得失，一餓無是非。

舉世貧賤多，乃有行路人。舉世富貴少，賤貧益苦辛。宜富又當貴，豈與行路親？既貧不能賤，那得富貴鄰？嗚呼貧非賤，能賤亦不貧。

人生患知慧，不慧成淸狂。飢民食肉糜，吾輩談文章。謂狂豈敢諱，癡黠略相當。請看字不識，亦復鳴飢腸。吾友王愓甫，瘦骨如堵墻。才名滿皇都，乞食仍路旁。謂不識時務，公卿多揄揚。謂其才可用，今已老江鄉。年來稍治生，薄收蔗與薑。然而食指衆，不足一歲糧。我貧過愓甫，才亦未易望。十年一相見，各訝顔面蒼。罵我背時趨，誚我誇身強。懟君感君意，自後謀宜臧。君亦愼所往，毋爲久遑遑。

題汪飲泉潮生昉谿圖谿以任昉遊此得名

行春五馬竟忘還，想見民風淳樸間。不分當時柳州柳，卻將愚汙好谿山。
風流合住六朝人，遊釣仍留梁代春。若準元家讀書例，桃花潭要屬汪倫。
竹西歌吹古揚州，笑我還思跨鶴遊。十里珠簾二分月，有人回首故山秋。

贈方子雲正澍四首

藉甚方三拜，聞名疑古人。蘙難重見面，坎壈各纏身。詩是肺腑語，客誰肝膽親？子雲能識字，即此足悲辛。

畢公周召侶，廣廈庇孤寒。養士亦報國，得時皆達官。飛黄同輩盡，垂白傍人難。獨有懷知淚，休言此客殘。

三月春先去，隔年人未歸。文章羈旅賤，歌吹壯遊非。塵易龍文黯，糧難鶴骨肥。新安好江水，只少釣魚磯。

金陵選佛場，義氣劇飛揚。回首過年少，驚心失老蒼。俞郎埋玉樹種芙，蔡子尚靈光芷衫。珍重此身在，人間要夕陽。

贈張自貞鏐

薑桂不擇地，所恃惟一辛。以其性獨至，不與果木鄰。胡然賦此質，造物固不仁。物有人宜然，張子真其人。面目既醜惡，骨相尤嶙峋。嗚鑾鏘佩玉，峩冠拖長紳。傫焉蝨其間，氣結那得申？然而意不屑，百媚供一顰。詞章吐磊落，肝膽傾輪囷。論詩别唐宋，識字窮漢秦。家無儋石儲，妄謂富者貧。

身不妻子庇，乃欲利及賓。一錢不名手，一滴不濡脣。喜人嗜杯杓，怒人識金銀。凡此違世具，一一叢厥身。如我世所棄，君乃獨與親。乍見水流濕，久之酒飲醇。彼我通故舊淥卿，論辨爭鮮新。臨別乞言贈，再三意彌諄。人生涉世故，甘苦同環循。安知適時資，不作取禍因。屋烏水中蟹，任人之喜嗔。冥鴻與鶩豹，終竟不易馴。即如口於味，嗜好難齊倫。君看八珍旁，亦有蒲菹陳。甘芳衆頤朵，病者對之呻。徇人固未暇，不如守吾真。天意既使獨，物亦私自珍。稱名近取辟，一笑何齗齗。君自號『老董』。

虹橋雅集分得五排二十四韻〔一〕

夏首宜新賞，遨頭得我儕。命疇侵曉出，撰日詰朝諧。地接虹橋近，舟同雁字排。回波通枉渚，下馬即當街。徑爲尋幽曲，門因待客閡。當歸花的的，相命鳥喈喈。少選群公至，何期一老乖是日子雲期而不至。題名須齒序，偶語或肩挨。青眼朋簪盍，紅裙文字偕。我思東野逐，人比北方佳。小令閑徵雅，微詞稍近俳。坐還分鼎足，室合號心齋。凡三席，廿有四人。賓席時交舄，臣冠亦挂釵。雲承領邊繡，蓮拓掌中鞋。羯鼓催花手，琵琶墮月懷。三更海作漏，百罰酒如淮。天上星應聚，人間憂易埋。客遊成汗漫，狂態略形骸。憶昔青楊巷，曾停白鼻騧。曉眠護門草，夜合守宮槐。好夢驚成噩，飄風疾過颽。江湖仍杜牧，調笑任吳娃。事往三生在，詩歌七子皆。聊憑紀節物，紅藥正飜階。

【校記】

〔一〕『橋』，底本作『槁』，許增本以墨筆改爲『橋』，是。

留康山幾二句文酒之歡賓朋之樂皆近所未有羈旅得此有不能已于言者醉後走筆得五律八首奉呈主人兼別諸子云爾

作客成新婦[一]，逢君似舊遊。此間已廣厦，好事亦千秋。況有文章美，重煩縞紵投。請看求友切，窗外一鶯流。

朱老成佳讖，江郎有夙因。事見《隨園詩話》。當時多老輩，之子似前人。後定初栞集，西園續寫真。紛紛笑紈綺，車馬正紅塵。時方刻其尊甫詩集。

歷歷指官柳，高高見女墻。依山開戶牖，俯檻數帆檣。即事懷江左，因風問漢陽。似聞諸將在，如意劇飛揚。屬有所聞，故及之。

地本因人重，斯人足可憐謂對山。頭銜鷩宦豎，腰鼓送餘年。七子誰同調，如余亦寓賢。周旋康與籍，此意或能傳。

流覽園林勝，兼忻賓從多。客來從下榻，酒半忽高歌。春草詩誰似，秋聲賦奈何？居然方丈地，能著病維摩。君有《春草》詩，和者甚多。秋聲館，余下榻處也。

天邊五雲閣，海上三神山。欲去不能到，相思仍獨閑。忽逢綠髮士，招我青松間。一醉已千歲，杳然那可攀？

聞說潮將上，因之我欲東。心交文字外，酒病別離中。天下二分月，江頭五兩風。諸君各珍重，自後莫匆匆。

十日平原飲，三生杜牧詩。還爲蕩子賦，那不故人思？秋館春如夢，雷塘雨似絲。懷知兼感舊，書寄莫嫌遲。

【校記】

〔一〕『婦』，底本作『懦』，許增本以墨筆改爲『婦』，是。

康山聽鶯曲

垂楊作城花作國，落絮游絲亂如織。春風吹墮海東雲，澹月初黄畫簾白。兩牀絲管曉不收，美人醉困花爲愁。隔花婭姹嬌喚起，積雲入鏡明波流。翠霧碧煙相掩斂，蛺蝶翩翩燕冉冉。鎖窗了鳥響餘音，流過彈丸金一點。瑤笙入手澀未吹，銀簧呵暖紅口脂。豈知偷得新翻曲，又度鄰墻高樹枝。蕪城萬户春愁重，衾壓濃香怨哀哢。玉鉤斜上草如茵，不醒沉沉萬古夢。

同天眉游惠泉口占二首

一畝青山半畝池，吹來涼雨角巾欹。垂楊老愛臨池立，只道風流似昔時。

呼來擔僕費贏錢，何用新符調水傳。不汲方牀汲圓井，可憐一樣在山泉。

積雨書悶

浮揩烏几斷知聞，鎮日疏簾裊篆紋。無定暄涼常惡濕，不分朝暮總行雲。炊煙出屋無三尺，水鳥掠波時一群。但得三層樓上住，華陽真逸也輸君。

梅雨聯句偶檢吳會英才集即用楊西禾倫孫淵如倡和韻〔一〕

癡雲宿檐端，如馬鞭不動丹叔。三日成淫霖，四壁失家街頻伽。何人書丙丁，雨伯怒嘲諷丹。望霓反望雲，占晴類占夢頻。墻欹蝸篆額，屋漏燕徙楝丹。喘如吹竹筒，蒸若坐飯甑頻。問蛙嗤晉惠，漂麥惱高鳳丹。厭聞鳩婦逐，喜乏芻尼送頻。頻移上下牀，兼阻羊求仲丹。泥塗助狼籍，螻蚓雜喧閧頻。寒爲夏蟲冰，暖亦癡蠅凍丹。衣汙劉輿膩，窗鑿張騫空頻。詩腸澀鳴鶯，入夏不能哢丹。大馬涎病顙，承乏聊試控頻。用心博弈賢，快意蔗竿中丹。酒香入脣甘，梅酸逆鼻齆頻。水聲急點涼，簾影明鐙弄丹。微吟脫復佳，小飲亦宜痛頻。明看日杲杲，一曝端可貢丹。

【校記】

〔一〕許增本中附紙一張，其上有云：『五月回家，有《與丹叔梅雨聯句》。』

五月廿三日壽生過集靈芬館聯句仍用前韻柬退庵

積雨入夏寒頻伽，孤懷趁晴動。城居亦蕭寂壽生，屐響滿衢衖。人來翛然喜丹叔，譚次婉而諷。解頤鼎說詩頻，齊物莊詰夢。蕉竹交侵檐壽，燕蝠暝爭棟。麥蛾彊投明丹，醯雞請入甕。即事類演鴉頻，得朋詫攀鳳。城東黃公壚壽，酒每白衣送。寓公久相於丹，如雅有伯仲。人間多牛翁頻，相聚市一鬨。錐刀競豪末壽，絲粟擁飢凍。紛紛殊可憐丹，破褌蝨緣空。遼然孤鳳凰頻，坐聽百鳥哢。不隨雞鶩爭壽，肯受羈勒控？所樂文字飲丹，暇輒聖賢中。昨約相過從頻，酒香透鼻齆。選令得新格壽，蒼鶻參軍弄。投詩莊亦諧丹，負諾懲宜痛。冒雨或尋桑頻，彈冠尚遲貢壽。

銷夏三會詩

夏日田園雜興十首

疏簾如水水如天，小閣攤書企腳眠。絕似晚涼酤酒處，推篷閒看往來船。

一晴連夜決渠溝，高處新苗稍出頭。田要再犁秧再插，不知可有兩番秋？

丫角兒童扒角孃，或騎牛背或登墻。濛濛細雨青旗濕，知是縣官來踏荒。

栗果偏多惡少年，傳聞閭井正騷然。此邦已覺人情好，只向田翁借水錢。時鄉民被水者就田主借錢，以顧工車水，謂之『水錢』。時吴江飢民尤擾擾也。

形容真似列仙癯，齋禁兼旬肉味無。聽説爛蒸休折項，不知是鴨是壺盧？
縛箇新棚引豆花，結間茆屋護籬笆。灌園差比求田好，依舊縱横五色瓜。
七十衰翁鬢髮斑，乘涼那得片時閑。二蠶今歲無人看，贏得桑陰蓋屋山。
看苗車水約比鄰，蘆席爲棚板作茵。不及蝸牛行處是，尋常一屋鎮隨身。
睡醒飛蚊繞鬢鳴〔二〕，起看月影半窗横。野人最厭閑歌吹，只許蝦蟇夜打更。
兒童嬉戲髮披肩，今歲都無上學錢。聽得村夫子太息，研田隨例有荒年。

夏日遊仙詩十首

海氣沉沉洞壑清，搏桑懶聽早雞鳴。不知天上何官職，侍從都張火繖行？
夜明簾子曲瓊鉤，蜜色通犀壓兩頭。偶墮亂螢三四點，不知下界有星流。
上元無事肯來無，已約麻姑置玉廚。學得人間團扇様，要他密字寫真珠。
困來懶耎誦黄庭，步屧空庭藥草馨。睡殺階前雙白鶴，松花如雨不梳翎。
洗頭才了髮鬖髿，飭晏群仙太華峰。三十六真朝上帝，一時齊把玉芙蓉。
白龍皮冷歇鑪煙，小列棊枰賭酒筵。一局便銷三百劫，世間猶道日如年。
眷屬神仙事有無，蘭香四歲不知書。偶然赤腳蹋波去，先借琴高紅鯉魚。時小姪女墮水死。
一笑投壺掣電紅，阿香車轂走隆隆。天公事事煩兒女，青女飛霜少女風。

歡喜諸天晏坐聽，誰持妙偈度真靈？一螢燒過須彌頂，善法堂中正講經。
蠹魚食字不成仙，雞犬紛紛多上天。莫怪華山陳處士，暫停棋子即高眠。

夏日閨中詞十首

繡罷空庭日影移，閒愁不遣侍兒知。水精簾底支頤坐，獨看荷花夜合時。
曉雨疏疏似作涼，午餘翻熱日偏長。頻呼小婢褰簾看，影過閒階幾尺強。
涼意初生雨過天，桃笙如水帳如煙。羅衣卸盡輕容薄，羞見月光來枕前。
朝來不上采蓮船，果是風斜雨急天。歸後鄰娃競相問，壁間笑指七條弦。
蘭湯深注洗頭盆，午夢初回尚掩門。女伴相呼羞不出，枕函紅映半顋痕。
爲收緗帙典金釵，狼籍牙籤滿玉臺。笑喚檀奴須早起，曝衣樓上曝書來。
寂寂銅鋪浩露零，繩河明白晚天青。侍兒愛問梁清事，織女傍邊第幾星？
曉涼初啟碧紗幮，懶握犀梳理髮逋。先揭花甆換新水，雙頭抹麗已開無？
别院新成號戲嬰，明珠何日掌中擎？隔簾若箇爭喧笑，齊向金盆浴化生。
未歇風蟬又露蛩，一年容易是秋風。妒他女伴無愁思，先織銷金蟋蟀籠。

【校記】

〔一〕『蚊』，底本作『蛟』，誤。

哭青庵二首

已是中年哀樂侵，那教零落感人琴。貧真到骨生何戀，酒不濡脣病已深。邂逅笑談往日態，春秋窀穸故交心。慢詞繆篆皆餘事，翻恐千秋或賞音。

落落形骸土木身，蕭蕭霜雪鬢毛新。回思何不長相見，未死誰知惜此人？向後心情俱恅愺，即今世路益艱辛。中屠蟠賤徐生老，慚愧栖栖墊角巾。

題畫二首

宿酲容易困豐肌，高燭燒殘恐未宜。露氣正濃風力澹，曉寒時節莫驚伊。海棠。

花落水流不奈何，回波暖處起圓渦。憐他二寸群分命，貯得春愁爾許多。鯈魚。

重九日曼生招集吴山道院〔一〕

何須百感對茫茫，左右江湖擁上方。萬事無端催兩鬢，一年容易又重陽。多煩公等酬佳節，笑謝山靈恕酒狂。明歲茱萸應念此，燕雲嶺嶠遠相望。曼生之官嶺南，青士、梅史、琴塢、蘭漁諸君入都。

【校記】

〔一〕許增本中附紙一張，其上有云：『九月至杭州，有《重九曼生招集吳山道院》詩。』

送陳白雲進士斌謁選入都二首

牧羊供軍儲，牧豕對廷策。漢家取人寬，一士久執戟。人材當升平，未易歎薪積。自媒固未暇，終老亦可惜。卓哉陳元龍，高臥樓百尺。摘髭收科第，富貴謂當迫。蹉跎鳥鎩羽，蹭蹬驥伏軛。十年就選人，一命始通籍。方今外寄重，百里皆精擇。中有公卿儲，豈盡催科責？鄭璞雖十重，不敵一寸璧。措大究何用，終不入貲易。國家重科名，鶚一鷙鳥百。勉旃士出處，虛聲亦何益。

讀書不稽古，作吏不通今。二者等無用，於事何以任？小儒當賤貧，左規而右箴。一朝倚權勢，志滿心驕淫。亦有似方格，豈知乃憸壬？仕途競風尚，論跡不論心。曰孝必廬墓，曰廉當還金。所以循良多，下民翻呻吟。君也志古道，今豈不足諶？但恐太感激，與世如商參。金鐵固至剛，磨亦能爲鍼。讀書不濟世，安用誇鳴琴？鄙人老河渚，久作王績瘖。因君聊一吐，交淺言殊深。

題子瀟雙紅豆圖

但解相思便有心，東風庭院最深深。勸君種後還多采，飽飼西天共命禽。

曾識真靈位業圖，曾煩書札寄狂夫。只除成佛我難料，若但生天懺得無？

題吴應奎讀書樓集

蜀鵑悽戾峽猿哀，細字昏鐙一卷開。並世不曾教我見，多生何苦帶愁來。士無知者寧非命，窮到奇時亦損才。多謝諸君爲流布，應憐馬骨重燕臺。詩爲白雲、琴塢校刻。

雪持表弟至杭得家中書賦贈

近游書札寄秦嘉，下第心情感去華。此地逢君俱是客，故鄉如我已無家。聞故宅新鬻于人。文章枚馬曾何用，族望劉盧敢自誇。湖上朝來有爽氣，杖頭擔酒未須賒。

積堂將有所適索詩爲别未有以應也夜酌見月浩然成歌

天邊有明月，不知何從生。愛其古今同一照，惜其晦朔爲虧盈。又怪無賢愚，對之皆有情。羲和鞭空燭龍行，不聞太息兒女聲。故人别我去，書來乞我詩。我詩不成心不釋，窗外密雨寒如絲。一鐙沉沉正孤酌，忽見檐前月光落。慘澹如將萬里行，蒼茫來踐三生約。男兒作健何所求，昨夜之月安能留？眼前只尺不爲别，枉用書札通綢繆。少年善游老善愁，去矣何必增繁憂。千秋努力尚貧賤，明明如月長相見。

琴塢舊廬畫壁歌爲屠孝廉作即訂來魏塘之約

屠郎作詩如作畫，真宰淋灕腕底瀉。屠郎作畫如作詩，興到自吐胸中奇。作詩與畫皆偶爾，中有元氣乃不死。旁人謬許擅衆長，牽率此君作名士。琴塢舊廬廬有廊，廊下聿阸一堵墻。客來偃蹇不敢唾，酒酣睥睨於其旁。十日五日我不知，千山萬山誰所移？奚奴掩口竊相笑，昨磨斗墨今無遺。天公好事亦好嬉，梅雨一月如散絲。苔侵蝸蝕蠣粉脱，忽覺雲氣盤旋之。屠郎大叫自詫絕，此畫不復今能爲。乞人作詩不稱意，謂我長句空當時。我詩不得長無謂，但逞平生意所快。方寸從教五嶽生，只尺猶論萬里外。我題君畫原不惜，君爲我詩畫亦得。草堂今歲又移居，已埽新泥雪色壁。